JOAQUÍN MORTIZ • MÉXICO

ETHEL KRAUZE

Infinita

Primera edición, septiembre de 1992
© Ethel Krauze, 1992
D. R. © Editorial Joaquín Mortiz, S.A. de C.V.
Grupo Editorial Planeta
Insurgentes Sur, 1162-3°, Col. Del Valle
Deleg. Benito Juárez, 03100, D. F.

ISBN 968-27-0525-8

No tuvo que abrir los ojos: la punzada en las sienes, el golpe caliente en el corazón... Supo que había despertado. Los ojos nublados de Leonor. El grotesco rímel.

—Tengo miedo, tengo miedo, por favor no me dejes —la boca de Leonor, ¡qué extraño!, la tuvo encima y nunca pudo verla, empapándose en su boca. Esa lengua estilete abriéndole los labios.

La escena transcurría en acercamiento total. Dio una pesada vuelta en la cama. Imaginó la toma panorámica: anguila Leonor desbocándose sobre su vestido, y ella pasivamente rígida. Anguilas los brazos de Leonor sobre sus brazos, sus muslos, sus pechos. La sala revuelta, los cojines en el suelo, los ceniceros rebosados, las copas de vino en el tapete. Basta. Corte.

Delfina abrió los ojos. Era la una de la tarde y era domingo, y la ventana era el paisaje más inocente del mundo: un cristal azul, purísimo, con jirones de nubes muy delgadas, y se oían los globeros y los niños, y nada, absolutamente nada había pasado.

Sintió un movimiento en la cama. La cabeza le estalló. El cristal se hizo añicos. Las nubes se le enredaron en la garganta.

Leonor estaba despertando.

P. 446

I

La vio llegar por el pasillo de la Facultad: alta, nervuda, morena, de piernas flacas. Vestida a lo regio. Fumando aprisa. Los cabellos pintados de color avellana. Después sabría que la obsesión de Leonor eran los colores: invariablemente cada mes aparecía coronada de uno más envidiable. Se presentó: quién, cómo y por qué.

—Sí, me dijo Águeda. Puedes entrar de oyente. Y en lo que yo pueda ayudarte para tu... ¿bazar?, ¿o qué es exactamente?

—Antigüedades, pero quiero llegar al fondo, saber de arte. Lo mejor, ¿me entiendes?

—Sí, claro.

—Águeda me dijo de ti. ¿Y sabes que fui a tu conferencia sobre el siglo XVII, la que diste en Chapultepec?

—¿Ah sí?

—Sí, en primera fila. ¿Me puedo poner en tus manos? No sabes lo que esto significa para mí, Delfina.

De ahí pasó a Delfí, y luego a Fina, y derivó definitivamente en Finita. En ese proceso Delfina quedó impresionada por la enjundia de la discípula, que aprendía con voracidad estilos, épocas y sobre todo precios de cuanto cacharro se le apareciera. Dos años después ya tenía una cadena de tiendas, con asesoría en arte mexicano, de la mejor especie.

Delfina, apenas a los treinta años de edad, había hecho nombre en los foros universitarios. Había publicado ensayos sobre historia del arte y un texto de técnicas de la investigación. Leonor había trotado cuarenta y dos años con dos divorcios, dos gemelas y nada que hacer, hasta que

9

Águeda le habló de antigüedades y la llevó con Delfina. Leonor la vio en el pasillo. Menuda, castaña, de largos cabellos sueltos, ningún maquillaje, jeans muy deslavados. La confundió con una alumna. Sonrió alma adentro.

—¡Finita de mi corazón! —gritó Leonor levantándose, enarenada la espalda, y corrió hacia las olas—. Qué bueno que ya llegaste ¡no sabes qué bueno! ¡qué bueno que ya llegaste! —dijo zambulléndose, con tres tequilas brillándole en los ojos.

Un viaje muy planeado a las costas de Oaxaca. Sin gringos, sin plástico, sin ruido. Puro mar. Y cielo. Leonor llegaría antes porque Delfina iba a acompañar a Agustín a una gira por tres ciudades. Remataría ella en Oaxaca, con la amiga.

—¿No puedes separarte ni un minuto de Agustín? ¡Es nuestro viaje! —decía Leonor, y era el pleito de siempre.

—No, no puedo.

—¡Estás esclavizada!

—¡Lo estoy! —contestaba invariablemente Delfina y le acariciaba la cabeza a la amiga. Leonor encendía un cigarro y cambiaba el tema.

En la noche fueron a la disco. Bailaron como locas con el mesero y el cantinero. Delfina tumbó a todos. Cantaron de regreso al hotel, abrazadas, borrachas.

—¿No te da vergüenza, Finita? —murmuraba Leonor con mucha dulzura.

—No... ¿qué cosa?

—Tus desfiguros, baila y baila con la falda levantada hasta la cintura.

—Ay qué rico... —exclamaba Delfina, tropezando, dejándose caer en los hombros de la otra, y cantaba: *Qué te ha dado esa mujeeer...*

—¡Estás empapada Finita! ¡Mira cómo traes la playera!

—Qué asco. . . *que te tiene taaan engreido*. . .

—Eres una cochina Finita de mi corazón. . . —decía Leonor estrujándole la playera, sobándole la espalda, recargándole la mejilla sobre la manga, besándosela.

Se bañaron juntas en la regadera, a grandes carcajadas. Se acurrucaron como *La Pietá*. Durmieron hasta el mediodía.

—Tengo que contarte una cosa Finí —dijo untando mantequilla en la galleta. Mesita frente al mar. Cerveza con limón. El desayuno.

Delfina respiraba con deleite cada centímetro de playa, la frescura de su cuerpo. La paz con Agustín. La querida amiga en vacaciones.

—¿Qué cosa? —dijo dando un sorbo a la cerveza.

—Antes de que llegaras conocí a un chavo.

Delfina se atragantó entre carcajadas:

—¿De veras? ¡Cuenta por favor, Dios mío!

—Espérate, lo que importa es lo que yo sentí.

—No, cuenta todo, desde Adán y Eva hasta el Apocalipsis.

—Un niño si quieres, chavito. Pero me invitó a la disco. Yo estaba viéndolo nadar, aquí desde la palapa. Me hizo plática y yo lo vi, te juro que no sé qué. . . ¡Era un cuerpo, y unos ojos! Unos ojos así como. . .

—¡Deja los ojos!

—Lo que yo te diga es poco.

—¿Y luego?

—Es que sentí una gana. . . Nunca había sentido una cosa así. No sabes Finita.

—Por eso, ¿y luego?

—Fue una emoción tan despegada. . .

—¡Cómo que despegada!

—Pues porque no lo conocía, es un niño, poquito mayor que mis gemelas. Pero me dije sí, así porque sí. Tú sabes el proceso en el que he estado, ni para acá ni para allá.

—Ya sé: ni hembra ni hombre.

—Entonces que se me aparece éste en el momento menos pensado, y siento ese llamado, ¿ves?

—Claro, ¿y luego?

—Oh pues, si tanto te bailan los ojos te lo regalo.

—Yo ya tuve suficiente, de eso vengo. Me entusiasmo por ti, tonta.

Leonor se puso rígida. Encendió un cigarro.

—Pues... nada —dijo mirando el humo.

—Cómo que nada.

—Me dejó plantada.

Delfina se atragantó de nuevo. Risotadas de cerveza. Se levantó y fue a rodearle el cuello a Leonor.

—Pobrecita —le dijo dándole un beso en la mejilla.

—Oh... no entiendes nada Delfina.

Así le decía cuando se enojaba. Delfina entendió. Se puso seria. Volvió a su sitio.

—Perdón, sigue.

—Eso es todo. ¿Pero no te das cuenta? Lo que importa es lo que yo sentí. Creo que ahora sí di el paso. Ya sé lo que quiero. Ya sé por qué no he podido con las mujeres. Porque no es sexual, ¿me entiendes? Lo de las mujeres es otra cosa, tiene que ver con "mamá transferencial" y burrada y media de la neurosis. Ya te he dicho que yo siempre he funcionado de maravilla con los hombres.

—En la cama, tú lo has dicho. Sólo allí —dijo Delfina.

—Sí, en la cama. Allí es donde debo buscar la forma de llegar a otro tipo de encuentro con el hombre. Las mujeres me vuelven loca, me frustran, me sacan mis peores impulsos.

—Ajá. Acuérdate de Valeria... del cuchillo que viste en la cocina, y lo que sentiste, ¿te acuerdas?

Leonor no contestó. Delfina volvió a la risa.

—Pues... ¡bienvenida al mundo del *homo falus*! —y extendió su vaso de cerveza. Se sintió libre, sin compasión. Y Leonor encendió otro cigarro aprisa.

Brillaba el mar. Y el viaje entero resultó un encanto sin tregua.

12

Esto había sido hacía un año. Pero al principio, y durante algún tiempo, Leonor la invitaba a cenar a la salida de clases, y hablaba sin parar de gobelinos y vasijas encontradas en alguna tumba tarasca. Hablaba de sus hijas, de sus problemas económicos; y de Delfina, cuánto significaba haberla conocido.

Un día Delfina la invitó a su casa. Agustín y Leonor hicieron corto circuito. Él la vio sospechosamente frívola. Ella lo vio distante y temible. La cena transcurrió en el centro de un rijoso estropajo. Cuando se fue la amiga, Agustín le dijo a su mujer:

—Cuidado.

—Pero si es un amor —dijo Delfina, echándole los brazos al cuello. Y desde ese momento, comenzó a mediar entre los dos.

—Lo defiendes, pero la manera en que me contestó el teléfono no es para menos.

—La próxima vez, en una de sus escenas, la pongo a llorar.

Y de la queja a la amenaza, Delfina siempre hallaba el modo de poner paz. Y hubo encuentros casi cariñosos entre los tres.

El fin de semana de la limpieza en casa de Leonor —Agustín de invariable gira con la filarmónica— fue la revelación para Delfina.

Leonor siempre tenía pendientes, problemas o invitaciones ineludibles para Delfina, de modo que la doctora en Historia apenas tenía tiempo para dar sus clases y correr a satisfacer el dulce imperio de Leonor. Águeda, que las juntó, se sentía usada y botada por ambas.

Este fin de semana lo había dispuesto Leonor para limpiar su casa. Acarreando trebejos, Delfina encontró una caja de cartas y diarios. Mientras aquélla preparaba los martinis en la cocina, Delfina se echó de lleno en los papeles.

Cuando Leonor apareció con las copas y vio los ojos de Delfina, las puso poco a poco en la mesa. Giró dándole la espalda. Y no volvió a moverse, helada.

—Sí... ¿y qué? —decía entrecortadamente—. ¿Yo no puedo ser feliz?, ¿o tratar de serlo? Tú no entiendes nada Finita...

—¿Por qué no voy a entender? —dijo irguiéndose—. Ahora es cuando entiendo. Nunca hablabas de ti, yo nunca supe cómo o qué contigo... una relación, un amor.

Se volvió Leonor, dándole la cara:

—Pero eso ya pasó, Delfina. Eso ya no existe. Sólo estaba buscándome a mí misma, ¿no puedes entender?

—Por qué no me lo habías dicho.

—Porque... tú sabes de rococós y de íconos preciosos y eres una linda princesa de los cuentos esos que investigas.

—Y que tú ignoras y por eso me buscas.

—No quiero que me juzgues.

—¿No eres mi amiga?

Leonor exhaló, echándose casi sobre Delfina. Cayeron lentamente, de hinojos, una frente a otra.

—No me dejes, Finita —suplicaba Leonor, incrustada en los hombros de la amiga.

Delfina sintió esa compasión que no la abandonaría desde entonces.

—A mí no me importa lo que tú seas o lo que hagas. Pero me siento traicionada en la amistad —le dijo horas después. La enorme cama donde hablaban mientras llegaba el sueño. Así pasaban muchos fines de semana, flojeando y hablando; Agustín de viaje.

—Te voy a contar desde el principio —dijo Leonor envolviéndose en su cobija.

—Este flaco horroroso era mi primer marido —dijo Leonor señalándolo en la fotografía. La cama se había convertido en bazar de fotos, cartas y mesa del desayuno. La una de la tarde. Cuando Delfina despertó ya estaba listo el té de canela, los panes calientes con mantequilla y el plato de frutas en rodajas. Reía mucho deteniéndose en cada mueca congelada, sepia, arañada en el ir y venir de las cajas polvosas.

—No está tan feo —dijo Delfina—, si te atienes a la época... ¿éste es el que rugía como perro en la luna de miel?

—¡Pues nomás rugía, Finita!

Rieron. Se sirvieron más té.

—¿Y de veras nunca lo engañaste?

—Ni siquiera me pasaba por la cabeza. ¡Era yo una niña!

—Pero por qué te casaste. No lo amabas.

—Ah, pues por eso, ya no quería seguir siendo niña. Imagínate, la única mujer en la casa, la más chica. Mis hermanos adorando a mi mamá. Ella no me veía. Yo quería ser como ella.

—Y cómo reaccionaron cuando les dijiste que te ibas y llegaste llorando de vuelta a la casa.

—Mi padre mudo, que ése ha sido siempre su papel. Pero mi mamá, ¿te imaginas? como si me hubiera sacado un cinco en la escuela. Creo que es uno de los bofetones más ricos que he recibido. Por lo menos me estaba haciendo caso.

—Pero no volviste con tu marido.

—Claro que no. Ya me conoces cuando decido algo. Lo que pasa es que tuve que encontrar rápidamente un sustituto, porque no me perdonaban el pecado.

—El socio de tu papá.

—Sí, mira: es este zombie depresivo, el de la derecha.

Delfina se doblaba de risa:

—Cómo eres, Leonor.

—De veras. Cuando no se pasaba el día en la cama porque le dolía el dedo gordo, se la pasaba montado sobre mí.

—Pues no te quejes.

—Pero no decía una palabra. Nunca. Y cuando por fin abría la boca era para decir que tenía yo las piernas flacas. Estuvo a punto de enloquecerme.

—¡Leonor, das una imagen espantosa de los hombres!

—Pues no sé tú Finita, pero lo único bueno que me han dado, este zombie, digo, son mis gemelas.

Delfina se incorporó, mientras iba desapareciendo su sonrisa. Apretó los labios. Arrastró los pies hasta la ventana del cuarto. Se asomó respirando como si de pronto se hubiera dado cuenta de que estaba asfixiándose.

—Tu fumadera me ahoga —dijo dándole la espalda a Leonor, que había permanecido inmóvil, siguiéndola con los ojos; la quijada comenzaba a temblarle.

—Qué se te antoja Finita: cine, chacharear en los bazares, o. . .

—¿No íbamos a terminar de arreglar tu casa? —contestó, de espaldas todavía.

—No no, otro día. No tiene importancia.

Y diciendo esto, Leonor se aprestó con inaudita velocidad a recoger el tiradero.

—No, espérate —se volvió Delfina—. Léeme la carta de Beatriz, o como se llame, la primera, la de la primera vez.

Leonor detuvo su trajín. Sonrió con prisa.

—Ya la leíste, ¿o no? Ya te conté, ¿no es cierto? No tuvo importancia, ninguna.

—Es que no me has explicado —dijo Delfina acercándose, tomándole las manos—, no entiendo cómo te enamoraste de ella. Qué sentiste, cómo te diste cuenta.

—No fue así Finita, ya te dije —contestó Leonor, enronqueciendo.

—Sí, pues, se encerraban en la recámara y su marido las descubrió, y hasta te amenazó con la policía —alzó la voz Delfina, separándose.

—Sí, no, es que no me daba cuenta. No es como lo dices. Cuando estaba casada con el zombie. . .

—¡No le digas así Leonor!

—¡Es que tú no estuviste casada con el zombie!

—Inventa otro apodo.

—Bueno, pues te decía. Los dos matrimonios nos llevábamos muy bien. Salíamos juntos y Beatriz me oía. Tenía unos ojos muy... como receptivos. Nos hicimos amigas. Una vez nos fuimos las dos a Cuernavaca. Ella también se sentía sola... Fue una cosa natural. ¿Qué tuvo de malo que nos diéramos lo que necesitábamos?

—¿Qué era lo que necesitaban, Leonor?

—Ternura, Finita.

Después de la revelación, Delfina tardó un tiempo en confiársela a Agustín. No sabía por qué, cuando nada se ocultaban. Agustín no mostró sorpresa. Delfina se tranquilizó. Leonor tardó también lo suficiente en enriquecer su lista: Anarrosa, la compañera de análisis de grupo, una mera transferencia emocional —dictaminó ella misma. Ilse, la danesa, que estaba loca y ésa sí era una invertida sádica; fue una prueba, a ver si de veras pertenecía ella a ese mundo, pero no, la horrorizó, qué bueno que se libró a tiempo. Y la más importante, Valeria. Años persiguiéndola por todo el mundo. Hicieron varias veces el intento de vivir juntas, desde que se conocieron en Italia. Pero Valeria era voluble y un día la amaba y otro no. En el ínterin, Valeria se había casado y divorciado dos veces, y terminaba clamando por Leonor. Leonor, apenas recuperándose del golpe, volvía a caer con espantosa felicidad.

—Es una necesidad neurótica. ¿No ves que es la búsqueda de la madre que nunca tuvo, o tuvo a medias porque la madre no tenía ojos para ella? —decía Delfina, acurrucándose en el hombro de Agustín.

Un fin de semana juntos. Solos. Echados en el sofá frente a la chimenea. Oyendo a Mozart. Bebiendo brandy caliente.

—Ten cuidado con esos ojos que nunca tuvo para ella
—decía Agustín, bebiendo su pensado sorbo.

—No seas tan radical, necesita ternura, contacto de piel,
amoroso como ella dice.

—Ajá. Ten cuidado con esa piel.

—Mi amor adorado. ¿No me conoces lo suficiente?
—murmuró recorriendo con la nariz el pecho de Agustín.

Delfina tuvo un aborto espontáneo. Ni siquiera se había dado cuenta de que estaba embarazada. Y se vio en peligro
grave por las complicaciones.

Leonor llegó gritando. Agustín había salido de gira la noche anterior. Y unos vecinos se habían ocupado de Delfina. Leonor los echó con gentileza y se hizo cargo. Pasó la
noche con ella, tentándole las manos. De pie. Llorando
a ratos.

Durante la crisis deliraba Delfina. Después recordaría como en sueños una voz muy dulce en las orejas.

En la mañana se presentó Agustín.

—Qué haces aquí —le dijo a Leonor. Leonor estaba en
la sala de espera, las ojeras hasta el suelo, fumando con asco.

—Ve a ver a tu mujer. Ya pasó todo —le contestó. Aplastó
el cigarro en la taza de café y se fue dando taconazos.

Agustín entró en el cuarto. Delfina en una cama de hospital: los ojos cerrados, los cabellos revueltos y sudorosos, y
un velo morado, invisible, sordo, muerto sobre toda ella.
Agustín no pudo imaginar dentro de ese leve vientre un hijo, no pudo imaginarlo ya perdido. Estaba en la puerta, con-
gelado de pronto como si el paisaje se hubiera poblado de
nieve, bloques de nieve ardiente. Un estrépito de hierros re-
torcidos se le agolpó en la garganta. Había gemido y Delfi-

na lo oyó. Sonrió apenas. Él se acercó. Y ella le vio agua en los ojos y le dijo tomándole la mano:

—Aquí estoy. No pasó nada, Agustín. No pasó nada. Nada, Agustín.

Agustín apretó con excesiva fuerza esa mano hasta que Delfina lanzó un ay muy tenue. Entonces la soltó y salió de allí.

Delfina giró tristemente la cabeza sobre la almohàda.

Agustín canceló giras para estar con ella. No podía despegarse de ella. Pero junto a ella vagaba sombrío. Sólo una vez Delfina se atrevió a decir:

—Sé cómo te sientes.

Él no contestó. Y continuó ella:

—Pero yo soy otra persona. Ya tendremos un hijo.

—Voy al estudio —dijo él, sin verla—. Cuídate —y se fue con sorprendente prisa.

Desde el hospital, era la primera vez que Delfina se quedaba sola. Salió a caminar al parque. Lloraba tentándose los brazos. Como si quisiera cubrirse, o descubrir quién era ella, o confirmar que tenía piel y cuerpo y un nombre único y preciso.

Leonor se enteraba casi por telepatía cuando Agustín salía de viaje. Y cinco minutos después de haberlo despedido, sonaba el teléfono en casa de Delfina.

—Finita, me siento terrible.

—Qué te pasa.

—No puedo levantarme. Pasé muy mala noche.

—Pero por qué.

—Es que las gemelas vinieron a cenar y. . . no sé qué me pasa con ellas —aquí venían las lágrimas.

—Qué tienes.

—Para ellas su papá es un santo, claro, porque es millonario, porque las manda a Europa.

—¿Otra vez el mismo cuento? Son unas muchachitas. . .

—¿Me puedes traer algo de comer? No tengo ni una cebolla podrida.

—Es que tengo clase a las cuatro.

—Por eso, después de tu clase, ¿sí Finita? Te ayudo a revisar los trabajos.

—Voy a cenar con la doctora Barón. Sabe todo lo que hay que saber sobre arquitectura francesa del XVIII. ¿Te imaginas? Vino a dar un curso y el director me consiguió la cita con ella.

—Llévame Finita, por favor.

—Cómo crees, ni la conozco. Es un asunto profesional.

—Como tu asistente, me lo he ganado. ¡Me muero por saber de arquitectura francesa del XVIII!

Fueron. Delfina y la doctora Barón hablaron encantadas, sin parar. La doctora era una hermosa mujer madura que hipnotizó a Delfina. Leonor la hizo de *convidada de piedra*, en medio de una fumarola.

—Me invitó a París, ¿te das cuenta, Leonor? —dijo en el coche, de regreso. La otra, enmudecida.

—Bueno, di algo, ¿no te pareció un personaje extraordinario? —insistió Delfina.

—Ya te diré lo que me pareció. Pero primero te voy a decir lo que me pareciste tú —contestó con púas y electricidad.

—¿Otra vez me vas a crucificar porque no eres el centro de atención?

—Eres una hipócrita resbalada ante tus doctorcitas franchutas. ¿No que muy nacionalista con tu recuperación de lo mexicano? ¿No que mucho orgullo de tu condición? ¡Casi le besas... yo no sé qué!

—¡Qué te pasa, Leonor! —enfrenó Delfina.

—¡Maneja bien! No me voy a matar por tu culpa.

—¡Manejas tú, idiota! —salió Delfina dando un portazo. Temblaba toda. Náuseas. Trató de respirar hondo y se sentó en el escalón de la acera. Desde allí vio a Leonor llorando en el coche. Pobre, se dijo. Y se levantó lentamente. Pobre, iba diciéndose, le falta todo. Abrió la portezuela y se metió sin ruido. Leonor se tapaba la cara con las manos. Le acarició Delfina los cabellos.

—Ya Leonor, ya, tranquila.

—Me tratas —balbuceó— como... como si yo... no existiera... Fini...ta.

—¿Pero cómo no vas a existir, querida? Eres la amiga más querida, la única Leonor —dijo rodeándole los hombros. Y Leonor recostó su cabeza, aún entre leves sacudidas.

Dos meses después estaban en el cine, esperando el comienzo de la función. Delfina se había acostumbrado a la primera fila, porque Leonor era miope como topo y no quería usar lentes. Delfina se rompía el cuello siguiendo la acción en la pantalla.

—Entonces tú me llevas el postre, ya sabes, la jaletina de leche —dijo Delfina.

—Te la llevo, pero no sé si me quede.

—No empieces, Leonor.

—Es que madrugo el sábado para llevar a mis gemelas al Popo. ¿No te lo había dicho?

—No seas mentirosa. Es mi festejo, ¡no puedes faltar!

—Vas a estar muy bien acompañada, Finita.

—No me hagas eso, Leonor. Es la primera vez que me ascienden.

—No será la última.

—¡Ah, pero que yo no falte a una cosa tuya porque me descuartizas!

—No es lo mismo, Finita. Yo sí te doy tu lugar.

—Te estoy pidiendo que vayas. Y no uses esas frases de telenovela.

—Pues no estarán en tu biblioteca, pero en mi emoción sí.

—¿Vamos a empezar otra vez? ¿Otra vez la misma cantaleta, Leonor?

—Es que tú me provocas, Delfina. Cuando hay otras personas me tratas como a perro callejero —decía Leonor, los ojos encendidos—, acuérdate de tu doctorcita de París. ¿Por qué tengo yo que andar detrás de las migajas?

—Tú me obligaste a que te llevara. ¿No hemos hablado ya lo suficiente sobre esa noche?

—¡No! Tú no lo reconoces. Pero me usas cuando te conviene. Que no aborte la nena porque aquí está su Leonor cuidándola en la cabecera. . .

—¡Eso pasó hace siglos! Y yo no te pedí. . .

—Ni para eso te sirve tu machito.

—Sí es mi machito, y yo no te pedí que me cuidaras. Lo hiciste porque te dio la gana. ¡Y sí te lo agradezco! ¡Un millón de millones de gracias! —Delfina dijo esto casi en el grito, casi temblando como erizo.

—Ya va a empezar la película —dijo Leonor casi en silencio en el *crescendo* de la oscuridad—. Y no me agradezcas nada. Ya lo harás un día, de verdad.

Agustín tuvo un accidente. Y luego del mayor peligro, el otro: el musical. Quedaba una luxación en la muñeca izquierda y una fractura en el tobillo. Delfina lo cuidó con vehemencia. Como sombra diligente Leonor hacía las tareas más pesadas y todos los encargos fuera de la casa: mercado, farmacia, laboratorios, siempre con eficiente sonrisa. Se hizo tan necesaria en ese tiempo, que incluso Agustín, cuando ella le daba de comer porque ambos le suplicaron a Delfina que descansara un rato, le dijo:

—No la dejes sola. Es muy frágil. No sé cómo va a quedarme esta maldita mano que no se desinflama.

—Vas a quedar maravilloso, querido. Anda, toma este caldo, le puse grasa auténtica. Por Finita no te preocupes.

Águeda intentó varias veces visitarlos. Pero Leonor, con enorme sonrisa, la recibía en el umbral, recogía las flores y los dulces, y la despachaba diciéndole que estaban descansando. Leonor sólo iba a dormir a su casa, a cambiarse de ropa. En las noches, cuando Agustín había ya tomado su sedante, se quedaban las dos en la sala a conversar y a beber un poco. En uno de los días difíciles de Agustín, Delfina se emborrachó y llorando le dijo a Leonor que no podría vivir sin él, que prefería morirse.

Leonor la abrazó con tal entrega, que ella se dejó mecer en esos brazos como leche con miel, y se quedó dormida.

—Yo te cuido Finita mía, mi linda, mi adorada.

Agustín se recuperó a la perfección. Antes de lo previsto, volvió al violín. En uno de los conciertos en la ciudad de México, estreno mundial, Leonor se presentó, arregladísima, del brazo de Federico.

—Qué guardado te lo tenías —dijo con sonriente suspicacia Delfina en el baño de mujeres, en el intermedio.

—Ah. . . Es un cliente. Tiene unas porcelanas que te vas de espaldas.

—¿Y qué más tiene, tú? ¿También te vas de espaldas?

—Bah. . . es en lo único que piensas —dijo Leonor, le dio la espalda y salió del baño tocándose el mechón de la frente.

Delfina rió muy divertida. Le silbó piropeándola.

La cena fue en un lindo restorán, giratorio y de ventanales al horizonte.

Águeda aprovechó el momento y se sentó junto a Delfina:

—Si no te atrapo así...

—Ah no, yo junto a mi Finita —sonrió Leonor, e hizo tal embrollo de sillas, platos y órdenes a los meseros, que consiguió el otro lado de Delfina.

—Parecemos nuestras abuelas —rió Delfina—. Los señores en un extremo de la mesa, y nosotras aquí en el chisme.

—Que platiquen lo suyo —dijo Leonor.

—Pero el tuyo es nuevito, ¿verdad? —preguntó Águeda—. Cuenta. Muero de.

—¿Están en el mucho gusto o ya pasaron al gusto mucho? —reía Delfina.

—Oh... ya van a empezar... No me pueden ver con un galán porque no me lo perdonan.

—¡Al contrario! —gritaron las otras.

—Hasta que te vemos con uno —insistió Águeda—. Ahora la cosa está más equilibrada.

—Y no está mal, ¿verdad? —dijo Delfina echándole un ojo.

—¡Qué va! —la siguió Águeda.

Leonor miraba sostenidamente las caras de las amigas.

—¡Fede! —canturreó Leonor—. ¿Quieres ordenar más champaña? ¡Estamos de fiesta!

Volaron las burbujas. Agustín, a cuestas con el triunfo, estaba de humor excelente y sacó a bailar a Delfina. Hizo gala de sus dotes. Traía consigo la música en el cuerpo y hacía vibrar a su mujer como cuerda en la pista.

Leonor los veía desde la mesa. Encendió un cigarro. Bebió de un golpe su copa. Y Águeda aprovechó la ocasión:

—Se ven felices, ¿verdad? ¡Me dan una envidia! Digo, porque a Rigoberto no lo haces bailar ni con chochos. Estamos en esa etapa del "no me molestes por favor", tú me entiendes. Todo gentileza por fuera, pero "no te veo, haz tus cosas, yo las mías". Es una aburrición, que si no la hago de viuda en todas partes, como ahora que me ves aquí yo sola, no saldría ni por casualidad.

Leonor no oía. Águeda aprovechó, ahora sí, el momento:

24

—Y no es que me meta, Leonor, pero qué bueno que vienes con cola, mi reina, porque de tanto estar en pos de Delfina no te dejas espacio para ti. Me entiendes, ¿verdad?

—¿Qué quieres decir? —despertó Leonor.

—Pues eso, ¿qué no oíste? A veces siento que la abrumas, no la dejas ni a sol ni a sombra. Ellos también tienen su vida ¿no crees? Y tú la tuya. Date ya una oportunidad.

—¿Te ha dicho algo Delfina? Dime Águeda, ¿te dijo algo? —preguntó, nerviosa, irritándose.

—Algo de qué.

—De esto, de esto pues.

—Ah no, nada, es cosa mía.

Federico se acercó invitando a bailar a Leonor.

—¡Ahorita no! —dijo sin verlo y se levantó violentamente al baño. Y él se quedó con su media sonrisa mirando el vacío, que llenó de inmediato Águeda tomándolo del brazo hacia la pista.

Alto, robusto, calvo, de hermosos ojos sombríos y cejas negrísimas, italiano el perfil, las manos niñas, Federico sonreía con elegancia ante el parloteo de su acompañante. Bailaban muy lentamente, meciéndose apenas. Agustín y Delfina se acariciaban con ebrio descaro, recargados en una columna del rincón.

Leonor había ido a llorar al baño. Pero regresó al salón enteramente transformada. Los pelos antes lacios aparecieron trenzados a la francesa sobre la nuca. El maquillaje en tonos malva le destacaba los grandes ojos. Entró dando taconazos. Vio la mesa vacía, vio la pista. Botó su bolsa como el espadachín bota el guante a los pies del adversario en señal de desafío, y se plantó, brillante sonrisa, delante de la pareja que bailaba, desbaratándola con suavidad.

—¿Tan pronto me abandonaste, querido? —le dijo a Federico echándole los brazos al cuello.

Águeda se escabulló entre risas festivas diciéndose: "Bueno, yo ya acabé de estar".

A la hora de despedirse, en el estacionamiento, mientras

ellos recogían los coches, Leonor abrazaba efusivamente a Delfina.

—Ese hombre es un encanto, aprovecha la oportunidad, ¡gózala! —decía Delfina con júbilo.

—Te quiero mucho, Finita —murmuraba Leonor, sus ojos tristes miraban cómo iba acercándose el coche de Federico.

No le habló por teléfono en cuatro días. El quinto, Delfina estaba metida de lleno en sus papeles.

—Finita de mi corazón...

—¡Cómo está la desposada! —rió Delfina.

—Como te imaginas, húmeda y abierta cual rosa de jardín.

Delfina festejó muchísimo la metáfora:

—Ya me contarás de pe a pa, mi reina, porque ahora estoy desbaratando una tesis, tengo examen profesional a las ocho. Voy a hacer papilla al pobre.

—Ay por qué no me dijiste, yo quiero ir.

—Es a puerta cerrada.

—¿Ya me estás cerrando la puerta, Finita, sólo porque no te hablé en cuatro días?

—Ah... ¿fueron cuatro?

—Ya sé: estás enojada, ¿verdad?

—¡No!

—Estás celosa, ¡mi Finita está celosa!

—¡Por favor!

—Entonces déjame ir contigo.

—No Leonor, no se puede. Yo no mando en la universidad.

—Entonces después nos vamos a cenar, yo invito.

—Quedé de ver a Águeda.

El silencio fue más que elocuente.

—Claro —lo rompió por fin Leonor, enronqueciendo—. Ya te vas con tu querida Águeda. Pues sí, ya sé que yo estoy para cuando no tienes otra cosa mejor que hacer.

—No empecemos, Leonor.

—No, no vamos a empezar otra vez. Esta vez vamos a terminar.

—A ver cuéntame —dijo armándose de paciencia Delfina—, qué pasó la noche del concierto, ¿pasó algo con ese cliente tuyo? ¿Federico?

—¿Federico? ¿Qué tiene que ver ése? Te estoy hablando de mí y de ti.

—¿No pasó nada... bueno o malo, pues?

—¿Te importa eso?

—Me importa por ti, ¡no seas necia!

—A mí no me hablas con ese tono, vete con tu Águeda y que sean felices.

Clic.

Con magistral discreción —unos telefonazos a la oficina de Águeda, un vistazo al directorio telefónico en los restoranes de San Ángel— Leonor averiguó a dónde irían a cenar las amigas. Y se presentó con Federico.

—¡Qué casualidad! —exclamaron ambas—. ¿No quieren sentarse con nosotras?

—¡No no! —dijo Leonor, que iba en seda estampada y los cabellos esta vez rizados—. Tenemos mucho que hablar a solas ¿verdad Fede? Pero me escapo un momentito a los postres. ¿Me das permiso?

Federico sonrió y la condujo a otra mesa. Hasta ésta se oían las risas de Leonor durante el aperitivo y el plato fuerte. En punto de los postres apareció, agitada:

—¡Si yo les contara! —dijo sentándose.

—Pero ya —dijo Águeda.

—Me trae que bueno... pero no —se interrumpió mirando a Delfina—. No, Finita se enoja. Acaba de hacer papilla a un pobre. Le tengo verdadero terror.

—¿Qué?

—Me hizo una escena porque no le hablé en cuatro días y hasta el teléfono me colgó.

Águeda y Delfina se miraron. Delfina bebió media copa de martini de un solo trago y dijo:

—¿Por qué inventas todo eso, Leonor?

Leonor, la cara contraída, dijo con voz aguda, mitad chillido, mitad grito:

—¿Ya ves Águeda? Está enojada.

—Al contrario. Yo sería feliz si todo lo que cuentas con Federico fuera cierto, ¿verdad Águeda?

Águeda asintió, devorando su profiterol. Apareció Federico:

—Hermosas señoras, ya es hora de separarlas.

Leonor se levantó, como estatua, y sólo se le vio un signo de humanidad cuando las manos de aquél, que le ponía la capa en los hombros, la hicieron estremecerse como al contacto de un erizo.

Después de complejas deliberaciones, por lo macizo de la competencia, Delfina fue elegida para coordinar el nuevo centro de investigaciones históricas en la universidad. La cosa se celebraría en un encuentro de profesores de otras universidades de México y el extranjero. Una delegación de la universidad de Santa Bárbara, California, abriría las sesiones. Y allí se encontraba Liliana Prado, compañera de estudios de Delfina, amiga del alma en la primera juventud.

La noche de la inauguración habría coctel y honores para Delfina, que casi se había peleado con Agustín porque su gira a Puerto Rico le impediría estar presente. Pero entendió, como siempre, y aceptó.

—Un día me voy a ir con otro —le dijo haciéndole la maleta.

—No creo, te aburrirías —contestó Agustín, con buen humor.

—¿Crees que tú eres el hombre más divertido del planeta?

—Por lo menos no te doy tiempo para que te aburras.

—Porque más estás fuera que conmigo.

—Sé que me lo agradeces.

—No vuelvas más y así te adoraré eternamente.

—No creo, me extrañarías.

—Tú no tienes compasión de mí, Agustín.

—Tan la tengo que ya me voy. No quiero aburrirte.

—Un día me voy a aburrir de que no me aburras, Agustín. ¡Todas mis amigas se aburren de sus hombres! Qué, ¿yo no tengo derecho? No tengo de qué platicar con ellas.

—Pero éste es el tema, ¡y es estupendo! Tú misma acabas de descubrirlo.

No se separaron desde el aeropuerto. Liliana Prado, diez años después: más delgada, más angulosa, más reidora en su norteño acento. Ahora con lentes y negros cabellos cortísimos.

—Te quedas en mi casa. Punto. Estoy sola. Agustín me abandonó.

—¿Cómo?

—Sí, por Puerto Rico, y se fue con un violín delicado y sinuoso.

Carcajadas de Liliana Prado.

—¡No te rías así, te vas a doblar! ¡Te vas a romper! Ahora te pongo en engorda. De aquí a la noche vas a quedar como la sirena de Pierre Mille.

No así. Pero como elegante espiga mecida por brisas penumbrosas. Lo que no sabía para ella misma, porque nunca se pintaba, petición de Agustín, Delfina era maestra en el arte de embellecer a las demás. Y a eso jugaban desde que eran adolescentes.

Liliana Prado quedó, a las siete en punto, totalmente ciega por la prohibición de los lentes, pero a lo *vamp* norteño, singularmente atractiva. Y ella fue, aún sin zapatos, la que abrió la puerta y recibió a Leonor.

—Mucho gusto, soy Liliana Prado.

—¡Qué diablos es esto! —gritó Leonor, abriéndose paso hasta la recámara de Delfina, donde ésta terminaba de arreglarse—. ¿Ya viste qué horas son? Te dije que estuvieras lista a las siete. ¡Carajo!

Para Leonor, Liliana Prado hacía su mejor papel de fantasma. Y Delfina abrió enormes ojos. Y antes de que nadie pudiera abrir la boca, salió Leonor dando un portazo:

—¡Te espero abajo, y sólo cinco minutos, ni uno más!

—Oye. . . ¿ésa es tu amiga del alma? —preguntó Liliana Prado con timidez.

—No le hagas caso, la picó un escorpión y no se calma hasta que suelta todo su veneno —dijo Delfina, la voz vibrante, a punto de llorar, cepillándose los cabellos con lenta furia.

Leonor estaba dando claxonazos a diestra y siniestra, y a punto del arrancón, alcanzaron a subir al coche Liliana Prado y Delfina. Junto a aquélla iba Federico, impecablemente calvo y sonriente.

—¡Te dije que no viniéramos en mi coche! —gritó Leonor en el primer semáforo. El coche se había parado.

—Mi vida, tú quisiste que viniéramos en tu coche —decía con calma Federico.

—Ah no, te lo dije, desde la mañana me estaba fallando.

—Por eso fuiste al taller a que te lo revisaran, linda.

—¡Son unos desgraciados! Mira nada más, ¡te lo dije! —y quién sabe cómo, lo arrancó de nuevo.

—Si quieren nos vamos en el mío —dijo Delfina, que iba atrás, junto a la enmudecida Liliana Prado.

Silencio absoluto. Vuelta a los claxonazos. Al semáforo. Al coche muerto. Golpe sobre el volante. "Mi vidas" de Federico. Nuevo arrancón.

—Me perdonan, pero vamos en este mismo momento por el coche de mi prima Úrsula —sentenció Leonor—, no me voy a seguir exponiendo, porque el regreso es a media noche, va a ser peor.

—¿Tu prima Úrsula? ¡Vive al otro lado de la ciudad! —dijo con total incredulidad Delfina.

—Ni modo m'hijita. No me voy a seguir exponiendo.

—Se nos va a hacer tarde —irrumpió Liliana Prado—, mejor vámonos en taxi, yo sí tengo que exponerme, o más bien, exponer mi ponencia.

—Sí, en taxi —coreó Federico.

—¡Tú vienes conmigo por el coche de mi prima Úrsula! —le gritó con ojos encendidos Leonor a Federico.

—Sí mi vida, pero cálmate, por Dios, ellas llevan prisa.

—¡Que tomen un taxi! ¿No quieren acompañarme? ¡Perfecto! ¡Taxi! ¡Taxi! —gritaba Leonor por la ventanilla.

Delfina y Liliana Prado salieron como flechas azotando la portezuela. Y llegaron en taxi al centro universitario.

Pasados los discursos y las ponencias, donde Liliana Prado dio brillante ejemplo, vino el coctel y su música melosa. Corría el vino blanco. Leonor entró en el salón justo en el brindis para Delfina. Se abrió paso. Se acercó radiante, y la abrazó largamente en medio de los aplausos. Federico llegó tosiendo, un rato después, con las manos engrasadas, porque el coche de la prima Úrsula se había quedado sin gasolina a tres cuadras de la universidad. Úrsula había salido de vacaciones. El portero no tenía permiso de prestar a nadie el coche. Leonor gritó, sollozó. Consiguió que un vecino de Úrsula le prestara el teléfono para hablarle por larga distancia. Nadie contestó. Pero en ese momento llegó la criada de Úrsula, y después de discusiones le dijo al portero que podía prestarle el coche a la señora Leonor. A tres cuadras de su destino se había quedado sin gasolina.

—Ya por fin haz algo tú Federico, ¡maldición! ¡es tardísimo! —había dicho Leonor bajándose del coche, taconeando veloz en la oscuridad.

La euforia y el vino hacían brotar de Delfina una Delfina igual a ella pero más desnuda en sus maneras, en su voz cantadora y su risa abierta. Era ella magistralmente retocada: labios nacarados, pupilas iridiscentes, cabellos como leones sueltos, y una gana de tirarse por la borda, al abismo, por el puro gusto de perder las riendas, que despertaba en los hombres un súbito e inexplicable temblor de aguijón, detrás del respeto a la maestra.

Era increíble que un par de horas después de haber hablado sobre las carencias de la investigación mexicana en lo que se refiere a arqueología prehispánica, dada la riqueza del país en esta específica área, y las lúcidas propuestas que hizo para los nuevos planes de estudio, esa misma mujer, a la que siempre se veía llegar sola y sin escándalo de por medio, estuviera ahora cantando tangos y enseñándole a bailar a sus colegas estadunidenses.

Rick Almeida no se separaba de ella. Revoloteaban alrededor del bufet, vaciando las copas de los distraídos. Liliana Prado bailaba con un compañero de Delfina que tiempo antes, y sin fruto, había pretendido a la misma Delfina.

Mientras tanto, Leonor era la voz cantante en un círculo de profesores. Explicaba con orgullo su condición autodidacta, las asesorías que daba en sus tiendas, y cómo Delfina estaba a punto de nombrarla asistente oficial en la carrera. Federico asentía, rodeándole el hombro y bebiendo sin tregua.

Las dos parejas reían entrambas cuando paraba la música. Leonor se decidió. Se separó del grupo, llamó a Liliana Prado a un aparte:

—Yo nada más quiero advertirte, Liliana —le dijo con voz cómplice y suavísima. Liliana Prado la miró interrogándola.

—. . . advertirte Liliana. Ese tipo es un cerdo.

—¿Qué? ¿Quién?

—Dirás que me meto en lo que no, pero eres amiga de mi mejor amiga y por eso lo hago. A Finita ya se le pasaron las copas y no se da cuenta. Pero yo sí te lo digo, lo conozco.

—Pero de quién hablas ¡Rick Almeida es una persona encantadora!

—No. Yo no sé nada de él ni puedo meter la mano en la lumbre. Además Finita es como niña, a veces le gusta jugar, hay que perdonarla, la conozco como a mi palma. Hablo del otro, del tuyo.

—¿Mío? —Liliana Prado no salía de su asombro.

—Ese profesorcito de pega, con el que tanto bailas, no es más que un gusarapo arribista.

—¿Rubén Ramos?

—Es de pisa y corre. No he visto una sola falda que no haya caído con él.

—¿Incluida la tuya? —respondió retándola Liliana Prado.

—¡Ja! —gritó la otra—. Brincos diera el pobre ser. Bueno, yo sólo te lo advertí. Por amiga. Tú sabes lo que haces —dijo ya dándole la espalda y caminando hacia el salón.

—¡Mil gracias, amiga! —respondió Liliana Prado enmarcándose la boca con las manos, al modo de megáfono. Y corrió hacia su pareja riendo entre dientes.

La fiesta estaba en su apogeo. Quien no hablaba a gritos sin que nadie atendiera, bailaba sin pareja con los ojos cerrados, o canturreaba rancheras en falsete. Y largo tiempo sería comentada esta memorable noche, que Águeda se encargó de resucitar detalle por detalle, porque habiendo estado fuera de México, se había perdido el espectáculo.

Entre carreras al baño y bostezos de Federico, Leonor se hacía presente regañando a diestra y siniestra:

—Tu amiga es una vulgar.

—Te dije que es un cerdo.

—Compórtate, estás en un centro universitario, no en un cabaret.

—Me dijo que era un cerdo.

—¡Está menopáusica!

Quedaron los íntimos. Delfina invitó a su casa. Todos la corearon con aplausos.

—Bueno mi vida, ahora sí nos vamos —dijo Federico.

Leonor ni siquiera contestó. Se dirigió sin pausa alguna a casa de Delfina.

—Pero linda, son las tres de la mañana —insistió Federico en el trayecto.

—Allá te duermes un rato. Es el festejo de Finita. No podemos dejarla sola.

Se abrieron más botellas. Se pusieron discos. Rick Almeida le hablaba al oído a Delfina, ella reía tapándose la boca. Leonor hablaba acaloradamente de antigüedades con dos profesoras que dormitaban sobre la alfombra. Rubén Ramos y Liliana Prado cuchicheaban con seriedad. Federico dormía en un sillón.

Leonor esperó pacientemente a que dieran las seis de la mañana. Se acabó dos cajetillas de cigarros en el lapso y media botella de blanco caliente. Nadie daba visos de querer irse. Entonces siguió a Liliana Prado, que había ido a la cocina por una cerveza.

—Liliana, dirás que no sé qué, pero el profesor Ramos es una persona que vale la pena y yo sé que tú, en estos momentos. . .

—¿Ya cambiaste de opinión?

—Bueno, sí, sino que. . . date el gusto Liliana, es ahora o nunca, un lujo de la vida, ¿ves? Te vas mañana, ¿no? No estás casada, no tienes compromiso. . .

—Ciertamente, ¿qué más?

—Ándale Liliana, llévatelo, es una maravillita, te lo juro.

—¿Entonces me lo recomiendas? —dijo tranquila Liliana.

—¡Sí!

—Ay no sé, si tú lo dices como que no me convenzo. . .

—¡Que te lo cojas, te digo!

—Buen provecho —dijo Liliana Prado y salió de la cocina dejando a la otra parada y con la boca abierta.

Pero Leonor la siguió. Y plantándose en medio de la sala, dijo sonriendo:

—Ahora sí nos vamos todos. Finita ya está muy cansada. Rubencito, por favor llevas a Liliana y a los profesores a su hotel, nuestro coche está descompuesto, ¿verdad Fede?

Federico despertó con la sacudida. Se levantó atarantado:

—Vámonos linda, vámonos.

—Yo me voy a quedar a dormir aquí —dijo Liliana Prado.

Delfina, echada en el sofá, ronroneaba junto a Rick Almeida, que bebía imperturbable.

—¡Ay mi pulsera! —gritó entonces Leonor—. Se me perdió mi pulsera de oro.

Y con maldiciones y suspiros, puso a todo mundo a buscar la pulsera entre los pelos de la alfombra.

—Yo la busco mañana —decía Delfina, perdida entre las patas de una silla.

—No te importa, ¡claro que no te importa! Me la regalaron mis hijas en mi cumpleaños. ¡Mi pulsera de oro! ¡Claro que a ti no te importa!

Nadie la encontró. Leonor estaba, ahora sí, fuera de sus casillas. Temblaba y gemía y entre todos la condujeron a la puerta. Desde allí se volvió hacia Liliana Prado, que ya ayudaba a Delfina a enderezarse.

—Vente Liliana, vete con Rubén, él te lleva. ¡Déjala descansar!

—Chao —le respondió sonriendo Liliana Prado—. Y cierra bien la puerta.

El trayecto a la casa de la prima Úrsula, para cambiar de coche, fue lento y silencioso.

Cuando Leonor advirtió que le habían abierto la cajuela y robado la llanta de refacción y sus zapatos nuevos que aún no había estrenado, no tuvo fuerzas más que para soltar dos lágrimas.

Calladamente la condujo Federico al hotel donde habían decidido pasar la noche. Eran las siete y veinticinco de la mañana.

Era la primera vez que lo veía desnudo. Indefenso, pensó Leonor, como pollo sin plumas. Su vasto cuerpo en el umbral de la gordura sostenido por dos patitas de pájaro, blancas, cerosas, casi lívidas. Su dormido sexo oculto entre el estropajo de las ingles. Estaba de pie, frente a la cama. Sonreía cansado. Bebía una cocacola. Leonor cerró los ojos. Se había echado vestida en la cama. Lo vio desvestirse, acercarse, cerró los ojos.

Sintió cómo él le quitaba los zapatos y le desabrochaba la falda, la blusa. Entonces Delfina, esa imagen castaña y ebria pasó revoloteando. La oyó ronronear junto al pocho aquel; vio a Liliana Prado abriéndole la puerta, cerrándole la puerta. Liliana Prado alrededor de Delfina. Gimió Leonor bajo el peso de Federico. Un gemido subterráneo que la hizo abrir los ojos, clavarle las uñas a Federico en los brazos, girar sobre su eje hasta quedar montada ella y galopar así con desbocada furia, los ojos abiertos clavados en la cabecera, velados por la película que sólo ella veía: la sucesión de cuadros, en rapidísima cámara, en edición enloquecida de la fiesta, esa fiesta, abriéndole, cerrándole la puerta. Ay cabalgadura atroz ya viene el muro y vamos a estrellarnos, viene al galope el muro y el sudor le corre por la espalda y el grito de su cuerpo es una contorsión de eses sobre el ya marchito prado del que está tendido, árbol caído, exangüe, blando, inocuo. ¡Maldición! ¡Maldición! Pero Leonor no se detuvo: un rugido le salió del pecho y embistió con más dureza, frotando, restregando hasta llagarse, hasta que el cansancio le llovió como plomo y se dejó caer de un lado entre palpitaciones y líquidos amargos.

Federico ya roncaba cuando Leonor, después de haberse aseado en el baño, se enrolló helada entre las sábanas.

Los ojos abiertos, la cabeza recostada sobre el brazo derecho. El cigarro humeando en la mano libre. Así la vio Federico al despertar. Algo en la cara de ella lo hizo estremecerse. ¿Algo en la boca? Pero de inmediato se repuso y trató de acercársele. Era hermosa, cierto. Su atlético y largo cuerpo la enjutaba sugiriendo las formas. La cicatriz de la remota cesárea apenas importaba ya. A Federico le gustaba precisamente el entreveramiento de joven y madura en ese cuerpo retador.

Le tocó el pubis, sobre la sábana. Leonor dio un leve brinco. Se retiró de la caricia con marcada suavidad. Y se levantó abruptamente.

—Qué pasa, linda.

—¿Qué tal un pámpano a la mantequilla y una cerveza helada, pero bien helada? Muero de hambre —dijo ya corriendo a la regadera.

Llegaron al postre. Habían hablado amistosamente de todo menos de lo de veras. Al despedirse, Federico dijo:

—Y bueno, linda, la primera vez nunca debe tomarse en cuenta.

—Pero para nada, no te apures —dijo con ancha sonrisa Leonor.

—Ya habrá otras oportunidades, ¿cierto linda?

—Mil, Fede, mil —canturreó con un beso en la mejilla, despidiéndolo para siempre.

Entrando en su casa, Leonor botó la bolsa, los zapatos, los aretes, corrió al baño a lavarse la cara, se soltó los cabellos. Cuando llegó a la recámara para echarse boca abajo sobre la cama, el llanto era ya incontenible.

Delfina y Liliana Prado veían el atardecer desde el balcón. Tomaban cervezas heladas y escuchaban un disco de Agustín. En la noche tendrían que despedirse en el aeropuerto.

—Cómo te envidio, Delfina.

—Ay yo también me envidio.

Rieron.

—Sí, porque me veo en los ojos de ustedes, los que me envidian —continuó Delfina—. Pero a veces no es la maravilla tener a un hombre así.

—No digas eso, rompes mis parámetros, me obligas a decirle sí al primero que se me presente de aquí a mañana. Y hasta ahora me he mantenido incólume, que no inmaculada.

Volvieron a reír.

—En serio, Liliana. Me deja mucho tiempo sola.

—¡Qué maravilla!

—A veces no lo es.

—¡Sigues rompiendo mis parámetros! Mañana entro en la cocina, con cinco hijos y uno en la panza, a ver cómo los consigo, sobre todo el de la panza, y no salgo nunca más de allí.

Esta vez Delfina sólo sonrió:

—No es fácil estar sin él —murmuró casi para sí—. Pero tampoco es fácil estar con él.

Liliana Prado comenzó a escuchar con seriedad. Y dijo:

—Menos fácil ha sido para él, supongo que hay que darse cuenta de eso.

—¿Crees que no lo sé? —se irguió Delfina con brusquedad, mirándola cara a cara.

Liliana Prado asintió apenas, giró la cabeza lentamente y sus ojos vagaron hacia los pájaros de la tarde.

—Supongo que saberlo no ayuda mucho —dijo en un hilo de voz, después de un largo momento.

Delfina se había levantado dando breves y erráticos pasos por la terraza, como si no supiera dónde poner su cuerpo, qué hacer con sus pies, sus manos.

—¿Cuándo va a darse cuenta él que yo soy otra persona, Liliana? ¿Cuándo tendré la certeza de que es a mí a quien mira?

Liliana Prado no contestó. Delfina lanzó un sonoro suspiro, iba a sentarse de nuevo, pero vio que se habían terminado las cervezas y ya iba por más cuando Liliana Prado dijo, sin moverse:

—Y ella sí te mira.. .

Delfina se quedó petrificada en la puerta.

—. . . pero qué precio estás pagando —continuó, como si estuviera hablándole a la fuente del parque.

Delfina dio un paso, y otro, y enfiló a zancadas hacia la cocina.

Regresó sin cervezas. Y dijo sonriendo:

—Ay me siento todavía mareada. Qué tal si nos echamos un rato en la cama, Lilián.

—¡Hace tanto que no me quitabas la *a*! Estoy a punto de recuperar todo mi amor por ti —respondió festivamen-

39

te. Y las dos entraron en la recámara, se dejaron caer sobre los desordenados cojines.

—Decías que era un nombre más sofisticado.

—Francés. ¡Con esta cara de india yaqui!

—Y tú me decías Delfidia. Y no sabía si era nombre de perro o de ninfa arcaica griega.

Rieron estirándose entre vaporosos bostezos.

—¿Sabes qué? —dijo por fin Delfina abriendo los ojos brillantes y atristados— Yo la siento como. . . como si fuera una hermana, o. . . ¿una madre? Tal vez. ¿Por qué no? Yo no he tenido algo así. Desde que se divorciaron mis padres. . . para qué te digo, ya sabes todo eso. . . Y Leonor me da. . . me llena una parte muy. . . Agustín me ama, de ninguna manera lo niego. . . Pero él está. . . también ya sabes todo eso.

—¿Y ella también sabe todo eso que yo sé?

—No te entiendo.

—Tú sólo estás pensando en ti, en lo que necesitas. Pero ¿y ella? No veo en Leonor ningún impulso maternal, querida.

—Qué es lo que ves.

—A un amante despechado.

—No Lilián, no digas eso —murmuró Delfina girando hasta quedar boca arriba, mirando vagamente el techo.

—Si quieres no lo digo. Pero es cierto.

—¿Crees que debo hablar con ella, aclarar? Ella quiere encontrar a un hombre. Ya ves que llegó con Federico.

—Sí, su escudero. Y yo su presa enemiga.

—Se portó horrible, ¿verdad?

—No. Aullaba de celos.

Delfina enrojeció. Miró la hora y se levantó de un salto:

—¡Te deja el avión!

Rumbo al aeropuerto Liliana Prado le contó con pormenores sus apartes con Leonor, y le describió cómo había notado su cacería durante la fiesta.

—¿Cómo permites que te trate así? —concluyó.

Delfina se ponía ora verde, ora roja, ora morada.

En la despedida no quería soltarse de los brazos de Liliana Prado. Le suplicó que volviera pronto. De regreso a su casa se dijo ¿qué me pasa?, porque iba con los ojos húmedos, y una lava sorda le subía por la garganta.

—Sí, fue por celos.

Eso le había dicho hacía un momento, y Delfina no salía aún de su estupor. Todo el tinglado que había armado en su cabeza para reprocharle a Leonor su conducta, se venía abajo con una sola frase, tan simple como ésa. Se sentía acorralada y paralítica, ella, que iba cierta por su liebre. ¡Qué paradoja! Había dicho la frase sonriendo, los ojos negros alargados como nunca, parecían barnizados de diamantina. Leonor se veía hermosa y feliz confesando sus celos, como quien dice de pronto un verso de altísima elegancia. Fumaba con placidez.

Delfina, viendo su copa, asintió como autómata varias veces.

Habían dejado de verse casi dos semanas. Delfina esperaba el telefonazo de un momento a otro desde aquella noche. Su discurso iba mejorando día con día, poblándose de rabia con la espera. Pero pasaron los días y su ánimo fue reblandeciéndose hasta la compasión y aun la ansiedad. Del "pobrecita, le voy a llamar yo... no pero por qué si yo soy la ofendida...", pasó al "ya está usando esta espera en contra mía, porque como no la llamo ella será la que debe reclamarme y me armará una de sus escenas de furia y lloriqueo".

Temblaba cada vez que sonaba el teléfono. Y para compensar su turbación, corrigió el discurso con los razonamientos más lógicos, objetivos y serenos que pudo acuñar. Estaba preparadísima cuando Leonor hizo su aparición, justo el día en que Agustín salía a San Antonio.

—¿Puedes venir a mi tienda de Perisur, Finita? Traje un arcón de Morelia que quiero que veas y me digas si es auténtico. . . Es una joya, por lo menos el precio sí fue auténtico.

—¿Fuiste a Morelia?

—A un montón de partes. Perdóname si no te avisé, pero tu teléfono siempre está ocupado. Una de esas oportunidades con unos clientes estupendos.

Delfina aceptó, un tanto confusa. El análisis de los armatostes fue minucioso y aséptico. Leonor tomaba notas, daba instrucciones a los empleados, y fumaba sin parar. Delfina quedó exhausta.

—Ahora Finita, como siempre que me alumbras con tu magnífico cerebro, te llevo a cenar.

Leonor pidió vino español, una fuente de paté con aceitunas, y tomó la palabra. Contó de punta a punta y con exhaustivos detalles su viaje de negocios. Se detuvo en la descripción de paisajes, en las comidas, en las nuevas relaciones que sembró acá y allá, en las artesanías que compró, en las casas de cultura que visitó. Y un capítulo aparte fue para la ropa: vestidos bordados a mano, manteles de encajería, y una blusa de manta tan sencilla como sencillamente única.

Delfina hacía esfuerzos por escuchar, enfrascada en el importante discurso que debía soltar de un momento a otro. Por fin, en una rendija, cuando ya las estaban corriendo del restorán, le dijo a Leonor:

—Aquí no se puede estar en paz.

—Ay Finita, pero vamos a acabarnos este Marqués riojano —contestó Leonor, paladeando la última copa.

El proceso de pagar la cuenta, revisar los precios, firmar tarjeta, sumar propina, fue lento y enervante para Delfina, mientras Leonor repetía la operación bromeando con el capitán.

Llegaron por fin a la casa. Delfina corrió a la recámara y se desvistió tironeándose la ropa. Se puso el camisón y la bata, se cepilló los cabellos, se lavó la cara y se dirigió a la sala, donde Leonor ya tenía preparados los hielos, los vasos y el tocadiscos en la *Balada para Adelina*. Era el rito habitual. Delfina no soportaba medias, colgados, tacones, y llegando a casa tenía que volver a ser ella: naturalísima, holgada, fresca. Mientras tanto, Leonor se adueñaba de la cocina y de la discoteca. Quedaban frente a frente, echadas sobre la alfombra —Delfina lo había impuesto, tampoco soportaba sillas ni sofás y sólo le servían de estorbosa decoración para las visitas—, alrededor de los cacahuates y las copas. La pantalla amarilla de la lámpara regaba su dulce luz en una esquina invisible. La liturgia estaba cumpliéndose al pie de la letra. Era el momento.

—Yo quería que habláramos sobre la otra noche —dijo enfáticamente Delfina, abrazando sus rodillas y mirándola de frente.

Leonor no se turbó. Durante quince días se había preparado para este momento. Sonrió. Encendió un cigarro. Se quitó los zapatos. Echó el humo lentamente y fue diciendo igual la frase:

—Todo lo que pasó esa noche, Finita, fue por celos. Lo digo, lo confieso: celos.

Delfina miró el fondo de su copa y comenzó a agitarla igual que su cabeza, que asentía como autómata. Se oyó el ruido de los hielos en el cristal. La casa entera dio un vuelco: mesa y sofás patas arriba, los libros se abrieron como acordeones con las letras al revés, los cuadros volaron entrechocándose y salieron disparados por la ventana, el espejo del comedor reflejaba la estufa y la regadera, la cabeza giró, giró hasta acomodarse al nuevo panorama. ¿Cuánto tiempo? Delfina no lo supo, hasta que se oyó decir:

—Así que lo reconoces, Leonor.

No estaba segura de que eso hubiera sido lo que quería decir. Trataba de asirse al fabricado discurso, y sólo hallaba fragmentos deshilvanados: "las groserías que hiciste", "los gritos que diste", "no soy tu esclava". . . pero se desmoronaban como fantasmas huidizos. Se oyó hablar.

Leonor, en su misma plácida y sonriente postura, respondió:

—¡Te lo estoy diciendo, Finita! Es la primera vez en mi vida que reconozco mis celos. ¿No te parece maravilloso?

—¿Ese espectáculo grosero y enloquecido que diste? ¡Qué maravilloso! —alzó la vista. Quería seguir aferrándose a lo que tenía que decir. Fuera de eso se sentía flotar en lo irremediable.

—Ay Finita de mi corazón —cantó la otra— ¿le quebré las costillas a alguien? ¿Incendié un pozo petrolero? ¿Traicioné abominablemente a la patria? Sólo reaccioné como cualquier persona celosa.

—Celosa de qué Leonor —irrumpió casi con violencia Delfina.

—De ti Finita, por ti.

—Ah. . . —dijo Delfina levantándose y caminando nerviosamente entre los cojines, agregó con voz entrecortada— Así que estás enamorada de mí.

—Sí y no —contestó de inmediato Leonor en medio de una garigoleada fumarola.

—Sí o no, Leonor —gritó Delfina.

—Sí y no, Finita —respondió suavemente Leonor.

—No me salgas con baraturas de fotonovela. Se ve que todavía no se te olvidan.

—Y tú, mi Fina, todavía estás en el mundo fantástico de Cachirulo: solamente hay buenos o malos, ¿verdad? ¿Cuándo vas a crecer un poco? Los librotes no te dejan tiempo, eso veo.

La cabeza le estallaba a Delfina. Sintió que la batalla se había declarado de nuevo y había que ponerse armadura y espada en mano, como siempre que se llegaba a un punto en la discusión con Leonor. La mera expectativa la agotó hasta la náusea. Se dio por vencida de antemano.

—No empecemos Leonor —dijo parada, clavada en el umbral de la sala.

Leonor se levantó, se le acercó rodeándole los hombros y la condujo a los cojines. Delfina obedeció, suspirando.

—Mira Finita, te voy a servir otra copa, yo traigo los hielos, espérate aquí.

Hizo las cosas con destreza impecable y en un parpadeo. Se sentó junto a ella:

—Sí, Finita —comenzó a decir con calma—, porque tú significas un gran paso en mi vida. Ya te lo he dicho. Eres la primera mujer con la que yo puedo relacionarme sin conflicto. Hemos hecho una amistad sólida, de presencia, de permanencia. Sí, porque tú me has dado mucho, así como espero yo haberte dado también. Y porque aunque te rías y parezca locura, he encontrado en ti el calor de madre que me faltó. Tú siempre estás. Y eso es lo más valioso. He aprendido a amar a la mujer, un amor sin resentimientos, puro, limpio. Por eso, Finita. Y no, porque no estoy sexualizando nada contigo. Al contrario, tu amistad es lo que busco y es lo que me ha llevado a aclarar mis confusiones, a definirme como compañera de un hombre que espero encontrar. No, porque en ti he descubierto que lo que yo busco de una mujer no es el sexo, por eso abortaron mis intentos aquellos, sino su comprensión, su diálogo, su compañía donde mi corazón se siente lleno, identificado. No, porque tú has nutrido en mí esa carencia y ya me siento apta para encontrar, o más bien para descubrir al hombre. Yo no podía llegar a él sin haber amado a la mujer, a la madre, sin haberme sentido querida y aceptada por ella. Sí y no, Finita. ¿Ahora entiendes?

Delfina recostó la cabeza en el asiento del sofá. Se hizo de pronto el silencio. Leonor se levantó a cambiar el disco. Y ahí le dijo Delfina, pausadamente, casi exangüe la voz:

—Entonces por qué los celos.

—Estoy feliz de haberlos sentido y aceptado —respondía Leonor poniendo el disco—. Es definirme como tu amiga, dar el gran paso que te acabo de explicar. De repente veo que una intrusa, para mí fue una intrusa, llega y se planta a ocupar mi lugar, el que creo que me he ganado en tu corazón. Y se instala en tu casa tan fácilmente. ¿Tú qué hubieras sentido, Finita? —preguntó Leonor, pero no dejó margen a la respuesta, encabalgando su parlamento—. Por eso te digo que me siento muy bien de poder verbalizar todo esto. Ya lo hice consciente, y tú sabes que en el análisis es el gran paso.

De ahí pasó Leonor a la cátedra de sicoanálisis en la que siempre desembocaba después de haber dado un gran paso. Delfina nunca había estado propiamente en sicoanálisis, pero había estudiado y leído lo suficiente sobre la materia como para dialogar al parejo. Con Leonor, fósil ya de toda suerte de divanes, había aprendido la terapéutica que le faltaba. Se trenzaban en discusiones, destapando oscuridades del inconsciente remoto, y volvían una y otra vez a la infancia, a papá y a mamá, y aun llegaban a los susurros del vientre materno. Delfina aderezaba las interpretaciones con las teorías más audaces sobre sicología de la historia, de modo que se remontaban hasta las bisabuelas y las leyes y valores del XIX para explicarse el porqué de cada uno de sus actos. Leonor insistía en que nada debía quedar guardado en el ánimo, e inauguró en el vocabulario de la amiga la palabra *verbalizar*, y ésta comenzó a ser consciente de todo lo que iba sintiendo momento a momento, para poder así verbalizar sus emociones. Leonor, por su parte, vio varias veces resquebrajados sus ya encallecidos esquemas ante la embestida de la intuición de la neófita, y después de muchos *rounds* tuvo que reconocer que su prédica, oreada por la frescura de Delfina, se le revertía haciéndola tambalear. Entonces cambiaba de analista.

Pero esta vez Delfina se quedó sin fuerzas. La escuchaba sin decir palabra. Le miraba el impecable rojo de las uñas en el arabesco que tejían sus manos entre el humo que la envolvía. Cuando terminó, Leonor se le acercó con mucha suavidad, le acomodó los cabellos de la frente:

—Ya estás borracha, Finita —le dijo en tono de reproche cariñoso.

Delfina asintió, se le acurrucó en el hombro a Leonor y murmuró:

—Quiero irme a la cama.

—Eres una borracha —reía Leonor, conduciéndola a la recámara.

Delfina, niña de dos años, se hizo bola entre las cobijas. Leonor se desvistió con calma, recogió el tiradero. Apagó la luz. Delfina ronroneó cuando sintió el sabroso calor en la espalda: Leonor se acurrucaba junto a ella y permanecía quieta. Entonces llegaba el sueño como lenta marea. Los miedos desaparecían. Dormir. Dormir.

El plan estaba hecho. En la mañana Tepozotlán y la consabida cátedra de historia, pintura y hasta arquitectura que le daría Delfina. Comer en el mercado, echarle un ojo a las antigüedades, y luego regresar a la ciudad. Cine, merienda dominguera en algún café reminiscencia de los chinos, otra plática más en casa de Delfina. Y dejándola sana y salva, despedirse con un largo abrazo. La despedida también era ritual. Se acompañaban hasta el coche entre lentas escalas, como si no se hubieran visto en meses y tuvieran súbitamente mil cosas que decirse.

—Eres un leoncito, Leonor, así te voy a llamar —le dijo en las escaleras, alborotándole la flava melena.

Leonor sonrió resplandeciendo y se arrojó a sus brazos:

—Y tú eres tan finita, tan finita, Finita.

—¿Ya ves? No vuelvas a echarme chispas por los ojos, Leoncito, cuando te enojas picas y muerdes —reía Delfina en el abrazo. El día había sido un caluroso estallido que se deslizó sin estruendo. Leonor alzó los ojos, la miró de frente y le respondió con un dejo de cuchillo en la voz:

—Yo soy como una fiera si se trata de pelear por lo mío. Ya me vas conociendo.

Delfina sintió el filo helado resbalándole justo en la mitad del pecho. Se estremeció levemente y algo como una risa cantarina le salió de los labios. Demasiado metálica esa risa. Volvió a abrazar a Leonor. Algo se le ahogaba en el pecho. Cuando iba camino a la puerta de la casa comenzó a contar las horas que faltaban para la llegada de Agustín.

Cuando abrió los ojos, lo tenía a diez centímetros de distancia. Ella estaba sudando aún el rezago de los sueños, y el rostro de Agustín cubría el horizonte.

—¡Mi amor! pero. . . a qué horas, no te oí —exclamó Delfina lanzándosele al cuello. Y no lo soltó sino horas después, cuando Agustín dormía el amor, y ella se separó para contemplarlo con más anchura. Lo miraba. Lo miraba imaginando sus sueños. Tenía la sensación de estar junto a un extraño, el Agustín que cerrando los ojos entraba en quién sabe qué paisajes. Lo sentía más ausente que cuando andaba lejos, de viaje. A veces lo despertaba haciendo algún ruido. Necesitaba sentirlo aquí, de cuerpo entero. Volvían a hacer el amor. Entonces ella respiraba como si recobrara el piso.

—Ahora sí, cuéntame todas las atroces traiciones que cometiste en esta ausencia mía —decía Agustín tomando el café, todavía en la cama. Delfina, con una camiseta por vestido, se cepillaba los cabellos sentada en el tocador.

—¿Te cuento una traición feroz? —dijo.

—Atrocísima, si no para qué.

—Bueno. . . —se levantó hacia él abriendo como abanico sus lacios cabellos entre los dedos. Agustín sonrió, no sin temor, e hizo a un lado la charola.

Todo tipo de traiciones salieron de los labios de Delfina, y mientras más soeces, mayor la suavidad con que Agustín la señoreaba.

—No sé si contarte —dijo Delfina, mientras veían televisión, acurrucados en el sofá de la biblioteca.

Agustín se volvió a mirarla. No era una frase común entre ambos.

—...es que cuando te hablo de Leonor te pones verde y azotas lo primero que tienes a la mano —exclamó Delfina.

Agustín se puso verde y azotó lo primero que tenía a la mano. Se levantó. Se sentó:

—Cuenta.

—No, pues nada —titubeó Delfina—. Primero me hizo un escándalo en la fiesta, porque vino Liliana y se quedó a dormir. Te dije que vino ¿verdad? Sí, ya te conté todo eso... No creas que escándalo público. En realidad no sé si fue cosa de la borrachera y estamos todos exagerando.

—Quiénes todos.

—Pero eso no es lo que quería contarte. Dijo que fue por celos. Esto fue ayer, no, antier apenas. Me dijo que yo... más bien me explicó que eran celos de amiga, pero que no está sexualizando nada conmigo, tú mismo la has visto salir con un hombre...

Agustín hizo tal mueca que Delfina prefirió callar.

—¿Eso es todo? —preguntó después de un silencio inmóvil.

—Qué opinas —susurró con miedo Delfina.

Agustín se levantó, dio otros pasos. Se detuvo frente a ella y dijo, tomándole el mentón, con suavidad, tanta como su voz fue lenta y pesada:

—Si esa rata te toca la punta de un cabello...

Delfina se estremeció. Sin saber de dónde el agua llenó sus ojos. Agustín se iba. Ella sacó fuerzas, aún le dijo:

—Nunca se puede hablar contigo. . . Crees que así arreglas el mundo. . . Tú no quieres saber lo que yo siento. . .

Agustín se volvió, ya al pie de la escalera:

—Las opiniones no te sirven para nada. Siempre haces lo que te viene en gana, así que díselo, porque lo voy a cumplir, Delfina.

—Pero no se trata de eso. . . Yo no quería hablar de ella, ¡yo quería hablar de mí! —gimió Delfina. Pero él ya no alcanzó a escuchar.

En la noche estaban en el centro de una reunión de amigos. Agustín se veía animado como pocas veces y hablaba y bebía poderosamente. Delfina lo miraba con un anhelo que casi la mareaba. Quería tocar sus manos, su pecho oscuro, tentar con los labios sus vastos hombros. Sólo pensaba en volver a la casa, a la cama con él. Cuando él le hablaba en el tono de la tarde, cosa que sucedía rarísimas ocasiones, ella lo odiaba y después comenzaba a surgir dentro de su cuerpo ese remolino incandescente que la hacía languidecer hasta que lograba calmarlo en brazos de Agustín. Y él la recibía. Con destreza, pero con esa leve distancia que la mantenía exhausta y encendida, ese espacio fantasma cuyo nombre pesaba sobre Delfina irremediablemente, aunque Agustín nunca hubiera vuelto a pronunciarlo. Y así había sido desde el día en que lo conoció. Y sólo mucho después supo por qué.

Dos cielos redondos y sus oscuras lunas en el centro. Así eran los dardos de sus pupilas. Le apuntaron sin piedad.

—Tú eres Delfina. Pasa. Ya no tarda.

Frondosa y de rojos rizos enmarcándole la cara de manzana. Larga falda hindú, colgajos hindúes hasta en los tobillos. Sandalias de cuero. Listón hindú rodeándole la frente. Es una niña, pensó Delfina siguiéndola, porque parecía una virgen. Pero algo había en los giros de ese cuerpo que la desnudaban con impudicia. En las pupilas brillaba un aguijón. Se sentaron frente a frente, respetando el lugar de la dueña. Se miraron. Así las encontró Leonor, que cargada de paquetes entró dando órdenes en su tienda.

—¡Finita! —gritó—. Ten, llévate esto, acomódalo por allá —le dijo a la otra sin verla. Y se abalanzó sobre Delfina—. Perdóname, perdóname pero me atasqué en un embotellamiento. . .

Nunca le pedía perdón por ningún retardo. Pero esta vez ni siquiera lo hubo. Fue Delfina la que se adelantó a la cita, quería curiosear entre las novedades de la tienda. La joven se fue con los paquetes.

—¡Vero! —gritó Leonor después de los abrazos y los perdones—. Las copas y el tequila.

—Sí —se oyó una voz de la bodega.

—No le gusta que le digan Vero, pero a mí se me sale, qué quieres. Bueno, dime qué te parecen las transformaciones.

Delfina regó los ojos acá y allá.

—¿Verónica se llama? —dijo al aire.

—Ajá, es una chica muy linda, todavía un poco torpe, pero qué querías, no le pude decir que no a mi mejor cliente. Es su sobrina o algo así. Y yo ya necesitaba quien me ayudara con los papelotes.

—Ah. . . ¿está estudiando administración?

—Bien a bien no sé, pero bueno, tú estás guaperrisísima. Vamos al privado. ¡Qué pasó con lo que te pedí, Verónica! —gritó Leonor, conduciendo a Delfina al saloncito.

Dos semanas más tarde, Verónica las acompañaba en el saloncito privado. Bebía tequila chupando limón tras limón, sentada en posición yoga. Cuando abría la boca hablaba con extrema dulzura de cómo se había desprendido de su padre que era un borracho y ya vivía sola en un depa padrísimo, y tenía ganas de estudiar arte y esas cosas. Había vivido con un chavo un tiempo, pero no, se aburrió y ahora está de veras conociendo lo que es la vida en plenitud.

—Veroncita —cantó Leonor—, no comas tantos limones, luego te estás quejando de que te arde el estómago. Anda, déjalos.

Verónica rió chupando golosamente el último limón exprimido. Leonor se le acercó y le dio un cariñoso tirón de rizos rojos, y la otra le clavó sus aguijones azules.

—Ay Veroncita, qué malcriada eres —le dijo devolviéndole la mirada.

Delfina, en su sitio, abrió tanto los ojos que se sintió mareada de golpe.

Desde que Verónica entró en el panorama, Leonor se cambiaba de color los cabellos con más frecuencia y fumaba aún con mayor avidez. Se hicieron, por supuesto, inseparables. El trabajo las absorbía. Leonor se había propuesto convertir a Verónica en una ejecutiva y se entregaba a eso de veras. Pero la alumna no era dócil: firme en sus trapos hindúes, cuando se fastidiaba de repetir un reporte, botaba los papeles, y con su voz de crispada miel le ofrecía la renuncia, al tiempo que sus azules aguijones reverberaban en toda la habitación.

Leonor se empequeñecía, hipnotizada por esa cara de manzana rodeada de rizos rojos. Se le acercaba dulcemente, le acariciaba la manga de la blusa.

—¿Qué pasó, Veroncina? ¿Ya estás cansada? Vamos a echarnos un tequila, ¿quieres? ¿Sí, mi panterita roja?

—Ay es que yo no sé —dudaba aún endurecida—, yo

quiero algo más. . . o sea que. . . más humano ¿me entiendes? Estos putos números me pasman, Leonor, carajo.

—Desde mañana se encarga usted de los clientes, señorita Panterita Roja, ¿le parece?

—Ay Leonora —gemía la miel de Verónica, abalanzándose con su frondoso cuerpo hacia Leonor—. ¡Eres padrisísísima!

Leonor se hizo su confidente, la llevaba a comer a su casa casi a diario.

—¿Te digo qué, Leonora? Anoche que llego a mi depa y quién crees que estaba esperándome. . .

—Aníbal.

—¡Cómo supiste!

—Te dije que iba a seguir insistiendo.

—¡Pero es el super colmo! Le dije que me caga que me estén jode y jode. Lo nuestro ya se acabó, se acabó y punto.

—Pues tú seguías recibiéndolo, Veronina.

—Ah, pero de un de vez en cuando. Por no dejar, pero ya le había yo advertido, ¿te acuerdas que te dije?, que la próxima vez que me buscara. . .

—Qué hiciste anoche.

—Bueno. . . ya estaba allí.

—Y lo dejaste pasar.

—¡Él tiene llave! Ya estaba adentro. ¿Te acuerdas que nunca ha querido devolvérmela?

—Cambia la chapa.

—Sí sí, ya me dijiste Leonora, pero no tengo cabeza para todo.

—¿Y entonces?

—Bueno y entonces ya, quihúbole y cómo te va y tan tan tan. Ya venía medio pedo, luego luego me di cuenta. No sé ni qué le dije. Y que se me echa encima, creyó que muy fácil, como siempre. Yo estaba tan cansada, harta de todo, que casi estuve a punto, o sea, me dije ¿pelear ahorita? ¡qué güeva!, pero no sé qué me pasó, y que me zafo y le tiré un rollo que hasta lloró y me pidió perdón. Total, quedamos como cuates y ya se quedó dormido en la sala, en el cojín ese largote que tengo al que le puse el sarape que compramos el otro día ¿te acuerdas?, el de las grecas que parecen serpientes...

Leonor asentía, sin moverse un milímetro, recostada como estaba sobre su cama, mirando directamente a los ojos a Verónica, que en flor de loto, a su lado, hablaba mientras comía el postre: flan de coco.

—...ay oye porque me dije ¿por qué voy a acostarme con él si no tengo ganas? ¿Y sabes qué, Leonora? Últimamente ya no he tenido ganas con nadie. ¿Qué me estará pasando?

La tarde era un puro sol en la ventana. Leonor sonrió a modo de respuesta, y extendió la mano, invitando a la amiga a tenderse en la frescura de la sobrecama. ¡Ah, la siesta! Verónica se quitó las sandalias y se estiró ruidosamente. El perfume de Leonor: ese sándalo inasible, le llegó hasta la garganta.

Un momento después, antes de la modorra total, dijo mirando el techo con los párpados casi cerrados:

—Ay Leonora, eres la única persona con la que me siento así de bien.

—Te voy a dar calabazas otra vez, Finita, ¿me perdonas? Es que quedé de acompañar a Vero a...

Una película, a cortarse el pelo, a hacer unas compras, a cenar con unos clientes...

—No importa, no te preocupes. Voy a preparar mis clases...

O a ver a Águeda, o a dormir temprano, o a acompañar a Agustín en esta gira de fin de semana...

No que dejaran de verse, pero la frecuencia había disminuido abruptamente. Delfina sentía una doble emoción, contradictoria e inquietante. Comenzó a ser dueña de su tiempo otra vez, no había reclamos agrios que controlar con voz paciente, retomó la costumbre, que tanto la relajaba, de salir a caminar por el centro viejo, recorrer el Templo Mayor los domingos en la tarde, sola, perdida entre los merolicos y los vendedores de manzanas mosqueadas y muéganos durísimos. Descubrió insólitos matices en las cuerdas de Agustín, en los aplausos, en ese rostro largo y oscuro y en los surcos que le rodeaban la boca siempre ardiente. Quiso tener un hijo ya, ahora, entre las manos y abrazarlo mucho. Un hijo como el que Agustín había esperado tantísimos años antes. . . Se descubrió sumida en ensoñaciones a media mañana o en plenas clases, sin saber, al despertar, qué había estado pensando. Se reía de sí misma. Y la hería, sí, sentirse abandonada por Leonor. Extrañaba no su ríspida voz en el teléfono o sus órdenes inapelables o sus amenazas irónicas y lacrimosas, sino algo en el aire que la envolvía y que la anunciaba imperceptible pero indudablemente, un olor a tabaco y a sándalo, un sisear de veloces muslos, la ráfaga de su taconeo expectante, el umbral de la sonrisa que parece murmurar una oración para pedir la gloria, la piel bronceada de los brazos siempre desnudos, dispuestos siempre, a la espera generosa como frutos abiertos.

Cuando se veían, Leonor se desbordaba en atenciones. Un día, porque sí, le llevó de regalo a Delfina una pieza de alabastro·que había sido su mejor adquisición en meses. Pasaron el sábado juntas, y en la noche Delfina, ya chispeante el rostro por el vino, le dijo:

—Quédate Leoncito, no me dejes aquí sola como loca.

—Finita de mi corazón, mi Finita, ¿no ves que tengo que madrugar mañana? Quedé de ir a La Lagunilla con Verónica.

—Quédate Leoncito, te vas temprano, yo te despierto. . .
—y la llevó a la recámara colgándosele del cuello. Leonor reía regañándola como siempre:

—No tengo voluntad ¿ya ves lo que has hecho de mí, Finita? —decía dejándose conducir. Y Delfina suspiraba, lista para echarse en la cama y perderse completamente en el sueño, sintiéndose protegida.

Leonor se cuidaba de no juntarlas.

—Tú eres muy intelectual, Finita, muy directa y no perdonas ni una frase que no esté autorizada por la Academia Real.

—Real Academia.

—¿Ya ves? La vas a abrumar. Vero es una niña. La estoy educando. A veces me cansa y me impacienta, pero qué quieres, necesito quién me ayude, por eso me quita tanto tiempo.

Delfina hacía un mohín de reproche o de incredulidad. Entonces Leonor saltaba como gallina clueca, y coloreada de risa cantaba en sonsonete:

—¡Mi Finita está celosa!

Delfina enrojecía, se ponía rígida y con franco disgusto respondía:

—Estás loca.

Y evitaba el tema. Desde el día en que Leonor le confesó segura y sonriente los celos de amiga que le había despertado Liliana Prado en esa malhadada fiesta, Delfina no quería volver a hablar del asunto. No sabía por qué le molestaba el recuerdo de esa noche, le daba vueltas como rompecabezas imposible, se sentía perdida o sin piso o en la maraña de un paisaje borroso.

Ya no le preguntaba desde entonces nada sobre sus conflictos: qué pasó con Federico, quién está en puerta, ¿y las mujeres? Le parecía ver en la palabra sexo algo viscoso y visceral que la perturbaba si se refería a Leonor. Recordó la vez que descubrió las cartas, es decir, el gran secreto, y cómo entre sollozos le reprochó Leonor su indiferencia:

—Tú nunca me preguntas qué hago, cómo puedo estar así, sin nadie, crees que no tengo cuerpo, que no tengo gana...

Delfina se llenó de perplejidad. Con las demás amigas era el tema diario, pero ¿por qué a Leonor no podía, o no quería contarle sus encuentros amorosos con Agustín? ¿ni le nacía preguntarle o comentar lo de ella, salvo para abundar en las sesiones sicoanalíticas que tan asépticamente se imponían una a la otra?

—Es que tú me vives como madre y por eso anulas mi sexualidad —sentenciaba Leonor.

"Es que está sola, la pobre —se respondía a sí misma Delfina—, y yo no tengo derecho de embarrarle mis orgasmos en la cara." Pero ahora esas explicaciones ya no le bastaban. Simplemente le disgustaba, o más aún, la irritaba el tema. Y ni siquiera quería entender por qué.

—¡Sí, está celosa mi Finita! Pero acuérdese que usted es la primera en mi corazón —decía Leonor, feliz.

—Qué guapa es Verónica ¿verdad? —la interrumpió Delfina.

—Ajá. Pero le falta lustre. Es un poco cerril, como tú dices —contestó tranquilamente Leonor.

—Oye... ¿y los galanes? Los que me dijiste que te andaban pastoreando —dijo Delfina, que saltaba de tema en tema y nunca supo en qué momento se le estaba ocurriendo éste sin quererlo.

—¡Bah! Estoy en huelga, Finita —respondió Leonor en la última ojeada al espejo. Guardó peine, sombras, bilé—. ¡Vámonos, ya es tardísimo!

Sólo al tercer día se enteró.

—Finita ¿puedes venir? No tengo ni un pedazo de pan para comer, la criada se largó... Sí, en cama; pues... gripa, y nervios y ya sabes, locuras... Ya te platicaré.

La voz discreta, con una semilla de súplica, con otra de ansiedad, el telefonazo curiosamente escueto inquietó a Delfina. A las dos de la tarde del martes estaba tocando el timbre de Leonor, cargada con bolsas de fruta y abarrotes.

La vio como nunca antes: ojerosa, casi azul de tan pálida, las venas de la frente palpitantes, las arrugas viboreándole las comisuras de los labios; vieja, flaca, como gancho olvidado. Los ojos redondos y oscuros le sonrieron como si lloraran. Delfina balbuceó. No quiso mirarla más. Se dirigió con las bolsas a la cocina, mientras la otra se arrastraba descalza hasta la cama, gimoteando:

—Ay Finita, no sé qué haría sin ti...

Delfina recogió la charola de la cama. Le sirvió un té de anís y le acercó el cenicero. Leonor comenzaba a recuperarse.

—No quiero que me veas tan fea, Finita. ¿Me alcanzas el espejo? Y también el cepillo y el bilé, por favor. Y la crema limpiadora, la del frasquito lila.

Delfina contemplaba fascinada la operación. Le encantaba ver a las mujeres maquillarse, se sentía testigo privilegiado de un misterioso ritual. Recordaba cómo, cuando era niña, muy muy niña, se sentaba en el suelo junto al tocador donde su madre se arreglaba. Quería verlo todo: la bolsa mágica de donde salían tubitos y pinceles y frascos de cremas de todos colores. La madre se maquillaba con perfecta solemnidad, paso a paso, como un general en combate que mide el terreno y va creando su estrategia, a base de trampas al enemigo, ataques por los flancos, súbitas contraórdenes, altos al fuego, embestidas al frente.

El maquillaje venía después del vestido y los zapatos, que tenían que combinar en textura y color. De modo que Delfina ya sabía adivinar la sombra verde en los ojos y los labios marrón, cuando la ropa era en tonos cafés y amarillos; y la sombra azul y los labios color de rosa si el vestido entraba en los morados o pastel. Pero no decía nada, se guardaba su júbilo para después. La madre no quería interrupciones, ni siquiera advertía los expectantes ojos de su hija, que iban del espejo a su rostro, contemplando la transformación, jugando en secreto con las dos mamás que tenía enfrente. Cuando terminaba —y esto era apretar con los labios un pañuelo para quitar el exceso de bilé—, la madre se levantaba y se ponía frente al espejo de la puerta para verse completa, de los cabellos a la punta del tacón: era una marea de leche azucarada, un bolillo con cajeta, un olor a pastel hecho en casa el aire de la madre girando frente a su imagen para comprobar el pliegue de la falda, la transparencia de la blusa, el despeine cuidadosísimo de los cabellos castaños. Delfina se levantaba también a distancia, mirando con embeleso la obra maestra, la armonía colorida en ese paisaje ondulante y siempre inalcanzable que era su madre, y que en un parpadeo desaparecía dando las últimas órdenes a la criada. ¿Dónde está mi mamá? ¿Por qué se fue? El motor del coche, el arrancón. ¿A dónde va? Delfina se quedaba ante el espejo vacío: allí no había nada, porque esa figurita, como la mamá pero en chico, de lacios cabellos, todavía no era nada, nadie. Los ojos le dolían de tanta nada en el espejo.

Sólo en ese ritual, el maquillaje de la madre, Delfina podía solazarse llenándose los ojos. Aunque no le duró mucho tiempo. Un día la madre se fue, y no volvió sino años después.

Cuando Leonor la conoció, se aprestó a convertirla en una verdadera mujer: quiso enseñarle el gusto por el maquillaje. Pero Delfina se rebeló con todo tipo de argumentaciones: la frescura, la autenticidad, el antimercantilismo, el antiobjeto sexual, la originalidad y hasta la salud. Leonor echó mano de toda suerte de procedimientos, hasta que dictaminó de incurable esa enfermedad: "Tú quieres seguir siendo niña, Finita, no ocupar el lugar de tu madre, te da terror matarla metafóricamente, no has elaborado su abandono".

—Ajá —dijo Delfina sonriendo—. Si tú lo dices. . . —y corrió a lavarse largamente la cara.

Pero la fascinación ante el maquillaje de las otras mujeres no podía quitársela. Leonor hablaba interminablemente, y fumaba igual, mientras hacía proezas arcoiris en su rostro. Esto le añadía pimienta al espectáculo.

Pero ahora Leonor lo hacía en silencio, lentamente, seriamente, Delfina se sintió de pronto sentada en el suelo, las piernas cruzadas, el corazón galopando, los ojos llenándose de la ondulante leche azucarada en el espejo, esperando, esperando algo.

Leonor se recargó en los almohadones, le tomó la mano a Delfina. Era el momento.

—Finita. . . —le dijo susurrando—, el sábado me acosté con Verónica.

Delfina se vio en el espejo, como la mamá pero en chico, y no vio nada, nada, nada.

Le bastaron unos segundos para volver a acomodar el planeta. Las cosas giraron patas arriba, como cuando le dijo: "Fue por celos", luego de aquella odiosa fiesta con Liliana Prado. Pero rápidamente salió del espejo y recuperó su edad, y siguiendo una poderosa voz que la mantuvo erguida —una especie de instinto salvador—, reordenó la escena, y se colgó una ostensible sonrisa.

—¿De veras, Leonor? ¡Qué bien! ¡qué bueno! —dijo zafando su mano con el pretexto de servirle más té. Leonor cerró los ojos, echada en los almohadones.

—Ay Finita de mi corazón. . . —suspiró.

—Por favor, Leonor, ¿dónde está el drama? ¿A qué viene la tontería de enfermarte? ¿No estás ya suficientemente sicoanalizada? ¡Como si fuera la primera vez!

—Finita, Finita —la volvió a asir Leonor, la atrajo hasta

dejarse caer sobre su cuello—. Es que no me quiere, ¡no me quiere! —dijo llorando ya abiertamente.

Delfina estaba a punto de volver el estómago. Se mantuvo inmóvil, hasta que la otra dejó de llorar y se apartó.

—Perdóname Finita, ya vete a tus clases, ya te quité mucho tiempo. Después nos hablamos. Gracias, gracias por traerme de comer. ¿Cuánto te debo?

Delfina odiaba esa actitud en Leonor. Le estaba ordenando todo lo contrario. ¿Por qué no decirlo de frente? Se levantó. Se puso a dar vueltas por el cuarto. Leonor se sonaba la nariz.

—Qué pasó, pues —dijo Delfina, gravemente.

—¿No estás molesta, Finita? —preguntó sobre el pañuelo.

—¡Cómo no voy a estar molesta si te encuentro tirada en la cama y todavía te haces la diplomática conmigo en vez de. . . pues de hablar derecho! —manoteaba Delfina dando zancadas.

—Está bien. Te voy a contar, Finita. Siéntate. Ven, pásame los cigarros.

—Fuimos a Puebla a buscar una mesa de encino que me urgía muchísimo. Le dije vente, vamos a Puebla, yo invito. Ah porque la idea era quedarnos en el hotelito ese que está frente a las ruinas de Cholula. Ya sabes cuál. ¿A poco no es un sueño, con sus plantas y sus luces sobre la alberca?

—Ajá —respondió Delfina, echándose sobre el sillón de la recámara, las piernas abiertas, la cabeza recargada entre las palmas.

—Pues llegamos de las compras como a las cinco. Nos metimos a bañar, ya sabes, como tú y yo tantas veces. . .

Delfina sintió una navaja hendiéndole el corazón. Se vio beberse el agua de la regadera a carcajadas, los pelos empapados sobre la frente de Leonor.

—. . .y entonces. . .

Entonces Leonor vio en los ojos de Verónica una sonrisa anegada, casi dolorosa. Se estaban mirando frente a frente bajo el chorro de la regadera; timbales en el cuerpo de Leonor, timbales resonando, palpitando.

—¡Leonora preciosa! —gimió Verónica abriendo los brazos, dejándosele ir con violenta suavidad—. ¡Te quiero muchísimo, muchisísimo!

Leonor cerró los ojos sobre el cuello de Verónica, le acarició lentamente la espalda, los rojos cabellos rizados, los redondos hombros pecosos. Y sintió ese vientre frío contra el suyo, siempre avergonzado por tamaña cesárea, sintió esos pechos temblorosos y pesados como burbujas de agua, cosquilleantes sobre sus tensos pezones. Sintió los rubicundos muslos pegados a sus piernas. Sintió que ya no era ella, o más bien, que ella era Verónica, esos pechos y ese redondo vientre y esos muslos y ese pelo anaranjado y esos ojos azules como esferas de diamante eran suyos, no porque los poseyera, no porque se le rindieran, sino porque ella *era* todo eso. Se quedó quieta, quieta. Sin respirar.

—No sé cuánto tiempo estuvimos así abrazadas, Finita, te lo juro. Fue un abrazo de lo más inocente porque en ese momento fue como un cariño muy grande, con mucha piel. Veronita me besó la cabeza muchas veces, luego se rió, se desprendió rápidamente y ya echándose la toalla encima, gritó:

—¡A nadar, señoras!

Leonor sentía que la tierra era un barco, y que ella se mecía sobre cubierta viendo el morado lomerío del mar. O también que se balanceaba sobre una hamaca mirando entre las palmas los cuchillitos del sol.

Se pusieron los trajes de baño. Leonor no atinaba a abrocharse el tirante, las cosas se le movían en un lento vaivén. Verónica se lo arregló entre regaños cariñosos. Pidieron tequilas en la alberca. Verónica jugaba con el agua, con el pasto, chupaba limones y bebía tequila, corría de acá para allá frente a las miradas de los hombres, parecía leona joven retozando, retando con los dientes ensalivados y los ojos redondos y sanguíneos con el iris aguijón en el centro.

Leonor se recostó sobre el pasto, los ojos cerrados, una telaraña de inquietud comenzaba a envolverla. Sentía una plancha en el pecho.

—Como si no pudiera respirar bien, ¿entiendes, Finí? Me sentía muy feliz con Verónica, pero esos desfiguros y risotadas enfrente de todo mundo. . . Bueno, no les di importancia. Además ella se me acercaba cada rato y me daba un beso en la frente. Muy linda, de veras.

—Qué pasó después —cortó Delfina, que seguía rígida en la silla, la cabeza entre las palmas.

Leonor la llevó a ver la puesta del sol entre las ruinas.

—No mames, Leonora.

—Ya jugaste mucho, ahora te voy a enseñar algo maravilloso.

Con mohínes cachorros, Verónica tomó de la mano a Leonor y la siguió. Ésta hizo gala de su mejor maestrazgo sobre los goces de la naturaleza.

Juntas caminaron descalzas sobre la tierra rijosa. Olieron el humo de los siglos en el aire ámbar, tocaron piedras heladas, volaron hacia el crepúsculo tomadas de la mano.

Verónica parecía hechizada, jamás había vislumbrado que al alcance de la mano el universo se le abría como arcoiris para bebérselo. Droga. Opio. Yerba de la mejor. No, no es que veas el sonido como elefante color de rosa. Es que todo se siente, todo se respira, como si cada piedra y cada rama y cada trozo de cielo tuvieran vida propia, o un alma adentro, y vibrara con la tuya, todos los sentidos despiertos.

—¿Sabes Leonora? —decía entre hipos Verónica y con una gota redonda y perfecta a punto de explotar en sus metálicos ojos, mientras se echaba el último sorbo de la botella de vino—. No te vayas a burlar de mí, pero el paseo por las ruinas, ¿sabes qué me recordó?

Leonor pagaba la cuenta. Cena de reinas en el restorán

del hotel. Le tomó la mano, la acarició con paciente avidez, asintió.

—Dime, Verito. Dime.

—Pues. . . a mi angelito de la guarda. . .

Leonor alzó los ojos súbitamente: vio el rostro azucarado de una niña, y la respiración se le hizo aguda como cuerda estirándose. *Verónica o Delfina?*

—. . .Sí, porque como que todo me acompañaba, las piedras, el cielo. . . y no me había sentido así desde hace un putamadral, Leonora. . .

—¿Qué querías que yo sintiera, Finí?

—Eso que sentiste.

—Pues eso sentí. Sentí ¿qué te puedo decir? Quería arroparla, cuidarla, ser su ángel de la guarda. . . que no volviera a sentirse sola. . .

—Ajá —cortó Delfina. Se levantó, se estiró largamente. Un plomo le pesaba en la cabeza.

—Finita, ¿me pasas el cenicero?

—Allí lo tienes.

—No, el de la sala. Es que ya se me acabaron los cigarros.

—Y para qué quieres otro cenicero.

—Pues. . . a ver si hay colillas, algunas quedan grandecitas.

Fue Delfina, murmurando cosas que ya no oyó Leonor, porque se sonó con fuerza la nariz.

—Todavía no me cuentas lo que pasó —dijo Delfina sin verla, de vuelta con el cenicero rebosado.

—Lo que pasó es lo que te estoy contando, Finita —contestó Leonor, la voz crispada, sonrojándose súbitamente.

Se metieron en la cama. Hacía frío y las piyamas no bastaban. Se juntaron abrazándose. Leonor apagó la luz. Temblaba. Entonces Verónica dio un giro violento y gritó en la oscuridad:

—Leonora, Leonora, te necesito, quiero sentirte —y se zafó la piyama de un tirón.

Leonor se incorporó sobre la cama, su elástico y largo

cuerpo resorteó hasta quedar de hinojos frente a la otra. En la penumbra los ojos de Verónica parecían hipnóticas lechuzas. La tomó de los cabellos con las dos manos, y así la atrajo hacia su boca. Verónica gimió, sin despegar los labios. Leonor la separó, jalándole los cabellos, y la miró con furia. Verónica desvió los ojos, y se dejó tirar de nuevo de los rizos, entreabriendo la boca, que Leonor atrapó vehementemente.

Pero Verónica se desprendió con suavidad y abrazó a Leonor, diciéndole:

—Te quiero mucho, muchisísimo, muchisisisísimo —hipaba el vino ácido en la oreja de Leonor.

Leonor sentía el pecho reventándole sobre las blanduras de la otra. La separó. En un parpadeo se zafó el camisón. Y echó su cuerpo sobre el cuerpo de Verónica.

—Quieta, quieta —le susurraba en la oreja.

Así, en la quietud, como si el movimiento surgiera precisamente de la quietud, Leonor fue por fin *el barco sobre la mar*. Apenas un temblor. Un vaivén apenas.

Delfina no podía imaginar la escena. Aunque conocía la historia de Leonor y sus encuentros y desencuentros con mujeres, siempre las veía del cuello para arriba. Podía imaginar a Leonor, y a las otras que nunca conoció, trenzadas en discusiones, o aun besándose en la boca, pero ese balet de cuerpo entero con una zorrita disfrazada de madona, esa desnudez hambrienta, aquí y en ese momento, entre las sábanas sudadas, no encajaba en su cerebro. No que se espantara de algo que ya sabía, sí que la teoría se volvía de pronto carne sobre carne, y eso la sacudía llenándola de perplejidad.

Se mordió los labios. Quería preguntarle a Leonor: cómo, cuéntame cómo le hacen, qué le hiciste, qué te hizo. Se daba cuenta sólo ahora que por alguna sospechosa razón nunca había llegado hasta allí en las muchas confidencias con Leonor. Su manera de enfrentar el tema era estrictamente sicoanalítica y con la jerga de transferencias, regresiones y demás palabrería con la que el cuerpo de Leonor quedaba asépticamente resguardado. Lo único que se había atrevido a afirmar Delfina, y de modo contundente, es que ella adoraba a los hombres, y necesitaba de modo imprescindible *eso* que ellos tienen.

—¡Qué crees que me hizo, Finita! —gimió Leonor de pronto, atragantando un sollozo.

Saltó Delfina, el corazón saltó:

—Qué —susurró.

—Me dijo que no la besara, que no, que eso de ninguna manera.

Verónica cerró los ojos esquivando los labios de Leonor. La marejada había pasado, y descansaban tendidas sobre el remolino de sábanas. Verónica se acomodó para dormir, respiraba anchamente subiendo y bajando el pecho con mucha lentitud. Leonor insistió, sus negros ojos brillaban en la penumbra, su respiración era ronca y tropezada. Verónica giró hasta quedar de espaldas, con un mohín de gato huraño.

—Por qué no, mi reina, mi adorada —dijo conteniendo el aire.

Verónica se volvió, recargando la cabeza sobre el codo, y con visible mal humor, mientras Leonor le acariciaba las pecas del hombro:

—Besar es otra cosa, Leonor. Yo necesito, o sea que, sentir algo ¿ves? No así nada más. ¿Sale?

Leonor sintió que la cama se abría en dos y que ella caía en ese vacío negro y podrido, en una lentísima cámara. Ahí la dejó Verónica, que se echó a roncar como foca, despatarrada y con la boca entreabierta.

Leonor despertó arrebujada en el sillón del cuarto, enredada en la toalla. Había dormido un par de horas. La noche fue un insomnio de púas y sollozos ahogados mirando el cuerpo redondo y leonado de Verónica. Cuando ésta abrió los ojos, Leonor fumaba inmóvil y ojerosa, el rímel corrido hasta el cuello. La aguda luz oscura de sus ojos parpadeaba con más furia que el sol en las cortinas.

—Así que coges pero no besas. ¿Cuánto te debo? —tenía la cartera preparada en la mano, la abrió y echó un montón de billetes al aire.

Verónica abrió inmensamente la boca. Un suspiro lerdo le salió de la garganta.

—Putita de cagada —dijo Leonor, sonriendo, su rostro era cera gris.

—¡Leonor! —saltó Verónica hacia ella—. Leonora, Leonora. . .

—Cobra y lárgate, imbécil —gritó Leonor empujándola, levantándose del sillón. Verónica se le arrojó al cuello, sollozando como niña incontrolable.

Leonor se ablandó, sintió esas manos frías y temblorosas sobre su cuello. Los hipos del llanto, la crin sudorosa haciéndole cosquillas en la cara.

—Mi angelito de la guarda, mi Leonora, muchisísimo, muchisísísimo —balbucía entrecortadamente.

—Pero después vino lo peor, Finita. . .

¿Lo peor?, pensó Delfina ya con el estómago hecho nudos. Quería salir corriendo de allí. Le parecía ser espectadora de una película grotesca con pésimo guión y actuaciones delirantes. ¿Será la misma Leonor que conozco la que está contándome todo esto? ¿Para qué está contándomelo? La invadieron viejos terrores infantiles, como cuando veía a su padre creyendo que era un impostor disfrazado, el día que se puso lentes por primera vez. Este señor no es mi papá, él nunca ha usado lentes. Este señor está esperando que yo me descuide para hacerme algo horrible. Creyó ver en las ojeras de Leonor alguna señal impostora. . . ese lunar bajo el ojo derecho que no tenía antes. ¡Qué me va a hacer, Dios mío! Pero las preguntas, las preguntas: cómo le hizo, qué le hizo ella a la otra y la otra a ella, la mantenían clavada en su silla.

—Qué fue lo peor, Leonor.

—Ah pues. . . ¿me pasas el otro cenicero? Por allá debe

haber más colillas. Sí, ése. Ay ya no sé ni qué fue lo peor, Finita mía. . .

Leonor calmó a Verónica. Se vistieron para ir a desayunar. Ahí Verónica se explayó: no había querido decir que no la quisiera y por eso no la besaba, sino que había muchos modos de querer; uno era como la quería a ella, que era muy intenso y muy grande, pero otro era. . . como con más pasión, o sea, un querer de mujer a hombre, una cosa más de hormona, ¿ves?

Entonces Leonor fue la que entró en crisis. El hígado comenzó a punzarle. Y Verónica tuvo que pedir ayuda a los meseros para llevarla al cuarto, porque se desmayaba a medio camino. Vomitó hiel.

—No me quieres, Veronina —gemía Leonor.

—Sí, sí, muchísimo. ¿Qué te pasa? ¿Por qué te pones así? —preguntaba verdaderamente abrumada, con sus ojos inocentes y saltones.

—¿Y por qué te pusiste así, pues? —preguntó Delfina ya con alfileres en el asiento.

—Pues por mis locuras —suspiró Leonor haciéndose bola en la cama, arropándose con las cobijas.

—Cuáles locuras.

—Quién sabe qué fibra loca me despertó. Una regresión, supongo. Pobrecita, se asustó muchísimo. Manejó de regreso, me trajo a la casa, me acostó. Es que me puse muy mal, no sabes. Ayer vino a verme, me trajo unas flores, ¿ves esas margaritas en el tocador? Es muy linda.

—Ajá. ¿Y?

—Y, qué.

—Cuál es el final de toda esta historia —dijo Delfina casi exasperada, abriendo los brazos.

—¿Estás enojada, Finita? —preguntó Leonor con temblores en la voz.

Delfina meneó fatigadamente la cabeza.

—Mañana tengo cita con la doctora Robin, ¿te dije que ya estoy yendo con la doctora Robin? —se atragantaba

Leonor, súbitamente recuperada—. Me la recomendaron muchísimo. No sabes cómo he avanzado con ella. Esto fue una pura regresión, yo creo que provocada por el cambio de analista. ¿No crees, Finí? Pero qué bueno, porque va a salir mucha tela de donde analizar.

Delfina se levantaba, recogiendo su bolsa. Vio el reloj. Hizo una exclamación exagerada.

—¡Pero no me has dicho nada, Finita!

—Es que. . . no se me ocurre qué decir —dijo sinceramente Delfina—, más bien quisiera preguntarte en qué quedaron.

—Cómo en qué quedamos.

—Sí, tú y ella.

—En nada, mi linda, en nada absolutamente. Le pedí perdón por todo el zafarrancho. Le mandé una carta con el chofer. Es muy noble. ¿Viste las margaritas? Es demasiado joven y no sabe lo que quiere, y a la hora de la hora. . . es bastante torpe.

Delfina sintió la puerta de pronto abierta: las preguntas, es el momento. ¿A qué se refiere con "torpe a la hora de la hora"? Pero simplemente asintió con vaguedad. No pudo. Le dio un beso en la frente a Leonor, acortando la despedida.

—Los primeros días me decía yo a mí misma ¿pero qué estoy haciendo aquí? Es decir, con ella, siendo su amiga. . . Luego fue pasando la sorpresa. Creo que vi las cosas de modo natural.

Águeda asintió sorbiendo la espuma del capuchino.

—¿Sabes qué? —dijo pensativa—. Yo siempre he dicho que cada quien su vida. Pero todo tiene un límite, y se lo he dicho.

—Qué le has dicho —alzó la vista Delfina, que soplaba sobre su taza de té.

—Pues. . . cosas, se lo he venido diciendo desde que las

presenté. Tú sabes que yo ya sabía.

—¿Y tú no sabías que yo sabía?

—Sí, supe cuándo lo supiste.

—¿Por qué nunca me dijiste nada?

—Tú tampoco me dijiste nada.

—Y por qué ahora sí lo dices.

—Porque tú comenzaste.

—No has sido leal, Águeda.

—Mucho. La del secreto era Leonor. ¿Alguna vez oíste que saliera de mi boca media palabra?

—Pero. . . ¿y yo?

—Jamás saldrá de mi boca ni media palabra que no quieras tú que salga.

Llegó la mesera con la charola de los pasteles. El café de Polanco hervía de gente. Azul y rosa sus manteles, sus paredes, sus charolas de *patisserie* encremadas. Era la primera vez en días que Delfina salía de su cubículo. Atendía las tesis de decenas de alumnos. No quería que le sobrara ni un minuto de tiempo. Con nadie había hablado. Ni con Agustín. Lo único que quería hacer con él, cuando llegaba de gira a su "visita conyugal", como ella le llamaba entre bromas y veras a esos paréntesis en el violín, era precisamente realizarla: agotarse en el hartazgo de sus cuerpos. Salía de ahí sedada, justo para entregarse a solas a los libros, las fichas bibliográficas y la preparación de sus clases.

Se sintió muy bien cuando decidió llamar a Águeda y salir al aire fresco, en realidad, al café de Polanco azul y rosa, rodeada de almendras azucaradas y aroma de yerbas orientales.

—¿El *mousse* de chocolate o los *croissants* de nuez? —titubeó Águeda.

—Yo prefiero la rebanada de queso con zarzamoras —dijo Delfina.

—Pero prueba la tartaleta de manzana, ¡no dejes de probar la tartaleta de manzana!

Delfina se sirvió también la tartaleta de manzana.

—¿Me dejas probar un bocado de tartaleta de manzana? —suplicó Águeda.

Rieron. Comieron.

Delfina volvió a insistir. Una frase de Águeda seguía dándole vueltas en la cabeza:

—Qué le has dicho, Águeda, y qué te ha dicho. Qué tanto hablan de mí.

—Ay tú, vanidosa —murmuró entre tarascadas de crema.

—Tengo derecho a saber.

—No seas tan dramática. Tampoco creas que eres el centro de nuestra conversa. ¿Otro té? Yo quiero probar el café vienés.

—Bueno ya, ¿no me vas a decir?

—¡Por supuesto que sí! ¿Crees que podría aguantarme las ganas?

Volvieron a reír. Llegó una nueva charola, y ordenaron otro té y el café vienés de Águeda.

Águeda movía mucho las manos al hablar, ponía los ojos en blanco, pero fue disminuyendo los énfasis, que no tenían espectador, hasta el susurro casi inmóvil, porque Delfina miraba sólo su plato.

—Por eso cuando apareció la niña esta, ¿cómo se llama?, la de los ojotes de pantera...

—Verónica —dijo Delfina y fue lo primero que dijo en todo ese tiempo.

—Ésa. Pues yo pensé ¿por qué no? Ay por fin que deje en paz a Delfina. Pero nada. Veo que sigue a la carga.

—¿Por qué lo dices?

—¡Cómo por qué! Para qué tiene que llamarte y contarte y restregarte en la cara y chillarte y moquearte. No me preguntes, no sabría explicarlo, pero no me gusta este asunto.

Delfina ladeó la cabeza y asintió imperceptiblemente.

"No, no es sexual. Pero aunque lo fuera, Águeda, yo lo reprimiría. Te lo juro. Si yo hiciera algún intento con Delfina, la perdería, lo sé. Créemelo". Esto que Águeda le dijo al despedirse, repitiendo palabras de Leonor, fue lo único que se grabó textualmente Delfina.

Así que Águeda y Leonor hablaban continuamente de ella; al grado en que la primera le decía: "Déjala respirar, no es tu amante", y la otra respondía: "No haré nunca un intento porque la perdería. . ."

Así que hablaban, se confesaban inquietudes, se regañaban, hacían planes alrededor de Delfina. Y Delfina sin saber una palabra, como heroína de una película que ni siquiera sabía que estuviera filmándose.

Sudaba calores helados desde que se había despedido de Águeda hacía casi una hora. Sola en la casa, en la noche, la conversación con Águeda se le enredaba en la cabeza, y esa sensación de sentirse excluida o boba, o manoseada por las otras dos, comenzó a angustiarla.

D= la focalizada — no le gusta

—¡Con mis amores! ¡Con todos mis amores! —decía Leonor entrechocando las copas. Champaña. Dorados alfileres en la lengua. Se ha dejado los cabellos sueltos, leves ondas negras le enmarcan el rostro. Está vestida de negro de pies a cabeza, pantalones ajustados y espalda desnuda. Se ve un poco más huesosa y los ojos le parpadean como pájaros negros.

Las gemelas, pavorosamente idénticas, son en sus maneras tan opuestas como seres de planetas diferentes. Telma es la parte plañidera y apajarada de la madre. Selma es la otra cara: ese nudo de nervios y ceño duro de Leonor. Flacas y altísimas. Desgarbadas. Parecen todavía muchachos, aunque están cumpliendo los dieciséis.

Agustín bebe aprisa, vaporoso hormigueo en el paladar. No sabe qué está haciendo allí. Delfina le dijo: es imposible

que no vayas, Agustín. La fiesta de las gemelas, la inauguración de la nueva tienda de Leonor. Es im-po-si-ble. Sólo
los más íntimos. Bocadillos húngaros del restorán más caro. Champaña francesa. Es im-po-si-ble.

En el saloncito de los marcos de la nueva tienda se organizó este íntimo banquete. Marcos de madera, de latón, de
cerámica, de bronce, de plata, de tela; marcos redondos,
cuadrados, alargados, hexagonales; en forma de triángulo
o como soles con picos. Y cada marco un espejo. De modo
que el saloncito se multiplica en cada espejo y su centro es
el fin o el principio de un laberinto de imágenes. Marea
esa marea calidoscopio de ojos y bocas y copas y codos.
Muchedumbre que no lo es, porque Verónica, descalza y
en flor de loto, come ruidosamente nueces y cacahuates.
Las gemelas sirven el pastel y Delfina escoge algún caset extravagante. Agustín bebe recargado en un cojín. Leonor
grita:

—¡Con todos mis amores!, ¡con todos mis amores! —entrechocando las copas.

De tan roja, Leonor está morada. El tema la ha puesto enferma. No es la primera vez.

—¡Palabra que sí, mamá! Te juro que hasta se te va a
quitar lo histérica —reía en voz alta Selma.

—¿Casarse mi mamá? —exclamaba Telma— Estás loca, ella no tiene tiempo para los galanes.

—Pero bien que se da su tiempo para las amigas, ¿o no,
mamá?

—Puras y puras y puras amigas —suspiró la otra.

—¿Y? —respondió con furia Leonor—. ¿Acaso tengo que
pedirles permiso para hacer lo que se me da la gana?

—Están bromeando Leoni, déjalas —intervino Delfina.
Agustín le apretó el brazo y ella se quedó callada.

—Pues Celia dice que mi mamá no se va a casar nunca.

73

—Ay quién es ésa —chilló Verónica, echada en un montón de cojines.

—La esposa de mi papá —dijo Selma.

—Es medio naca, pero es buena onda —dijo Telma.

—¿Eso dice la desgraciada? —saltó Leonor.

—Dice que porque eres medio rara —insistió la primera.

—¡Gata podrida! —enronquecía Leonor, mesándose los cabellos.

—Ay má, pues sí eres medio rara, ¿no?

—¡En qué, en qué soy medio rara! ¡dímelo, dímelo en mi cara, babosa! ¡Dímelo! ¡Díganmelo! —se les enfrentó Leonor, desorbitada.

—Mira cómo te pones y luego no quieres que te digamos rara —dijo Selma con sonriente tranquilidad.

—Ya bájale má, es nuestro cumpleaños —dijo Telma llevándose un bocado inmenso a la boca.

—Ay sí mamá, ya no jodas. Quita esa música de muertos, aquí tengo un caset padrísimo.

Leonor se echó a llorar. Verónica se levantó a abrazarla, consolándola, mientras las hijas las miraban con fastidio. Agustín tomó del brazo a Delfina, y la sacó de allí sin despedirse. No abrió la boca durante el camino. Manejó con brusquedad y torpeza. ¿El exceso de champaña? Escalofríos de Delfina. Ella se fue a su extremo de la cama, y se quedó sentada sobre la orilla.

—Apaga —dijo él. Ella apagó la lámpara. Y no volvió a moverse.

—No, ahorita no Leonora, no no. . . —gemía Verónica sobre la alfombra persa.

Leonor le había quitado la blusa. Le temblaba la quijada.

—No Leonora, no —giró Verónica hasta quedar boca abajo; estaba a punto de dormir la borrachera.

Leonor había dejado sólo la luz de la esquina: una lamparita de vidrio verde que alumbraba el gran marco de latón en el centro del saloncito. Trozos de pastel brotaban de los cojines en el suelo.

—Sólo quiero abrazarte, preciosa. . . te necesito, te necesito como nunca —decía roncamente, mientras cubría con su cuerpo la espalda de Verónica. Recostó la mejilla sobre su cuello. Y así se quedó, sin moverse. Las lágrimas le escurrían casi felices de tan lentas. Verónica se quedó dormida. De pronto, ésta sintió un cosquilleo mojado, brincó despertando:

—Carajo Leonor, no piques. . . —dijo zafándose, rodando hasta el cojín más próximo, al que abrazó sabrosamente.

Leonor alzó la vista, y sin querer se enfrentó al espejo. No se reconoció. Tuvo que oír su agitada respiración para darse cuenta de que allí estaba ella, viva, de hinojos, con los ojos abiertos en ese cuadro en penumbra.

Delfina odiaba los espejos. Criticaba la frivolidad que traen consigo. Y se jactaba de su naturalidad que tanto sorprendía a hombres y hacía envidiar a las mujeres. Se peinaba con prisa mientras escogía la ropa que iba a ponerse. Sólo ya al salir se echaba una ojeada para ver si no se le salía el fondo o si se había abrochado bien el cinturón. Llevaba un espejito en la bolsa para cuando se le metía una pestaña en el ojo.

Descubrió los espejos con Agustín. Se descubrió en los espejos. Tenía cuerpo. Esas curvas eran de ella, esos vellos dorados en las axilas, ese ombligo profundo *copa del sudor*, ese pulso en el centro de los muslos.

Desde que la vio Agustín la rodeó de espejos. Primero, porque ella así se sintió, desnuda ante los ojos de Agustín, en el eje de un calidoscopio, en medio de un círculo de reflectores que no le permitían ocultar ni un cabello.

Después, cuando la intensidad de su desnudez la hizo cerrar los ojos y entregarse ya sin remedio a esa redonda luz, Agustín le enseñó a abrirlos delante de los espejos.

—No, no tan cerca —decía Agustín, y la apartaba, tendidos sobre la cama—. No puedo verte de tan cerca.

Ella no entendía. Era la primera vez que estaban juntos en una cama. Ya tres meses del concierto en el auditorio de la universidad, donde se conocieron, ese relámpago de desnudez que ella sintió en el camerino, cuando el director de la Facultad los presentó. Una semana que nada la cubría. Ni suéteres ni abrigos. "¿Se te descompuso el termómetro, Delfina? ¡Hace un calor endemoniado!" Pero ella no tenía frío. Sentía que esos desesperantes sueños donde uno anda sin ropa en medio de una multitud se estaban convirtiendo en realidad. El domingo Agustín en Bellas Artes. *La Chacona* la trastornó. Camerino. Camerino. Las cuerdas del violín la tenían atada, dulcísimas serpientes alrededor de su cintura. Camerino.

La invitó a comer con un grupo de músicos. ¡La pesadilla de la multitud y ella sin ropa! Al final, casi a la media noche, ya se hablaban de tú.

—Me voy a ir un mes de gira, Delfina.

No puede ser, no pueden hacerme esto las malditas lágrimas. Delfina le tomó la mano derecha, se la besó apretadamente. Agustín le pasó esa mano por los cabellos:

—Regreso el 21 de septiembre. Quiero verte en la fila número 10. En Bellas Artes.

—¿Por qué en la diez? —preguntó Delfina, tratando de sonreír.

—Es la única que tengo para cortesías.

Delfina se echó a reír, secándose la cara como niña, con ambas manos.

¿Prefiere verme y no tenerme?

—Así, no tan cerca.

Halagada y herida al mismo tiempo. Ella había aprendido las urgencias, los ojos cerrados y el grito estridente. Nunca nadie le había dicho que prefería mirarla. La tomaban por asalto y ella abría la puerta a la primera llamada, para sentirse aceptada y querida. Sin obstáculos ni reservas. Ahora le daba a Agustín eso mismo: un cuerpo demasiado delgado, pero un espíritu capaz de entregarse enteramente. Y él la apartaba.

Se sintió más desnuda que nunca. Sintió que no tenía piel. No hicieron el amor. Pero ella no recordaba haber navegado en esa marea nunca antes, tan inmóvil y tan intocada como ahora.

Los cuartos de su amor fueron llenándose de espejos. En ellos la veía Agustín montarse sobre él.

—Mírate —le decía.

Ella giraba la vista hacia el espejo, primero con rabia, con miedo, hasta que aprendió a mirarse hacer el amor con él. Y a gozar doblemente: una era la Delfina sobre Agustín; otra, la Delfina mirando a Delfina sobre Agustín, y lo más inconcebible: Delfina mirando a Agustín mirando a Delfina que se mira montada sobre Agustín.

La hipnotizaba la escena: montada sobre él. Pero no era el espejo. Y esa mujer, negra como lobo y de rizos pegados al cráneo, no era ella, Delfina. Un vértigo le cruzó el estómago, era como si despertara de pronto. Iba a echarse a llorar, a morirse en ese mismo instante. Pero la escena la hipnotizaba, le llenaba de saliva la boca, de sangre las sienes. Se arrojó sobre los pezones de la negra.

—Oh oh baby, oh baby, it's good, it's so good. . . —lloriqueaba la negra, carcajeante. Se embebió Delfina en el pecho de la negra, subió su boca por el cuello, llegó a los labios. —Oh. . . it's so good. . .—. La mordida fue letal. La negra se desprendió y le dio una bofetada. Agustín soltó a la negra. Se echó a un lado de la cama. Encendió un cigarro.

—Go ahead —les dijo a ambas.

—¿Quieres, de veras quieres? —dijo Agustín en el oído a Delfina, cuando la negra se había levantado tambaleándose al baño. Discoteca en el piso veinticinco del hotel Forum de San Diego. La música rugía.

—¿Vienes a San Diego, Delfina?

No necesitó oírlo dos veces. Huir de Leonor, de Verónica, de Águeda, de esos secretos torcidos.

El concierto en la universidad de San Diego, el éxito esperado. Las conexiones que ella hizo aprovechando el viaje para congresos y cursillos en el Departamento de Historia Iberoamericana, incluso una posible traducción al inglés de su libro sobre el Templo Mayor. Cena con funcionarios. "Basta. Vamos a ver la noche desde el piso veinticinco", dijo Agustín.

La negra bailaba ondulando en la pista. No supieron cómo ni por qué el pleito. Ni entendieron lo que ella le gritaba a su acompañante, cuando éste le arrojó la copa a la cara, y dejó de serlo.

Moqueaba la negra a la mesa de Delfina y Agustín.

—Another bottle —pidió Agustín.

Delfina lo pensó un momento cuando ya iban los tres rumbo al cuarto. Pero no dijo ni hizo nada. No pudo. Iba por el pasillo rumbo al patíbulo. Entrando en el cuarto se zafó de un tirón el vestido. Se vio al espejo. Sí, sí quiero, se dijo. En los años que tenían de amarse, lo habían platicado algunas veces como tema divertido que alimentaba sus fantasías. Nada más. Ella nunca había vuelto a tocar a otro hombre, y estaba segura que Agustín no deseaba a ninguna otra mujer. Salvo. . . pero no, ya era un fantasma.

La negra se echó de espaldas sobre la cama, en un ronco gemido prolongado. Delfina vio cómo Agustín comenzaba a desvestirse.

Albeaba. Delfina abrió un momento los ojos. Tres vueltas dio el cuarto. Se descubrió en medio de dos calientes cuerpos. Dormían. Agustín la tenía de espaldas, abrazada de la cintura. Los hombros de la negra casi le rozaban la boca a Delfina. La abrazó de la cintura. Era gigante la negra y su vientre redondo y sus caderas anchas y poderosas.

—Ay Dios mío —suspiró Delfina. Y el sueño la venció de nuevo.

"You two people are just wonderful. Kisses, kisses, kisses. . .", decía el pedazo de papel sobre el buró.

Cuando despertaron, a la una de la tarde, ese pedazo de papel garrapateado era lo único que quedaba de la negra.

Agustín lo arrugó y lo arrojó al bote de basura.

—Quiero una hamburguesa gringa envuelta en plástico, con cocacola gringa llena de químicos, y catsup artificial gringa —dijo llevándose a Delfina a la regadera.

—Muy bien, digo muy extraña —respondió Delfina con el popote entre los dientes.

—¿Extraña?

—Pues. . . no, en realidad extraña no, no en mal plan, sino. . .

Agustín alzó los ojos. Le sorprendió el balbuceo. Delfina se echó a reír burlándose de ella misma.

—¿Si te digo algo no te ríes, Agustín?

—Tú eres la que se está riendo, mi vida.

—No, o sí. Bueno, pero no te rías.

—Procuraré morder mi hamburguesa.

—Cuando yo era niña, no exactamente, cuando tenía como doce o trece años, jugaba a besarme en el espejo. ¿Te imaginas? Me llevaba un espejito de mano a mi cama. Y buena parte de la noche me veía, pero no me veía a mí, hablaba conmigo como si fuera otra persona la de la imagen, que siempre era un hombre, que me adoraba. Y terminábamos besándonos hasta que el espejo se empañaba. ¡Te juro que yo veía a un hombre en la imagen!

Delfina rió largamente. Agustín iba ya en la segunda hamburguesa, batido en catsup.

—Por qué no te ríes —dijo súbitamente seria Delfina.

—Me lo pediste.

Delfina volvió a reír:

—Pues haz de cuenta eso sentí anoche. Pero era yo la de la imagen, aunque en realidad no lo era.

—¿Cómo?

—Me siento muy bien de haberlo hecho. No sé por qué. No me preguntes. Pero como que ahora sí tengo un cuerpo propio. . . o más bien. . . ¡no te acabes la salsa, Agustín!

Delfina subió al avión sola. Gracias a su éxito en San Diego, Agustín consiguió otros contratos por los alrededores, a precio de oro, que lo retendrían dos semanas más. Volaba deleitosamente sobre las nubes recién lavadas. Se había recogido los cabellos en una cola con moño. Se cortó el fleco, se puso las arracadas de oro que le regaló Agustín después de las hamburguesas, y se pintó levemente los labios.

Leonor estaba parada sobre un montoncito de colillas, a la puerta de la casa de Delfina. Las once de la noche.

—¡Eres una desgraciada! —gritó Leonor cuando la vio bajar del taxi, maleta en mano. Fleco, arracadas, moño en la cabeza. Labios. Se echó a llorar.

Entraron en la casa. Delfina le dio un vaso de agua.

—¡No sé por qué me haces esto, Finita!

—Qué es lo que te hice —dijo Delfina conduciéndola al sillón de la sala.

—¡Pero cómo! ¡me tienes enferma de preocupación! Te he hablado mil veces desde antier y nadie contesta. Pensé. . . ¡no sé qué pensé!

—Me fui a San Diego con Agustín.

—¡Qué bonito! ¡Gracias por tu amistad! —gritó Leonor levantándose, buscando a ciegas su bolsa—. ¡Perdóname por molestarte!—. Y se dirigió como loca a la puerta.

—¡Ya basta, Leonor! —la atajó Delfina, mirándola de frente.

—¿Por qué te cortaste el fleco? —dijo en un susurro Leonor.

—¿No te gusta?

—Ya es muy tarde Finita, descansa, duérmete. Hice muy mal en venir a ver si estabas muerta o. . .

Delfina suspiró con un costal de cansancio encima.

—No te creas, a pesar de tus gritos me sentí halagada —Delfina apagaba las luces, la sala era el invariable reguero de platos de cena improvisada y copas de ginebra.

—¿Halagada? —preguntó Leonor, poniéndose los zapatos, que siempre se quitaba para estar cómoda en la conversación casera.

—Te preocupas por mí. Te importo.

—Ay Finita... —bostezó Leonor.

—¿Para qué te pones los zapatos?

—Ahora quieres que me vaya descalza a las dos de la mañana.

—Tú te vas a donde yo digo. Quiero dormir como conejo acabado de nacer.

Leonor volvió a bostezar, sonriendo, ronroneando casi.

—No sé por qué, Águeda, pero es diferente.

—Mi reina, tú eres *straight*, y eso fue pura picardía, locura de una noche y en acuerdo con tu marido. ¡Qué envidia! Rigoberto se hubiera echado a roncar. ¿Te dije que ahora estamos en la fase del "estoy roncando vidita"?

Delfina no ponía atención. Quería decir, no oír. Iba manejando y miraba fijamente la avenida Insurgentes. Era domingo y le encantaba manejar sin tregua y sin ton.

—Me quemaba la lengua por contarle a Leonor, pero algo me detuvo, Águeda.

—Muy bien mamita, que esta vez el horno *sí está para bollos*.

—¿Eh?

—Nada, sigue hablando.

—Pues fíjate que Agustín, ya después, se me quedaba mirando con una especie de sonrisa... hasta como paternal, ¿me entiendes?

—Claro: "ya hiciste tu travesura, hijita, ¿te gustó el pastel? A ver si ya te estás en paz". ¡Qué envidia!

—Pero por eso, Águeda, si le tiene tanta roña a Leonor...

—Pues por eso, mi reina. Se le adelantó, te quitó las tentaciones y con un hembrón de veras y además, cual músico que es, dirigiendo la orquesta. ¡Qué envidia!

Delfina metió el acelerador. Sintió que aún volaba.

—Es una putita de cuarta. Una pequeña rata tan meada que ni siquiera cobra por que la orinen.

Delfina se sacudía las orejas. Leonor estaba desatada. Sostenía el cigarro entre los labios mientras marcaba números de teléfono y abría y cerraba carpetas. Reina en su oficina de la tienda matriz.

—Permíteme Finita. . . ¿Señor Müller? Bien. Sí. ¿Qué pasó con el inventario, señor Müller? —y tapando la bocina—. Es un gusarapo de Tepito que se robó el apellido de un santoral nazi y. . . Sí señor Müller, estoy esperando. De ninguna manera, dije que el 24 y hoy es 24. ¡A mí me importa un comino! Tiene veinte minutos para enviarlo.

Clic.

—¿Otro té, Finita? Esta ralea de mendigos en terlenka me descomponen los nervios. Cuando le pones traje a un lépero, te lo vomita, Finí.

Leonor hablaba con demasiada lentitud, y de este modo respondía a una simple pregunta que Delfina le había hecho:

—¿Y Verónica?

No se decidía a tocar el timbre ¡Pero cinco horas ocupado el teléfono! No es posible. Sencillamente es imposible. Le voy a dejar un mensaje. Seguro que está descompuesto el teléfono. "Verito, cielito, me tienes olvidadísima." No, tachó, sacó otro papel. "Vero. . . ¿por qué no me has hablado? Te extraña tu Leona." No. Tachó. Otro: "Verónica, ¿tienes la gentileza de llamarme? Tu teléfono está descompuesto. Me urge hablar contigo". No. "¿Quién te crees que eres, idiota?" ¡Carajo!, suspiró al cielo de la noche. "V. Comunícate mañana viernes. L."

Estaba a punto de echarlo por debajo de la puerta, cuando alcanzó a escuchar unas risas. Aguzó el oído. Voces ininteligibles. Risas. Se quedó como estatua de granito largo tiempo. Cuando despertó, ya estaba Verónica abriendo una rendija, trabada la puerta con cadenilla.

—¡Leonora! —dijo casi gritando Verónica.

Leonor apenas le vio un ojo bajo la maraña de rizos. Un ojo líquido y rabioso, de animal a punto de lanzarse al ataque. Leonor sintió un vértigo.

—¡Qué haces aquí!

—Ábreme.

—Pero...

—Ábreme, Verónica.

—Leonora...

—¿Me vas a dejar aquí parada?

—Es que... no puedo recibirte ahora, perdóname. ¿Me perdonas? —Verónica sonrió, estilete.

Leonor dio media vuelta, y se perdió en la noche. Sus tacones ladraron en la oscuridad.

Se asomaron por la puerta sus ojos azules como platos. Leonor alzó la vista. Estaba revisando las cuentas, y a cada fumada, a punto de vomitar. Traía el pelo grasiento y la blusa sudada en las axilas. El insomnio era evidente como navajazo en la cara.

Se asomaron esos platos azules, sonrieron.

—¡Leonora! —dijo Verónica alumbrando de azulidades la oficina. Y dio un paso adelante mostrando su cuerpo entero con los brazos abiertos, como si esperara recibir un aplauso.

Un leve tic en la ceja derecha se le clavó a Leonor. Fumó con todo el aire de sus pulmones la amarga colilla.

—Qué haces aquí.

—Leonora, qué enojona eres. Te vas a poner vieja —dijo Verónica acercándose a ver el precio de una estatuilla. Leonor tosió.

—¿No ibas a ver al señor Bracamontes? ¿No te dejé la orden con Margarito? —le dijo, áspera.

—Iba. Y sí, Margarito me dio mi orden del día.

—Bracamontes es muy especial. No quiero perderlo, ¡ya lo sabes, Verónica! —subía la voz Leonor.

—No te pongas como leona. Vine a hablar contigo de algo muy importante para mí. ¿Me permites?

Verónica le tomó las manos, inclinándose sobre el escritorio de Leonor. Vibraba Leonor asintiendo. El cuello largo y flaco, el mentón de gallo apaleado, picoteando el aire.

Verónica se sentó suspirando con alegría. Hurgó en el morral. Sacó peine, llaves, un amuleto hindú, un monedero de tela muy raído, papeles enrollados, tarjetas. Y por fin un sobre. Se lo tendió. Leonor tomó el sobre. Lo abrió tropezosamente. El rojo barniz descascarado de sus uñas parpadeaba en la blancura del papel.

Leyó fragmentos de renglones acá y allá. Quería descubrir un gran secreto, pero sólo captaba frases tan comunes que le resultaron ininteligibles.

—Qué diablos es esto.

—Ay Leonora.

—De quién es, no entiendo nada.

—¿Te acuerdas de mi cuate Vicente, el que te conté de hace chorrísimos? ¿No leíste lo último allí hasta abajo, después de la despedida?

Leonor leyó de nuevo: "Y por cierto, cuenta con la cabaña por tiempo indefinido. No tiene agua caliente, pero luz sí; me riegas la araucaria, ¿o ka?".

—¿No te fascina, Leonora? —sonrió Verónica aleteando las manos—. Me voy a San Cristóbal, es que Vicente se va a Canadá con una chava. ¡Ha sido mi sueño de toda la vida!

Leonor no acababa de hilar la carta con Vicente y la cabaña y San Cristóbal y el sueño de toda la vida. Sólo sabía que una losa le caía en la espalda. Se sintió tan cansada que estuvo a punto de echarse de bruces sobre el escritorio. Apenas pudo encender otro cigarro.

Desde ese día Verónica renunció formalmente al empleo en las tiendas de Leonor. No hubo modo de convencerla de que era una locura irse a vivir a un pueblo, comiéndose los pocos ahorros, y perdiendo soberanamente el tiempo. Leonor echó mano de todos los argumentos posibles.

—No tiene agua caliente. ¿No has pensado en los alacranes? Te subo el sueldo. Vámonos de vacaciones para que lo pienses. Te vas a aburrir porque no hay nada que hacer. Es una aventura de adolescente y tú ya debes madurar. ¡Eso está lleno de indios! Le voy a decir a tu padre que te detenga. ¡Pero qué vas a hacer allá!

La respuesta de Verónica era una hipnótica sonrisa.

—¿Y yo? —gritó Leonor por fin, arrugando la falda que tenía en las manos. Estaba en el departamento de Verónica, empacando. El eterno incienso que se respiraba en ese departamento mareaba a Leonor, la enardecía. Hasta cinco varitas humeaban hoy en la habitación.

—¿Y tú? —respondió Verónica, y le echó las luces altas de sus ojos en plena oscura curva—. Tú, siempre tú, siempre tú, siempre tú, tú eres tú y contigo hay que ser tú, el otro es tú, y las paredes son tú, y el cielo es tú, hasta la mierda es tú —enrojecía botando la ropa sobre la cama, deshaciendo a tirones la maleta. El trabajo de Leonor: ese moroso doblado de cada prenda, al suelo. Las faldas erizadas, los calcetines desmayados, el camisón charco seco en la alfombra. Fragmentos crispados de piel y hombros y caderas parecía la ropa, dolorida después del bombazo.

Leonor paralizada sintió ser esos fragmentos deshilachados en el suelo.

—Desagradecida —susurró—. Eres una desagradecida y una desgraciada.

—¿Sí? ¿Y por qué si eres tan buena nunca piensas en mí?
—la retaba Verónica.

—No he hecho más que pensar en ti.

—¡Claro! Para usarme como te da la gana: me das trabajo, me llevas, me traes, me dices, me prestas, me chupas y luego me ladras.

Leonor sentía toques eléctricos en las manos. Quería arrojarse a desgreñarla, revolcándose en el suelo hasta destrozarle la cara con las uñas y los dientes.

Clic. Corre película. Salón de belleza Jazmín. Ella detrás de una columna. No, es la pierna de Jovita, la peinadora. Se agarra de esa pierna. La media es fría. Los gritos la espantan. Se asoma para ver. La pierna la protege. La güera está de panza sobre la pelirroja. La pelirroja es "La Trompuda". Ella la ve todas las tardes asomada al balcón, canta y canta. Tiene cara de caballo y le dicen "La Caballona", pero los de la cuadra le dicen "La Trompuda". Los pelos picudos y tiesos de pintura le bailotean salpicando el espejo y las sillas. Ahora ya está sobre la güera. Se revuelcan en el suelo, se arañan la cara, gritan, están empapadas de algo café, y las batitas de hule parecen murciélagos gigantes volando sobre sus hombros.

Las demás señoras no se mueven, están paradas con los ojos muy grandes, los pelos embarrados o con tubos, los dedos abiertos para que no se les corra el barniz de las uñas. A ella ya se le corrió, Jovita estaba pintándola cuando se oyeron los primeros gritos:

—¡Puta! ¡Puta!

Entonces Jovita se levantó volteando la mesa y se cayeron todos los frascos y las limas y los algodones. Un río de colores chillones. Ella se puso atrás de Jovita y le agarró la pierna. Le dolió tanto el estómago que esa noche no quiso mollete de cajeta ni leche con chocolate. No le contó nada a su mamá. Clic.

Leonor se aferraba a una columna imaginaria porque la escena que veían sus ojos la horrorizaba. Y no se atrevió a moverse. Ya había salido la otra de la recámara, y sólo un clamor de trastos en la cocina marcaba su presencia, cuando Leonor comenzó a levantar prenda por prenda, con lento cuidado.

El timbre la sacudió.

El de bigotes le pasaba el brazo a Verónica por la cintura, repegados sobre el petate de la sala. El flaco bailaba con la rubia en el pasillo que da al baño. Las nacas hablaban en secreto con risitas de ron.

Llegaron de sorpresa con pizzas, ron y cacahuates a despedir a Verónica. Leonor fumaba mecánicamente.

¿Ya había visto Leonor al de bigotes? Claro, en la exposición del museo Carrillo Gil, y también en otra parte, sí, con Verónica. . . Verónica se lo había presentado entre una multitud. Nunca recordaba los rostros de los hombres ni sus nombres. Y ahora éste le apretaba el muslo a Verónica, que reía con la boca abierta.

—San Cristóbal tiene unas vibras padrísimas, a ver cuándo invitas a tu chalet —dijo la rubia desde el pasillo.

—¡Claro!, organizamos reventón. . . Tiene unas vibras superpadrísimas.

—Es que la montaña es magnética —dijo el flaco.

—No mames —dijo el de bigotes y le puso el vaso vacío a Verónica en la mano. Ella se levantó. Se acercó a Leonor, la condujo a la cocina. Leonor obedeció sumisamente.

—Mi Leonora —dijo Verónica abrazándola.

Leonor la recibió cerrando los ojos. Verónica se separó suavemente:

—¿No me ves feliz?

Leonor no vio esa sonrisa roja y diamantina, la abrazó de nuevo, con blanda vehemencia.

—Yo te quiero, Leonora. Me has dado mucho.

Leonor asentía, casi meciéndose.

—Anda Leonora, ponte alegre. Hazlo por mí, ¿sí? Quiero verte contenta mi Leonora mía, mía mía.

—Maldita seas, maldita, maldita seas —susurraba Leonor uncida al abrazo, tan quedo que Verónica no oyó sino una respiración profunda, subterránea.

Como espía se escondió detrás del mostrador de pasteles. ¿Por qué hago esto? ¿Cuántos años tengo, Dios mío? Le galopaba el corazón.

Verónica y el de bigotes estaban escogiendo una charola de galletas en el aparador. Los vio entrar en la pastelería. Corrió a esconderse. Mil veces se preguntó por qué, para qué. Lo único que pudo responderse fue que se sintió desnuda, aun sin pelo, sin uñas, como una hoja de papel. ¿De papel? Vacía, al aire, desolada de tan blanca.

Cuando encontró la charolita de galletas en su escritorio, con el nombre de esa misma pastelería en la envoltura, mandó llamar a Margarito.

—Mande, señora.

—Quién trajo esto, Margarito.

—Este... o sea que...

—Dígame Margarito.

—O sea es de que...

—No me impaciente.

—Pus... me dijo que era de sorpresa, o sea que no le dijera.

—Quién.

—La señorita Verónica.

—¿Vino sola?

—Este sí, sino que con un joven.

—Tenga Margarito.

Margarito abrió enormes ojos y recibió la charolita con ambas manos.

—La sorpresa es para usted, Margarito.

Sonreía Margarito cuando Leonor ya había desaparecido por la bodega.

La víspera de la partida de Verónica, Leonor la invitó al bar Tacuba. Quería paz. Sabía que cuando terminaba con una mujer —¿terminaba qué?, porque la mayoría de las veces lo que terminaba era la fantasía que ella misma había inventado—, prefería, pues, que las cosas quedaran en orden. El orden lo quería para ella, dentro de ella. Cuando la otra cruzaba el límite de su paciencia, es decir, cuando Leonor ya vivía con un pedazo de hiel en el corazón por algunas semanas, se la arrancaba, se lo arrancaba de pronto con una sola frase más que escuchaba de esos labios, o con una mínima actitud que desbordaba el rechazo, la herida.

La charolita de galletas fue la señal. Leonor se limpió las manos, libre. Pero mientras la otra existiera en el planeta, había que dejar las cosas en orden. Si no, lo sabía por experiencia, la hiel que se había sacado del corazón se convertía en un bloque maloliente que le zumbaba como vampiro alrededor de las sienes, y la perseguía picoteándola por tiempo indefinido, con mayor o menor vehemencia, según la circunstancia en la que Leonor estuviera en ese momento. Y en este momento la circunstancia era grave: había querido echarse en brazos de Verónica, porque fue la primera que apareció, para aquietar la desesperación que le causaba la inasible Delfina. No cometer alguna locura. Pero el rechazo tranquilo de Verónica le había abierto viejas heridas, hincándole aún más la desesperación aquella. Y ahora, a como diera lugar tenía que cerrarlas, cerrar el ciclo. Sabría hacerlo, se había vuelto muy hábil en este tipo de cirugías.

Verónica era lo de menos. El bar Tacuba era en ese instante una suerte de confesonario donde Leonor hablaría con ella misma, donde se oiría decir palabras dulces, cariñosas, se miraría sonreír, dar un abrazo sincero de despedida, pagar generosamente la cuenta, pagar, dejar saldadas las deudas, y limpiamente salir de nuevo a la calle, de cara a la fresca noche para dormir, dormir, y despertar con brío al día siguiente, sin vampiros alrededor.

Todo iba espléndidamente, siguiendo el curso que Leonor se había propuesto. Verónica lloraba agradecida. Leonor ordenó otro entremés de quesos, otro de carnes frías, más vodka helado. Nada tocaba, pero quería ver la mesa repleta de viandas olorosas. Necesitaba ver esa película delante de sus ojos.

Se tomaron de la mano sobre el mantel. Verónica balbucía una lista de agradecimientos. Prometía estar pronto de regreso, viajar a la cabaña juntas, reforzar la amistad con cien futuros inmediatos. Leonor no oía. A través de esos redondos ojos azules, miraba su itinerario de mañana. Un buen baño de tina. Media hora de meditación. Oficina a las nueve. Cambiar el decorado del saloncito. Comer con los de la subasta. ¿Qué tal un cine o un teatro con Delfina? Ay mi Fina, tú tan linda, tan. . . ¿Y ya ves? ¡Qué perdedera de tiempo! Tengo que volver a análisis.

—¡Mi Leonora! —gimoteaba Verónica—. Tú me enseñaste tantas cosas. . . a poder dar, a abrirme ante el mundo ¿me entiendes? —y se zampaba una aceituna rellena de pimiento.

Finí, Finí, Finita. . . contigo, contigo. . . Necesito una larga plática. Vamos a clasificar unos candelabros, y también los retablos que me acaban de mandar. . . Contigo Finí, contigo. . .

Una mano en el hombro la despertó. Bruscamente se volvió hacia atrás.

—Diez y media en punto. Conste —dijo una garrocha jorobada de dientes amarillos y cabellos cortísimos. Se inclinó a besar en la mejilla a Verónica.

—Siéntate manita. Mira, ella es Leonor, mi jefaza, mi todo todo todo.

—Quihubo. ¿Platicaron a sus anchas? Porque Vero me dijo, no antes de las diez y media —dijo sentándose la garrocha junto a Verónica—. ¡Qué bruto! —exclamó mirando los platos y se lanzó sobre los cebollines y la mantequilla.

—¿Te dije que venía Ángela, Leonora? —sonrió Verónica, sonándose la nariz.

Era lo único que no podía haber calculado Leonor. Un vampiro minúsculo chilló rondándola, y le picó la oreja.

—Haz de cuenta que es mi alma gemela, Leonora. Ángela y yo, desde que nos conocimos, pues haz de cuenta almas gemelas.

Ángela reía con la boca llena. Se jorobaba sobre los arenques.

—Le dije ven, porque si no cuándo, ¿verdad? ¡Ah!, a lo mejor en unas semanas me alcanza en San Cristóbal. Es fotógrafa, ¡y saca unas fotos que te vas de espaldas! Bueno, allá hay unas maravillas para sacar fotos, le dije. No sabes.

Leonor se puso gris. No pudo haberlo calculado. El baño de tina se llenó de sosa cáustica. Y tiesa, tiesa como pedazo de fierro, para no deshacerse al menor movimiento con las quemaduras, vio cómo la garrocha dejaba vacíos los carísimos platos.

Delfina no salía del azoro. Nunca había visto a Leonor tan resplandeciente, con esa sonrisa salivosa, los cabellos con luces doradas y en gruesas ondas. Toda un jubiloso relámpago, del teléfono al escritorio a la bodega, y diciendo esas frases que le erizaban los pelos. Ella sólo había preguntado: "¿Y Verónica?"

—Pues qué pasó, Leonor.

—¿Pasó? ¡Margarito, qué pasa con el té de la señora! Pasó que tienes una amiga más bruta que un pedazo de jerga torcida, como dice Águeda. Recoges a un alacrán en la calle, le vendas la pata, le das de comer, y luego ¡te pica la mano! Lógico, Finí. ¿Me ayudas con los retablos? Ya no quiero seguir hablando de esa pendeja.

Delfina se levantó como resorte. Retablos, sí, vengan, siglo XVII, ¿o XVIII?

Leonor escuchaba con sumisión. Delfina se entusiasmó, metida en la cátedra. Revisaron cada pieza de la tienda matriz. Leonor anotaba, asintiendo. De repente hacía alguna pregunta, y Delfina se redoblaba explicando con erudición sorprendente.

La primera vez que la oyó en una conferencia, Leonor no pudo dormir. Cuando la presentaron y leyeron su currículum, se impresionó tanto que le dolió el corazón. ¿Todo eso ha hecho esta mujer y apenas tienen veintinueve años? Tan frágil, tan menuda, tan fachosa, tan escuincla. La vio tomar el micrófono, y entonces la fragilidad se convirtió en conocimientos, se hizo fuerte, y madura, de elegante sencillez. Hablaba con apasionamiento, con seguridad, y su voz era un claro en la multitud. Le dolió el corazón. No pudo dormir porque le daba vueltas en los ojos esa doble Delfina, y ese dolor en el pecho. ¿Qué, qué es? Por fin reconoció que Delfina la había hecho sentarse frente a su espejo: "yo ya pasé de los cuarenta, estoy vieja y soy una estúpida, y no he hecho nada en mi vida digno de pasar a la historia". Las otras mujeres notables que había conocido eran ratones de biblioteca, feas, ancianas y con bigotes. No la tocaban. Las jovencitas eran torpes y brutales. Pero Delfina le rompía el esquema. Quería ser como ella. Estar ahí frente al micrófono, dentro de esa blusa de algodón, ser como Delfina, *ser* Delfina. Tener esos ojos y ese pelo, esa voz: su voz.

Su voz la amansaba. Tomaba notas mientras Delfina le

93

explicaba el orden que deberían tener las piezas en el saloncito. Su voz era para Leonor la música que hipnotiza a la cobra. Se dejó llevar por los siglos viejos en labios de Delfina. Cerró un segundo los ojos. Y no fue sino hasta ese momento cuando desaparecieron los últimos vampiros.

II

Un día le dijo a Agustín:

—Voy contigo.

Era viernes y la gira a Montevideo. Y era aún el tiempo en que Leonor la abandonaba por Verónica. Otro fin de semana sola, encerrada. Estaba ayudándolo a empacar. Alzó de pronto la vista:

—Voy contigo —se oyó decir.

Agustín la miró, serio.

—No me digas que no —susurró Delfina, casi ahogándose.

Agustín no dijo nada. Fue hacia el teléfono. Reservó un boleto más en el avión.

Y Delfina descubrió a un Agustín que no había conocido cabalmente. El Agustín de la música, su música. Y como hipnotizada lo siguió en las giras breves, haciendo malabarismos en sus tareas universitarias.

Costa Rica. Vio a Agustín abandonando la orquesta en pleno ensayo, porque el director le echaba los metales. Vio al director disculparse, suplicarle. Y Agustín no volvió. Vio a Agustín en rueda de prensa, sudoroso, desgreñado, las mujeres tentándole los brazos a la hora del coctel.

Monterrey. Vio a Agustín explicando la música a los estudiantes del Tecnológico. Lo vio cenar con el Gobernador como invitado de honor. Lo vio emborracharse en un cabaret, bailando mambo. Lo vio mirando el amanecer por la ventana del cuarto. Desnudo su poderoso cuerpo oscuro, brillando como metal en los áureos reflejos.

Nueva York. Lo vio en el Carnegie Hall. Su aguileña nariz vibrando, brillando de sudor sobre las cuerdas. Vio el

estruendoso aplauso. Las mujeres de pie, llorando. Lo vio
en el camerino con la cabeza entre las manos, inmóvil en
la oscuridad. Le vio los dientes blanquísimos cuando abrió
un momento la boca en medio del fatigado sueño.

Lo vio. Porque apenas pudo estar junto a él. El Agustín
que llegaba con la maleta y el violín a la casa, a veces har-
to, a veces eufórico, pero sólo para ella, niño casi siempre,
no era el mismo que veía ahora rodeado de un enjambre
de luces, instrumentos, grabadoras, brindis y aplausos.

Antes del concierto era imposible estar con él. Ni siquiera hablarle. Lo aislaba su grave humor. Se encerraba a en-
sayar. Durante el concierto venía el enjambre. Delfina
contemplaba la escena desde la butaca. Luego del concierto la jauría de las mujeres. La fiesta. La cama para caer des-
trozado.

Todo el día sentía Delfina un cosquilleo en las manos. Se
le movían solas, los dedos le temblaban. Quería tocarlo.
Tocar a Agustín. No se atrevía. Fuera del cuarto del hotel
siempre había gente que lo rodeaba como caparazón. Tocarle la manga del saco, sólo eso, como si lo rozara sin querer. Nadie se daría cuenta. Por fin se decidió. El resultado
fue tan intenso que Delfina creyó que se desmayaría allí
mismo. Tocarlo. No hacer el amor, que lo hacía muy poco
Agustín en sus giras, acaso acostumbrado a viajar solo. No.
Aunque lo sintiera meciéndose sobre su cuerpo en todo momento, no era eso lo que buscaba Delfina. Porque aun
después de haber hecho el amor, tal vez con más razón pues
no era eso lo que buscaba, Delfina sentía que las manos via-
jaban solas, sedientas como nunca, en pos de Agustín. Despertaba a media noche y lo veía dormir. Entonces, con
extraña suavidad sus dedos le rozaban la frente o la nariz,
o el hombro. A veces iba hasta el violín. Lo sacaba de su
funda, y las frías cuerdas deslizándose en sus dedos la lle-

naban de calosfríos tan eléctricos que la tumbaban de nuevo, exhausta, en la cama.

El elevador era una extensión de los cuartos de hotel. Lugares donde se puede tocar. Eso descubrió Delfina cuando las apreturas la embarraban en Agustín. Adoraba los elevadores. Se saciaba tocándole la camisa, el cinturón, el cuello del saco. A veces era más tocarle la ropa que el propio cuerpo. Delfina sentía que en la tela del traje de Agustín estaba Agustín mismo, su mismo latido del corazón.

Una noche, antes del concierto, las apreturas del elevador los separaron abruptamente. Delfina se asfixiaba repegada a otros sacos y otras camisas. Le parecían jergas venenosas, odiaba con dolor ese tacto, y detestándose profundamente se bebió dos lágrimas que le rodaron, del piso veintiséis a la planta baja.

Se le salía el corazón en los *solos* de Agustín. Debía esconderse las manos para que no volaran como pájaros enloquecidos hasta el escenario.

La última gira fue la de San Diego. Ahí apareció otro Agustín. Un Agustín que se escabulló del enjambre y le regaló a la negra. Delfina sonreía para sí misma sin entender cómo después de tanta sed por tocarlo, no sintió celos de la negra. Al contrario, viéndolo enmedio se sintió doblemente ella misma, y supo con renovado énfasis que nunca podría entregarse a nadie que no fuera Agustín.

Pero en el principio, su amor había sido tropezoso, doloroso. A los pocos meses de aquel encuentro en el camerino, donde se conocieron, ya lloraba Delfina el domingo de la separación. Y cuatro días después iba repitiendo el nombre de Agustín, buscándolo desaforada.

Agustín. Suena a música, a violín, a canción de amor. Agustín. Para decírselo en las orejas. Para llamarlo a gritos en la calle. De todos modos suena a melodía... Delfina trotaba bajo la lluvia, empapándose sin compasión. Dio vuelta a la izquierda y El Ángel de la Independencia brilló como relámpago en la tarde de plomo. Las 2:38. Aceleró el paso. ¡Agustín! —dijo abriendo la boca hacia el cielo, llenándose de lluvia los labios, bebiéndose ese nombre.

Era jueves. Desde el domingo estaba viviendo en el centro de un terremoto. "Es mejor separarnos", se oía decirle a Agustín. Esa frase le había salido de la boca. Metió el acelerador. Volaban en las ventanillas los árboles del Desierto de los Leones. Volaban casas y coches. Y no cesaron de volar. Cuando llegó a su departamento y se tumbó en la alfombra, sin fuerzas para llorar, las cortinas volaban, y el sofá, y la lámpara. Se agarró de la pata de una mesa esperando que el techo se desprendiera como catarata de piedras sobre su cabeza.

No sabía si era ya lunes o si era martes. La catarata de piedras la llevaba arrastrando cuerpo adentro. Se oyó dando la clase de arte prehispánico. ¿Entonces ya era miércoles? Se sentía de color verde, los alumnos la veían como a una desconocida. Ella se aferraba al escritorio, porque el pizarrón se le venía encima. ¡Está temblando! Le dolían las manos, los dedos le dolían tanto que les tuvo lástima, los vio solos y mudos y se le aguaron los ojos por sus dedos. No podía pensar en Agustín porque una tristeza punzante se le clavaba a medio pecho y la hacía doblarse como si hubiera recibido un golpe atroz. No podía pensar siquiera en ese nombre porque el nombre de Agustín le zumbaba en las sienes y algo como un cristal muy tenue se le quebraba adentro. Sólo podía sentir su propio cuerpo que le reclamaba lo que ella había hecho. Oía el rumor de sus huesos tiritando, y sus ojos se le opacaban de sed. ¡Qué nos hiciste, Delfina!, clamaban venas y omóplatos, rezaban labios y latidos y pulso y médulas y nervios.

La clase de arte prehispánico. No puede ser. Los mexicas. No puedo seguir así. Los mexicas. Esto no puede ser. No, no:

—¡No! —gritó.

Los alumnos tomaban notas. Alzaron de pronto la vista. La miraron.

Delfina se levantó, sonriendo: ¡había gritado de viva voz! Dio unos pasos. El terremoto había cesado. Continuó la clase. Cuando terminó, sabía perfectamente lo que tenía que hacer. ¿Cómo? No sabía cómo. Simplemente se oyó gritar ¡no! Llegó a su casa a dormir toda la tarde, toda la noche, hasta entrado el mediodía del jueves.

Jueves. Cuatro días sin verlo. Cruzó corriendo la glorieta, toreando claxonazos injuriosos y silbidos de policía. Quería llegar, ya, no fuera a irse. No fuera a ser que cambiaran la comida a otro restorán. Pero imposible olvidar: Café del Ángel, 2 pm. Ella vio cuando Agustín lo anotaba en la agenda hacía una semana. Se le quedó grabado con cámara fotográfica en los ojos. Comida con los directivos de la disquera Brancuti, 2 pm. Café del Ángel.

Quería volar, tener frente a los ojos el vidrio de la puerta. Saber que un segundo después lo vería sentado a la cabecera, vería su nariz aguileña y sus manos hablar delante de la cara.

No oyó lo que el capitán de meseros le dijo. Ni siquiera lo vio. Sólo sintió que alguien la detenía del brazo, cuando Agustín se levantó de golpe, y un segundo después todos los demás en la mesa. Vio que Agustín hacía una seña al aire, y ella pudo mover libremente el brazo. Hasta ese momento le vio aletear la aguileña nariz, y sonrió como niña, con todo el rostro.

Los tenis eran sopas sobre la alfombra. El capitán se llevó su chamarrita de hule al baño. Le pusieron una silla al otro extremo de la cabecera. La camiseta decía "I love you" en el pecho, y una mancha de agua lodosa la deformaba hasta parecer un trapo sucio sobre el cuerpo de Delfina. Todos, de pie, murmuraron ininteligibles gentilezas.

Ella gozaba viendo el rostro de Agustín. Era diez años mayor que Delfina. Oscuro y de grandes ojos melancólicos y gruesas cejas negras. Pero no ese rostro, el que veía ahora en la cabecera de la mesa, tenso, grisáceo, viejo casi. Dos surcos lo navajeaban alrededor de la boca. Escuchaba en silencio lo que el director de la disquera le exponía apasionadamente: un álbum doble, de la mejor calidad, con la mejor distribución. Los ejecutivos de la disquera coreaban con efusivas interjecciones las del director, mientras se atragantaban de paté y jamón serrano. Agustín parecía no estar allí. ¿Acaso no la había visto? ¡Pero él había hecho una seña al capitán para que la dejaran acercarse a la mesa! Y ahora ya estaba ella sentada, mirándolo. Lo miraba queriendo atraerlo con la intensidad de sus ojos. Pero Agustín no volvía la vista. Prefería cerrar los ojos, descansando la cara entre las manos mientras asentía automáticamente a las palabras del director. No es verdad —iba diciéndose—, es una fantasía. Ella no está aquí. Es imposible que esté aquí conmigo. . .

¡Agustín!, gritaba por dentro Delfina. Un dolor sordo se le encajaba en el cuerpo, mirándolo, mirando una tristeza como puñado de ceniza sobre ese moreno rostro. Suspiró.

—¿Qué desea la dama? —dijo melosamente el capitán sobre su oreja.

Delfina se volvió bruscamente hacia los demás en una actitud de franca petición de auxilio. Hasta ese momento se dio cuenta que estaba en un restorán de lujo, vestida como ganapana, y que había irrumpido en una junta de negocios.

Estuvo a punto de brotarle una lágrima. Y en ese brevísimo silencio, por fin la vio Agustín. La vio de carne y hueso, sentada frente a él. No era su imaginación. Esta mujer había venido de la nada, de la calle, de la lluvia. Había entrado por la puerta, se había plantado frente a él como pájaro joven, tembloroso y helado. Una lenta y honda sonrisa fue dibujándose en su rostro. Todo él sonrió: los ojos se abrillantaron dejando atrás la amarilla opacidad que los velaba, las cejas se extendieron suavemente, la nariz inhaló por fin un aire ancho, los surcos fueron desapareciendo mientras la hilera de dientes se asomaba. El color volvió a ser el de una olla de barro húmedo en su piel. Agustín exhaló profundamente. Delfina siguió esa transformación, la lágrima se le escurrió hasta el plato.

—¡Capitán! —mandó Agustín tronando los dedos—. Permítame señor Brancuti, para cerrar el trato —le dijo al director de la disquera—, ordene champaña para mi hermosa dama que nos hace el honor de acompañarnos. Don Perignon, claro, claro. Y que el señor Brancuti escoja los platos.

—Maestro, ¡es un honor para la Casa Brancuti! —brincó el director, y se lanzó a enumerar los platillos más rimbombantes.

Los ejecutivos miraban de soslayo a Delfina, que buscaba una servilleta. Uno de ellos, con extrema cortesía, le extendió la suya. Y Delfina, sonriendo, se sonó estruendosamente la nariz en la bordada encajería.

—Hoy, 20 de agosto, a las 2:38 de la tarde... —dijo ella.

—Qué —preguntó él.

—... desde entonces te amo —susurró Delfina, tendida sobre la alfombra.

Estaban a oscuras. Agustín le decía siempre que apagara la lámpara en el atardecer. Ella quería luz a raudales. Le daba miedo la oscuridad, ese bloque negro que la asfixiaba como si fuera cosa sólida que la envolvía, prensándola hasta hacerla añicos. La lámpara era magia que desvanecía ese maleficio.

Pero esta vez Delfina no quería luz. Bastaba el halo de plomo que se desprendía de las cortinas, a punto de la noche cerrada. Del restorán se habían ido a casa de Delfina, sonriendo sin decir palabra.

Lo primero que ella hizo fue darse un regaderazo. Su casa, un pequeño departamento en Mixcoac decorado con antigüedad rústica hasta en las paredes. Agustín no soportaba que su estudio, que era también el lugar donde dormía, una cabaña forrada de corcho en el Desierto de los Leones, se convirtiera en otra cosa que eso: el lugar de su música. Hicieron del departamento de Delfina el lugar de sus encuentros.

El agua caliente le dolió en la espalda. Se quedó largo rato bajo ese vaporoso chorro, con los ojos cerrados. Trotar, volar, empapándose de lluvia rumbo al Café del Ángel. Sonrió. Le entró una felicidad tan grande que se mareó. La champaña le doraba la cabeza. Qué hermoso es el Café del Ángel, con su puerta de vidrios en la tarde gris. . .

Salió como si soñara, lenta. Fue a tenderse al lado de Agustín, que oía música en la sala. Él la rodeó con un brazo, y Delfina se recostó en su hombro. Se miraron.

En los últimos cuatro días eran tantas las veces que Delfina había imaginado esta escena, que no podía sentir nada, le parecía una más de sus ensoñaciones. Se apartó, sintió un cansancio que la hacía flotar. Así, flotando, se levantó a apagar el tocadiscos, y apagó también la lámpara. Se echó de espaldas sobre la alfombra. En la cortina el último plomo de la tarde. Y fue entonces, ya tendida, cuando dijo:

—Hoy, 20 de agosto, a las 2:38 de la tarde. . .

Y luego dijo:

—Sí. Lo supe. Llovía a cántaros, feliz, feliz. Y cuando vi el letrero grande pintado de verde: Café del Ángel, lo supe Agustín.

Cuatro días atrás, aquel domingo de la separación, había llegado con una bandeja de fetuchini al pesto y una baguette recién horneada. Lechugas orejonas y dátiles maduros. Platos de cartón y mantelito.

Para Delfina el domingo era día cabal de descanso. Suficiente trabajo tenía ocho horas diarias en la universidad de lunes a viernes, y a veces la mañana del sábado había que revisar archivos o ir a algún museo por datos urgentísimos. No podía entender que Agustín se encerrara en su estudio, precisamente los domingos.

—¡Pero si tienes toda la semana para estudiar!

—No. No has entendido lo que es el domingo.

—¿Por qué no arreglas las cosas de modo que tengas libre el domingo?

—No has entendido lo que es el domingo, ¿no entiendes?

—Bueno, que sea el último de los que no entiendo.

Llegar a esa cabaña era un aire helado bajo el sol en la espesura de árboles altos y tierra montaraz. Una empedrada serpiente hacia el callejón. La casa es inmensa, de ladrillo quemado. A un costado del terreno hay una reja escondida entre los arbustos, herrumbrosa. Siempre está abierta. Las hojas amarillas son la alfombra del caminito que baja hacia lo umbroso. Es lo que los dueños de ese elegante ladrillería quemado llaman "la cabañita". Antes servía como desván, bodega, cuarto de servicio o de juegos. Quién sabe. Pero Agustín la alquiló para su estudio. También de ladrillo y techo inclinado, con tragaluz redondo. Sesenta metros cuadrados de paredes de corcho. Gruesa alfombra, estuches de violín, atriles, dos grabadoras de carrete empotradas, mesa para las partituras. Al fondo, separados por un biombo de bambú, el sofacama, los cojines, el buró con parrillita y cafetera, armario viejo y puerta del baño.

Cuando Delfina entró la primera vez, tuvo una sensación de calor, de bienestar. Había austeridad pero no mal gusto o esa dejadez pestilente de los hombres que viven solos y en el descuido doméstico afirman su genio creador o su virilidad. Era el estudio de un músico, que sabe exactamente lo que necesita para hacer lo suyo y vivir con comodidad y sin estorbos.

—Parece que soy un estorbo —decía Delfina calentando el fetuchini en la parrillita del buró.

Agustín revisaba las partituras antes de quitarlas de la mesa, donde debería poner el mantel y los platos de cartón.

Mil veces habían discutido el asunto en los meses que ya tenían de amarse. ¿Por qué no vivir juntos? Delfina había dado una larga lista de razones por las cuales sería más cómodo y más hermoso compartir un lugar. No había que tener miedo. Ninguno perturbaría el trabajo del otro.

—Ahora mismo estás haciéndolo, Delfina. No puedo concentrarme.

—¡Nunca pensé que traerte de comer te molestara tanto! —contestó airada, moviendo bruscamente el cucharón. Dos hilos ardientes salieron volando de la olla y se le enredaron entre los dedos. El grito le soltó por fin los sollozos. Se llevó los dedos quemados a la boca.

Agustín fue hacia ella, tratando de calmarla, tomándole la mano lastimada. Ella le dio la espalda. Entonces Agustín cogió la olla y la estampó en el biombo, que se tambaleó peligrosamente sobre el estuche del violín.

Decidieron separarse. No verse más. Al menos por una temporada. Fue Delfina quien decidió. Se había pasado la vida mendigando atención. Ella era muy pequeña cuando la madre abandonó la casa. Desde entonces el padre se había vuelto blando y gris, eternamente triste y sólo se acordaba de Delfina cuando ella se enfermaba o ya no le quedaban los zapatos y los vestidos. En la escuela encontró dieces y diplomas. Cuando apareció Agustín ella quería todo o nada. Y él se le escapaba de las manos. En realidad quería todo o todo. Por eso le dijo al despedirse ese domingo:

—Yo no puedo seguir así, Agústin. No sé qué somos. Vienes y vas, y vas y vienes. No tengo piso, me siento en el aire como hoja perdida...

Y eso era decirle: Quédate, tómame para siempre, no quiero moverme de aquí.

Pero él no dijo: Sí, para siempre, aquí, juntos, roca sobre roca.

No dijo nada. Los ojos inmóviles en los ojos de Delfina, que esperaba, esperaba.

Comenzó a recoger sus cosas, lentamente. Llegó hasta la puerta. Allí la detuvo Agustín:

—¿Eso quieres?

Era lo último que quería oír Delfina. ¡Si le hubiera dicho: quédate, o espera, o cualquier otra cosa...! ¡Una sola señal! Hizo lo único que no quería hacer, dar el paso en el umbral y cruzar por el camino de hojarasca hasta su coche.

Y por segunda vez en la vida, Agustín se quedaba solo en su estudio, mirando el violín y las partituras como si fueran objetos de otro planeta. Se sentó en la cama. No, no es posible: Delfina no, no ella. A golpes de martillo fue cayéndole la primera vez: los bosques de Polonia, diez años atrás.

Bosques de Polonia, esos apretados verdores de verano. La blancura de Reiza, casi azul de tan pálida. No era bella, pero en sus ojos había algo de esos cielos cadenciosos de Varsovia. Estudiaba canto en el conservatorio donde Agustín había sido becado por cinco años.

Desde la baranda que rodea la vieja ciudad vieron el Vístula en invierno, muchas veces. En Stare Miasto había bodas todos los sábados. Reiza corría gritando entre los arroces, quería ver los tocados de las novias.

Pusieron a dúo las *lieder* de Schubert. Quitaban la cobija de la cama y se tendían en el suelo del minúsculo cuarto de la pensión. Olía a humedad y no había baño. La cama era tan angosta que no cabía su amor en ella.

Agustín esperaba con sofoco la hora en que Reiza llegaría para llenar de nuevo el suelo con su maciza palidez. No dormía. Reiza y su olor a almendras y a madera flotaba en el cuarto, en las cuerdas del violín, en las palomas de la plaza.

Los domingos de primavera tomaban un autobús hacia el río Bug. Cabritas, vacas con campana en el pescuezo, caballos percherones tirando las carretas en el bosque de zarzamoras. Algunos pescadores en la ribera. Las cañas largas, a lo lejos. Comían *lodys* de colores y se tomaban fotos. Reiza se acurrucaba en sus brazos para dormir el. regreso en el lento atardecer, camino a la ciudad.

Me hago polaco, me la llevo a México, me caso, la rapto o me mato, pensaba Agustín, acariciándole los cenizos cabellos.

La esperaba con sofoco. El concierto en Cracovia sería la despedida de su beca. Su posgrado había terminado. Papeles y permisos y actas a Relaciones Exteriores, a las embajadas, a los familiares. Trabas. Obstáculos. Todo el mundo se oponía. Pero ya habían hecho en secreto lo necesario, lo inobjetable, lo único que estaba en sus manos, en sus cuerpos.

La esperaba. Reiza cantaba una nana polaca mirando por la ventanilla del tren, rumbo a Cracovia, los abedules blancos. La tierna nieve, paloma nieve de abril. Apenas llegaría a tiempo para el concierto. "Llegaremos", se corrigió abrazándose el vientre.

Agustín despertó de su ensoñación. Solo en su estudio. Aquí, ahora. Se levantó de la cama, movido por un resorte de alto voltaje. Un tronadero de fierro se le metió en el cuerpo. Un tronadero de huesos en la azulada piel de Polonia. Un tronadero de tren volando hacia el barranco helado.

Gimió sin querer. Se apretó la cabeza con las manos. El violín era un objeto de otro planeta; las notas, esos puntos negros en la nieve roja. . . Volvió la vista, asustado de su propia visión, y sus ojos se toparon con la olla de fetuchini volteada sobre la alfombra, hilos de pasta y de salsa colgando del biombo.

Y una sola nota le salió de la garganta, ronca nota tensa:

—¡Delfina!

Fue hasta que la vio delante del capitán de meseros, empapada, muda y a punto de llorar, cuando la vio de veras. Volvió. Era ella. Volvió.

Volvió Agustín a ver ese departamento lleno de cacharros viejos, oyó la regadera donde se bañaba Delfina. Nada estaba cambiando. Puso el mismo disco de la *saudade* portuguesa que tantas veces habían llorado juntos.

—No me importa nada, Agustín —la oyó en la oscuridad. Ella tenía los ojos cerrados y lo tomaba mansamente de la mano, recostada a su lado; acababa de decirle: "Hoy, 20 de agosto, a las 2:38 supe que te amaba". Y la oía ahora diciéndole: "No me importa cómo vivamos, ni dónde ni a qué horas. Nunca he sido más feliz que hoy bajo el aguacero".

Reiza. Diez años atrás. Cuando bajaron del autobús en el embarcadero, comenzó el aguacerillo. No eran gotas. "Estrellitas de día que pican la cara", dijo Reiza y se quitó la gorra verde para que le cayeran en los cabellos. Reía con la boca abierta y las manos al cielo. Agustín tiritaba en el viento de mayo, mirándola agitarse ante el Danubio, respirando el vaho de sus risas.

—¿No hay ríos en México? —preguntó asombrada Reiza. Empacaban una maletita. Un grupo de estudiantes y becarios iba a tomar un curso de interpretación en Viena. Reiza nunca había salido de Polonia y la noche anterior no pudo dormir. Se revolcaba en la cama despertando a Agustín con toda suerte de preguntas.

—Sí, sí hay —le tomó el cuello con ambas manos, ese macizo y blanco cuello "de leche, de paloma o de garza", balbucía inventando malos versos para describir a Reiza.

—¿Que qué? —preguntaba en su salpicado español.

—Nada, nada —suspiraba Agustín y se hundía en esa leche de paloma. Para qué quiero poesía si aquí la tengo entre mis manos. Y se hundía en el cuello, mía amada mía.

—¿Y nunca te has subido a un río? —insistía Reiza dejándose llevar por el abrazo. Agustín reía lamiéndole los cabellos—. Dime, cuéntame de allá.

—Están muy lejos, llenos de selvas y montañas gigantes. Muy muy lejos, como de aquí a. . . París.

Reiza dio un salto:

—¿A París?

—En México, en la ciudad, había un río, pero lo entubaron hace muchos años y construyeron un periférico de asfalto para coches y camiones sobre él.

Reiza abrió los ojos desmesuradamente, una araña de venas delgadísimas le cruzaba los azules iris.

—¡Pobrecito! —gimió.

—Pues sí, no sé lo que es tener un río en la ciudad. De todas maneras era un río de mierda.

—Płynie w rurach? ¡Entubado! ¡Pobrecito río! —dijo estrujando la sábana entre sus pechos calientes.

Por eso Reiza decidió que el primer sábado en Viena navegarían el Danubio.

—Var quería mucho a Shava. Y ella a él —decía Reiza en el helado viento. La barca rodeaba las terrazas de vid y los pueblitos de juguete aparecían en cada recodo. Se sentaron en una banca al aire libre, en el tercer piso—. Entonces se querían, pero tuvieron que separarse. Y no se encontraban. No se encontraban, ¿te imaginas?

Agustín, que iba hipnotizado en el paisaje, le apretó súbitamente la mano a Reiza. Ella lo miró, seria. Su piel azulada se confundía con el frío y con los montes humosos de niebla. Agustín sintió un clamor, un cuchillo, un toque eléctrico. Le apretó aún más la pequeña mano de gruesos dedos. Reiza ladeó la cabeza, buscándolo, y sonrió de pronto, con todos los dientes.

—Ah. . . pero sí se encontraron. Por las estrellitas de día que cayeron. Todos pensaron que era lluvia y se metieron en sus casas. Pero Shava sabía que ésa iba a ser la señal. En medio de la noche una muchacha brillaba toda, del pelo a los pies. Y Var la encontró. Y por eso se llama Varshava mi ciudad. Varsovia. ¿Y México, también nació de un amor?

Agustín temblaba de amor, ¿de miedo?, de pies a cabeza. Le vibraba la nariz, húmeda, y los ojos le dolían mirando la boca pálida de Reiza. Reiza se mordió los labios, se levantó abruptamente, diciendo:

—Jest ci zimno?

—No, no es frío. Amor, y otra cosa, no sé qué sea. . .

Pero ella no entendió. Se quitó la bufanda de lana y se la puso a Agustín alrededor del cuello. Le cubrió la boca y la nariz. Acabó la operación con un beso en la frente, y se puso a cantar *Cielito lindo*, frotándole los hombros.

No puede ser, esto no puede ser. . . Era tan bello que se sentía mareado. La cabañita de madera en la falda de la colina. La colina una geometría de verdes arbustos, pequeños y apretados surcos de tierra roja. Atrás las nubes, navegando, lentas, orladas de hilos dorados.

Era un alto en el paseo. Bajaron de la barca y Reiza

corrió hacia la cabaña. Era un cafetín con su explanada de piedras y mesitas altas de techo redondo para beber de pie, al aire libre.

Agustín sorbía con deleite el cargadísimo café. En lo alto de la colina la ruina de un castillo ¿o convento? era un esqueleto entre la bruma azulosa.

Clic. "Otra, pero mírame, mírame Agustín." Clic. Reiza atrapó esa asombrada sonrisa que la miraba desde la bufanda verde, frente al Danubio azul.

No se le escapó a Delfina esa fotografía cuando entró por primera vez en el estudio de Agustín, semanas antes de aquel domingo de la separación. Estaba pegada con un clip sobre el corcho, en medio de un *collage* de fotos, único adorno de la estancia.

Vio la fotografía y un relámpago en su piel se le había instaurado desde entonces.

Se acercó a mirar. No vio ninguna otra. Un Agustín muy joven reaccionando ante una voz que lo llamaba, a punto de decir algo él mismo, una sonrisa se le adivinaba bajo la bufanda verde. Frío. Una ruina más allá, otra pequeñita, borrosa, a lo lejos.

Se abismaba Delfina. No sabía por qué, una corriente le erizó los cabellos. Agustín estaba poniendo unas cintas en la grabadora.

—¿De dónde es? —preguntó Delfina y su voz sonó aguda y metálica.

—¿Eh? —se volvió Agustín.

—Esta foto.

—Ah... es el Danubio —dijo mirando de reojo.

—¿Qué?

—El Danubio.

Se abismaba Delfina. Astor Piazzola salió de la grabadora en ese momento.

—Ven —le dijo Agustín, tomándola del brazo. La llevó hasta el centro del tragaluz—. Así quería verte. Con toda la luz. Exactamente aquí —le enmarcó la cara con ambas manos y la besó con mucha suavidad. Delfina cerró los ojos, doblándose en un sollozo perdido, en el vuelo de una bufanda verde sobre el agua del Danubio.

Delfina no sabía casi nada de la vida de Agustín. Todo de la vida profesional. Por supuesto, los cinco años en Polonia, becado privilegiadamente. Un amor que quién sabe, allá en la juventud. Mujeres y mujeres después. Nada importante. Viajes. Éxito. Soledades de violín. Agustín no contaba más, monosilábico. Delfina no había oído aún el nombre de Reiza. Pero algo en el aire de la fotografía... era ese aire el que envolvía a Agustín, y lo hacía impenetrable. Él estaba allí, ciertamente, la tocaba, la poseía. Podía sentir Delfina los cabellos de Agustín entre sus dedos cuando gemía el amor debajo de él. Pero ahí donde ella se dejaba mecer sedienta siempre, rondaba una neblina, aislándolo. Ella se recostaba por fin, helada y sudorosa, sin fuerza ya en el cuerpo. Pero esa sed le seguía quemando las yemas de los dedos. Con nada la apagaba. Agustín cerraba los ojos respirando el sueño. Y ella le acariciaba los párpados, la frente, buscando, buscando algo en él que la calmara, algo que le hiciera sentir "este hombre es mío y lo llevo dentro de mí ya para siempre". Le besaba los labios. Y eran, sí, los labios de Agustín en sus propios labios. Pero ella lo veía como si estuviera viviendo todo el tiempo dentro de esa fotografía. Ahora lo sabía. Lo supo. Cuando vio la fotografía clavada con el clip sobre el corcho, Delfina vio por fin ese aire, lo vio allí, sintió el tope: vio al Agustín que ella quería llevar dentro, perdido para siempre.

Semanas más tarde, cuando advirtió que no podría más con esa sed que la incendiaba, cada vez con más imperio, ese Agustín que está y no está, esa odiosa neblina estática como bloque de otra dimensión, porque ¿cómo combatirla? ¿cómo evaporarla si está hecha de materiales desconocidos, si viene de otro tiempo y de otro espacio a robarse los de aquí y ahora?; cuando advirtió Delfina que se asfixiaba en ese aire hipnótico, en ese indescifrable diccionario en el que vivía Agustín, decidió, ni siquiera decidió sino que algo la empujó a salir, huir, irse de él, le dijo "es mejor separarnos", ese domingo que se quemó los dedos en el fetuchini.

Pero el aire libre, el conocido paisaje de sus días, su cuerpo inútil que respira porque sí, la asfixiaron más aún. Y volvió, cuatro días después, y le dijo: te amo, bajo el aguacero soy feliz. Y era que Delfina le decía: no tengo remedio, he perdido, aquí estoy, condenada a la sed porque ya no conozco otra manera de morirme.

Esa noche, tumbados sobre la alfombra, Delfina se recostó en sus hombros, a oscuras. Él le acariciaba el brazo, la mano, los dedos. Ella acababa de decirle: hoy, 20 de agosto, a las 2:38 supe que te amaba. . . Y le decía más. Y se hizo un breve silencio.

—No te pareces a Reiza, Delfina —sonó de pronto la voz de Agustín.

Y en los ojos de Delfina apareció la bufanda verde cubriendo la cara de Agustín en la fotografía. "Reiza. . . dijo Reiza, dijo Reiza." Delfina sintió paz. La paz del cuchillo que corta por fin la carne gangrenada; la herida queda abierta, sí, pero el mal se ha ido. Delfina padecía una enfermedad desconocida. Ahora iba a saber el diagnóstico.

—Dime —le dijo.

—En nada. En nada. Era blanca, llena de carnes, los cabellos cenizos. Los ojos azules, como si siempre estuviera sonriendo, o soñando despierta, como entrecerrados o medio abiertos. Las manos frías y sus dedos chicos, gruesos. Le enseñé a cantar canciones mexicanas. Hablaba en voz muy alta, como entre admiraciones e interrogaciones. Y se llevaba la mano a la boca a cada rato, como asustada. El mesero te preguntó algo y tú te volviste, asustada. Cuando entraste hecha una sopa no podía mirarte. No creía que fueras tú. Sólo sentí que algo se hacía festivo, que la reunión iba a ser buena. Me pareció grato el restorán, me gustó el mantel morado, y te juro que la gente de las otras mesas decía cosas inteligentes, y era hermosa. Te vi empapada, venías por mí. Y era Reiza otra vez: sus ojos claros en la lluvia. . .

Delfina se abandonó, se sintió sin peso, sin piso, sin músculos. Caía desde el centro de la alfombra.

—. . . No había vuelto a verla, Delfina. Nunca. Desde que nos despedimos en el tren. La esperaba en el teatro principal de Cracovia. La esperaba. Y hoy volví a verla en tu hermosísimo rostro, Delfina.

Delfina viajaba en otra dimensión. El dolor la hacía desvanecerse.

Agustín siguió contando. Reiza, diez años atrás. Llegaron a Melk. Y una catarata de sol se abrió entre los nubarrones. La barca se detuvo. El paseo incluía una visita guiada al monasterio.

Agustín no quería arracimarse en la manada abriendo la boca frente a libracos y escritorios apolillados. Desde lo alto de la escalera de piedra que llevaba al monasterio vio la ciudad de Melk: un colorido ajedrez de picos, ventanas redondas, callecitas torcidas sube y baja reverberando en el sol de las tres, una ciudad de cuento de hadas en la palma de la mano entre colinas de niebla

Cerró los ojos un momento, tomándole el cuello a Reiza. El cuello de Reiza, tibio, fuerte. Abrió los ojos sobre Melk: un duende salía de aquella chimenea y viajaba en los picos de los techos, entre mil Reizas voladoras. Ecos de risas, algo metafísico en el aire, olor a cosas presentidas e imposibles.

—¿Aquí vive la gente? —preguntó Agustín sobrecogido—. Digo ¿aquí trabajan y comen y aman y duermen gentes como tú y como yo?

Reiza reía:

—¡Y no conoces Cracovia!

—Iremos a Cracovia —dijo Agustín, abrazándola con súbito frío.

—Iremos —sonrió Reiza.

—Es que no puedo creer que esto sea cierto. ¡Es que deben ser terriblemente felices y buenos todos los que aquí viven!

Reiza se sofocaba: todo era risas y prisas. Su primera aventura fuera de Polonia. Quería estar en todas partes, verlo todo. Por supuesto no quería perderse la visita al monasterio. Agustín vio esos ojos asustados cuando volvió a decir que no, manadas no. Esos iris azules, temblorosos. Una espina se le clavó en el pecho. ¡Pero qué estoy haciendo, miserable de mí! Amo los monasterios y las manadas de turistas, y los cacharros viejos y... ¡todo lo que estos ojos quieren ver! Y se la llevó corriendo a la fila que se aglomeraba ya en la entrada.

—Esto que ves es una silla —decía Agustín en un aparte, imitando las tonterías del guía—. Y eso que está colgado en la pared es un cuadro de un señor con bigotes y ojos de sapo. Aquí a tu derecha hay un librero, y adentro hay libros.

Reiza se doblaba de risa, el verdadero guía hilvanaba una sarta de explicaciones que terminaban en lo mismo que decía Agustín.

—Allá en el pasillo hay otro cuarto con libros y sillas viejas. Asómate y me cuentas.

114

Reiza corría. Y sí: libros y sillas viejas. Regresaba gritando al lado de Agustín, llevándose la mano a la boca:

—Stare książki i krzesła! Dużo książek i starych krzeseł!

No la había visto así. Morada de carcajadas y respirando tan agitadamente. Sus grandes pechos. Agustín sintió una lengua ardiente en la garganta: nunca había amado los pechos de Reiza en un monasterio a las 3 de la tarde, nunca había querido tanto sus dientes, su nariz, su falda de cuadritos, sus botas negras. Reiza, estás aquí. . . y cerraba los ojos sin querer, como desvanecido en un aire de leche, y volvía a abrirlos para verla entre lágrimas de risa. Reiza tu risa azul. No pudo más: la tomó del brazo y se la llevó con prisa escaleras abajo.

Como Chagall los pintó, volaron de la mano sobre los techos mojados. Ella jugaba con el humo de las chimeneas, y él se abría paso entre cometas y medias lunas. Desde arriba el subeibaja de los caseríos les provocaba vértigos calientes y risas doradas. Todos los niños de Melk salieron a la calle, brincaron, aplaudieron mirando a los amantes que se enredaban como serpentinas en la luz de mayo.

Aterrizaron sin ruido en una taberna de vigas rojas. Comenzaba a anochecer. El vino oscuro en la mesa. Panes de sal y pimiento. Los párpados azules de Reiza en la llamita de la vela. La mano de Agustín en el mantel, quieta.

—De qué color viste el Danubio —decía Reiza acurrucándose en el pecho de Agustín, de regreso a Viena.

—¿El Danubio? ¿No se supone que es azul?

—Tú di de qué color lo viste —bostezaba Reiza. Le abrió el saco a Agustín y se hundió de cara al suéter. Él la cubrió con sus brazos.

—Lo vi gris. . . o verde.

—¡No, por favor! ¡Piensa, piensa bien, mucho!

—Bueno, hubo un momento en que lo vi azul, azulísimo.

—¿Sí? —dijo incorporándose, con los ojos muy abiertos—. ¡Cuándo, dime cuándo!

—Pues. . . cuando me tomaste la foto en el cafecito, ¿te acuerdas? El Danubio estaba detrás de ti, y lo vi azul, azul, como el mar más azul.

—Ah. . . —exclamó Reiza, y cubrió con su boca fría la cara de Agustín. Un aguacerillo de mariposas en la cara.

Reiza murmuró antes de dormirse echa bola en los brazos de él:

—Mój Boże. . . Tylko zakochani widzą błękit Dunaju.

—¿Qué estás diciendo?

—Que sólo los enamorados ven azul el Danubio, sh. . . duérmete.

Agustín se adormeció. En el autobús sonaban valses vieneses. Y en la ventanilla los bosques se poblaban de gnomos nocturnos.

¿Cracovia, dijo? Cracovia, sí. Eso había dicho ella. "Iremos a Cracovia", respiró a sus anchas Agustín.

—Qué le pasó —dijo la voz de Delfina en la oscuridad. Hoy 20 de agosto. Noche. Mixcoac.

—La sacaron de la nieve hecha pedazos, el tren se fue al barranco.

Delfina se estremeció en un relámpago. Agustín no dejó de acariciarle la mano, con mucha suavidad:

—Tenía cinco meses de embarazo —dijo.

—¿Tú lo sabías?

—Sí. Yo quise que tuviéramos un hijo.

Delfina quitó la mano bruscamente. Fue un movimiento automático. Y un gemido le salió de la boca. Se incorporó.

—Yo no soy ella —dijo al vacío.

—¡Yo no soy esa mujer! ¡mírame! —se levantó gritando Delfina y encendió todas las luces—. ¡Mírame!

—También eres Delfina, la que amo.

Agustín la vio. Largamente. Los ojos color de miel, los cabellos castaños y largos, el cuerpo menudo, los pechos pequeños, los brazos delgados, las manos chicas.

—No te pareces en nada, te lo dije.

Delfina se echó a llorar, la cara entre las manos. Temblaba en la araña de luces en medio de la habitación. Y ahí estaba Reiza con su pálido temblor helado.

Reiza lloraba tratando de calentarse frente al aparato de gas. No había calefacción en el cuarto de Agustín. Se helaban en octubre. Por tercera vez le habían negado a Agustín su residencia en Polonia. Su beca estaba próxima a terminar. Los padres de Reiza habían hecho hasta lo imposible para impedir el matrimonio y que él se la llevara como mexicana. México les parecía un país de indios salvajes. Pero por encima de eso temían represalias del gobierno, esas torvas sutilezas de correrlos del empleo, negarles servicios, considerarlos enemigos del sistema o espías y convertirlos poco a poco en prisioneros en su patria.

—Vamos a hacer lo único que podemos hacer —se acercó Agustín, inclinado hacia ella. La tomó de los hombros. Sintió su aliento húmedo en la cara. Reiza abrió asustada los ojos y se llevó la mano a la boca. Sonrieron sus iris, se hicieron grandes y dorados.

Junto al calor del gas se juntaron. Un hijo. En Varsovia hacía viento y las anaranjadas hojas navegaban en la ventana.

—... todas las hojas de Varsovia —dijo Agustín, antes de cerrar los ojos.

—Delfina —dijo Agustín, levantándose hacia ella—. No llores.

Ella se dejó caer en su abrazo.

—Mi amor, mi amor, mi amor mi amor —decía Delfina, besándole la camisa.

Agustín la condujo de nuevo al rincón de la alfombra. Apagó las luces, salvo la pequeña lámpara amarilla que los alumbraba en penumbras.

Delfina asentía repetidas veces, meciéndose en un aire denso y oscuro.

—Sí, sí, cuéntame —su voz salía ronca, de otro cuerpo que no era el de ella—. Cuéntame.

—Lo supe al final del concierto. No quisieron avisarme antes. Me senté en el camerino, frente al espejo. No me moví.

—Cuánto tiempo.

—No sé.

El día del concierto en Cracovia. Gran aplauso. Camerino. Alguien está esperándolo para decirle. Agustín se ve a sí mismo. Y nada más. No hay nada más alrededor de él, junto a él, frente a él. Los focos del maquillaje, impúdicos en el marco del espejo. Se ve solo. Por primera vez, atenido a su propio rostro, a sus manos abandonadas sobre las rodillas, a su respiración.

Reiza cantaba nanas polacas abrazándose el vientre. Los abedules nevados en la ventanilla.

Reiza pedazos en la nieve. Los pechos de Reiza pedazos en la nieve. Su cuello grueso, pedazos, su bufanda verde volando en la nieve. Pedazos.

Una mueca de labios torcidos en el espejo. El garfio de la nariz humeante y picudo. Los ojos inyectados. Agustín sonríe mirándose: él es el mal. Su alma podrida revelándose.

¡Pedazos!, zumbaron sus orejas. Y un bramido le salió de la garganta.

Sus amigos lo sacaron en vilo. Días después, abrieron la puerta de la recámara: Agustín sigue despierto, hipnotizado en la ventana... Podía yo verla a distancia: la ceniza de su pelo flotando en la plaza, entrando en un café. Y nada más. No hubiera pedido más. No la tocaría. Hubiera podido no verla nunca sabiendo que ella existe. Que en algún lugar están abriéndose apenas sus ojos. Saber que su voz suena en el planeta. Saber que existe. Que en su falda de cuadros hay un cuerpo blanco y macizo que se llama Reiza. Dios, Dios... Pero esto: no puedo verla, no puedo imaginarla, no puedo presentirla. Su risa enredándose en mi aliento. Su vientre, ya redondo vientre, ya. Pedazos. Crujir de fierros.

Agustín mira la ventana buscando algo en esa blancura que lo ciega.

—¿Fuiste al entierro? —oyó la voz de Delfina.

—No —dijo. Y justo allí, en el departamento de Mixcoac, aparecieron como maldición delante de sus ojos las primeras flores del Jardín Chopin.

Brotaban los botones morados y amarillos en los rosales. Era domingo y la gente se vestía de color pastel, con guantes y mascadas, al concierto del mediodía. Finales de abril en Varsovia. Algunas mañanas los cristales de hielo tejían telarañas arcoiris sobre las ramas de los árboles, una aurora boreal anunciaba la apertura de los jardines en la ciudad.

Agustín había recorrido las calles largamente durante un mes, desde que pudo levantarse.

Stare Miasto. Las casas verde pistache y dulce de canela. Los puentes que no van a ninguna parte, porque se cruzan en arcos y parques. La baranda del Vístula, inmóvil. Respiraba. Profundamente, quería beberse el aire de Polonia, colmarse los pulmones. Que le estallara en las sienes ese frío azucarado.

Un domingo llegó al Jardín Chopin. Se anunciaba a un

joven mexicano, recién becado, que tocaría en el piano una serie de nocturnos. Agustín se sentó en una banca junto a una anciana enhiesta, de abrigo azul, rizos blancos como borla de algodón en la cabeza y lentes para cataratas. Silencio de la multitud alrededor del piano. Puñados de mariposas gigantes. Los nocturnos de Chopin.

El espejo de agua se rizaba en la ventisca y vibraban en sus rizos las primeras hojas verdes. En el lamento de Chopin, el joven pianista lloraba tristezas mexicanas, agonías de cactus y desiertos solitarios, el águila devorando a la serpiente en el nopal sobre un lago encendido.

—¡Ah! —había exclamado Reiza, llevándose la mano a la boca, los ojos muy abiertos, asustados.

—De veras, así nació México —había dicho él. ¿Cuánto hacía ya, si un mes sin ella es todo el tiempo de la eternidad?

El público aplaudía. La anciana se volvió hacia Agustín. Estaba pálida. Sonrió con mucha cortesía, y comentó:

—Jakie piękne i jakie smutne, prawda?

Agustín la miró, sin poder contestar. Le había dicho ella: "Qué hermoso y qué triste, ¿verdad?"

Como él no contestara, ella le tomó la mano con cariño y le susurró:

—Wszyscy tak się czujemy. Płacz.

Agustín no necesitó oír la frase: "Todos nos sentimos así. Llore"; ya lloraba inmóvil en la banca del parque.

Antes de que acabara el concierto, Agustín se levantó, odiándose, detestando sus zapatos, sus manos en las bolsas del abrigo. Su piel oscura, vil. Se echó a andar a zancadas por las veredas, cuesta arriba y cuesta abajo.

Las veredas serpenteantes que pasaban bajo túneles de frondas, húmedas y frías. Y que de pronto desembocaban en claros de sol: un rectángulo de flores con bancas blancas a los lados y paredes de arbustos enanos alrededor. Allí se sentaban las madres al lado de los cochecitos encapotados de los bebés. Agustín se sentó en la banca de un claro de rosas púrpura. Sudaba a punto de desvanecerse. Echó la cara entre las manos, la cabeza le estallaba. El mundo había vivido un mes sin Reiza, y seguía con su mismo sol dorando las cabezas de los niños polacos, que jugueteaban en la tierra, esas miradas sonámbulas de las mujeres, ese aire delgado que corre por el Vístula. Agustín vio el fondo, o sintió que lo vio: era algo sin forma, vertiginoso, un agujero sin límites, una cosa cayendo en la eterna negrura.

—E. . . e. . . lody —balbuceó un niñito en su oreja embarrándolo de helado.

Alzó la vista. Lo deslumbró el relámpago del sol en la vereda, y un golpe de aire fresco le llenó los pulmones. Una tenuidad le pasó por las sienes. Se limpió la oreja con los dedos y se los llevó a la boca. ¿Qué es? ¿Qué es esto? ¡Algo está pasando ahora mismo!

—¡E. . . e. . . lody! —gritó el niñito y se dio un sentón. Se echó a reír entre lagrimones. Venía corriendo la madre con regaños cariñosos. Ahí vio algo Agustín: un leve aire de Reiza cruzando los arbustos.

El camino de regreso por las veredas umbrosas fue lento, pacífico. Agustín se dejaba envolver por los aromas. Su rostro fue suavizándose. Salió del parque. Tomó un taxi. Llegó al cuarto a empacar.

—No sé si puedo seguir oyendo más —susurró Delfina con los ojos cerrados.

Agustín le acarició los cabellos:

—Delfina, Delfina —le decía besándolos.

—¡Qué envidia le tengo a Reiza, Agustín!

—Delfina, te amo.

—Si yo fuera polaca y me muriera en un tren. . .

—Te amo, Delfina.

—Me da tanta vergüenza que me veas —dijo y se acurrucó entre los brazos de Agustín, tan lánguidamente herida que ya ni siquiera sentía su cuerpo, ni el cuerpo de él.

—Sigue, sigue —gimió.

Reiza. Ella ya no estaba. Pero toda Varsovia era ella. Lo sintió en el Jardín Chopin, cuando el cuchillo del sol le abrió los ojos. Con las rosas detrás del niño, con el helado de zarzamoras entre los dedos.

No la veía. Pero Reiza era el puente con sus arcos de hierro, y era la baranda y también los adoquines de la plaza y el vodka azul sobre el mantel de cuadritos; era la nieve en la ventana, las eses y las jotas del polaco en los labios pálidos, los abrigos de lana, la música del río, la puerta de madera de su pensión de estudiante, la cobija en el suelo.

Empacó. Se la llevaba entera en cada poro, porque ese aire donde ella navegaba ya no lo abandonó, rodeándolo como impalpable neblina.

Camino al aeropuerto iba en el coche con los ojos cerrados. Ya no necesitaba ver más. Los abedules se mecían en la carretera. Ya no. Ya no. En algún momento había pensado ir a ver la tumba para convencerse de que había muerto. Pero la sola idea lo hizo estremecerse dentro del coche. Ya no. Ya no. Reiza está en el aire que respiro. Punto. Y respiraba sonriendo.

Cuando el avión tomó pista para el despegue, Agustín se aferró a los brazos del asiento. Le estallaba el pecho. Quiso salir, gritar, bajar. Se asomó por la ventanilla: los caseríos de juguete ya flotaban debajo de las nubes. El impalpable río era una espada quieta, exactamente en el centro del corazón.

Agustín está sentado en el sofá, bebiendo ron, frente a Delfina. Ella se ve amarilla y el rostro tenso la adelgaza hasta la mueca. Ha dejado de llorar. Ha querido incorporarse, la-

122

varse la cara. Él se ha servido un trago. La mira seriamente.

—Nunca te he amado como hoy, 20 de agosto, como tú has repetido, a las 2:38 de la tarde, Delfina.

—Porque nunca me has traicionado como hoy —contesta con dulzura—. Porque me has hablado de ella, la has puesto entre nosotros.

—Esto no es traición, es entrega.

—A tu fantasma.

—A ése ya me entregué por muchos años —dice con sequedad Agustín, la sequedad de un desierto, sin altas ni bajas, sin sombras, sin emoción. Delfina se estremece. Pero el dolor vuelve a sumirla en la pesadilla.

—Cómo quieres que me sienta, Agustín. Yo no puedo competir con un fantasma.

—No seas tonta.

—No me importa qué soy. Ahora ya ni siquiera sé qué soy —se lleva las manos a la cabeza, como si estuviera a punto de enloquecer.

Agustín se levanta y le detiene las manos, la sostiene con firmeza, casi con violencia:

—Escúchame bien, Delfina: no voy a perderte, a ti no voy a perderte.

—¿Sabes qué, mi vida, mi amado, mi querido? —murmura Delfina casi en el delirio—. ¡Yo también la amo! Amo su color Agustín, su nombre, tus ojos mirándola, su bufanda verde alrededor de tu cuello.

Agustín, por primera vez, cierra los ojos y se hunde feliz en los labios de Delfina.

Cuando abrió los ojos no sabía quién era. Con tanta vehemencia había querido ser Reiza que esperaba ver la nieve en la ventana. Nunca había visto nevar. En los cuentos ilustrados que le compraba su padre todos los domingos —esos domingos muertos, donde el padre desayunaba en silencio

mirando su plato, y ella veía las figuras del libro ahogándose las preguntas—, flotaban los copos redondos como bor-
las de algodón. Los niños hacían muñecos gigantes y les
ponían sombrero de copa y bufanda, y una escoba de varas como bastón. Delfina esperaba encontrar al muñeco asomándose en la ventana. No. El sol volátil se colaba en las
cortinas, ese viernes de cláxones y sudores en la ciudad
más grande del mundo. La recorrió un escalofrío. Agustín
dormía profundamente, en su rostro había una nueva paz.

Delfina no se atrevió a tocarlo. Un impulso mayor la
hizo levantarse hacia la ventana. Allí estaba la peluquería,
en la acera de enfrente, el terreno bardeado y el puesto de
periódicos, la gente yendo y viniendo con prisa. Nada nuevo. Nada diferente. Nada que vaya a suceder de un momento a otro. ¡Cómo!, si ella sentía que de un momento
a otro algo definitivo iba a ocurrir. Los copos redondos cae-
rían flotando de las nubes, muñecos monstruosos brotarían
del asfalto, un río de hielo cruzaría la calle hasta la puerta del edificio y lo cubriría devorándolo. Su padre está mirando el huevo estrellado en el plato. No tiene fuerza para
tomar el tenedor. Ella quisiera estar dentro del cuento que
le acaba de comprar: es un río con peces colorados que pla-
tican con un hada. Pero está muda. No puede preguntarle,
decirle. Las piernas le cuelgan de la silla, rígidas. Llora, quedamente. No sabe si llora por su padre, veinte años atrás,
o por esa niña muda que quería estar en otra parte, ser otra
cosa, o por esta mujer que ve con ansias su calle polvorien-
ta de esmog, esperando que flote la nieve que nunca ha visto, o porque no sabe de quién es esa mano que levanta la
cortina, su propia mano. La suelta. Se vuelve hacia Agustín que duerme. Siente tanto amor por esa figura tendida
entre las sábanas, quieta, tibia, que no se atreve a acercarse. Nunca puede tocar lo que ama. Es demasiado grande,
hermoso y elevado como para que ella pueda acercarse. Lo
que ama no puede, no debe pertenecerle.

Suspira recorriendo con los ojos el cuerpo de Agustín.

Se vuelve hacia el espejo: la fronda de su madre, esos cabellos leonados pasan volando, y sólo queda una silueta pequeñita y en penumbra.

Se bañó y se vistió velozmente. No quería que Agustín la viera desnuda. Le daba vergüenza su cuerpo. Agustín había poseído largamente ese cuerpo durante la noche. Por primera vez él había hecho el amor gimiendo, susurrando cosas, mostrando sin pudores sus urgencias, sus abandonos. Por primera vez él había hecho el amor. Porque desde que estaban juntos Agustín la amaba para hacerla gozar, mientras él permanecía detrás de un vidrio desde el que contemplaba su obra. Ninguna mujer podía quejarse ante tan diestro artífice. Pero durante ese tiempo Delfina iba emergiendo del milagro de haber descubierto su propio cuerpo, y se sentía débil de hartazgo y débil de sed: esa inexplicable sed que ahora adquiría nombre, el único nombre capaz de romper el vidrio que la había separado de Agustín.

Él se había entregado la noche entera hasta saciarle la sed. ¿Por qué no era feliz? Sintió vergüenza de su cuerpo y se bañó y se vistió.

Agustín la buscó extendiendo la mano en las cobijas. Quería sentir sus cabellos lacios, su cara tersa, sus pechos tiernos, dormidos.

—¡Delfina! —gritó incorporándose con los ojos muy abiertos. Le galopaba el corazón. Verla. Verla. Ver a esta mujer. No quería otra cosa en la vida.

Delfina entró corriendo en la recámara.

—Dónde estás, por qué te fuiste —decía Agustín, agitado. Delfina se le acercó, rodeándolo. Él se recostó en esos brazos, empapados de sueño.

—Estoy haciendo el jugo. Aquí estoy.

—No te vayas.

—No me voy, Agustín.

—Quítate eso, ven acá, sin nada de eso Delfina, por favor.

Delfina se desvistió tironeándose la ropa, sin soltar el abrazo de Agustín, se acostó junto a él. Lo oyó suspirar, un segundo antes de quedar dormido con la cabeza entre sus pechos.

—No sabes cuántas veces presentí su desgracia —decía Agustín frente a la charola. Pan con mermelada, jugo y café. Eran las cinco de la tarde y él estaba despertando.

—Cómo.

—Sentía. . . me entraba frío de repente. La veía feliz, su cara, sus ojos entrecerrados para ver el cielo, y me entraba un frío en el centro del cuerpo, como un toque eléctrico, pero helado. Un día vi que venía con un abrigo nuevo, color azul, nunca se lo había visto. Azul. Sentí lo mismo, un toque de hielo.

—Por qué, Agustín.

—No sé.

—¿No te dabas cuenta cuándo te pasaba eso?

—Después sí. Cada vez que la veía feliz, porque había caído la primera nevada, porque salía el sol, porque estrenaba abrigo, porque íbamos al bosque de zarzamoras, porque le sacaba una fotografía a un borrego, porque patinábamos sin caernos, porque se había aprendido una canción nueva, porque. . . la había embarazado.

Delfina dio una sonora mordida al pan crujiente. Asintió. Se sentía anestesiada frente al dolor. Por eso, apenas despertó Agustín, volvió a preguntarle, quería oír todo de una vez, saciarse de Reiza, de sus nieves, de su acento polaco. Quería, sobre todo, y de esto no se daba cuenta sino que seguía un secreto impulso, ver a Agustín, oírlo hablar de ella, verlo recordándola, trayéndola, viéndola aquí en el comedor, amándola, para tenerlo también así, y hacerlo suyo en ese trance donde había pertenecido a otra mujer, donde ahora, con las palabras que hacen actual la memoria, pertenecía con más fuerza. En lo más íntimo, Delfina no se conformaba con esa suerte de no tener nunca lo que amaba.

—Qué sentiste, Agustín —repetía. Y sólo eso la tranquilizaba y la hacía sentirse de nuevo ella misma. Sin vergüenza. Sin miedo.

Tres días con sus noches. No salieron. No se vistieron. Al departamento de Delfina le crecieron bosques polacos entre los muebles, un río cruzaba el pasillo hasta la recámara, y del techo se desprendieron copos de nieve luminosa, colgaban de las lámparas los otoños anaranjados, los hielos de la primavera. Todo al mismo tiempo. La casa se pobló de Reiza, y en ese aire de leche respiraban los dos, se diría que navegaban de la sala a la recámara, del sueño al diálogo, del silencioso amor a la ansiedad.

Conforme fue contando desapareció la sequedad en la voz de Agustín. Veía a Delfina, porque necesitaba ver ese rostro, ese precisamente, y se sumergía en su cuerpo, hablándole de Reiza. Y cada vez se iluminaba más su sonrisa. Los ojos recobraban humedad y en su voz nacían armónicos calientes.

No podía separarse de Delfina, ni podía dejar de hablar de Reiza. Y era feliz, por primera vez en mucho tiempo. No sabía —ni quería entender los escondrijos de su alma, ni le importaba hacerlo— que en Delfina, gracias a Delfina, por el hecho de que Delfina existía, la antigua amada cobraba vida, y podía echarse a amarla sin secreto, sin dolor, sin tiempo.

Amar a Delfina era amar a Reiza otra vez, sin llaga y

sin muerte. No sabía tampoco que para poder amar a Delfina, o a cualquier otra mujer, tenía que seguir amando a Reiza, o que ese aire que se trajo consigo de Polonia y que lo mantenía aislado debía extenderlo para abarcar con él a esta mujer amada.

Durante diez años había querido mantener ese recuerdo al margen de su vida. Como si así, furtivamente, estuviera siempre presente. Esto es sólo mío. Lo viví. Me pertenece. Y se dejaba llevar por esa sensación, envuelto en el aire de la mujer a la que ya no podía ver, ni imaginar siquiera. Pero venía irremediablemente el despertar: está muerta, ya no existe.

Y entraba en un proceso de sequedad, de violencia, de cinismo. Conquistaba con desganada velocidad a cuanta mujer se le pusiera enfrente. Mientras más escondida en su alma llevaba a Reiza, más lejos estaba él de las mujeres que se le entregaban con calor. El único momento en que una luz repentina, o un movimiento automático en su cuerpo delataban a Reiza era cuando tocaba por primera vez a alguna mujer. Todavía, sin proponérselo, sin darse cuenta, se acomodaba a la geografía de los labios gruesos, los pechos grandes, los cabellos cortos sobre la frente. Sin saberlo se acomodaba Agustín al cuerpo de Reiza y de repente veía, sentía, que las distancias eran otras, que la figura que tenía delante era tan diferente de lo que su propio cuerpo buscaba, que la perplejidad lo invadía y se olvidaba de sí; se anulaba, no podía hacer el amor. Pero podía hacérselo a la otra, que lo esperaba ansiosa, mirándolo.

Lo único cierto era su música. Se encerraba días y noches. Y salía para asombrar a los demás; soberbia estentórea en sus actitudes, monosílabos secos. Y a veces, con algunas gentes, buen humor de vino tinto; combinación irresistible para las mujeres.

Se acercaba a los cuarenta. Comenzaba el verdadero éxito. Contratos acá y allá. Se sentía sereno y hasta de buen humor, cuando vio asomarse en la puerta del camerino a una menuda figura en jeans y cabellos larguísimos, que lo veía con ojos llenos de curiosidad. Sonrió asustada. Era Delfina.

Pero Delfina sí sabía lo que estaba sucediendo. Se daba cuenta de que su pequeño departamento se extendía como en los cuentos hasta hacer que cupiera una ciudad dentro de él. Aunque nunca había oído el polaco, comenzó a entender las conversaciones de la gente en las avenidas y los parques. Stare Miasto se le hizo familiar, y ella misma deslizaba eses y jotas en la voz. Inclinada en la baranda del Vístula, desde donde contemplaba la fortaleza en ruinas del viejo barrio, de pronto se quitó la bata y la acomodó en el suelo, y trajo consigo a Agustín. Agustín la poseyó sobre esa cobija en su cuartito sin calefacción. Delfina abría los ojos y veía en las paredes de la sala su colección de máscaras aztecas en las que revoloteaban hojas anaranjadas y un cielo plomizo le nublaba la vista.

Los pregones callejeros de Mixcoac se confundían con Chopin en el jardín de los rosales. Agustín sonreía con sus dientes blanquísimos. Delfina quería lamer esos dientes, y la cuenca de las axilas, beberle el sudor salado, enredar la lengua en esos vellos negros que brillaban. Y se dejó llevar a Polonia, envolviéndose en el aire que rodeaba a Agustín, porque sólo ahí podía ella hacer todo eso que quería. Y ahí era feliz. Ella debía ser Delfina y ser Reiza al mismo tiempo. Lo que antes creía que la anulaba o suplantaba, ahora lo vivía como doble enriquecimiento: soy yo y además soy ella, soy todo para Agustín.

Sabía que Agustín necesitaba amarla ahí, que sólo ahí podría amarla de veras. Ahí. . . ¿qué espacio es ése? ¿Dónde es *ahí*? Quería tener la clave, el secreto de ese lugar para habitarlo siempre. Por momentos sentía que lo habían encontrado sin proponérselo, sin explorar el camino, y que cualquier movimiento en falso podría expulsarlos y ellos ya no sabrían cómo volver de nuevo, cómo entrar otra vez ahí. Ahí. . . un lugar que no tiene límites, y es tan pequeño que sólo los dos caben en él, un lugar que no aparece en el mapa pero está en el universo entero. ¿Cómo buscarlo? No se ve, no se oye, sólo se habita, ahora, porque sí, para siempre, o nunca más. Ahora. Ahí. . ., gemía por dentro.

Delfina era blanca y era castaña como almendra, y sus ojos azules y redondos guardaban otros ojos nocturnos y afilados. Y era una sola carne y se deslizaba sobre Agustín, que la recibía agradecido.

Y Agustín dijo:

—Vamos a poner la botella en la ventana para que se enfríe.

—Sí —dijo Delfina. Y fue a la cocina a abrir la ventana y era un sol espantoso y dejó el vino un par de horas hasta que se agrió.

Pero no lo advirtieron. Seguían *ahí*.

—No, en la ventana que da al puente —dijo Agustín. Y caminó hacia la derecha. Y buscó la ventana donde sólo había pared.

Y ella le dijo:

—Ábrela.

Y Agustín extendió la mano, y tuvo que usar las dos para abrir los marcos de madera hinchada del cuartito de su pensión. Y dejó la botella en el quicio helado. En la noche bebieron en Melk, junto a la chimenea, sobre la alfombra de pelos michoacanos, en el tercer piso del barrio de Mixcoac.

—Qué viste en mí —preguntó Delfina, sus ojos vibrando en la llamita de la vela.

130

—No había visto lo hermosa que eres. Después de Reiza las mujeres me parecían demasiado... ¿maquilladas? Por dentro y por fuera, ¿me entiendes? Buscando una sola cosa y haciendo mil estrategias para conseguirlo. Pero tú... no pudiste ocultar tu espanto cuando te dije que me iría un mes de gira, acabábamos de conocernos.

Delfina sonrió, sirvió más vino y le ofreció a Agustín.

—Qué más —dijo.

—Tu gran perplejidad cuando no pude hacerte el amor la primera vez.

—¿No pudiste? —preguntó abriendo mucho los ojos.

Agustín meneó la cabeza. Delfina se levantó diciendo:

—Kochany! Nigdy nie wyobrażałam sobie. Zawsze myślałam że to było coś innego... —y rodeó del cuello a Agustín, entre risas y cariños.

—Así fue. ¿O no quise?

—¡Te digo que yo siempre pensé que no habías querido! —dijo volviendo a su lugar.

—Creo que necesitaba verte primero, Delfina, desnuda junto a mí. Nada más eso.

—Pero por qué yo y no alguna otra. Por qué te pasó eso conmigo.

—Porque...

—¿Te recordaba a Reiza?

—Nno... no.

—¿Entonces?

—Me daba miedo...

Delfina sintió un toque eléctrico, pero helado, en el centro del cuerpo. Su ojos se hipnotizaron en la llamita.

—... miedo de que algo pasara.

—¿Que algo me pasara?

—No a ti, a mí.

—Como qué, Agustín.

—Que... encontrara a Reiza en tu cuerpo —dijo Agustín, y esta frase le salió de lo hondo, gravemente.

131

—Por qué en el mío —insistió Delfina hipnotizada en la llama.

—No sé, no sé —suspiró.

—Ya la encontraste, mi amor —dijo Delfina tomándole la mano—. No tengas miedo.

Agustín se llevó a los labios la mano de Delfina.

—Te encontré a ti, amadísima.

Delfina asintió en silencio. Una bufanda verde cruzó volando la escena. La cámara hizo un gran alejamiento para dejar ver la panorámica: los dos, sentados frente a frente, diminutos y en penumbra en la pequeña sala, rodeados de luminosas colinas sobre las que caía la primera nevada.

El tercer día Agustín despertó sobresaltado, con el sol en la cara. Era domingo. La calle estaba en silencio y sólo algunos globeros silbaban de vez en cuando por el barrio.

Delfina oía ese silbido que la exaltaba, y se imaginaba salir corriendo y comprar todos los globos, y tenerlos en la casa pegados al techo días y días. Se reía imaginándolos, les ponía nombres y hablaba con ellos. Nadie entendía ese afán por los globos. Pero ella sabía que algo encerraban esas bolas que vuelan hasta perderse en las nubes.

Va atrás en el coche. Su padre maneja y su madre fuma, enojada. Se están peleando como todos los domingos que salen juntos para pasear a la niña. El paseo es manejar de ida y vuelta la avenida Insurgentes, discutiendo. No gritan. Pero Delfina ya sabe que están peleados porque la madre fuma un cigarro tras otro y el padre golpea el volante en cada alto. Delfina quiere que le compren un globo. No le hacen caso. Ella ve desaparecer el ramo de bolas de colores por la ventanilla del coche. Quiere uno. Comienza a llorar, grita, no puede contenerse. Hoy no puede. No sabe qué pasa pero hoy ni el miedo al castigo —esa cara indiferente de la madre— la puede detener. Patalea, se pone roja,

132

se sube al asiento y golpea el techo, los vidrios, se retuerce gritando. El coche se detiene. Abre los ojos cuando el padre le está amarrando en la muñeca el hilo del globo. Va desmayada en el asiento, el corazón se le sale por la boca. Y ve el globo: gordo, azul, con rayas verdes, acostado sobre el techo. Respira y sonríe muy despacio.

—No te lo desamarres —dice el padre cuando llegan a la casa.

Pero Delfina no resiste más. Corre al jardín. Ama el globo más que a nada en el mundo. Lo quiere tocar, abrazar. Se suelta el hilo a tirones y en un parpadeo se le va. Sube y sube el globo en el cielo azul y ella brinca pero ya va lejísimos, flotando quién sabe dónde. Se fue. Se queda quieta, sin aire, mirando un punto ciego en el infinito. El sol le da en los ojos, pero ella no pestañea.

Y silbaban los globeros en el barrio. Delfina se asomaba a la ventana cuando oyó el sobresalto de Agustín:

—Dónde quieres que vivamos, Delfina.

—¿Eh? —se volvió hacia él.

—¿Por qué no frente a un parque? En la Condesa hay muchos parques, hay fuente, hay patos.

—¿Estás soñando todavía? —le dijo acercándose, se sentó junto a él y lo besó en la frente.

—Sí. Dime qué quieres.

—¿Todo lo que yo quiera?

—Ajá.

—Mmm. . . que me compres un globo.

—Te compro cien. Ahora dime, ¿te gustaría vivir frente al parque México, en la Condesa?

—Pero de qué estás hablando, mi vida.

—Vamos a casarnos.

—¿Que qué? —Delfina reía como niña—. ¡Pero qué soñaste, por Dios!

—Delfina. . . —dijo gravemente Agustín—, no me digas que no quieres en el parque México.

Delfina lanzó una carcajada que la hizo doblarse sobre

la cama. Así la atrapó él. Sudaban bajo el intenso sol del mediodía en las cortinas abiertas. Una manadita de globos pasó rozando la ventana. Delfina los vio, y abrazó con fuerza los hombros de Agustín.

Todos los aromas vagaban confundiéndose en la casa. Una historia completa se había vivido ahí. Porque aires de pinos se enredaban en el olor a cuerpos calientes y en el vino, y los hielos cristalizados de la primavera a restos de comida agriándose en los botes de basura; y olía a sal y a lágrimas, y a pasto y a polvo de alfombra y a rosales y a sudor y a borregos y a pueblo y a baranda de río y al mercado de Mixcoac y a sol y charcos y a nieve y a globos y a jugo de naranja.

Se mareaba Delfina flotando en su departamento de la sala a la cocina a la recámara, sin hacer nada, sólo yendo y viniendo, esperando a que Agustín se bañara y se vistiera y se despidiera de ella para irse a su estudio. Tres noches con sus días desde aquel aguacero en Reforma, cuando ella había corrido empapándose hacia el Café del Ángel, a las 2:38 de la tarde, diciendo "te amo, Agustín". Le parecía lejanísimo ese momento. Porque algo había entrado en su vida que la mantenía flotando: era doblemente ella y respiraba un aire nuevo y cargado que la mantenía aturdida como si estuviera en el centro de un adormecido torbellino.

Lo vio salir de la recámara. Pulcrísimo. El rostro despejado, los ojos hondos y oscuros de niño, los cabellos lacios, gruesos, húmedos sobre la frente. Sonreía. Delfina sintió ese toque helado otra vez.

—Entonces voy a buscar la casa, Delfina. La quieres grande, antigua, de techos altos, con un tragaluz. . .

Delfina asintió apenas.

—. . . y frente al parque México.

—Ajá —dijo como niña muy chica.

—Los trámites los arregla mi abogado. Sólo necesitas ir a los análisis.

—¿Qué análisis? —la voz era delgada y temblorosa.

—Esas tonterías de sangre que piden para los prenupciales. Bueno. Ya me voy. Te hablo en la noche —le besó la frente; estaba helada—. ¿Estás bien, Delfina?

—No sé —dijo Delfina y los ojos se le aguaron.

—Nunca más vamos a separarnos —la abrazó Agustín.

Ella lo acompañó a la puerta. No quería cruzar el umbral. Afuera el silencio y los olores callejeros la sacaron de ese aire que volaba en la casa. Tocaron sus pies el piso.

¡No te vayas!, gritó por dentro, y tanto, que creyó oír su propio grito. Pero Agustín iba ya bajando la escalera. Delfina vio el umbral de su departamento, con miedo, con insalvable desesperación.

La casa era grande, antigua, de techos altos y con un tragaluz. Delfina en el umbral, mirando los fantasmas de ese vacío. Justo una semana. Desde que Agustín saliera del departamento de Delfina. Desde que se despidieran *ahí*, de modo irrecuperable. Porque las cosas que siguieron ya no pertenecían a aquel espacio. Una prisa enloquecida había invadido a Agustín. En una semana había encontrado la casa y arreglado los trámites. Sus ojos parecían velados por una fiebre infantil, y sus movimientos eléctricos, enajenados a quién sabe qué mandato interior.

—Es perfecta —dijo manoteando sobre el rostro de Delfina.

Delfina tiritaba en el umbral. Había pasado una semana sola, donde había vivido aterida desde que Agustín cruzara el umbral de su departamento. Una semana como fantasma recorriendo los pocos metros de la sala a la recámara a la cocina, y ya no hubo más que los mismos cojines y la ventanita que da hacia la calle de Mixcoac. La nieve había desaparecido, el cafetín de madera en el recodo del Danubio, la bufanda volandera, verde como los pinos tiernos, el mar de leche en los acentos polacos. Nada. Las paredes la ahogaban, sentía en el pecho un fierro sordo y los pies reptantes, como fardos.

Una semana mientras él buscaba la casa y hacía los trámites, donde nada la cobijaba, como si no fuera enteramente ella. Sólo dos veces se vieron durante la semana. Y fugazmente y en el estudio de Agustín. Y sólo para hablar de ires y venires. Ni siquiera se tocaron. Él ensayaba compulsivamente para la grabación de su próximo disco, y daba órdenes por teléfono a su abogado, y buscaba la casa con tragaluz frente al parque. Pero no había tenido tiempo para ver a Delfina. La daba por hecho, sencillamente. Y no notaba en el teléfono su voz acongojada a punto de llorar. No advertía el eco de un nombre tratando de salir en esa voz temblorosa. Parecía que había borrado aquellos tres días con sus noches, o más bien, que les había puesto punto final. Ya había dicho todo lo que quería decir, había sacado lo que largamente había guardado. Al hacerlo, aquello dejaba de existir, o de estar presente como llaga invisible. No que no hubiera ocurrido, sí que había terminado y había que dar un paso adelante. No estancarse en nostalgias. Vivir, ahora, pronto, ya. Tragaluz, Delfina, música. ¿Sería posible? Había que intentarlo aprisa, antes de que se rompiera la magia: eso que vio asomándose en el rostro de Delfina, a punto de llorar, en el Café del Ángel. Pero Delfina apenas comenzaba a vivir todo aquello: en esos tres días parecía que Agustín le hubiera pasado la estafeta.

El eco de un nombre le quemaba la garganta. No podía pronunciarlo delante de Agustín, porque sabía que él no quería oírlo, que no estaba dispuesto a oírlo. Mientras más lo retenía, más sonoro y urgente le retumbaba el nombre a Delfina en todo el cuerpo. Se le había convertido en una víscera más, en un hueso, en un músculo latiendo sin descanso. Cuando estaba a punto de estallar, corría al espejo del baño y se sacaba el nombre como exhalación o rugido o estertor o murmullo o gemido:

—Reiza, Reiza, Reiza, Reiza. . .

Pero el hechizo no surtía efecto. Reiza no aparecía en el reflejo. No había ahí más que la Delfina castaña, menuda, delgada, tiritando como si le hubieran quitado la piel —una piel invisible y protectora— desde el nacimiento.

—Di que es perfecta —insistió Agustín. Delfina no podía moverse. Asintió apenas.

Cuando cerró los ojos bajo el peso de Agustín, aún giraban los vitrales azules y verdes y amarillos en sus pestañas húmedas.

—Tengo frío —había dicho Delfina cuando por fin cruzó el umbral impulsada por el brazo de Agustín.

Él no dijo nada. La condujo al descanso de la escalera donde brillaba el tragaluz en lo alto. La puso bajo la luz. Era mediodía y los vitrales la cubrieron de arcoiris. Ella bajó la vista, pero Agustín le alzó la cara con suavidad, con ambas manos, rodeándola. Ella vio los ojos negros de ese hombre y se sintió perdida. Giraba aún cuando se recostó en el hombro de él, después del amor, en la madera vieja de la nueva casa, bajo el calidoscopio del techo.

—Agustín —dijo por fin la voz firme y serena—, ¿por qué quieres que nos casemos?

Agustín estaba poniéndose una bufanda guinda alrededor del cuello. Su camisa blanca de seda y el pantalón negro eran el traje de la boda, que estaba a punto de realizarse en la estancia de la casa ya amueblada y llena de plantas y cálidos aromas. Se volvió, sonriendo, como si no le sorprendiera la pregunta tan a destiempo:

—Para verte vestida de tehuana con dos margaritas en el pelo.

En efecto, ése era el vestuario de boda que Delfina había decidido. Se veía hermosa de veras. Agustín volvió al nudo de su bufanda guinda, sustituto de la repugnante corbata.

—Dime la verdad —insistió Delfina.

—¿De veras quieres que te la diga?

—Sí —ese sí ya no fue tan firme en la voz, sintió Delfina, enrojeciendo.

—Pues para tenerte encerrada en esta jaula de oro y de maderas viejas, mientras yo salgo al combate y tú me cuidas el nido... ¿de quién es esa estupenda metáfora?

Delfina no rió, ni sonrió siquiera.

—Es que no te entiendo, Agustín —dijo paseándose por la recámara, evitando la gran luna redonda del tocador poblano—. Me parece... tan anticuado, digo... no es necesario. No sé por qué hacemos esto.

Agustín se sentó en la cama:

—¿Por qué no podemos ser anticuados y hacer algo innecesario?

Delfina sonrió esta vez. Se le acercó, tímidamente.

—Sí me amas, ¿verdad? —le dijo viéndolo a los ojos, de pie, de frente. Y una lluvia de cristales cayó sobre él, en todo su cuerpo, como una tenue tormenta, y lo hizo estremecerse, los ojos llenos de lágrimas. Ella le rodeó el cuello y le recostó la cabeza sobre su vientre.

Le besó ambas mejillas enmarcándole el rostro con sus dedos helados. Pero los labios hicieron lo que un toque fugaz de eléctrica corriente. Delfina cerró los ojos un segundo, sin querer. Era una ola de miel aquello que la envolvía. Le dio pánico. Los abrió de golpe y la vio fijamente: esos ojos prudentemente llorosos sin afectar un milímetro de rímel, la sonrisa tensa que le torcía la boca, la barbilla temblorosa, la mata leonada del pelo a la última moda neoyorquina, el cuello vencido de arrugas que delataba las tantas cirugías del rostro liso, apajarado a fuerza de bisturíes.

En cinco años unas cuatro cartas y dos postales. Justo para decir estoy viva, tú también, qué bueno. Y poner antes de la firma un "te quiero mucho" casi ilegible.

—Hijita. . . —murmuró la madre a punto del rapto. Nada como la boda de la hija única para explayar las emociones más recónditas.

—Qué —preguntó a bocajarro Delfina todavía aturdida por el toque de esos labios en sus mejillas. La madre no la había tocado nunca. Por lo menos no lo recordaba.

La madre bajó los ojos para verse las manos, no sabía qué hacer con ellas, y se puso a darle vuelta a sus anillos, esmeraldas, rubíes, tréboles de oro.

Delfina esperó. Un siglo.

—Qué lindos anillos mamá —dijo, por fin, con un cuchillo en la voz—. Mándale mis saludos a Joseph. Con permiso —y se dio media vuelta hacia la mesa de las bebidas.

Durante un momento, una instantánea en los ciegos ojos que miraban el fondo de la copa, la champaña alfilereteando, se le confundieron las imágenes, o mejor dicho, se le reveló una sola: el rostro de una joven mujer en sepia, la mano en el mentón, la boca ligeramente abierta en el anuncio de una sonrisa, los ojos brillantemente impúdicos mirando el lente de la cámara, como si estuviera mostrando los pechos vírgenes, radiantes de misterio y expectación; toda ella ese rostro como la representación del encanto de la vida, única la fotografía que durante años había permanecido en el buró de la recámara de su padre. Cuando éste murió, Delfina la guardó en una caja de cartón y no volvió a acordarse hasta que empacando sus cosas para irse a vivir con Agustín, apareció de nuevo. Decidió escribirle a Nueva

York: "Querida mamá, me caso. ¿Vienes?" Y ahora que la tenía enfrente, en el ciego momento del champaña, súbitamente se le cayeron los años a la madre, la telaraña de arrugas planchada en el quirófano, los maquillajes de la Fifth Avenue, el tinte de los secos cabellos, y apareció la vieja foto de la joven, y entonces Delfina supo que Reiza tenía un rostro, que era un cuerpo y una persona y no un mero nombre asfixiante en la garganta y en las sienes. Porque aunque Agustín se la había descrito morosamente durante tres noches y sus días, para ella el personaje seguía siendo Agustín. A lo sumo, Reiza se había convertido en una atmósfera de nieve cálida donde por fin él se había entregado sin reservas. Después, sólo había quedado el nombre sacudiéndola con su alfiler en cada letra. Pero ahora supo, pues, que Reiza existía, que no era nada más un recuerdo de Agustín, o un escenario suficientemente melancólico para amarse en penumbra. Que el cuerpo es más que todas las evocaciones, que es sagrado y en su seno están el misterio y la verdad. No sabía cómo estaban ocurriéndosele estas enormes frases, pero sabía que eran ciertas y que ya no sería posible renunciar a ellas. Había visto, y ni escondiendo la cabeza podría volver a ignorar lo que había descubierto.

Dio un sorbo más, mirando a su alrededor con grandes ojos: la madre fumaba, sentada en la sala, junto a otros invitados. Agustín cantaba flamenco en el círculo de sus amigos que lo seguían con las palmas. Dos meseros hacían volar sus charolas sobre las cabezas. La casa, con la   imenea y el tragaluz de colores. Ese que le diera la bienven a bajo el peso de Agustín. "¿Dónde estará el lugar de Reiza en esta casa?", pensó, y automáticamente se dio cuenta de lo que estaba pensando y un estremecimiento la empujó, sin saber cómo, hasta la silla de la madre. Se puso detrás, frente al respaldo. Quería tocarle el hombro a la madre. Sentir su cuerpo. Pero la madre había traído su mejor estola para la boda de su hija. "Qué bueno", pensó Delfina. Entonces se lanzó libremente a acariciar el grueso mink, largamente.

140

Por supuesto, la madre no lo advirtió.

Subían juntos la escalera hacia la recámara, se detuvieron un momento bajo el tragaluz. Era ya de noche y la fiesta había terminado. Pero el rito del tragaluz se había vuelto eso: el prólogo del amor. Agustín la abrazó cerrando los ojos, casi borracho. Y justo así, allí, una catarata de frases le cayó alma adentro: nunca podré verte Reiza, nunca más pisaré tu suelo, pero estás conmigo, estarás. . . Se estremeció sorprendido, porque en ningún momento había pensado en ella. Se desprendió del abrazo con suavidad, y abriendo los ojos sintió un golpe de felicidad cuando vio el rostro de Delfina, ése precisamente entre sus manos.

A punto de cruzar el umbral de la recámara, Delfina lanzó una mirada casi automática al tragaluz. ¿La champaña la había mareado? O qué, qué, porque aun bien asida del brazo de Agustín entró flotando, como si no tuviera cuerpo, en la oscuridad.

—No, no está aquí. Agustín quiso conservar su estudio en el Desierto de los Leones. Es un lugar primoroso.

—Ah. . . —asintió la madre mirando de reojo la tetera en la mesita de la sala. Delfina lo advirtió, se levantó asiéndola con fuerza.

—¿Te acuerdas que no me dejabas acercarme ni a diez metros de "la tetera china de la bisabuela"? Desde que la tengo no la he roto, ¡y ya van años!

La madre torció la boca un segundo. Eso era signo de una leve sonrisa. Delfina había comenzado festiva su parlamento, con complicidad de mutuos recuerdos infantiles, y no supo cuándo ni cómo se le coló ese final retador. Tampoco supo cómo la invitación a la madre para que platicaran en paz, para que se acercaran un poco, ya adultas, ahora que había venido a México para la boda, iba convirtiéndose en el alma de Delfina en un ajuste de cuentas que por viejo y reprimido salía torpe y desbocado.

—También tengo el tapetito persa de la biblioteca, está en mi recámara. ¿Y qué más? Tú debes acordarte mejor de tus cosas, dejaste tantas... ¿O ya no te acuerdas?

—Me da gusto que las tengas tú, hija.

—No fue por ti. Papá... mi padre las conservó. Dejó todo exactamente igual desde ese día.

La madre se removió en su silla. Estuvo a punto de levantarse. Pero se sometió, la barbilla comenzó a traicionarla.

—Hay muchas cosas que quisiera decirte, Delfina.

—¿Por qué no empiezas? —dijo echándole los ojos.

—No sé si puedas entenderme.

—¿Entenderte? ¡No lo creo! Tengo cinco años, estoy en ma-me-mi-mo-mu, en "mi mamá me ama", "ese oso se asea".

—Yo veo a una mujer casada.

Delfina estalló en carcajadas:

—¡Qué bueno que me casé! Ahora veo los privilegios de este estado. Sigue, sigue —se sonó la nariz.

—¿No puedes crecer un poco, Delfina? —dijo la madre, irritándose.

—No me ayudaste, madre.

Ésta meneó la cabeza, como si se sacudiera una mosca.

—No pude... no pude.

—No, no pudiste.

—Tu padre...

—¡No toques a mi padre!

—Era *mi* marido. ¿No lo entiendes?

—¿Qué te hizo él, por Dios? Era un hombre santo.

—¡Eso me hizo! O más bien no me hizo.

Delfina abrió mucho los ojos:

—¿Qué estás diciendo?

—Yo traté, Delfina, créeme hija —la madre empezó a llorar—, pero no puedes hacer nada con un hombre que es tan, o sea que tú eres como su dios, pero no es así ¿ves? Tú ya eres una mujer, hija, créeme que traté. . .

Un caudal de adjetivos tabernarios le llenó a Delfina la cabeza. Por primera vez oía esta versión.

—Yo quería. . . necesitaba a un hombre que, bueno, yo tenía casi tu edad, un poco más. No sé cómo te llevas tú con Agustín —siguió la madre. Un clavo grueso se le encajó a Delfina en el centro del estómago.

—Cállate —dijo ya sollozando. Le dolía cada parte del cuerpo, como si fuera autónoma. Cada articulación lloraba retorciéndose—. No te invité a mi casa para que hablaras mal de mi padre —hizo un esfuerzo para levantarse.

—¡No! ¡Estoy hablando mal de mí, hija! ¿No lo entiendes? ¡Me enamoré, Delfina! Te abandoné. Sí, sí, fui feliz, muchísimo. Y mi hombre amado me dejó por una muchachita, por una perra. ¡Ésta es toda la verdad! No hay más, hija, perdóname. . .

—¡No! No te perdono. Por favor vete.

Temblaba Delfina. La madre se levantó, sonándose la nariz. Recogió su bolsa, su abrigo. Y sólo en la puerta alzó los ojos llorosos para mirar a la hija. Delfina traía un vestidito azul con holanes, en la boca un marco de chocolate y las botas al revés. "¡Mamá!", gritó por dentro Delfina. Pero no se movió ni un milímetro, sellada la garganta. Corrió la niña hacia la puerta, donde sólo había quedado ese perfume de anís y maderas, un airón que en menos de un parpadeo desaparece y deja los ojos deslumbrados, hambrientos.

Agustín la encontró helada frente a la chimenea. Le acercó una copa de coñac. Cinco días de tenerla enteramente, desde la boda, esperándolo bajo el tragaluz. Delfina echada sobre la alfombra peluda al calor de las llamas, el coñac sudando en el cristal azul de la copa. Agustín no pensaba.

Absolutamente nada. Pero ciertas imágenes, como flashes o cuadros de otra película, se le metían de repente en los ojos: los troncos crujidores en la cabaña de Viena, o las pisadas descalzas en las duelas junto a una ventana donde se alza el esqueleto blanco de un pino en el alba. No le turbaba este ir y venir de escenas en los sitios que ocupaba Delfina. Así sentía que la amaba. Tocaba en su estudio olvidándose hasta de comer. Llegaba a la casa para mirarla, sorprendido aún del paso que acababa de dar: apenas unos días antes había despertado diciéndole a Delfina sí, quiero estar aquí para siempre.

La vio sombría, le llevó coñac y le tocó las mejillas.

—No me dejes Agustín —susurró Delfina hundiendo la cara en esas manos calientes.

¿Por qué iba a dejarla? ¿Por qué me hace esa pregunta? ¿Y ese súbito frío? Agustín se sacudió. Sintió que algo se le quebraba o algo se quebraba frente a él. No comprendió qué estaba pasándole. Ella parecía no estar, ¿o quién era ella en realidad? Se le estaba yendo de las manos esa marea de las dos últimas semanas desde que ella le había dicho "hoy 20 de agosto, a las 2:38 de la tarde..." ¿El desierto otra vez, la sequedad, esa ceguera de nieve podrida como bloque en el alma? Se levantó a poner música en el tocadiscos para llenar ese denso silencio. Delfina lo siguió con la mirada. Vio cómo se alejaba hasta hacerse inalcanzable, a unos metros apenas. Trató de retenerlo, de llamarlo, pero sólo logró sumirse en su propio ahogo.

El teléfono la despertó entrada la mañana. Estaba sola en la cama y se sobresaltó.

—No quise despertarte, hija.

—¡Mamá!

—Es que... me voy mañana, quería despedirme.

—¿Mañana? ¿mañana es sábado?

144

—Sí.

—Ah. . . —Delfina se levantó con la bocina en la oreja y se asomó al balcón. Agustín caminaba en las veredas del parque. Iba en pants y fumaba pensativamente mirando los patos de la fuente. El corazón le galopaba a Delfina.

—. . . ¿dónde estás?

—En el hotel.

—¿Me invitas a comer?

—¡Claro, hija!

Se saludaron besándose ambas mejillas, como dicta la moda europea de Nueva York, o sea, sin tocarse, tronando al aire los labios. Delfina llegó de huaraches y vestido de manta. La madre la recibió en el salón de té de su suite. Había sendos martinis y un aspic de langostinos sobre salsa de aguacate. Delfina rió como niña al ver todo aquello. La madre llevaba pantalones árabes morados y turbante negro. Mucho rímel en las pestañas. Se veía resplandeciente recibiendo como reina a la hija.

—Éste es el aperitivo. A las 2:30 nos esperan en el restorán. Aparté un reservado. Sólo tú y yo. ¿Te gusta, hijita?

Delfina asentía juguetonamente. Parecía que la escena del día anterior no había sucedido entrambas.

—A tu salud, hija, porque seas muy feliz con tu hombre —dijo la madre alzando su copa de Patriarche helado. Su imagen se reflejó en el ondulado espejo del Maxim's.

Delfina bajó la vista. Dio un breve sorbo.

—De él quería hablarte.

—Ay, es un muchacho encantador, bueno no sé. . .

Rieron.

—Pero es un genio. Eso sí. Joseph lo ha oído en Nueva York. Dice que es estupendo, que tiene un arco de ángel.

—Lo tiene —dijo Delfina.

—¡Dios bendito! Lo importante es que tú lo digas.

145

—Pues. . . no sé cómo decirte pero. . .

—Dilo. ¿Te parece bien el salmón almendrado?

—No sé, digo sí, está bien. Tiene un problema.

—No me asustas.

—Tuvo una mujer en Polonia que murió en un accidente.

—Me asustas, hija. ¿Quieres más paté?

—Hace tiempo de eso.

—Es cosa del pasado.

—No mamá, no lo ha superado y yo. . . no sé muy bien qué o quién soy para él. . . ni para mí misma.

—Tonterías. Se casó contigo ¿no? Sírvete paté, anda.

—Eso no importa.

—Es lo único que importa. Te voy a pedir un chinchón, ¿o el amareto?

—¿Por qué eres tan frívola? —golpeó Delfina el plato con el tenedor. La madre se quedó con la palabra en la boca— . . .no sé para qué le pido peras al olmo —continuó Delfina, encabalgándose—. Me invitaste para que yo viera lo maravillosa que eres, no para escucharme, ni para conocerme. No sabes ni un ápice de mí, y cuando yo te necesito me sales con que me vas a dar un amareto. No quiero eso, ¿qué no puedes entender?

—Sí, entiendo —suspiró la madre, limpiándose cuidadosamente las comisuras con la servilleta—. Entiendo que eres feliz, que tienes todo, y que yo quiero recuperarte, porque tú no sabes lo que yo he sufrido.

Delfina cerró los ojos para llenarse de aire los pulmones. Necesitaba calmar esa tolvanera que se le había depositado en el centro del corazón.

—. . . he pasado años. . . —continuó la madre, acercando su mano a la de Delfina, pero ésta retiró la suya blandamente— años muy difíciles.

—Pero ahora estás muy bien —se adelantó Delfina—, tu judío neoyorquino te tiene enteramente enjoyada. ¿Las vende o las fabrica? Ya no me acuerdo, ¿o no me lo has dicho?

—Las vende, pero ya está haciendo sus propios diseños

146

con sus hijos —sonrió la madre.

—Ah. . .

—Pero eso no importa. Lo que querías decirme: no te dejes llevar por un fantasma, tú eres tú.

—Pide la cuenta, ¿quieres? Agustín debe estar esperándome desde hace mucho.

—¿No le dijiste que venías a verme?

—No.

Aún tenía Delfina en los ojos el abanico de rímel de las pestañas de su madre, el olor a salmón almendrado y la seda morada del caftán, ese perfume dulce en los cabellos, el blando y mudo adiós, mientras iba rodeando lentamente la fuente del parque frente a su casa. Los patos jugaban salpicándole el vestido. Atardecía y las nubes se deshacían en racimos color naranja entre las verdes ramas. Le sonrió al pato más gordo, que graznaba gravemente y con escándalo. Y un leve temblor de frío la recorrió súbitamente. Alzó los ojos hacia su balcón. Ahí estaba Agustín, mirándola. Agustín sus ojos negros, niño triste, Agustín sus cabellos ala de cuervo sobre la frente, Agustín bronce su brillante piel, su boca grande y gruesa, sus dientes perfectos, su aguileña nariz. Agustín en el balcón, inclinado sobre la baranda de hierro que da al Vístula, Agustín bufanda verde volando en los pinares nevados. Se saludaron con la mano, a mil metros de distancia.

III

Como ángel caído que busca otra vez la puerta del cielo, apareció Leonor con un ramo de gladiolas frente a la casa. Delfina la vio desde el balcón y corrió escaleras abajo.

—Quiero darle la bienvenida a mi Finita —gritó Leonor abalanzándose y cubrió de gladiolas a la amiga que regresaba de una larga gira por Europa, acompañando a Agustín.

Delfina se mareó: la dulzura de las flores y ese largo y tibio cuerpo que la acaparaba enteramente como si ella, Delfina, fuera su sal, su savia, el ser más importante de este mundo.

—Por favor de pe a pa. No quiero ni la más leve omisión. Si un mesero te dijo "buenas tardes", también quiero oírlo ¿entiendes? —decía Leonor, la voz llameante.

Se despatarró sobre la alfombra frente a la chimenea. Vestía jeans ajustadísimos y una camiseta *I love Cholula*. Se veía joven y sus cabellos cortísimos y negros como lobo le daban un aire de fiera cachorra. Cualquiera hubiera creído que se pasó todo ese tiempo —los dos meses del viaje de Delfina—, en un *spa* de ultra lujo para rejuvenecer a las estrellas de cine. Estaba delgada como nunca. Alta como nunca en sus tacones rojos.

Delfina puso las gladiolas en un florero, una por una, cortándoles la vara. Rieron porque Leonor le suplicaba que empezara a contar, pero no paraba de hablar, ni un solo instante.

Desde que llegó, hacía apenas dos días, cuarenta y ocho

149

horas de dormir el desajuste de horarios y los aviones mil, no había podido sentirse enteramente de vuelta, en casa. Cuando vio a Leonor, y ahora que la oía, desgañitándose, sintió por fin que había tierra firme bajo sus pies.

—Pero primero cuéntame tú.

—No no no, yo no tengo nada que contar. ¡Me estoy haciendo vieja y aburrida! Sólo veo tele y engordo.

Esto lo dijo a sabiendas de que era evidentemente todo lo contrario. De manera que ambas tuvieron ocasión de reír con ganas.

—¿Y Verónica? —preguntó Delfina después de la risa.

—Ay ay no Dios mío, Finí. No me hables de eso, ¿quieres? Todo sigue igual desde que te fuiste.

Con esto se daba por terminado el *affaire* Verónica en el repertorio de temas que ambas debían despachar en la primera sesión.

Y siguieron muchas sesiones donde Leonor contó con pormenores sus éxitos financieros y sus numerosos nuevos clientes. La llevó a la bodega de la tienda matriz y le mostró las adquisiciones rigurosamente clasificadas. Delfina le hizo una que otra observación sobre las fechas y los estilos. Pero quedó muy sorprendida con el profesionalismo de Leonor.

Leonor no abandonaba la moda jeans, renovada constantemente con blusones de *cashmere* o camisetas con lentejuelas. La invitó a comer y a cenar a nuevos rincones recién descubiertos y no la presionó para que por fin contara. Ninguna presión, se había jurado cuando tocó a la puerta con un ramo de gladiolas en las manos.

No podría decirse que sufrió esa ausencia de dos meses. La dio por hecho, cuando supo que era irremediable. Se puso a trabajar como enajenada. Un día de los primeros se vio al espejo, tal y como había quedado después de Verónica. Lloró de rabia. Fue al salón de belleza y se hizo cortar los cabellos, pintarlos y enchinarlos. Se compró ropa en las boutiques que frecuentaban sus hijas; el resultado fue realmente positivo, y se dispuso a esperar el regreso de Delfina, que de un tiempo atrás acompañaba a Agustín en sus giras. La de Europa era importante, larga. Sería no sólo la primera vez juntos en Europa, sino la primera Europa para Delfina.

Leonor quería saber qué había hecho Delfina todos esos días, qué había pensado, quién había sido ella tanto tiempo lejos, y poder así anular ese tiempo entre las dos. Pero Delfina venía muy serena, o eso parecía, hablaba poco, sonreía por todo. Y esa sonrisa bastaba para apaciguar a Leonor.

—Te voy a decir algo que nunca te había dicho —dijo Delfina despertando. Leonor se había quedado esa noche con ella porque Agustín había salido a una gira de fin de semana. Habían ido al teatro y luego se sentaron frente a la chimenea a beber ron caliente hasta la madrugada.

Quizá un sueño denso y palpitante que no recordaba cuando abrió los ojos, pero sentía todavía el pulso de un espacio vacío precipitándose bajo sus pies; quizá eso la empujó a sacarse por fin lo que traía dentro desde el regreso de Europa. No había contado antes nada a nadie. Tenía una imagen ideal de ella misma donde no cabía el menor conflicto, porque había aprendido a rechazarlos con velocidad, o en el peor de los casos a ignorarlos arrumbándolos de igual manera. Sentía que cualquier perturbación confesa la mancharía inmisericordemente ante los ojos de los demás. Los problemas se habían hecho para los otros, y a ella le correspondía la comprensión y la paciencia. De ahí el encanto que la rodeaba. Y no era pose ni rebuscamiento. Lo hacía con tal autenticidad que despertaba apego y admiración.

—Qué cosa, Finí, ¿por qué me asustas? —se incorporó

Leonor y encendió un cigarro. Su rostro sin maquillaje era tan delgado que parecía pájaro, parpadeó automáticamente muchas veces. Habían estado hablando de tantísimas cosas en la noche. . .

A las dos de la tarde apenas había terminado de contarle la historia de Agustín. Más bien, la historia de Reiza. Nunca le había dicho nada de esto a Leonor.

Leonor se había acabado una cajetilla de cigarros y no se había movido de la cama.

—Pues imagínate, era la primera vez que volvía a Polonia desde aquello —dijo Delfina quebrando la voz—, yo ya sabía que estaba en el itinerario. Pero no dijimos nada. No hablamos de eso. No sé por qué. Cuando Agustín no quiere hablar de algo no hay poder, Leonor, aunque lo saques tú a colación, de eso no se habla, hay un peso en el aire, ¿cómo te lo describo? Sabes que el silencio está diciendo todo, pues tienes que tragártelo, porque no hay de otra. Es tanta la impotencia que terminas tú también sin pronunciar palabra. O te contagia o te hace sentir culpable o tonta por querer sacar el tema, como si ya todo estuviera sobreentendido, ¿me entiendes?

Leonor asintió, sentada en la cama en flor de loto y el mentón descansando en los puños, sin quitarle los ojos de encima.

—. . . pero no creas que no hablamos. Hasta por los codos. De todo, menos de lo que él supone que no hay que hablar. Y él supone que de esto no hay que hablar. Así ha sido desde que decidió que nos casáramos, cuando me lo contó todo. Se vació, fueron unos días como de locura. . . creí que por fin. . . pero no, desde entonces parece que. . . El caso es que estuvimos en España, Andalucía me enloqueció; el concierto era en Barcelona pero nos tomamos unos días pueblando en un cochecito hasta Marbella.

Creo que nunca había sido tan feliz. Ni en París, fíjate, y eso que París es París, ¿no?

—Ajá —susurró Leonor.

Delfina se dio cuenta de la frase que acababa de decir y se echó a reír ruidosamente.

—¡Espérate!, voy al baño, no digas ninguna otra frase célebre —corrió Leonor, saltando entre zapatos y discos en el suelo.

Mientras la otra gritaba desde el baño, Delfina se sintió sin mancha, cobijada en un aire seguro y festivo.

Eran las cinco y la cama llena de moronas de pizza, platos de cartón y botes de cerveza. Se acurrucaban en sendas mantas. La tarde plateaba la ventana.

—En Leningrado me lo dijo —continuó Delfina—, eran ya cinco días de vagar en esas calles sucias, llenas de colas para comprar una pata de pollo pestilente. Ya sabes que el público de Moscú es exigentísimo y no se asombra de la técnica. Le fue de maravillas, pero en Leningrado estaba de un humor de perros, y el primer concierto dejó mucho que desear. La gente es fría y él no quiso nada con la delegación que nos atendió. Se preparaba para el segundo concierto y yo no tenía qué hacer más que andar como loca en ese frío de perros, sin entender una palabra de ese idioma, ni siquiera puedes leer los letreros, parece que están al revés. El Neva es hermoso, sí. Tomé el paseo en bote. Parecía la ribera de un París lejano, entre brumas, como raído o deshilachado, pero con un aire de melancolía, sí. Ese día llegué temprano al hotel, y él estaba medio desnudo echado en la cama y fumando. Ya sabes que él casi nunca fuma, y cuando fuma es porque hay algo que lo trasija, es como una señal. Pues me sorprendió.

—¿No estás estudiando? —le dije. Fue una estupidez. Era evidente que no estaba estudiando. Pero me sentía mareada, cansada, con mucho frío, y a la espera de su humor. Ahí me lo dijo:

—Quisiera que no fueras a Polonia, Delfina.

—¿Eh?

La frase no le había llegado al cerebro a Delfina. Le rebotaba en las orejas, nada más.

—No tiene caso. Estoy muy tenso, necesito estudiar todo el día. Espérame en Berlín, si quieres ve a Praga. Después nos tomamos unos días tú y yo solos. ¿Quieres? —terminando su frase Agustín sonrió. Apagó el cigarro y se levantó acercándosele con mucha suavidad. Le quitó el abrigo y la recostó en la cama. Le enmarcó las mejillas y le besó la frente.

Delfina había quedado sin alma, porque se dejó hacer y llevar dócilmente, con los ojos muy abiertos.

—Ahora vengo —dijo Agustín poniéndose la camisa— Voy a pedir que cambien las reservaciones.

—¡No! —saltó Delfina incorporándose como muñeco de cuerda.

Agustín se volvió. La miró como si fuera una extraña.

—Yo *quiero* ir a Polonia, Agustín.

—Ya te dije que no tiene caso.

—*Voy a ir* a Polonia, Agustín.

Agustín oyó esa voz que salía no de la boca de Delfina, sino de algún subterráneo en el pecho, en las vísceras profundas. Arrojó los boletos en el buró y salió sin decir nada.

La broma del viaje eran las camas gemelas que les endilgaban en todos los hoteles. Agustín estaba acostumbrado a dormir solo y durante mucho tiempo no se acomodó al cuerpo de Delfina en la cama matrimonial. Mandó comprar una *king size*, pero ella fue ocupando poco a poco y enteramente los vacíos, al grado que había noches donde Agustín, después del amor, prefería dormir acostado al revés, es decir, la cabeza en los pies de la cama y los pies en la cabecera; sólo así recuperaba algo de la frescura que necesitaba para abandonarse al sueño.

La broma era que Agustín festejaba las camas gemelas del viaje con demasiado énfasis, y era para molestar inocentemente a Delfina. Ésta hablaba a la recepción dando órdenes para cambiar de cuarto o de cama, y terminaba colgando la bocina ofendidísima cuando la mandaban al cuerno. Agustín festejaba mucho ese ritual. Pero llegando a la Unión Soviética las camas se hicieron tan angostas que prácticamente cabía sólo medio cuerpo. Delfina tuvo que aceptar la separación nocturna. Para hacer el amor sudaba tironeando colchas y cojines en el suelo. Y a la mera hora, quedaba exhausta y malhumorada.

Esa noche de Leningrado cada quien se acostó en su cama. No hubo tironeo de colchas. Apagaron la luz en silencio. Al día siguiente, domingo, sería el concierto en la mañana. Y después tomarían el avión rumbo a Varsovia.

El concierto fue en los jardines de ciudad Pushkin. Una breve ciudad aledaña a Leningrado, con su castillo de príncipe azul zafiro y sus jardines recortados. Alrededor, cabañas para artistas y un auditorio monumental.

Delfina tenía ambas manos apretadas en el pecho, como conteniendo el corazón. Agustín tocaba de pie en el centro del escenario. *Serenade de Haydn*. La misma pieza con la que abrió el concierto en Cracovia quince años atrás. Las notas volaban hasta el asiento de Delfina, se le clavaban una a una. Dulces espinas en las ingles, cuchillitos roedores en la punta de los cabellos, ay la blanda daga danzándole en el vientre, vengan vengan espadas, vengan humeantes a hendirse en estas palmas, gemía Delfina y las lágrimas la acometían. San Sebastián en su regazo y *Serenade* penetrándole las orejas hasta anegarla.

El aplauso fue atronador. Delfina ya no oía. Se quedó sentada, materialmente encajada en su asiento. El delegado soviético tuvo que acercarse para conducirla hasta el coche que los llevaría al aeropuerto.

Las cosas en el aeropuerto fueron lo suficientemente siniestras como para preludiar el viaje a Polonia. En primer lugar, lo que llaman en Leningrado "aeropuerto" es un galerón pintado a brochazos verdes, maloliente y aceitoso, con cajas de madera como huacales semidestruidos arrumbadas en todos los rincones. La cola frente al único mostrador es inmensa: doscientas personas, turistas todos, que esperan salir lo antes posible de ese país, en el único vuelo del único avión que se ve en la pista, cargados de innumerables bultos, maletones y bolsas. Claro, estamos en el año de 1988. El hedor de esas doscientas personas en el galerón cerrado es la asfixia misma.

—No entiendo por qué no se baña esa gente, simplemente no conoce el jabón, Leoni —decía Delfina casi gritando con aguda voz, con extraño énfasis en este tipo de detalles, como preludiando el verdadero relato.

—Son mugrosos, Finí. Sigue.

—Pues el caso es que nos paramos en la cola. Agustín estaba que no puedo ni describírtelo jalando nuestras maletas en el lentísimo hervidero. Ya ves que aunque se pone de malas es bastante contenido. Si uno no lo conoce parecería hasta apacible o indiferente o desdeñoso, porque la sangre le hierve pero por dentro. Por fuera es bastante. . . ¿cómo te diría?

—¡Gélido! —dijo Leonor encendiendo el quincuagésimo cigarro.

—Bueno, no tanto, diría que es más o menos entre. . .

—Finita de mi corazón, ¡no estamos haciendo un análisis de temperaturas! Estoy a punto de contraer cáncer y tú no empiezas todavía.

Delfina sonrió. Se alisó los cabellos en un movimiento automático, y tragó saliva:

—Pues lo que te digo es que como tú dices, injertó en pantera. Creo que nunca lo había visto así. De repente se plantó frente al mostrador, yo no vi ni a qué horas, y empezó a alegar en inglés, pero nadie hablaba inglés. Entonces empezó a vociferar "¿speak english? ¿french? ¿italian? ¡portuguese, german, polish!" Y no sé por qué, si apenas balbuce el inglés y creo que ya no se acuerda del polaco.

Leonor hizo un brusco y breve movimiento, la ceniza del cigarro cayó en la colcha. Se hizo un gran agujero. Leonor gritó y limpió. Pidió muchas veces perdón. Pero Delfina se había quedado pensativa, oyendo su propia frase. Luego de la rápida operación Leonor se puso de nuevo en pose. Y Delfina retomó:

—El caso es que la multitud de la cola empezó a gritar en otros idiomas que no eran ninguno de ésos. Lo empujaron. Él empujó. Se armó la bronca. Y cuando me di cuenta corrí hacia una maraña de cuerpos que estaba recogiendo en el suelo un montón de trapos que se habían desparramado, porque Agustín pateó los bultos de unos griegos hasta que los despanzurró.

Leonor tuvo que contener la risa. Pero Delfina se dio cuenta y comenzó a llorar:

—No te rías, Leonor.

—Mi Finí adorada, no me río —respondió Leonor abrazándola. Delfina sollozaba quedamente casi con deleite en esos brazos.

Y es que en ese momento, cuando Delfina vio el reguero de tiliches griegos arrebatados de mano en mano en el alboroto, sintió una vehemente contracción en el estómago y tuvo que correr buscando un baño.

—¡Toilet! —gritaba—. ¡Tualét! ¡Sanitary! —y los mozos se encogían de hombros.

Por fin halló una puerta pringosa y llegó al excusado con

la hiel en la boca. Y todo lo echó: lágrimas, sangre de la nariz, saliva amarga, sudor punzante. "Yo tomo un avión ahora mismo y me voy a México", se dijo todavía con los largos cabellos dentro del excusado. Pero se incorporó. Tambaleante se acercó al espejo. "No es justo", pensó, "esto no es justo." Y se lavó la cara. Las lágrimas seguían y ahí las atrapaba Delfina, frotándose con agua los ojos. Su decisión estaba hecha. Por ningún motivo dejaría de ir a Polonia. Salió del baño transformada: se veía serena, y así se mantuvo mientras Agustín gruñía a diestra y siniestra durante el exasperante proceso de las revisiones soviéticas, los pasaportes y los interrogatorios. Delfina contestaba, se adelantaba a resolver cualquier problema, sonreía a los caninos aduaneros. Subieron al avión. Por fin.

Aunque era una herramienta indispensable de trabajo, Agustín seguía poniéndose nervioso en los aviones. Se sentó junto a la ventanilla, Delfina enmedio, y al lado suyo un japonés que hacía maniacamente operaciones logarítmicas en una computadora del grosor de un papel. Despegando, Delfina cerró los ojos: tuvo la sensación de que ese gigantesco aparato la lanzaba hacia oscuridades espesas y prefirió adelantarse, no ver, y sin darse cuenta descansó su mano en la de Agustín. Agustín recibió la caricia, agradecido. Su cuerpo se relajó. Se volvió a mirarlo y le sonrió.

—¿Qué tal un martini? Te va a caer muy bien, mi vida —dijo Delfina. Agustín asintió como niño.

Bebieron las dos horas de vuelo. El japonés logarítmico fue su milagrosa comidilla. Hablaban ostensiblemente de él en español, hacían bromas imitando sus manías, y como él no entendía y no podía reclamar, más reían chocando las copas.

Una voz de mujer, en pésimo inglés, anunció el próximo aterrizaje en el aeropuerto internacional de la ciudad de Varsovia. Agustín se estremeció bruscamente. Dejó la mano de Delfina, dejó la copa. Ella le abrochó el cinturón y lo vio alejarse hacia la ventanilla, lo vio cruzarla, volar en los campos de Polonia, esa verde geometría en miniatura que se columpiaba allá en lo hondo. Era octubre y el aire violeta del crepúsculo bajaba sobre Varsovia. Delfina puso su asiento "en posición vertical". El japonés hizo lo mismo. Las ruedas tocaban tierra, cuando el japonés se aferró a la mano de Delfina que descansaba en el brazo del asiento, y con violencia la acarició obscenamente. Ella no se movió. Lanzó un suspiro que terminó en sorda carcajada y apretó los ojos para que no se le saltaran las lágrimas.

Agustín bajó del avión con una suave sonrisa que le cubría el rostro. Y con ella miraba las cien colas en un aeropuerto que no se diferenciaba mucho del que acababan de dejar. Miraba. No abría la boca. Hicieron con calma todo el procedimiento migratorio. Delfina iba detrás de él, arrastrando las maletas, la cara encendida.

Llegaron a la caja donde se cambian las divisas. Una muchacha blanca de pelo cenizo estaba en el mostrador detrás de gruesos barrotes de acero.

—Przynajmniej czterdzieści pięć złotych za dzień —dijo la muchacha. Agustín se quedó mirándola unos segundos. Comenzó a balbucir en inglés, y de pronto se soltó a hablar fluidamente en aquel idioma de jotas y eses qué comenzó a martillarle las sienes a Delfina.

—Podoba ci się muzyka? —dijo Agustín.

—Tak. Oczywiście —contestó la muchacha.

—W niedzielę o dwunastej. W parku Chopina.

—Desde que lo oí por primera vez, Leoni, fue como un golpe de martillo en la cabeza. No me imaginaba que Agustín lo hablara tan bien. Bueno, piensa que fueron varios años. . . —Delfina adelgazó la voz para luego volver al énfasis—.

Y no cesó de hablarlo, día y noche era tener en las orejas esos susurros guturales. Porque los polacos hablan hasta por los codos. Sabían que yo no entendía nada, pero aun así me hablaban de corrido, ademaneando como en guiñol; insoportable Leoni, te lo juro. Me sentía como en un mundo donde yo no tenía cabida. Y así fue hasta que decidí irme de allí. El maldito idioma taladrándome el alma, hasta que decidí, Leoni.

Leonor abrió los ojos vivamente. Iba a decir algo pero Delfina la atajó.

—Pero eso viene después. Antes te voy a contar qué pasó.

Salieron con un montón de zlotys en las manos.

—¿Qué tanto le dijiste? —preguntó Delfina.

—La invité al concierto del próximo domingo en el Jardín Chopin —contestó Agustín sin haber dejado esa sonrisa que parecía tatuada y etérea al mismo tiempo.

—¿La invitaste? Pero. . . no me dijiste que. . . en el programa no está anunciado. ¿En un parque?

—Acabo de decidirlo. Quiero tocar allí.

Delfina no contestó. La perplejidad era mayor que su curiosidad.

Bárbara manejaba y Delfina iba a su lado, mirando por la ventanilla las calles umbrosas de Varsovia. Agustín iba atrás hablando sin parar con esa mujer polaca que había sido enviada por el ministerio cultural para atenderlos. Delfina sólo oía el martilleo y se aislaba en la contemplación.

Desde que Delfina vio a Bárbara esperándolos a la salida del aeropuerto, pensó: es *ella, ella*. Porque las señas eran las mismas: vasto el cuerpo de leche y los cabellos cenizos y los ojos azules y redondos. Sintió que se mareaba.

Todas las polacas son idénticas, pensaba Delfina en el coche, o es que estoy viendo a esa mujer en todas partes. En las calles de piedra se alzaban monumentales jardinci-

160

tos, como trozos de bosque en la ciudad. Mujeres color ceniza relampagueaban bajo los faroles. Era demasiado, demasiado.

—Demasiado qué —susurró Leonor en la penumbra.

—No sé. Me volví violentamente hacia Agustín. Su mano descansaba en mi respaldo. Se la tomé. Él apretó la mía sin mirarme. Una parte de él estaba hablando con Bárbara en polaco. La otra, miraba con ojos llenos ese aire de las calles quietas, ese aire que por fin lo inundaba. Lo amé, Leonor, ¿me entiendes? ¿Me entiendes? Y me sentí desdichada.

Leonor le tomó la mano. Se la apretó con suavidad.

—Llora, querida —le dijo.

El hotel: lujo de la Varsovia de los veintes. Increíble sobreviviente de la guerra, exhala en cada pared, en cada lámpara, en cada pardo rincón su decadencia portentosa. Raído *art decó* monumental. Altísimos techos de madera y lisas columnas. Olor a rancio y a cortinas polvosas.

—Qué hermosura —dijo con alborozo Delfina abriendo la puerta del cuarto—. Así tenía que ser. Ni más ni menos. Con sus lamparitas de pantalla de tela en las cabeceras. Su secreter entre las camas. Su gran ropero cuadrado como armatoste y su luna ovalada, y mira: ¡el tapiz de florecitas cayéndose de las paredes! ¿Lo viste? Yo odio los hoteles de plástico *made in USA*. Pero mira nada más el teléfono: mi abuela tenía uno de éstos, te lo juro ¡pesan una tonelada!

Agustín asentía apacible, metiendo las maletas. Se quitó el abrigo. Por un momento se quedó parado en medio del cuarto sin saber qué hacer.

—¿Te gusta? —insistió Delfina entusiasmada.

—Podría estar peor —dijo él.

Delfina hizo un mohín. Se le acercó. Él la recibió y le dio un beso mecánico en la boca.

—Estoy terriblemente cansado —dijo separándose de ella.

—Ajá —contestó Delfina secamente—. Acuéstate. Yo desempaco. Apaga tu luz y duérmete.

Agustín respiró hondamente y se echó vestido sobre la cama. Cerró los ojos.

—¿No te desvistes? —pero Agustín ya no contestó. Pronto se oyó su rítmico compás del sueño profundo.

Delfina comenzó la faena tratando de no hacer ruido. Pero se le caían las cosas. Las manos le temblaban. Se desvistió y se lavó la cara. Ella no lo advirtió, pero hacía rato que Agustín la miraba con los ojos semicerrados. Había dormido apenas unos minutos. Y se despertó sobresaltado, sudoroso. Se quedó quieto para mirar a Delfina sin que ella se diera cuenta. La vio ir y venir en el minúsculo cuarto del lavabo al ropero. Su rostro serio, limpio, y sus manos movedizas contradiciendo esa grave expresión. La vio acostarse en la angosta cama gemela, separada de la suya por el secreter. Y en ese movimiento, cuando ella alzaba la cobija para dejarse caer, justo allí, ¿vio? ¿creyó ver? ¿adivinó? un gesto fugacísimo: una contracción dolorosa en esa cara tersa, un velo de tristeza en esos ojos de castaña. Sintió un olor a hierba y comal dorándose. Fue un segundo. De golpe la madera del secreter los cubrió cuando ella ponía la cabeza en la almohada. Se incorporó Agustín violentamente, gritando casi:

—Vístete, Delfina.

—¿Eh? —se alzó ella, sorprendida.

Y ya estaba de pie Agustín alisándose la ropa, sonriendo entre jadeos.

—Vamos a beber, a cenar, a no sé qué. Son apenas las diez de la noche.

Delfina se levantó sofocada, corriendo hacia el ropero.

El restorán del hotel era redondo e igualmente viejo con su

162

pistita de baile y una batería dorada y pringosa que anunciaba el espectáculo. Delfina entró como reina del brazo de Agustín. Un vestido de jersey rojo y sin tirantes le entallaba el cuerpo. Era demasiado espectacular, Agustín se lo había regalado en París. Ella había creído que jamás se lo pondría. Esta noche no lo dudó. Fue directo al gancho. Ni siquiera tuvo que elegir. La decisión fue tomada sin que pasara por su cabeza. Su delgadez era perfecta para el tejido untado a los pechos, las nalgas, el vientre, los muslos. Se recogió los cabellos con un listón del mismo color, y no se puso un solo adorno. Las miradas cayeron sobre ella. Y ella escogió la mesa justo enfrente de la pista. Las mujeres, todas entradas en carnes y vestidas a lo socialista, cuchicheaban. Los hombres, todos Lech Walesa joven y robustos como melancólicos tanques, la veían sin disimulo.

Agustín fingía seriedad de hombre de mundo, pero se divertía con orgullo de adolescente. Pidieron salmón fresco y espárragos a la mantequilla, ensalada verde, champiñones al horno gratinados, helado de menta y vino húngaro. Comieron como energúmenos. Bebieron con deleite. Delfina tenía encarnado el rostro y los ojos como llamas.

Los temas de la conversación iban de la comida a las miradas de las otras mesas, de la decadencia conmovedora del hotel a las marcas de vino y las mejores regiones para cosecharlo. Chocaban las copas y pedían más.

Apareció el llamado *show*. Tres músicos vestidos de dorado con sombrerito de popotillo y una diva gorda, pintarrajeada y en mallas plateadas y capa púrpura. Todo muy brillante. Se veía dicho vestuario acabado de salir de una bolsa mofletuda y muy vieja. Las lentejuelas desprendidas colgaban de sus hilitos hasta diez centímetros. Grandes aplausos.

Los músicos abrieron con platillazos y la diva roncó en el micrófono un melódico Glen Miller a ritmo de jazz.

Agustín se levantó y condujo a Delfina a la pista. Las oes y aes no se hicieron esperar. Bailaron usando la pista entera una especie de tango sincopado, con sumo artificio sus bocas serias, mientras los pasos sensuales hacían gruñir a la diva con más ahínco. Se rumoró que eran gitanos en el aplauso feroz. No pararon. Se deslizaban sus cuerpos haciendo geografías instantáneas de múltiples fronteras. Los rostros tensos, las manos vehementes, los meneos de embestida y los giros líquidos, ardiendo uno en el otro bajo los platillazos y los rugidos de su acompañamiento.

Los felicitaron sobándoles la espalda. Les invitaron copas. Delfina reía a carcajadas diciendo "yo no entiendo nada, nada de esa lengua", y se colgaba de Agustín.

Entrando en el elevador, Agustín se recargó en la pared y cerró los ojos, sacudió la cabeza poniéndose la mano en la frente. Ella se le dejó ir, besándolo ruidosamente.

—Espérate —dijo él, atajándola con brusquedad. Ella rebotó hasta la puerta, casi ebria. Gimió. Él la sostuvo con firmeza y la llevó hacia el cuarto. Le estallaba la cabeza a Agustín. Entró en el baño a lavarse la cara. Delfina se arrancó la ropa y se metió en la cama de él. Así la vio al salir: los ojos ciegos de ella, esperándolo. Se sintió de golpe borracho, porque el corazón comenzó a latirle con fuerza y una película de sudor frío le cubrió la frente. Apagó la luz. Se detuvo en la oscuridad, tomándose el pulso, tragando saliva.

—Ven —oyó la voz de ella.

Agustín obedeció, pesadamente. Se echó junto a ella con la ropa puesta. Delfina se incorporó y jaloneándolo lo desvistió; jadeaba. Él respiraba al ritmo de su agitado corazón. Delfina botó la ropa al suelo. Botó la cobija. Y se montó sobre su hombre. Pero él no respondía. Sólo se oía su violenta respiración, el cuerpo laxo. Delfina no cejó. Iba tras lo suyo desbocándose, hasta que él le detuvo los hombros y la alzó con fuerza. Se miraron. Agustín vio la cara des-

164

compuesta de Delfina, su mueca urgente, sus cabellos revueltos, su olor a vino impúdico, esos ojos entrecerrados y cuchilleantes. Sintió un malestar súbito, imperioso. ¡Qué me pasa, Dios!, y una bocanada de rencor le entró hasta los pulmones. Y no soportó reconocer esa emoción. ¿Rencor? ¿Rencor? ¿Rencor hacia esta amada mujer?

—Hazme el amor —murmuró Delfina, desmayada. Y él supo que iba a su fracaso, pero no lo evitó. Le dio la vuelta en el aire a ese frágil cuerpo y quedó tendido sobre ella. Delfina gemía abrazándolo y sacudiendo la cabeza. Él hizo esfuerzos adolescentes. Quería, verdaderamente quería, se dijo.

—¡Hazme el amor! —sonó la aguda voz de Delfina en sus orejas.

Entonces se paralizó, como fardo giró hacia un lado desasiéndose de ella, los brazos sobre los ojos. Y un segundo después ella se irguió, la boca abierta, morada, salivosa: lo miró con horror.

—¡Cógeme desgraciado! —le grité.

Delfina había estado paseándose por su recámara, y diciendo esto alzó los brazos y se tironeó con violencia los cabellos. Leonor corrió hacia ella, le detuvo los brazos con firme suavidad.

—¿Eso le dijiste? —le dijo viéndola fijamente.

—¡No! —gritó Delfina y se soltó. Le dio la espalda a Leonor—. Pero eso pensé o creí que le decía. Estaba borracha. No me hagas caso.

Se echó a llorar suavemente, pero Agustín no hizo el menor movimiento. Entonces empezó a soltar sollozos más agudos y prolongados hasta que Agustín alzó un brazo y le palmeó el hombro. Pero ella arreció el llanto. Agustín viajaba en una espiral de angustia, eso sentía exactamente, plásticamente, como una boa que da vueltas lentas en un espacio vertiginoso y asfixiante. No podía soportar el menor ruido. Los llantos de Delfina lo hundían más aún. Y se mantenía inmóvil, como si así pudiera contener la catástrofe. Halló la palabra justa que no hubiera querido decir, pero la única posible, necesaria:

—Perdóname.

Ella dejó de llorar. Se escurrió como fantasma a la otra cama. Se tapó hasta el cuello y cerró los ojos.

La despertó el vientecillo de la ventana abierta. Agustín respiraba con plenitud, desnudo frente a la ventana. Las cortinas de encaje flotaron en los ojos de Delfina, velando esa alucinación esplendorosa. Apretó las rodillas a su vientre, encogiéndose en una dulce contracción. Sentía tal anhelo por el cuerpo de Agustín, que verlo así, macizo y oscuro, abierto a la blancura del cielo, le pareció cosa de su imaginación. Pero allí estaba, las cortinas vaporosas lo rozaban despeinándolo. Y ella sintió que lo tenía a la mano, pero no podría hacerle lo que las cortinas. Las amó. Las odió. Algo salió de su garganta. Agustín se dio la vuelta, con su limpia sonrisa, y sus ojos negros la deslumbraron.

—Hermosísima mira, mira, mira —dijo señalando vagamente hacia afuera. Y volvió a mirar por la ventana.

Delfina se levantó, trastabillando. La resaca le daba vueltas en la cabeza. Se echó encima la camisa de Agustín que estaba hecha bola en el suelo. Sintió impúdica su desnudez, no, se corrigió, es que me da vergüenza que me vea. Pero él ya le pasaba el brazo por los hombros, conduciéndola al paisaje.

Ella contempló con detenimiento: la hilera de edificios oscuros y bajos con ventanitas idénticas de balcón amarillo. Árboles dorados y hasta rojos lanzando sus hojas volanderas que hacían leves torbellinos sobre los techos. Hombres y mujeres yendo, viniendo, con prisa, todas las cabezas rubias, casi blancas, gabardinas pardas, bebés en carriolas. Hacia el fondo un puente de barandales y un rizado río verde adivinándose en la temprana neblina. Vio, profundamente, exhalando. Era un paisaje hermoso, sí, no más que los que ya había visto durante el viaje y ni comparación siquiera con los rincones andaluces colorines y rebotando flores y canciones. Aquí había silencios a pesar del tránsito y el movimiento natural de una ciudad, había un par de colores neutros que uniformaban el horizonte, salvo el otoño que pintaba a Varsovia de violetas y naranjas, y hacían más pardos los sepias y cenizos de su cara habitual. ¿Qué más? Todas las ciudades tienen sus puentes y su río, sus callejuelas empedradas y sus siglos. ¿Qué más había ahí?

Agustín miraba, era como si mirara el aire y su sonrisa se abría. Delfina sabía lo que estaba mirando. La había amado cuerpo a cuerpo durante años en estas mismas calles. Ella había respirado este aire y ahora él lo respiraba luego de tantísimo tiempo, otra vez lo respiraba, se la bebía, la presentía en cada esquina. Si no se hubiera muerto, ella, Delfina, no estaría aquí, no podría anhelar con tanta vehemencia la mano de Agustín que reposaba sobre su hombro. Si pudiera ladear la cabeza y besarle la punta de los dedos. . . Si pudiera sólo eso. . . Se quedó quieta sobre el paisaje, tratando de encontrar a Reiza en algún balcón, Reiza cruzando la calle, corriendo en busca de Agustín, Reiza tapándose la sonrisa, los ojos muy abiertos diciéndole cosas en polaco en la parada del camión.

—Tengo frío —dijo Delfina comenzando a temblar. Agustín pareció despertar. Le cerró la camisa con cuidado.

—Vamos a desayunar, ¿quieres? Se me pasó el vino anoche, no sé qué tantas burradas hicimos —dijo jovialmente.

Y esto era para Delfina el mensaje de que el telón había bajado y era inútil hablar sobre lo que había pasado o no había pasado la noche anterior. Asintió tiritando, y se dirigió a la regadera.

Encendieron la chimenea después de muchas dificultades. Iban y venían del sótano cargando varas y troncos verdes, las dos en largos batones, despeinadas y ojerosas; parecían duendes en la penumbra de las ralas llamas.

—Pareces mujercita de tu casa, o sea que no sirves para nada, Finita de mis desvelos.

—Es que Agustín es el que siempre la prende.

—¡Ay, pareces mujercita de tu señor!, o sea que igual a cero, queridísima.

Delfina sonreía, echando litros de alcohol al fuego. Éste arboreció de golpe en un tronido azul. Delfina se echó hacia atrás y derramó la copa sobre la alfombra. Leonor corrió a levantarla y se sentó junto a ella frente al calor. Le rodeó el cuello con los brazos.

—¿Por qué eres tan torpecita, Fina, Finísima? —le dijo.

—¿Tú crees que hice mal? —susurró Delfina.

Leonor negó con la cabeza.

—Es que me sentí una intrusa, Leonor. No podía quedarme más tiempo.

—Tú eres lo más hermoso que existe sobre este desdichado planeta —le dijo Leonor tomándole la cabeza y recostándosela en su pecho.

En la mañana caminaron la parte vieja. Delfina sintió calor en su corazón cuando cruzó la muralla de piedra para entrar en ese laberinto de suaves colores bajo briznas de lluvia y hojas coronando las fachadas.

—Qué hermosura —dijo al aire.

—Es la parte más antigua de la ciudad —explicó Agustín con asepsia—, totalmente reconstruida, pero siguiendo la original en cada centímetro cuadrado.

Delfina caminaba con pasos firmes y lentos, Agustín iba a su lado, las manos en los bolsillos. Contestaba las preguntas de Delfina lo estrictamente necesario. Ella quería ver-

168

lo todo, las casitas color pistache y salmón, los callejones que desembocan en jardinillos sombreados, las arcadas de los edificios que dan a patios interiores donde bulle el verdor de las macetas y las enredaderas silvestres. Las ventanas de las tiendas con su joyería de ámbar. Entraron en una, porque Delfina vio un corazón engastado en plata.

Agustín preguntó en polaco el precio. La encargada era una anciana bien vestida y con sonrisa acogedora. Le enseñó a Delfina un ostentoso tablero de aretes, pendientes y gargantillas.

—Yo quiero el corazón —dijo Delfina mirando tímidamente a Agustín.

Agustín vio ese rostro abierto contra el paisaje de la ventana. Puntas de lluvia lo borraban y una bicicleta roja cruzó veloz. Sintió un vacío en el pecho. Delfina lo miraba interrogándolo con el corazoncito de ámbar en las manos. No supo él si arrojarse besándole las manos o sacarla de allí por la fuerza. Se le subió la sangre a las sienes.

—Lo quieres —asintió. Delfina sonreía. Agustín sacó un billete, y ella tropezaba esforzándose en colgárselo en el cuello. La encargada la ayudó con diligencia. Los despidió con una frase que le sonó muy gentil a Delfina:

—Jak pięknie wygląda twoja ukochana z tym sercem.

—¿Qué dijo? —preguntó ella saliendo de la tienda.

—Vamos a ver el Vístula —dijo Agustín viendo a lo lejos—, por acá hay una terraza redonda con rejas bajas—. No le contestó a Delfina, pero seguía rondándole la frase de la anciana: "Qué hermosa se ve su amada con ese corazón". Mi amada, mi amada... repitió para sí Agustín, pero delante de él sólo vio una palabra vacía.

Se acodaron en el borde de hierro. El Vístula cortaba el bosque. Un alboroto de nubes encendidas le rozaba las aguas. Agustín sonrió de pronto al horizonte.

—En qué estás pensando —preguntó Delfina unos minutos después. Se odió por hacerlo, pero no se dio cuenta que su boca se abría hasta que ya estaba dicha la frase.

—¿Eh? —se volvió Agustín.

—¿Por qué no me lo cuentas? No quisiera sentirme como estatua frente a ti —casi la mareó la longura de su frase. Pero estaba dicha.

Agustín se le quedó mirando como si no entendiera una palabra, como si Delfina le hubiera hablado en otro idioma.

Ella, viéndolo así, se sintió avergonzada, le acarició los cabellos con ternura.

—No me hagas caso —murmuró recostando su cabeza en el hombro de él. Él, que estaba inmóvil, levantó lentamente el brazo y la rodeó en el aire, sin tocarla. Ella ladeó el rostro y sin hacer ruido le besó el abrigo con cuidado, rozando apenas la tela. La lluvia fina se convirtió de pronto en aguacero. No se movieron. Sin tocarse, parecía desde lejos que se balanceaban en la baranda del Vístula, sus cabellos volando empapados; sólo se oía el rumor del río y las voces en polaco que corrían de un lado a otro en Stare Miasto:

—Ale ulewa!

—Biegnij, biegnij!

—Tam jedzie autobus!

—Sentí una profunda compasión —susurraba Delfina, los cabellos ardientes, de cara al fuego.

—Hacia él o hacia ti —preguntó en voz baja Leonor.

—No sé. No sé. Pero fue el momento más hermoso. . .

Leonor la miró interrogándola, perpleja.

—. . . el más hermoso —asintió Delfina, y mirando de frente a Leonor, continuó en voz más baja aún—, y en ese momento, aunque yo todavía no me había dado cuenta, ya estaba tomada la decisión.

170

La tarde fue cosa de conocer a la orquesta, el auditorio y los delegados del ministerio.

Delfina estaba sentada en una de las butacas de la última fila en el auditorio vacío, miraba el escenario iluminado donde Agustín iba y venía discutiendo con los otros músicos, poniéndose de acuerdo con el director.

La última fila en la penumbra. Dos ojos inmóviles que veían el vacío. Comenzó a asfixiarse en ese aire de ruidos polacos y notas sueltas. Ya no distinguía a Agustín. Simplemente una película incomprensible estaba pasando delante de ella y sus actores todos gente extraña y a una distancia sideral.

Sin darse cuenta ya se había levantado y ya iba a la puerta y ya estaba dejándole con el encargado un mensaje a Agustín.

Salió al viento del otoño. Se echó a caminar. Sólo se oía la hojarasca bajo sus pasos. Media tarde en Varsovia ¿y dónde está la gente? Porque allá a lo lejos unos niños jugaban a la pelota y de repente alguna bicicleta cruzaba la calle en silencio. Caminó y caminó, bajo arcos y sobre puentes de ríos de hojas, y sin saberlo llegó a un jardín enrejado. Entró. La explanada era un espejo de agua rodeado de rosales amarillos y botones lilas en perfecta geometría. Aunque el sol daba limpio en el jardín, había crecido el frío. Delfina se cubrió la boca y las orejas con el cuello de su abrigo. Se acercó a la estatuita de mármol en el hemiciclo: "Federico Chopin", leyó, y le dio un vuelco el corazón.

—¡El Jardín Chopin, Leoni! Ése del que me había hablado tanto, ¿te acuerdas que te conté? —decía Delfina abriendo los brazos mientras daba vueltas por la estancia apagada—. Allí decidió abandonar Polonia. Allí tocó Agustín muchas veces y Reiza cantó las *lieder* cuando. . . ¿Sabes que allí quería tocar el domingo siguiente? Se le ocurrió de pronto, casi bajando del avión. . .

—Así que un jardín muy poblado, Finí —dijo Leonor echando el humo a las delgadas llamas.

171

—¿Qué?

—De fantasmas, querida.

—Estoy tan cansada, Leonor. . . —murmuró Delfina, abatida repentinamente.

—No puedes dejarme así, Finí. Llevo catorce horas escuchándote y cinco cajetillas de cigarros.

—Es que. . .

—Dime qué hiciste en el Jardín Chopin.

—Nada. Me eché a caminar.

Las veredas son subeibaja con techo de ramazones, como túneles vegetales y helados. La nariz le ardía y respiraba con dificultad por el esfuerzo y los aromas de las flores. No daban a ninguna parte, porque daban a otras veredas aún más estrechas y oscuras, y de pronto se sintió en el centro de un laberinto. El sol se iba y el aire se hacía más cargado. Sin darse cuenta ya estaba trotando en medio de los remolinos de hojas sin encontrar la salida. Corría de un recodo a otro. Oyó sus gritos, muy lejanos, confundiéndose con el sisear de las frondas en el viento cada vez más oscuro. Corría, ciegos los ojos, hasta que una sacudida la detuvo en seco. El vigilante le hacía señas y le decía cosas que ella no entendía:

—Co pani tutaj robi! Zgubiła się pani?

Como ella no contestara, la condujo hacia un claro con bancas de hierro y rectángulos lilas. Hizo que se sentara. Delfina veía a un lado y otro esperando algo horrible.

—Como qué —preguntó Leonor.

—No sé.

—¿Que te hiciera daño el tipo o que te asaltaran?

—No, eso no. Que pasara algo horrible Leonor, algo abstracto, no se me ocurre cómo explicártelo.

—¿Que se incendiara de pronto el bosque y te comiera el fuego?

—No seas boba.

—Es que no te entiendo.

—Ni yo me entiendo, Leonor. Pero no encuentro otras

172

palabras para describirlo: algo en el mundo estaba a punto de suceder, algo malo, algo que haría cambiar el curso de las cosas, tal vez para siempre.

Leonor la miró con seriedad. Delfina tenía los ojos vagos, inquietos y vagos. Sintió que no debía insistir. Quiso traerla a la tierra:

—Y qué pasó con el vigilante.

—Ah... —dijo Delfina, efectivamente volviendo a la tierra—... pues me consiguió un taxi, el pobre hombre, y me mandó a mi hotel.

Lo vio en la calle, esperándola frente a la puerta del hotel. Agustín pagó el taxi, visiblemente irritado, y sacando a Delfina de un tirón, cerró con un portazo.

—Caprichos de niña no me vuelves a hacer —le dijo a la cara.

—¿No puedo salir a caminar? ¿Tengo que pedirte permiso? —contestó airada.

—Llevo horas esperándote.

—Me perdí.

—¡Carajo, Delfina! —alzó la voz, conteniéndose.

—¿Sabes que ya me fastidió tu pésimo humor? —respondió ella y le dio la espalda, dirigiéndose a la entrada.

Agustín se quedó parado, aturdido. Miró la calle alumbrada, pacífica. Echó una maldición al aire y entró en el hotel.

Cuando llegó al cuarto Delfina estaba en camisón, metida en su cama, leyendo un libro.

Él se sentó junto a ella, ella no quitó los ojos del libro.

—¿Tendré que pasarme la vida pidiéndote perdón y perdón y perdón, Delfina? —dijo con abatida suavidad.

—No sé. De ti depende —contestó Delfina hoscamente.

—Pudo haberte pasado algo... ¿no puedes entender?

Delfina hizo a un lado el libro y se incorporó dándole la cara a Agustín.

—No me pasó nada —dijo echándole de lleno la frase.

Agustín exhaló meneando la cabeza. Le tentó los cabellos un segundo y retiró la mano de inmediato. Ella sintió esa retirada como un bofetón, y contrayéndose, volvió a echarse sobre la almohada.

—Estoy hecho un tonto, Delfina —comenzó a decir levantándose y dándole la espalda para desvestirse—, no me hagas caso. Mañana hay ensayo y el necio de Pulstitnik no entiende el ritmo.

Delfina pegaba los ojos al libro, sofocando un embravecido mar.

—¿Y qué sentiste, Finí? Era la primera vez que se peleaban, ¿o no? —la voz de Leonor era clara y aguda con cierto dejo histérico. Delfina estaba acostada boca arriba sobre el tapete persa, mirando fijamente el techo.

—No fue una pelea en realidad. Ni siquiera una discusión. Ya te he dicho que con Agustín no se puede pelear. Simplemente evade o cancela. Ojalá nos hubiéramos gritado de veras. Todo habría sido diferente.

—¿Estás segura?

—Sí. . . porque dime, Leonor —y aquí se incorporó súbitamente para mirarla de frente—, ¿por qué tuve que pasar esa noche revolcándome en la cama como loca? Por un lado tenía ganas de darle una patada y no verlo nunca más; por el otro, me moría por acercarme a él, echarme en su cuerpo, amarnos como si no hubiera pasado nada. ¿Te ha pasado que quieres borrar un hecho con un borrador en el pizarrón, como si tuvieras ese poder?

Leonor reflexionó unos segundos. Asintió suspirando.

—Pues así, Leoni. Yo había querido ir a Polonia, y en ese momento hubiera querido borrarla del mapa. No saber nada de nada de lo que allí hubiera sucedido, y echarme sobre él. Pero lo odiaba.

—Entiendo —dijo Leonor.

—No, no sabes por qué lo odiaba. ¡Porque él era el que no se me acercaba! ¿Te das cuenta de la clase de estúpida que soy? —alzó la voz, temblorosa de ira.

—Me perdonas, querida —respondió airadamente la otra—, pero el estúpido es él. Él es el que ha inventado todo ese alboroto por una muerta. Y tú, si acaso pecas de algo, es en seguirle el juego. ¡Piensa en ti, por Dios! —le temblaron las manos a Leonor, se echó sobre la cajetilla de cigarros para dominar su violenta turbación.

Delfina se recostó de nuevo, los ojos buscaron el tragaluz.

—Qué fácil. Para ti las cosas son blanco o negro. Telenovela.

—No me insultas. Te estás defendiendo, nada más.

—Ni un segundo. Por eso han pasado las cosas. Me he lanzado al río.

—De lo único que me doy cuenta es que estás muy lastimada, y yo... —se le quebró la voz— sí te quiero, Finita.

Delfina oyó unos leves sollozos. Cerró los ojos y extendió el brazo hacia Leonor. Un instante después sintió en su mano la suave presión de unas manos húmedas e inquietas.

No supo cuándo se quedó dormida en medio de la turbulencia. Pero la despertó el aliento de Agustín sobre su rostro. Vio el filo de sus blancos dientes y en sus ojos una sonrisa abierta. Entonces advirtió en la frente un cosquilleo. La había besado para despertarla. La ventana echaba una luz muy blanca y transparente. Delfina se irguió soltando una sonrisa.

—No no, no te levantes, hermosísima.

Delfina le rodeó el cuello.

—Anda, quédate descansando. Se me olvidó decirte, por mis tonterías de anoche, que hice cita para desayunar con Bárbara y unos estudiantes del conservatorio que quieren conocerme, no sé qué quieran conocerme, pero en fin. Prometí estar. A las 12 en punto vengo por ti, ¿sí?

Delfina vio que ya estaba vestido. Y le sonreía con tanta suavidad y con igual suavidad le acariciaba los cabellos y la frente. Sintió calor en su cuerpo. Asintió y se dejó ir sobre la almohada. Él la arropó con las cobijas. Y le cerró los ojos con los dedos. Salió sin hacer ruido.

A dos cuadras del hotel estaba el cafecito al aire libre. Agustín vio la alborotada cabellera rubia de Bárbara en una de las mesas. A su lado, dos jóvenes tomaban té. Ella ademaneaba y hablaba sin parar. Se quedó mirando la escena, desde lejos. Y después de un momento de incertidumbre, corrió a la parada del camión y tomó el primero que pasó. El camión iba lleno y él se sumergió en ese mar de cuerpos silenciosos. Todo el mundo lo veía: era inusitado su color oscuro y su facha exótica. Y él también miraba uno por uno esos rostros desdibujados en la blancura, y los ojos como gotas de agua, siempre sorprendidos. Miraba y miraba hasta que una inexplicable furia comenzó a invadirlo, y se bajó, enemigo mortal de todos ellos, en la puerta de Stare Miasto y su muralla antigua. Se metió en los callejones bajo el punzante sol de hielo, y el corazón comenzó a galoparle en las sienes.

—Chodź tutaj! —gritó una voz a su espalda, la voz cantada y temblorosa y femenina.

Él se volvió violentamente: era una muchachita que perseguía a su perro calle abajo. Vio la falda escocesa ondear hacia el recodo. Lo invadió una sensación de vértigo, y la náusea como puñal en la boca del estómago. Se arrastró hasta un puesto de helados. Se dio cuenta que no había comido nada desde el día anterior.

—Lody? —preguntó la encargada con una sonrisa.

Agustín no quiso mirarla. No podía. Los colores de los helados lo deslumbraron. Vio un aire verde en un paisaje muy brumoso. Lo sintió, lo presintió, y señaló sin abrir la boca. Echó unas monedas sobre el mostrador, tomó el barquillo coronado de verde crema con cereza en la punta; y

176

fue a sentarse en la terraza desde donde aparece una curva del Vístula.

Olió la menta perfumada del helado, y sintió un espasmo en la garganta. El río era gris. Y no había absolutamente nadie a su alrededor. Pegó los labios a la crema, cerrando los ojos. Pero sólo vio oscuridad. Le ardió la boca. Sólo oscuridad. La menta era la menta y ardía en los labios y en la lengua. Y las calles desiertas, eso, y el sol un globo amarillo, y el Vístula un brazo de agua en la distancia. No había más. Ningún aire metafísico. Ningún eco. Ninguna imagen flotando en el paisaje de Varsovia. Vacío. Sólo eso.

Abrió los ojos de golpe. Se levantó arrojando el helado por la baranda. Vio el reloj, y con un cansancio de plomo se dirigió a la parada de los taxis. Todo el camino fue mirándose las manos; no quiso alzar la vista ni un momento.

La despertó el teléfono. Bárbara preguntaba en balbuciente inglés por Agustín. No se había presentado al desayuno. ¿Algo había ocurrido?

Delfina no supo qué contestar. Dijo alguna tontería como excusa. Y colgando se sintió sola como nunca en un mundo extraño y hostil.

—No sabía qué estaba haciendo allí, Leonor, peor aún, no sabía ni quién era yo. Sentí que todo estaba patas arriba o lleno el aire de picos, ¿me entiendes?

Habían vuelto a la cama. Era ya de madrugada y tiritaban bajo las mantas, una frente a otra, tratando de calentarse. Leonor le tomó los pies y comenzó a masajeárselos mientras asentía.

—Me bañé y me vestí. Y fui a esperarlo en el restorán del hotel. Lo primero que le dije cuando lo vi llegar con esa cara desencajada e impermeable fue:

—¿La encontraste?

—No —dijo Agustín.

—No me refiero a Bárbara.

—Yo tampoco —contestó sentándose a la mesa. El mesero se acercó. Pidieron cervezas, era ya pleno mediodía. Delfina no se esperaba esa respuesta tan clara y tajante. Su ánimo combativo se transformó en abatimiento. No hablaron. Trajeron las cervezas y Agustín, alzando su vaso, chocó el de Delfina en son de paz. Y ella sintió que había llegado por fin el momento:

—No sé si sentirme bien o mal, Agustín.

—¿Porque no la encontré?

—Sí. No sé si he ganado o estoy perdiendo.

—Tú estás aquí. Eso es un hecho —contestó Agustín, y dio un largo sorbo. La contempló detrás del cristal. Su tono fue más brusco de lo que él hubiera querido. Delfina miró su copa, y así continuó hablando:

—Yo quise venir aquí Agustín, para pisar este suelo, para. . .

Agustín asintió.

—. . . ¿me entiendes? para existir aquí yo, frente a ti, o no sé, frente a mí. Todo lo que me habías contado de Polonia, de esta ciudad, era como una fantasía, algo inaccesible. Algo muy remoto y muy tuyo.

—Exactamente —dijo Agustín dejando su copa en la mesa.

—Por eso, ¿ves? Yo quería quitarte ese fantasma —murmuró Delfina dándole vueltas a su copa.

—Eso es exactamente lo que yo no quería —dijo él, mirándola.

Ella oyó esa frase y alzó la vista, la estremeció el odio que se le subió a la garganta cuando lo vio a los ojos, esos ojos sin nada en su negro interior. Reprimió las lágrimas que iban al galope.

—Ah. . . querías venir a sobarte la llaga tú solo. ¿Sabes que ya le salió moho y apesta, Agustín?

Agustín sonrió, apacible.

—Tu ayuda sirvió para que apestara más, Delfina.

Delfina ahogó un sollozo.

—¡Pues bébetela, trágatela y vomítala! No voy a ser tu testigo. . .

—Te pedí que no vinieras —bajó la voz él, pero ella ya no oía.

—. . . ni siquiera eso he sido, me has convertido en un fantasma más inútil que tu muerta, ¡pero yo estoy viva, Agustín, y te lo voy a demostrar! —y botando la servilleta salió a paso veloz del restorán.

Delfina estaba temblando bajo la cobija. Leonor se le montó a horcajadas para apretarle las sienes en un redondo masaje según técnicas hindúes.

—Ya, ya. . . —susurraba— ahora se te quita, ya mi linda, cierra los ojos.

Agustín entró en el cuarto, la vio empacando sus cosas en una de las maletas. Y una película le pasó por los ojos en cámara rápida:

Él la jalaba de un brazo botándola hacia la pared, cogía la maleta y la volteaba tironeando la ropa hasta hacerla trizas y la arrojaba por la ventana; pero como la ventana estaba cerrada, un torbellino de esquirlas invadía la habitación, cortando a su paso cada centímetro del paisaje.

Aún caía sobre Agustín el ruidero de los gritos, los golpes y el cristal entrechocando, cuando se oyó gemir:

—No te vayas, Delfina. . .

Ella lo vio: la cara era una masa dolorosa.

—No te vayas —repitió.

Ella dejó las cosas. Se le acercó y le tomó la cara entre las manos.

—Mi amor querido. . .

Y él se prendió de su boca, largamente. Sin sentirlo fueron desplomándose hasta quedar sentados en el suelo, uno junto a otro, abrazándose.

—Mi vuelo sale a las siete —dijo ella sin dejar el abrazo. Agustín se mecía, la cabeza hundida en el cuello de Delfina.

—Tengo que irme. No debí venir nunca —continuó ella.

—Te amo.

—Reiza no nos deja en paz, Agustín.

Él se incorporó, turbado.

—Ya es tiempo de que hablemos de ella, ¿no crees? —insistió Delfina.

—¿Reiza? —balbuceó Agustín.

—Hacía años no decías su nombre, no la mencionabas. Desde aquella vez en que me contaste toda la historia.

—Reiza. . . —volvió a decir Agustín, casi para sí, para oírse diciendo ese nombre.

—Reiza, Reiza, Reiza —repitió Delfina en voz alta—. ¿Ya ves? No pasa nada.

Agustín asintió y volvió a hundir su cabeza entre los pechos de Delfina. Ella sintió cómo se sacudía esa cabeza y por fin acercó sus labios a esos convulsos cabellos y supo que por primera vez lo besaba de veras en Varsovia.

Agustín bajó con la maleta de Delfina, y pidió el taxi en la recepción del hotel. Ella había olvidado en el cuarto su cepillo para el pelo, y ya estaba abriendo de nuevo la puerta, cuando un estallido la paralizó. Habían dejado la ventana abierta y el golpe del viento en la corriente de la puerta hizo volar los vidrios. Delfina abrió enormemente los ojos: flotaba crujiendo en cámara lenta un centenar de astillas asesinas que con la luz plomiza de la tarde tejía arcoiris en la habitación. Cuando cesó todo, Delfina pareció despertar de una atroz hipnosis y vio con un peso en el corazón la invasión de vidrios sobre las camas, en la alfombra, en el ropero. Nada parecía en su sitio. El mundo roto y patas arriba en un minúsculo espacio. Una horrible belleza fulguraba en cada centímetro que habían poblado ella y Agustín en ese cuarto. Cerró la puerta lentamente, olvidando el cepillo. Y no le dijo una palabra a Agustín de este incidente.

—¿Por qué, Finí? —preguntó Leonor.

—No sé. Sentí algo tan espantoso. . . que no pude hablar. Era como si lo que había pasado allá con la ventana, hubiera sido un reflejo exacto de lo que estaba pasándome por dentro. ¿Me entiendes?

—Pero por qué no se lo dijiste. Imagínate qué sintió él al ver todo eso, ya solo, entrando en el cuarto.

—Ojalá hubiera sentido lo mismo que yo.

—¿No le preguntaste después?

—No. Nunca hemos hablado de eso, nunca, nunca.

—Bueno, pues, ustedes hablan un día sí y veinte no, ¿qué pasa, Finí?

—Ya te cansaste, ¿verdad, Leoni? Yo ya no puedo ni pronunciar tres frases más —dijo Delfina acurrucándose.

—Termina sólo esta parte, por favor. No me dejes así.

Delfina se incorporó, tomó aire. Su semblante se hizo grave, tenso, como si se preparara lentamente para llorar.

—No vayas al aeropuerto, por favor —le dijo abriendo la puerta del taxi.

Habían hecho los trámites en la recepción, entre una multitud de turistas gritones. Ellos se miraban en silencio. Salieron cuando el taxi ya estaba en la puerta.

—De ninguna manera —saltó Agustín—. No voy a dejarte ir sola.

—No Agustín, por favor —suplicó Delfina.

—Por qué —preguntó azorado.

—Tú tienes que quedarte aquí. No quiero que me veas yéndome. Además tienes el primer ensayo con la orquesta.

—No puedo dejarte así, sola.

—Tú eres el que se queda solo Agustín, por favor.

Agustín la miró largamente. Deseó por un instante que ya se hubiera ido.

—No te vayas, Delfina —se oyó decir.

181

Ella lo besó en la mejilla. Y él le atrapó la boca. Pero Delfina no cerró los ojos como acostumbraba. Se desprendió con suavidad.

En la ventanilla de atrás Agustín pudo distinguir que Delfina se volvía sonriéndole, diciéndole adiós con la mano. Cuando esa mano no fue más que un punto y desapareció en la bruma oscura del atardecer, un súbito vacío lo hizo casi doblarse sobre sí. Pero se incorporó rápidamente. Miró a su alrededor los faroles que comenzaban a encenderse y una tenue y plácida sensación fue depositándosele poco a poco en todo el cuerpo. Respiró. Y se echó a caminar por Varsovia, solo.

Se quedaron dormidas, exhaustas, con la luz del buró cortando una inmensa sombra en la recámara. Delfina con la boca entreabierta y las ojeras hundidas y azules. Leonor, con los brazos cruzados sobre la frente, la respiración sonora entrecortada por milimétricas sacudidas inconscientes.

Y Agustín cruzaba la noche de otoño sin un solo pensamiento en la cabeza. En el cielo salía la luna, roja y baja, sobre los techos mojados.

No la encontraba. Horas caminaba de acá para allá, de día y de noche. Había descuidado completamente los ensayos. Cuando Delfina se fue, se había dado cuenta de que en realidad quería encontrar a Reiza, sí, Reiza, Reiza, encontrarla en algún rincón de Varsovia. Crear el milagro. Que ella apareciera corriendo hacia él. Que él pudiera volver a sentir eso que sentía cuando la veía surgir en la glorieta de las rosas, sobre el antiguo gueto. Sólo un momento volver a sentirlo. Ya no se acordaba de esa emoción. Se acordaba que la había tenido, y había sido frenética y dulcísima, pero ya no podía sentirla; su cuerpo, o su corazón o su cerebro ¿en dónde está, pues, la memoria? ya no respondía a ella.

No estaba delirando. No esperaba desandar quince años, o resucitarla intacta repentinamente. Sólo quería verla aparecer en sus ojos, los ojos que están adentro, los que vieron a Reiza dando saltos de frío en la glorieta de las rosas. Iba por el Agustín que él había sido, y esto no tenía remedio. Pero él no lo sabía y se empeñaba, se empeñaba.

No sentía dolor. Desde que vio otra vez los bosques polacos columpiándose en la ventanilla del avión, jamás pensó en la muerte de Reiza. En lo que fue saberla echa pedazos en el retorcido tren. No pensó siquiera que la amaba. Lo invadió el bienestar: la expectativa. Volvería a encontrar algo que había perdido y que no tenía nombre ni ojos azules.

No había nostalgia. En realidad no estaba recordando escenas, como suponía Delfina. No estaba recordando los momentos que vivió con Reiza en este lugar o en aquel otro. Tenía la memoria desgastada. Iba y venía viendo sólo lo que tenía delante: el puente, el río, el parque, las caras, los coches, las ventanas. Y paso a paso la expectativa se frustraba. El milagro no llegaba. Se descubrió mirando con ira a un grupo de jovencitas con uniforme de la escuela que hacían alharaca frente a un puesto de helados, todas idénticas en sus cenizos cabellos y su boca grande y sin contorno. Se descubrió ahíto de silencios en las caminatas por los húmedos jardines. Le fastidió la lluvia filigrana y la ventisca de hojas rojas, la bruma del alba y los acentos polacos.

Sin saberlo, en medio del cansancio, surgía Delfina; no que pensara en ella, ni que le despertara compasión o deseo, había hecho bien en irse; pero la veía en Berlín paseando en Under der Linden, o tomándole la mano en el coche cuando Bárbara los recogió en el aeropuerto. La veía bajo el tragaluz de la casa en la Condesa, frágil y fuerte doblándose en sus brazos. Se sacudía las imágenes con malestar, como si quisiera conservar su mente en blanco, en espera de algo que no llegaba. Entonces se detenía a mirar la hora. Había caminado a lo tonto, en vez de trabajar para el concierto, que ya se avecinaba.

Volvía al hotel. Cenaba cualquier cosa, tiraba los mensajes que le daban en la recepción. Y se encerraba en su cuarto.

La noche del tercer día sería el concierto. Desde la mañana Agustín se levantó de buen humor y volvió a aparecérsele a Bárbara y a los delegados que estaban a punto de enloquecer. Fue gentil con todos y ensayó minucias con la orquesta. Se vistió sin prisas, despejado y sonriente. Sentía una poderosa necesidad de tocar el violín, hacer que las notas saltaran de las cuerdas en Varsovia y dulcemente hipnotizaran al mundo deteniéndolo y provocaran el milagro. No lo sabía. Pero algo dentro de él lo empujaba al escenario.

Fue anunciado con grandes honores. La sala llena, en perfecto silencio. Lanzó la primera nota y la orquesta le hizo un eco tenue en donde él se sumergió. Concierto número 2 de Prokovief. Tocaba con destreza, pero creando ciertos ritmos salvajes que hicieron al director volverse un par de veces. Alargaba o precipitaba algunos acordes haciendo más dramática su interpretación, sin perder belleza y ganando un aire exótico que no tenía el papel pautado. Nunca acostumbraba Agustín estas peligrosas sorpresas. Si acaso, ponía al tanto al director, y éste asumía las sugerencias convenientes y hacía las indicaciones a sus músicos. Pero ahora no podía evitarlo. No se lo había propuesto. Había tocado ese concierto muchas veces y ya sabía cuándo y cómo en cada nota. Pero esta vez estaba desbocándose. En el segundo movimiento la orquesta lo dejó casi solo. Vibraban sus notas desusadamente trágicas en una melodía que era dulce, y cerraba los ojos empapado de sudor, conjurando con todo su cuerpo que apareciera una nota de dolor en su violín que vibrara como él había vibrado hacía ya quince años en aquella glorieta de las rosas. En el tercer movimiento

184

sintió que podía enloquecer, las venas se le saltaban en las sienes. Subió el ritmo a tono de jadeo y los timbales le caían en la cabeza, la vida bullía en esa catarata de notas y el triángulo sonaba gozosamente como pulso febril. Giraban los duendes en un bosque oscuro gritando sus hechizos. Prokovief reventaba de anhelos locos. Las últimas cuerdas fueron un relincho de aguas espumosas.

Alzó los ojos. La multitud lo miraba desconcertada desde las butacas. Tardaron unos segundos en comenzar a aplaudir.

Bárbara le diría después, en el camerino, que había creado un milagro con esa interpretación. Él se quitaba el saco frente al espejo. Sonrió torvamente. No había pasado absolutamente nada más allá de una extraña manera de tocar a Prokovief que no se le antojaba volver a repetir.

Se emborrachó con altos funcionarios en un restorán de lujo en la plaza central. Catacumba con vigas de madera, velas en las mesas y vasos rojos y largos.

Cuando cayó en la cama, en perfecto estado de descomposición, supo lo que tendría que hacer al día siguiente.

Amaneció lloviendo en Varsovia y el cielo de plomo parecía anunciar un temprano invierno. Llegó directamente en taxi, sin preámbulos. Cruzó la reja de hierro y buscó el nombre como quien busca en un directorio telefónico, lápida por lápida. Era una colina con surcos alfombrados de hojas secas que la lluvia hacía lodosa y movediza. Olía a flores pudriéndose. Agustín saltó los charcos perdido entre las placas. El viejo velador lo seguía con la mirada, chasqueando la lengua.

—Jakiego roku pan szuka? —le gritó por fin, haciendo una bocina con las manos.

Agustín reflexionó un momento: ¿qué año?

—Mil novecientos setenta y. . . —balbuceó.

—Uh. . . —dijo el viejo—. Tam! —y le señaló el camino hacia lo hondo.

Qué estúpido soy, se decía Agustín jadeando en los chorros de agua que le escurrían de los cabellos. Pero no sabía por qué era estúpido, si por haber ido al camposanto, por responderle al viejo o por no recordar el año o porque hacía quince y ya ni las tumbas duran tanto.

Brilló la placa: Reiza Krasivskaya 1950-1973. Hojas y varejones cubrían la lápida donde el agua hacía remolinitos de lodo. Agustín abrió mucho los ojos y la boca.

—Estoy loco —dijo en voz alta. Y era que en una torcedura de su corazón estaba maldiciendo el cuerpo frágil y fuerte de Delfina doblándose bajo sus brazos en el tragaluz.

—Znalazł pan? —gritó el viejo cuando lo vio aparecer, venía dando zancadas, enlodándose hasta las rodillas.

—No, no la encontré —dijo Agustín sin verlo, arrojándole un billete, y cruzó la reja.

Llegando al hotel se dirigió a la recepción. Garrapateó un recado a Bárbara y subió a hacer su maleta. Desde el cuarto preguntó por el vuelo a Berlín. No había lugares hasta dentro de tres días. Llamó a la estación de trenes. Sólo había un asiento a las once de la noche, y no había cama. "¡Lo tomo!", gritó. Era apenas mediodía en la plomiza Varsovia cuando Agustín salió como huracán, con su violín en la mano, rumbo a la estación de trenes.

Faltaban horas para la salida. La estación grasosa y repleta era la perfecta incomodidad para esperar con desesperación. En un puesto de chucherías compró un café desabrido y un pan rancio. Y comenzó a pasearse por los pasillos cochambrosos. No podía estar sentado sin hacer nada. Le tenía miedo a la inmovilidad. No fueran a colársele fantasmas en los ojos, imágenes como sueños enfermos mientras el cuerpo descansaba, inocente. El espectáculo que tenía enfrente era nutrido y monótono. Manadas de viejas con pañoleta en la cabeza, arriando bultos y susurrando cosas para ellas mismas. Viejos de boina y sueter raído arrastrando los pies hacia los túneles. La ancianidad polaca conjugada en la estación, con sus pelos blancos y sus ojos deslavados y charcosos, sus abrigos pestilentes y sus chaquetas de oso polar, sus cajas de cartón y sus bolsas anudadas, balanceándose en un solo movimiento de allá para acá, gigantesco animal prehistórico avanzando en cámara lenta hacia la nada.

La fealdad acribilló los ojos de Agustín. ¿Dónde están los jóvenes?, gritó por dentro. Pronto supo responderse. Había olvidado que los jóvenes polacos estudian o trabajan y no andan viajando de un país a otro. Faltaban cuatro horas para la salida. Y se sintió aún más desesperado. En una de las salitas, atestada y maloliente, halló una butaca rota y allí se sentó. Frente a él, casi a un palmo de su nariz, una gran pata descalza, envuelta en un raído calcetín de lana, se ostentaba encima de la mesa. Su dueño dormitaba la borrachera meciéndose y murmurando, y de vez en cuando se rascaba la bragueta. Agustín no se movió. El enorme pie lo hipnotizaba. Quiso perderse en la imagen de esas uñas renegridas que saltaban del calcetín, fundirse en el olor a cerveza agria y a sudor oxidado, hipnotizarse en la fealdad como quien paga un purgatorio, o como quien se defiende de algo aún más atroz. Ahora era al revés, no se atrevía a quitar la vista de ese pie, cualquier movimiento en falso, cualquier distracción hubiera podido desatar la hecatombe. Encontró lo que buscaba para sentirse en paz: un apestoso pie en el lugar más horrible del mundo.

Cuando llegó la hora se sentía casi sereno. Subió al tren y buscó su gabinete. Era para seis personas. Le tocó junto a la ventanilla. Frente a él un hombre joven y gordo de piernas gigantescas, de rasgos germanos, parecía en su gabardina oficial nazi de las películas de Hollywood; al lado del nazi, una mujer muy blanca de ojos asustados que evidentemente no hablaba ningún idioma conocido. Y más allá un niño pecoso de lentes de botella que gritaba en polaco a la mamá, y a la abuela, que iban junto a Agustín, aje-treadas con los bultos. Los abrían y cerraban sacando co-sas, guardándolas y murmurando.

Agustín se dejó caer en su butaca, con el violín entre las piernas. Porque no había lugar para ponerlo en las ma-letas y no había lugar para sus propios pies. Las enormes rodillas del oficial nazi le golpeaban las suyas en cada una de las mil sacudidas del armatoste sobre rieles. Hacía quin-ce años no subía a un tren.

Cerró los ojos tratando de no sentir la maldita incomo-didad. Nueve horas, toda la noche en esa misma postura, ahogándose, ahogándose. El niño gritaba y la madre lo abofeteaba mientras la abuela le preparaba la merienda, que olía a manteca con petróleo, llenando el gabinete de moro-nas y servilletas sucias. Se adormecía, sudorosa la frente, con el violín apretado entre las rodillas.

Cruzando la frontera el tren se detuvo tan bruscamente que unas maletas de mano cayeron de la parrilla sobre los asientos. Agustín se incorporó como enloquecido. Vio con toda nitidez en la ventanilla un brillante paisaje nevado dan-do volteretas hacia el barranco, y oyó una lánguida voz que se perdía en el fondo.

Se cubrió la cara con las manos y un ronco sonido le sa-lió del pecho, mientras el oficial nazi levantaba el estuche del violín y las mujeres lo miraban con grave desconfian-za. Salió dando traspiés del gabinete. Abrió la ventana del pasillo y con la cara al aire respiró varias veces, retenién-dolo en los pulmones hasta aturdirse de oxígeno. Afuera sólo se veía una masa negra.

—Proszę wócić na swoje miejsce —le gruñó el oficial de la frontera, ordenándole que volviera a su asiento para la revisión del pasaporte y la aduana.

Agustín asentía, débil, aferrado a la ventana, las manos en el dintel.

188

—Proszę natychniast wrócić na miejsce lub będą musiał pana zatrzymać! —gritó aquél, amenazante.

—¡Voy, hijo de puta! —dijo Agustín en un claro español, cuyo énfasis fue suficiente para que el otro diera la media vuelta y se alejara.

Se dirigió Agustín al lavabo. Se frotó la cara con agua. Y alzando la vista se topó con un espejo roto de orillas desvanecidas y herrumbrosas. Tuvo de golpe la visión que había evitado desde que abrió la puerta del cuarto, el día en que había despedido a Delfina, y una araña de vidrios se había posesionado del lugar. Ni siquiera encendió la luz, dio unos pasos en la penumbra y oyó al enorme insecto quejándose bajo sus pies. Por la ventana rota se colaba el frío de la noche. Salió y cerró. Ordenó que le cambiaran el cuarto y pagó espléndidamente para que una recamarera se encargara de todo, mientras él esperaba en el bar, con una copa de vodka entre las manos. Había evitado recordar este incidente. Ahora, en el espejo del lavabo vio cómo estallaba la ventana y un grillero de astillas invadía el espacio. Y los gritos se le confundían en las orejas, esa leve voz cayendo al fondo, y la mano de Delfina por la ventanilla del coche diciéndole adiós, en medio de un tren que truena triturando ventanas en el espejo del lavabo. Y el toquido insistente que lo hizo abrir la puerta.

Lo llevaban, uno en cada brazo, dos oficiales hacia el interrogatorio, que fue incisivo y minucioso. Le revisaron los documentos, la maleta y el violín. Agustín sentía que no era él el que sonreía y respondía sumisamente, casi con blandura. No le costaba esfuerzo echar a andar ese mecanismo donde él no era él, sino sólo un cuerpo que hacía las cosas que hay que hacer en la vida. Durante muchos años, desde la muerte de Reiza, se había acostumbrado a eso para sobrevivir. Que la boca diga tal y cual, que las manos hagan esto y aquello, que los pies caminen hacia allá, que mi cabeza se ponga sobre la almohada y mi cerebro se duerma, que mi estómago sienta hambre, que en mi pecho caiga el

189

agua de la regadera. El verdadero Agustín estaba en otra parte. ¿En qué parte estaba el verdadero Agustín?

Delfina abrió los ojos. La cortina estaba abierta y la luz le había caído de lleno en la cara. Se irguió sobre un brazo y contempló a Leonor acurrucada, perfectamente dormida. Vio el reloj, ¡las doce del día! Se levantó tropezosamente, y fue a cerrar las cortinas. Volvió la penumbra azul a la recámara, tal como estaba cuando amanecía y ella, sin advertirlo, se había quedado dormida. Se acostó de nuevo, sumiéndose en el sueño.

Agustín veía los primeros árboles de Berlín. Se levantó sin fuerzas hacia la salida. Eran las nueve de la mañana. Y todavía faltaba cruzar el muro hacia occidente. No se imaginó el viacrucis que eso significaba. Pues no saldría de ese laberinto de puertas blindadas, escaleras y túneles sino hasta tres horas después. Había colas para tres y cuatro revisiones, y perros pastor alemán que acechaban y francotiradores en las torres de la estación y todo era gris y agresivo en los ojos de lince de los guardias. Tenía encendido el mecanismo de no ser él, pero el cansancio y la falta de sueño y ese terror que venía cargando en los ojos: que no fueran a aparecérsele imágenes torcidas, hacía que le resultara imposible desprenderse enteramente de él. Su mecanismo fallaba por momentos. Y estuvo a punto de echarse a llorar cuando en migración, después de mirarlo pormenorizadamente, le dijeron que él no era el de la fotografía del pasaporte. Apretando el violín con ambas manos, veía desde el taxi flotar a los lados Under der Linden, la larga avenida arbolada de Berlín. El sol hacía columpios entre las ramas y el espejo del asfalto. Respiró profundamente, con el estómago vacío y la boca de lija.

Delfina oyó a Leonor abajo, trajinando en la cocina. Dio otra vuelta en la cama, sonriendo lentamente, y así volvió a hundirse en el sueño azul de la recámara.

—Hice jugo de papaya y unos huevos rancheros, Finí. Tu tostador no sirve —llegó charola en mano Leonor.

—¿Sabes que hoy es lunes? —se irguió Delfina, bostezando, preparándose a recibir la humeante charola en las rodillas.

—Nada como levantarse los lunes a la una de la tarde y desayunar en la cama —decía Leonor mientras ordenaba los platos y repartía los jugos.

—¡Leonito!, tenía que estar en la universidad desde hace dos horas.

—Nada como no estar en la universidad durante dos horas.

—¡Pero mi clase de las cuatro!: nada como faltar a la clase de las cuatro.

Rieron entrándole furiosamente a los frijoles.

Agustín llegó al hotel Mark, justo en el cruce de las principales avenidas, entre tiendas y restoranes de lujo. Jolgorio de jóvenes en camiseta y pelos poncosos, haraganeando al sol. Lo cegaba el panorama de estridentes colores y la alharaca de voces en todos los idiomas le llenaba las orejas. Medio muerto y cargando sus cosas preguntó en la recepción por Delfina.

—La señora no está.

—Dónde está.

—Salió. Lo sentimos.

Se identificó y lo dejaron subir al cuarto. Olía a lavanda y menta fresca y era color pastel con un gran ventanal ahumado hacia la calle hervidero. Delfina estaba en todas partes: en el closet sus vestidos y en el baño sus cremas y lociones, los zapatos en el suelo, el camisón en la silla, sus collares en la mesita, sus libros. Su olor castaño y transparente en el gran espejo cuadrado de la pared. Sintió que estaba invadiendo un cuarto que no era suyo. Dejó en un rincón sus cosas y bajó de nuevo a preguntar por ella. No. No había dejado ningún mensaje. No dijo a dónde iba. Nadie sabe a qué horas va a regresar.

Salió Agustín. Se paró en medio de la acera. Miró hacia todos lados. No se había quitado el abrigo siquiera, bajo el rudo sol de Berlín tiritaba con escalofríos. Tengo que encontrarla, se dijo. Y sabía que era inútil la empresa pero aun así se echó a caminar asomándose a las tabernas de madera oscura, llenas de humo de chamorros asados y cervezas espumosas, oasis para la hora de la comida. Se asomaba a los ventanales de las tiendas y su caudal de modas exquisitas. Buscaba en los cafés al aire libre, entre la multitud de rostros todos tersos y labrados con finura, la sonrisa inocente de Delfina.

Llegó a la plaza central: un monstruo prehistórico se levantaba retorcido delante de sus ojos, junto a una torre inmensa de ventanas azules. Sintió un golpe en el corazón. ¿Qué era aquella roña que había crecido como cáncer de las ruinas? Eso: la ruina de la antigua catedral, la única construcción que había quedado en pie después de la guerra, que arrasó la ciudad hasta no haberle dejado piedra sobre piedra. Sobre los escombros, los berlineses habían construido la nueva ciudad, alta y moderna, enteramente yanqui. Pero apuntalaron los pedazos de aquella catedral para dejarla como testimonio del horror. Y así se erguía ahora, chueca, trunca la torre, carcomida: un poderoso esqueleto agusanado era lo único que quedaba. Alrededor, la torre de cristal de la nueva catedral, pulcra y firme, y la plaza de árboles y cafetines, hacían más siniestra la visión.

Lo invadió una súbita furia. Pero lo hipnotizaba el espectáculo, como si los muertos se levantaran cínicamente de sus tumbas. Despotricó contra los alemanes, y se alejó a toda prisa, con una sensación incomprensible de vergüenza, como si lo hubieran desnudado a media calle. Volvió al hotel. Delfina no había llegado. Se sentó en el escalón de la acera y se tapó la cara con las manos. No quiero ver esa podrida ruina dentro de mí...

Después del desayuno, decidieron tomarse el día juntas. Leonor propuso un paseo al Ajusco.

—Necesitas aire fresco, Finita.

—Sí, ¿verdad? —dijo Delfina, pensativa. Se había puesto *pants* y zapatos tenis. El ambiente encerrado de la casa la tenía mareada. Y Leonor había fumado como enloquecida durante treinta y seis horas. Y todavía faltaba mucho por contar. Conforme contaba, Delfina iba sintiéndose ligera, y los ojos de Leonor, atentos, absorbentes, la llenaban de paz. Podía echarse en esos ojos, siempre puntiagudos y movedizos, pero claros y profundos cuando la miraban, cuando Leonor la oía hasta casi no respirar.

—Ay Leonor, qué haría sin ti —dijo pasándole la mano por la cintura, mientras caminaban por la vereda hojarasca del Ajusco. Leonor le pasó el brazo por el hombro y la estrechó. Y el sol de la tarde le daba en los ojos, color naranja. Leonor sintió un vértigo feliz que estuvo a punto de sacarle lágrimas. Pero se contuvo. Apretó el paso jovialmente y Delfina la siguió.

—¿Te imaginas, Finí?

—Qué —jadeaba sonriendo Delfina.

—¡Qué harías sin mí! —dijo Leonor con pícara inocencia.

—Burra, boba, tonta —rió Delfina y le pellizcó la cintura. Leonor se echó a correr. Corrió sorbiendo el aire con los ojos cerrados y el pecho abierto; ya no escuchó lo que Delfina le gritaba trotando detrás de ella para alcanzarla.

Ya no sabía qué estaba haciendo sentado en el escalón de

la acera. Comenzaba la noche en Berlín y él se sintió absolutamente perdido en el mundo. La calle se llenaba de sombras y tempranos faroles. Esa hora ciega. Agustín tenía la vista fija en el fondo de la calle. Una silueta delgada venía acercándose, flotando. Oyó lejanos los pasos, como eco de pasos. Abrió más los ojos y no reaccionó hasta que la tuvo frente a frente. Los brazos colgando, la cara levemente ladeada, los ojos graves, azorados. Trató de levantarse pero no pudo. Se dejó caer de golpe en el escalón y los ojos se le llenaron de agua, viendo el rostro de Delfina.

Ella se sentó junto a él, le tomó la mano, y pegó su boca en ella, con mucha lentitud.

—Vi una figura echa bola en la acera del hotel. Pensé que era un borracho o alguien así. Me acerqué con cierta agitación. No sé por qué. Algo me empujó. Sus ojos, Leonor, ¿sabes qué decían sus ojos en ese momento? —Delfina apretó los suyos, meneando la cabeza. Leonor se balanceaba en su postura, las piernas cruzadas, a la sombra de un pino.

—. . . no sé, no sé, no podía mirarlo, me traspasaban el pecho. Le tomé la mano y se la besé, despacio, como si no pudiera tocarlo, como si él no fuera de este mundo.

Se levantaron en silencio. Delfina lo condujo al cuarto, él se dejaba llevar de la mano, a punto de desvanecerse, sólo ese toque en su mano lo mantenía en pie. Delfina lo desvistió y lo acostó. Le tentó la frente. Buscó en su botiquín de medicinas. Ordenó caldo y té caliente por teléfono.

—Delfina —murmuraba Agustín en plena fiebre.

Ella recostó la cabeza en el pecho ardiente de Agustín.

—Estás enfermo, mi vida, descansa —le dijo.

A ciegas las manos de Agustín buscaban los cabellos de Delfina. Y ella le atrapó las manos y las puso en sus propios cabellos.

—Delfina. . .

—Sí, sí, sí. . . —susurraba sobre su pecho.

—Yo no lo esperaba sino hasta el lunes. Después del concierto del domingo en el Jardín Chopin. ¿Te acuerdas que te dije que había decidido. . .

—Sí, de buenas a primeras, allí, y que no estaba programado.

—Pues que llega cuatro días antes, Leonor, enfermo, muriéndose casi.

—Qué te imaginaste.

—Eso, eso me imaginé.

—Ajá —dijo Leonor encendiendo un cigarro. El humo parecía de color verde, enredándose en el bosque del Ajusco.

—No sabía cómo reaccionar, yo me había pasado tres días vagando en las calles de Berlín, dándole vueltas a lo mismo: ahora ya está gozando a Reiza en cada esquina de Varsovia, la está mirando y la boca se le llena cuando ella ríe irguiendo los pechos bajo el suéter, y en las tardes de invierno hacen el amor junto a la estufa de gas y luego se asoman por la ventana a ver la nieve en los árboles pelones. . . Él está en otra ciudad haciendo todo eso y yo camino este suelo esperando a que termine el romance, que a lo mejor no termina. ¡Dios mío!

—¿Eso pensabas de veras? —preguntó Leonor, de frente, interrumpiéndole el discurso.

Delfina enrojeció. Bajó los ojos. Suspiró negando con la cabeza.

—Ajá —dijo Leonor encendiendo con la colilla un nuevo cigarro.

—No sé en qué pensaba, Leoni. . . —dijo Delfina mirando un ramito de hojas que había hecho mientras hablaba.

—Mejor cuéntame lo que hiciste.

—¿Qué hice? Nada que valga la pena —se encogió de hombros.

Cuando ya no pudo distinguir la figura de Agustín desde la ventanilla de atrás, Delfina se volvió lentamente y abandonó sobre las piernas la mano que decía adiós.

El avión despegó y ella pareció elevarse sin aparato alguno, desprendiéndose de capas geológicas que la habían tenido atada en Polonia.

Llegó de noche a Berlín, fulgurantes sus anuncios, sus faroles, sus edificios iluminados. En la recepción del hotel pidió información sobre los *tours*, y contrató el más largo para el día siguiente. Odiaba los *tours*, y pidió que la despertaran a tiempo. Se sintió bien. Tendría un día entero como una turista más. Se echó en la cama y se hundió en el sueño profundo.

Tempranísimo estaba lista en la parada del autobús. Se sentó en primera fila. Quería ver todo, llenarse los ojos de cosas nuevas, oír pormenorizadamente las explicaciones en cinco idiomas de la guía, una anciana de lentes cataráticos que pronunciaba el inglés con golpes de hacha. Iban a Berlín oriental. Al cruzar el muro hubo cambio de guía y una espera escalofriante de más de una hora. Delfina veía con pasmo la ciudad partida por un muro gris pintarrajeado, y entrando en oriente sintió que entraba en un mundo torcido o aberrante. Islas de edificios antiguos y sus arabescos, rodeadas de los cajones con ventanas de la modernidad. Berlín oriental fue a medias destruida, y en los anárquicos escombros la máquina soviética levantó las jaulas para obreros junto a las fuentes renacentistas y las columnas clásicas. Lo viejo y lo nuevo mezclados en un laberinto altisonante. La guía oriental, gorda y rubia, hablaba con orgullo de su ciudad. Delfina comenzó a sentir un sordo malestar.

—Claro Finí, ¿no ves que tú eras Berlín?

Delfina alzó los ojos.

—. . . tú estabas viviendo esa aberración entre lo muerto y lo vivo, lo que fue y lo que es —brillaban los ojos de Leonor en el crepúsculo.

Delfina desvió la vista. Oscurecía su perfil inmóvil.

Llegó al hotel apenas para pedir la cena al cuarto y echarse

196

a dormir. Eso había querido. Ni un minuto libre. No acordarse. No pensar.

Pero al día siguiente, caminando tiendas y cafetines, se le apareció otra vez la aberración, en el centro de Berlín occidental: el esqueleto de catedral inclinándose sobre la torre acerada. Maldito esqueleto, pensó, parece que agoniza entreverado a la torre. Pero la torre no se veía tan viva, tan altiva, si no fuera por ese cascarón renegrido de la vieja catedral. Parece que se necesitan. Por separado no tendrían sentido. Sólo juntas son de veras: hermosas, horribles.

Delfina se adelantó a los comentarios de Leonor. No quería oír el paralelismo, ni soportaba imaginarlo.

—Ya está oscureciendo —dijo.

—Por acá hay una cabaña donde dan vino y café.

—Bueno.

Se levantaron en silencio.

Regresó aterida al hotel. Estuvo a punto de tocar el botón de su piso en el elevador. Pero la fotografía del lugar, enmarcada en la pared: un espacio cálido y lleno con tarros espumosos en las mesas, la detuvo. ¿Por qué no? Y apretó el último piso.

Entró en el bar y se sentó a la barra. Humo, risas. Enormes espaldas, cabellos rubios, penumbra. Una pista de baile donde hombres con mujeres o mujeres con mujeres se balancean con la copa en la mano. Discreto jazz, con giros electrónicos.

Pidió un martini y se puso a morder con mucho cuidado la aceituna. Miraba el espectáculo.

—Kommen sie allein? —oyó una voz a su lado. Un hombrón rubicundo de dientes separados y mejillas de niño le sonreía alzando la copa.

—I don't speak german —contestó Delfina, titubeando.

—You're lovely —sonrió aún más el hombrezote y se sentó junto a ella en la barra.

Delfina le devolvió la sonrisa y siguió mordiendo la aceituna.

197

—It's good? —preguntó aquél. Delfina asintió, y él le pidió al cantinero en alemán, y éste volvió con un vaso lleno de aceitunas.

—Thank you —soltó la risa Delfina.

En la tercera copa le dijo él:

—Do you want to dance?

—Why not? —respondió Delfina y se levantó, tambaleándose levemente.

En la sexta, Delfina dijo:

—I have to leave —y al levantarse tiró su bolsa y él se la recogió y la condujo hacia la salida, asiéndola del brazo.

Entrando en su cuarto corrió a vomitar al baño. Sólo en ese momento, cuando se tocó la boca para limpiarse, recordó como en sueños lo que había pasado unos minutos antes ¿horas o minutos? La había besado el hombrezote, agarrándole con ambas manos la cara, le había mordido los labios, le había metido la lengua y lamido los dientes. En el pasillo de tapices rojos, ¿en el elevador? Ella había querido zafarse de algo que se le echaba encima, la asfixiaba. No sabía cómo había llegado a su cuarto. Lo único que sabía era que la habían besado elefantemente y la boca le ardía y las paredes se le venían encima como locas.

Leonor dio un largo trago de vino, conteniendo visiblemente un tumulto interior, y le clavaba los ojos a Delfina.

—Nomás no entiendo, Leonor. ¿No te ha pasado alguna vez que no te das cuenta absolutamente de nada, digo, mientras lo estás haciendo? Porque ni siquiera me acuerdo bien de la cara del tipo.

Leonor negó con la cabeza.

—¿Verdad? —dijo Delfina, aliviada.

—No. Digo que no me ha pasado.

—¡Por favor!

—Yo siempre me he dado cuenta de las pendejadas que hago.

Delfina se estremeció. Trató de sonreír. Se sirvió más vino. La taberna olía a tabaco y a panes calientes.

—Perdóname la vida, pues —exclamó en tono frívolo.

—Perdónate tú, Delfina.

—¿Maté a alguien? ¿quemé un navío? ¿intoxiqué con cocaína a niños pobres? —contestó ya hirviéndole la sangre.

—Peor que eso, querida: te engañaste en lo que se llama un típico *acting out*.

—Oh. . . tenías que salir con tu jerga del cerebelo izquierdo ocho por cuatro más paranoia al cubo.

—Lo siento, pero te lo pongo en español si quieres: quisiste sentirte viva otra vez besuqueándote con un marrano alemán desconocido, y demostrarle a Agustín que eres más que su muerta. Pero claro, para esto tuviste que emborracharte y asegurarte así de que no te acordarías de nada.

Delfina estalló en carcajadas. Leonor sonrió sin dejar de mirarla.

—A ver, cuéntame cómo te sentiste después —susurró.

—¿Eh? —se calmó Delfina, se puso pálida, la vista en un rincón de la taberna—. Pues. . . no me acuerdo. Me eché en la cama. Creo que. . . sí, creo que estaba llorando.

Leonor extendió la mano hacia Delfina. Ésta acercó la suya lentamente:

—Creo que daba de alaridos. Amanecí con la garganta deshecha. . . —dijo mirando cómo se juntaban las manos de las dos en la mesa.

La garganta un pozo por el que ha pasado un taladro. La sed, pero más una cuerda angustiosa que vibraba en su pecho, la hizo saltar de la cama cuando el sol bañaba de lleno las cortinas. Corrió hacia el teléfono. Se quedó mirándolo. Descolgó la bocina. La colgó. Volvió a mirarlo. Se levantó de nuevo. Pidió informes sobre las largas distancias. Le dijeron que llamara a la operadora. Llamó. Antes de que contestara la operadora, colgó. Y se dirigió a la regadera, temblando de ansiedad.

—¡Agustín! —gemía bajo los chorros de agua enjabonándose el pelo, sollozando quedamente.

Faltan cuatro días para que llegue, pensó mientras desayunaba en un cafetín al aire libre. Sé muy bien que no voy a soportar cuatro días más. Lo sé muy bien, se decía mientras le sonreía al mesero y pedía más té. Voy a arrancarme los pelos antes de los cuatro días, y a colgarme de un farol, y se servía azúcar y untaba de mantequilla el pan. Todo el procedimiento con tranquila elegancia, como turista que sabe hacer del desayuno un acontecimiento digno de ser vivido. Mordió con ganas el pan y abrió la guía de museos.

—Me pasé el día en los museos, me cansé hasta el vómito, pero así quería llegar al hotel, destrozada. Sabía que tenía que esperar cuatro días. Nunca imaginé que iba a encontrármelo derrumbado, mirándome como un fantasma. Estaba allí, encogido en la acera, mirándome, como un fantasma... Me había imaginado el encuentro de mil maneras, pero nunca ésta, no ese hombre que murmura mi nombre como quien se aferra a la vida, pero que en el fondo preferiría que yo no hubiera existido nunca.

En ese momento Leonor sintió que se quedaba fuera del escenario. No supo dónde ubicarse. Siguieron sonándole en las orejas las últimas frases de Delfina, y sintió que había un secreto ahí que ella estaba siendo incapaz de descifrar. La cosa no iba a ser fácil, y prefirió quedarse callada.

Dos días pasó con fiebre Agustín en la cama. Delfina no se separó. Lo contemplaba en silencio. Veía ese cuerpo aterido, murmurando quién sabe qué delirios. Y varias veces se preguntó si era real. Si efectivamente estaba allí. Si ese hombre era Agustín, si lo había sido siempre desde el momento en que lo oyó tocar a Mendelssohn en la universidad y luego le sonrió en el camerino, o si todo eso no había sido imaginación suya, un mero producto de la música que había escuchado en la sala oscura del teatro y que la había invadido como una alucinación durante varios años. Por momentos llegó a pensar que estaba loca porque había vivido con un fantasma, un espejismo del pasado, como si Agustín hubiera muerto mucho antes de haberla conocido, y ella, sólo ella en su cabeza, hubiera inventado este imposible amor. A veces terminaba riendo de esta absurda idea; otras, se acercaba aterrada y le tocaba la frente con la mano. El sudor de Agustín la despertaba de la pesadilla.

Al tercer día Agustín emergió de la oscuridad. Se incorporó, el rostro fresco y los ojos bien abiertos. Lo primero que vio fue el perfil de Delfina, mirando por la ventana el sol del mediodía. Fue un golpe de luz, que lo hizo retraerse en un brusco movimiento. Delfina se volvió, sorprendida, cerró las cortinas y se le acercó sonriendo. El golpe de luz seguía allí en esa sonrisa, hiriéndole los ojos, y él no sabía si quería la luz, esa luz que era ella, y prefirió cerrar los ojos lentamente, dejándose caer sobre la almohada.

—Ya estás aquí —oyó la voz de Delfina.

—¿Qué me pasó? —murmuró él.

—Ya estás bien.

—Dónde estamos.

Delfina rió. Alzó la bocina para pedir al cuarto algo de comer.

En los ojos de Agustín un cementerio plomizo, y brilló una lápida con letras y número indescifrables. "¿La encontró?" "No". Extendió el brazo y unos dedos cálidos se enredaron entre los suyos.

Mientras Agustín se bañaba, Delfina preparó la mesita frente al ventanal que da a Guttenstrasse; quedó un lindo rincón para comer.

Agustín salió del baño con el pecho desnudo y el pantalón de una piyama limpia. Los cabellos húmedos le salpicaban los hombros. Delfina lo miró un segundo y desvió la vista. Le dolía ese cuerpo que estaba delante. Le dolía como si fuera el de ella y se lo hubieran arrancado para dejarla, alma en pena, en pos de su carne y de sus huesos, metidos en el cuerpo de Agustín.

Se sentaron. Agustín tomó el tenedor, y mirándolo fijamente, como si allí estuviera contenido lo que estaba pensando, dijo en voz alta:

—Creí que no iba a encontrarte nunca más.

—Aquí estaba esperándote —contestó Delfina, con cierto tono retador que a ella misma sorprendió.

Agustín asintió y comenzó a picar la comida.

—Cuéntame —dijo Delfina al final de la comida.

Y Agustín le contó el viacrucis en la estación del tren y la noche siniestra y los laberintos en las aduanas y todo el énfasis lo puso en las incomodidades físicas. Pero ella no oía esperando que le contara lo que ella quería escuchar. Y mientras más esperaba, él se mantenía insaciable en los pormenores. Hablaba lento, convaleciente, mirando puntos perdidos en el aire.

—. . . horas y horas frente a la puerta del hotel, Delfina, creí que ya no llegarías.

—Por qué te fuiste de Varsovia —preguntó por fin.

—¿Y para qué seguir en Varsovia? —respondió mirando su plato.

—Suspendiste el concierto del domingo.

—¿Concierto del domingo?

—Qué pasó allá, Agustín.

—Nada —dijo encogiéndose de hombros.

—Mi vida. . . qué no pasó.

Agustín alzó la vista, Delfina vio esos ojos negros. Y no pudo sostenerle la mirada.

—¿Quieres más café? —dijo levantándose por la cafetera. Iba odiándose por no haber esperado la respuesta, por desviar la mirada, por haber dicho "¿quieres más café?", por levantarse de la mesa dejándolo mudo a su espalda.

—Todavía siento en la espalda esa mirada, Leonor, te lo juro, como un cuchillo de puro vacío. Así llegaron sus ojos, horriblemente vacíos.

—Pero ¿no querías que te contara?

—¡Sí! O no... porque no quería oír lo que sus ojos me decían.

—Qué te decían —se agitaba Leonor en el humo de su cigarro.

Delfina respiró gravemente, miró a su alrededor, las mesas llenas y la chimenea encendida. Allí clavó los ojos y murmuró:

—Que no me quería.

—Por Dios, Fina, qué locura es ésa —rió bruscamente en un ataque de tos.

—Me vio sin amor ¿entiendes? —se volvió a mirarla fijamente—, como si eso que perdió allá, eso que no pasó, se debiera a mí.

Leonor se echó hacia atrás pensativa:

—Ese hombre es un enfermo.

—Quién sabe —sonrió Delfina sobre su copa—. A lo mejor tengo mucho que envidiarle.

Leonor sintió un sobresalto doloroso, un rumor de lágrimas se le subía a la garganta, y se contuvo petrificándose para que Delfina no lo advirtiera.

Agustín abrió la ventana y dejó que el sol entrara de lleno en la habitación. Se echó en la cama con los brazos extendidos.

—Ven —le dijo a Delfina.

Ella se acurrucó junto a él. Le acariciaba el pecho con tanta suavidad que sólo así controlaba su vehemencia. Él respiraba profundamente. Se quedaron dormidos.

Delfina despertó en la oscuridad, por la ventana abierta la luz de los faroles se colaba en tenues redes amarillas.

—Quiero preguntarte algo —dijo sin haber comproba-
do que Agustín estuviera despierto.

—Qué —oyó la voz de él perfectamente despejada—. Qué
—repitió Agustín en el silencio.

—Nno... nada... todavía estoy medio dormida...
—balbuceó Delfina, con el corazón galopándole en la
garganta.

Él le apretó ligeramente el brazo. Ella se irguió, jadeando.

—No hagas nada, tú no hagas nada —le susurró rodando
sobre él y le oprimió la boca con sus labios. Se le untó ten-
tándolo apenas, rozándolo con los dedos. La escena transcurría submarinamente. Él suspiró y le asió la cara con las
manos cuando ella recorría su pecho.

—No hagas nada... —volvió a susurrar en la penumbra, los ojos entrecerrados.

Entonces él la tomó entera, la hizo girar bajo su cuerpo.
Entre sus manos ese breve cuerpo quedó dócilmente expuesto
para él.

—Yo gritaba de gozo, Leonito mío —vibrante la voz, los
ojos como chispas de la chimenea.

Leonor se revolvía en su asiento.

—Me hizo el amor como se hace pocas veces en la vida.
Y no me importaba saber que estaba haciendo una gran
faena a la que yo lo había obligado, no me importaba imaginar que no era a mí a quien se lo hacía, o que su cuerpo
era simplemente una estupenda máquina porque su alma
quién sabe dónde andaba ¡ni un murmullo le salía de la boca! ¡No me importaba nada, Leonor! Hubiera pagado dinero, ¿me oyes?, contante y sonante, hasta allí hubiera
llegado con tal de... ¿cómo se dice? ¿cómo podría expli-
carte? sí, de sentirlo así, así...

Leonor derramó la copa. Ninguna de las dos hizo caso
del vino escurriendo sobre el mantel.

—Querías sentirte viva, claro —dijo, la voz crispada.

—¡No! Si me hubiera dicho "finge que eres la muerta",
lo hubiera hecho; si me hubiera pedido que me muriera para

hacerle el amor a mi recuerdo. . .

—¡Ya basta! —gritó Leonor.

—Sí ¿verdad? —dijo en voz baja Delfina. *sabe lo que hace*

Agustín la cubrió con la cobija. Y se levantó a cerrar la ventana. Se quedó sentado un rato ante la mesita y comió algo de las sobras en los platos. Encendió un lento cigarro. Delfina temblaba helada, agradecida, iracunda, humillada, feliz.

¿en cuál escena esta?

—Por qué no te mataste —dijo mirando la gruesa copa de un árbol en Under der Linden.

Caminaban la avenida en el bullicio. Se habían detenido en las tiendas a comprar esto y aquello y a mirar los cafés y las estrafalarias modas y los letreros de puercos gordos y sonrientes de los restoranes de madera. Delfina sonreía al aire, lanzó la pregunta que desde mucho antes la rondaba, simplemente abrió la boca para decir: "Hay algo que quiero preguntarte, Agustín", y preguntó.

Él se detuvo unos segundos, con las bolsas de las compras colgando en cada mano. Sintió un puñal de ira y se abatió inmediatamente. Se dirigió a una banca de hierro y botó los paquetes. Delfina lo siguió. Se sentaron. Y regando la vista, dijo él:

—Estoy cansado de esta maldita gira.

—Y yo qué soy.

—Vámonos.

—Dime yo qué soy para ti.

Ya se habían puesto de pie y Delfina alzaba la voz.

—¡Tú eres tú, Delfina! ¡No me jodas! ¡Qué más! ¡Qué bueno que no me maté!

—Vete a la mierda.

Leonor abrió inmensos los ojos. Delfina se frotaba la cara con las manos húmedas y le suplicó ásperamente:

—No digas nada, por favor.

—Dije vámonos —dijo él y la sujetó del brazo, empujándola.

Under der Linden voló en vértigo en los ojos asustados de Delfina.

A zancadas cruzaba Agustín las avenidas entre claxonazos, apretando el brazo de Delfina, que trotaba gimiendo y tropezando. Los paquetes se habían quedado olvidados en la banca. Pero ella no se atrevió a decir una palabra.

Una hora después estaban perdidos en un suburbio solitario. Agustín aflojó el paso y soltó a Delfina. Se detuvo a tomar aire y a mirar a su alrededor, tratando de descifrar este nuevo paisaje: cabañitas y bosque, algunos cajones multifamiliares. Ni un camión, ni una señal, ni un taxi. Delfina tosió y sacó un pañuelo para sonarse largamente la nariz, estaba roja y sudorosa, los ojos expectantes hacia todos lados. Se cruzaron sus miradas. Estaban solos.

—Di algo, por favor —murmuró Delfina esbozando una sonrisa.

—Dónde rechingados estamos.

—Ven —dijo ella, y le tomó el brazo. Se echaron a caminar lentamente—. Primero dime que soy una estúpida.

Agustín estaba exhausto.

—Por favor, mi vida, dímelo, si no, no vamos a llegar a ninguna parte.

Agustín meneó la cabeza:

—Eres una estúpida. . .

—Ya me siento más tranquila.

—Qué bueno.

—No te he dejado en paz, ¿verdad?

—No.

—Eso supuse. ¿Sabes?, no te prometo que voy a cambiar. Sólo quería oírtelo decir, comprobar que tengo razón.

Agustín trenzó sus dedos en la mano de ella. Respiró hondamente.

—¡Mira! —gritó Delfina desprendiéndose—, ¡el tranvía! corre, corre, ¿no te lo dije?

206

En el trayecto Delfina se acurrucó en el pecho de Agustín y se quedó dormida al instante. Él se acomodó, la cabeza recostada en el respaldo, totalmente vacía.

—Con nada reaccionaba, Leoni —la voz de Delfina se oía como eco en la oscuridad del coche, las ventanillas cerradas, la bajada del Ajusco entre pinares—. Se estaba portando tierno y como muy tranquilo, pero yo sentía que no estaba de veras aquí, bueno allá, conmigo. No porque estuviera en otra parte, su alma digo, ¿me entiendes?, sino que no estaba en ningún lado, como si se le hubiera esfumado el alma.

—Ajá —Leonor manejaba apretando con ambas manos el volante, hipnotizada en la carretera.

—¿Me estás oyendo, Leonor?

—Tú qué crees.

—A ver repite lo que dije.

—Finita, no me molestes.

—Es que me acabo de hacer unos enredos espantosos. . .

—¡Pásale papá, se me olvidó que ésta es tu curva, perdóname! —gritó Leonor al espejo retrovisor. Un zumbido metálico las rebasó.

—¿Me estás oyendo, carajo?

—¡Te estoy oyendo, carajo!

—¡Oh! Olvídalo.

Leonor frenó bruscamente, el coche derrapó hacia la cuneta.

—¡Sigue hablando! —ordenó echándole furiosamente los ojos a Delfina.

—Estás borracha.

—Sigue o echo el coche al barranco.

Delfina rió con miedo:

—Ya cálmate, ¿quieres?

—No quiero.

Delfina desvió la mirada de esos ojos que centelleaban.

—Por qué te pones así.

—Jamás vuelvas a decirme que no te estoy oyendo, ¿oíste?

—¿Por eso te pones así?

—¡Jamás!

Delfina intuyó que era un pretexto, que algo más hondo había puesto así a Leonor. Pero hubiera sido imposible hacerla hablar. Cuando tomaba esas actitudes se convencía totalmente de su dicho y no había poder humano que la horadara. Había que ceder, como siempre. Con Leonor no se sabía si eso del coche al barranco era sólo una metáfora. Delfina nunca había querido comprobarlo.

—Está bien —dijo suspirando.

Leonor sacó un cigarro con manos temblorosas. Y a la primera fumada se soltó riendo.

—Soy una maravilla, Finí —dijo alborotándose la rizada melena.

—¿Eh? —se volvió bruscamente a mirarla.

—Ya me conoces, no soy nada nada rencorosa. Se me resbala todo, basta una sonrisita o una ternurita cualquiera y ¿ya ves? como niña buena me como todo el pastel.

Ya lo había oído muchas veces, con otra combinación de palabras. Pero ahora la voz aguda de Leonor la delataba: Delfina sintió que esta mujer estaba haciendo conmovedores esfuerzos para mantenerse en su sitio, y una ola de compasión la hizo llevar su mano hasta la mejilla de Leonor.

—No vamos a pelearnos por tonterías, ¿verdad? —susurró.

—Ay Finí, quién habló de pelear —exclamó Leonor y recargó su mejilla en la mano de Delfina—. Tú eres un terrón de azúcar con dos cucharadas de miel. Y yo un panal entero, pero cuando se trata de pelear por lo mío, Finí, hasta miedo me doy, palabra.

Delfina retiró su mano.

—¿Te asusté, corazón? No no, no me creas ni media palabra, pero ayúdame a salir de este bachezote; anda. Estábamos en lo del alma que se le había esfumado...

Delfina recostó la cabeza en el respaldo y cerró los ojos. Era mejor esto, pelear y gritar y decirse cosas y echar lágrimas y amenazas hasta por cualquier insensatez. Era mejor morirse de rabia o de celos o a golpes. Pero aquel vacío inmóvil la tenía flotando en el limbo. Porque él no le decía: adoro a esa mujer aunque esté muerta y tú me estorbas, o ya perdí su recuerdo y tú no eres capaz de llenar la nostalgia, o ayúdame a vivir y a aprender a amar porque estoy enloqueciendo; lárgate o déjame besarte. . . Cualquier cosa, una rendija cualquiera donde Delfina sintiera hervir la sangre en ese cuerpo que tenía delante. Acaso por eso, para conmoverlo, para sacudirlo, le dijo lo que le dijo aquella noche.

Estaban en el bar del hotel. En la barra frente a la pista de baile. Bebían cerveza y miraban a la gente en las mesas.

—Salud —dijo Delfina alzando su tarro.

Agustín hizo lo mismo, sonriendo.

—Una noche antes de que llegaras pasó algo aquí, en este mismo lugar —comenzó a decir Delfina, él la miraba—. No me enorgullece pero tengo que decirlo.

Agustín hizo a un lado su tarro de cerveza. Delfina comenzó a titubear.

—. . . apareció. . . bueno, se me acercó un hombre y me invitó una copa, es decir, una copa de aceitunas porque yo estaba bebiendo martinis, y luego me pidió que bailáramos, ¿por qué no? le dije, me acuerdo que eso le dije. . .

—Qué estúpida eres —enfrenó Leonor.

—Después me insultas, y ahora por favor maneja bien, no hagas escenas.

—No me lo cuentes —dijo Agustín seriamente.

Delfina se detuvo como si hubiera recibido un golpe en medio del pecho.

—. . . entonces —siguió automáticamente en voz baja— me dijo que si bailábamos ¿por qué no? no sé por qué lo

209

hice pero ya estábamos allí y ya estaba yo mareada y entonces me acompañó al pasillo. . .

—No quiero oír, mi vida.

—. . . y yo sentí su boca, su puerca lengua, sus dientes mordiéndome y ya no supe más —terminó de pronto Delfina, dio ávidos tragos a su cerveza. Agustín alzó la vista a la penumbra amarilla del lugar.

—. . . pero no pasó nada más, me lo quité de encima y entré sola en el cuarto, perfectamente borracha.

Agustín asintió, sin verla.

—. . . perdóname —balbuceó Delfina asiéndole el brazo—, por favor.

—Te perdono.

—¿Sufres? —preguntó ella, enrojeciendo.

—No. Me da asco. Pero ya se me quitará —contestó casi con simpatía.

—¡Mi vida! —gimió Delfina echándole los brazos al cuello—. Por qué me haces esto, ¡cómo te amo, Dios, cómo te amo!

—Sí sufro Delfina —susurró Agustín y la besó en la boca, largamente, largamente.

—Ya no puedo más —dijo Delfina, se echó de bruces en el tablero del coche. Leonor quiso tocarla. Pero se contuvo. Delfina suspiraba con la cabeza entre las manos. Estaban estacionadas frente a la casa.

—¿Ahí acabó todo? —preguntó por decir algo, por romper de algún modo el silencio.

Delfina asintió.

—¿Y después? ¿Y el resto de la gira?

—Tocó espléndidamente. Deberías de ir algún día a Praga, es una belleza de cuento. Y Budapest con sus puentes. Y terminamos, claro, en Londres. Y no volvimos jamás a hablar de todo esto —y diciendo la última frase, se incorporó de golpe en una mueca sonriente y miró con ojos llorosos a Leonor, que veía la pared negra de la noche tras el polvoso parabrisas.

210

Se despidieron abrazándose sin palabras. Delfina recostó la cabeza en el cuello de Leonor y casi se quedó dormida durante unos segundos. Luego se incorporó respirando profundamente y bajó del coche. Asomándose por la ventanilla, Leonor advirtió una luz en el balcón de la recámara, sintió ácido el corazón y metió el acelerador al fondo. Delfina se volvió, asustada, y sólo percibió la humareda perdiéndose en la calle. Leonor acostumbraba a verla entrar, y aun esperaba a que la otra la despidiera desde el balcón. Se gritaban adioses y besos. Y hasta entonces arrancaba lentamente el coche. Pero esta vez Delfina estaba demasiado cansada para preguntarse qué había pasado. Abrió la puerta, tropezosas sus manos, y entró ruidosamente arrojando su bolsa al suelo. Había luz en la escalera, un azuloso lampo que bañaba el descanso del tragaluz. ¡Pero no puede ser, dijo que llegaría hasta mañana! Le dio vueltas la cabeza. No podía verlo ahora. No en este momento. Después de haber revivido segundo a segundo lo que había pasado. Al contárselo a Leonor, se habían hecho nítidas las cosas.

—¿Delfina? —oyó la voz oscura de Agustín. Y rabia, anhelo, amor, humillación y miedo temblaron en su pecho. Se había hecho a la idea de verlo hasta el día siguiente. Cuando el mundo hubiera vuelto a su sitio.

—¡Delfina! —rodó la voz.

Quieta, al pie de la escalera, antes de apretar los ojos, alcanzó a ver una sombra que flotaba en un aire azuloso, y se llevó la mano a la garganta.

IV

Leonor tardó en recuperarse. Pasó en cama varios días, sudando bajo las cobijas, haciendo notas en un cuadernito que era una especie de diario donde apuntaba frases célebres, pensamientos, cosas de su emoción que no debía olvidar. Este punto fue el que trabajó afanosamente en su convalecencia: lo que había ido sintiendo mientras Delfina le contaba, no debía escapársele nada, porque sólo así, con el papel en la mano, podía revivirlo releyéndolo cuantas veces fuera necesario para mantener el control. No perder el control era saber qué sentía, y descubrir por qué, para no dejarse llevar por actos compulsivos.

Lo primero que apuntó fue: "1. Dolor profundo en las entrañas: ¿por qué no me había contado Finí lo de la muerta? Sensación de exclusión, de engaño, de traición a la amistad. Jugar al ping pong con la pared. No es justo. 2. Todo lo que pasó en Europa, ¿y yo? Sensación de ser usada: úsese y bótese, o *síndrome del actor*: usted aparece cuando tenga llamado, no antes, no interrumpa la escena. 3. Duelen manos. Cama se hunde. *Síndrome del foco*: me encienden o me apagan según la necesidad. ¿Qué voy a hacer? Sensación de. . ."

Ahí se detuvo. Soltó un sollozo, y se estiró hacia el teléfono.

Águeda llegó lo más pronto que pudo. Es decir, plantó al gerente del banco, que la había mandado llamar con urgencia a su oficina. Habló a su casa diciendo "no llego a comer

213

papacito, dile a tu padre que te atienda una vez en la vida'', y corrió a ver a Leonor. Cuando Leonor la llamaba en esos términos y con esa voz, el asunto era grave.

—Sólo una cosa te pido, Águeda. . . —decía roncamente Leonor, los ojos vidriosos.

—Pídeme mil, mamacita —respondió Águeda fumando, sentada en un sillón junto a la cama.

—¿Tú sabías? Dime la verdad.

—Ajá —sonrió tranquilamente.

Leonor le clavó los ojos y una lágrima le resbaló por la mejilla.

—¿Y? —continuó Águeda sin dejar de sonreír—. ¿Por eso gané la carrera de los cien metros? ¿O el premio Pulitzer?

—¡Por qué no me lo dijo! —gimió en un sollozo Leonor.

—Ya te lo dijo ¿no?

—No no no. . . ¡antes!

—¿Por eso estás enferma en cama, porque no te lo dijo el 14 de abril a las nueve de la noche, sino el 20 de octubre a las seis?

—Después de tanta intimidad, yo creía, Águeda, tanta intimidad. . .

—¿Por qué tú no le habías dicho que bateas por la izquierda, mamita?

—¡No hables así!

—Perdóname.

—¡Se lo dije hace mucho!

—No. Ella lo descubrió.

—Pero ya iba a decírselo. Le conté todo. Además. . .

Águeda sonrió con incredulidad. Leonor fingió que no se daba cuenta. Interrumpió la frase y se dejó caer sobre la almohada.

—. . . no entiendo por qué no me tuvo confianza.

—Tal vez le daba pena o mucho dolor contarlo.

—Pero a ti sí te lo dijo.

—Nos conocemos hace mucho más tiempo.

Leonor sintió una puñalada de odio contra Águeda. Águeda

nunca andaba en diplomacias. Decía lo que tenía que decir. Sabía que la hería, pero sólo así le ponía los pies en la tierra. Por eso la buscaba Leonor, aunque ahora no quería ninguna tierra bajo sus pies. Bramaba.

—Entonces yo he sido la pendeja de la fiesta. ¡Muchas gracias! Ya te puedes ir.

—Ay qué bueno mamita porque dejé al gerente gruñendo y a mi hijo con la panza vacía y en manos de su padre —dijo Águeda, levantándose.

—No te vayas, por favor querida —suplicó Leonor.

—Bueno —dijo Águeda y volvió a sentarse.

—¿Qué me pasa, Águeda? —susurró Leonor mirando el techo.

—Ésa sí es una pregunta inteligente —suspiró Águeda y se levantó para pasearse por el cuarto.

—¿Por qué siento este puñal que se me clava en las costillas, como si me traspasara el corazón?

—Ay Leonor Leonor —decía Águeda sin verla.

—Hasta la espalda me punza y la cama se hunde como si el suelo se abriera.

—C'est l'amour, ma chérie —dijo Águeda cantando, y dándole la espalda, se asomó a la ventana abierta: "madre santísima", murmuró para sí en voz baja, el rostro serio, asustado.

Cuando se volvió, Leonor estaba con los ojos cerrados, parecía dormida. Águeda iba saliendo en puntillas, su bolsa en la mano, cuando la sobresaltó la voz de ultratumba de Leonor:

—Gracias Águeda. Vete tranquila. Me voy a dormir.

—¿Quieres que me quede?

—No. Gracias.

—Dime de veras, conmigo no hay juegos.

—No querida. Necesito estar así.

Leonor no había abierto los ojos. Águeda se acercó. Titubeó. Le puso la mano sobre la frente.

—Cuídate, cuídate —le dijo en voz baja.

Leonor asintió y en un profundo suspiro se revolvió hasta quedar echada boca abajo.

Águeda salió taconeando, meneando la cabeza ostensiblemente.

Una urgencia se había apoderado de Águeda. Compró dos botellas de vino, un pollo rostizado y papas fritas, y marcó el número de teléfono. Contestó Agustín.

—Excelso músico, tengo el honor de invitarlo con su mujer hoy en la noche a este su humilde palacio... ¿Sí, querido? No les he dado la bienvenida. Quiero verlos a los dos. Rigoberto prometió llegar pasadas las doce de la noche, como siempre, no tendrán que soportarlo. Di que sí, a las nueve en punto quiero oír el timbre de mi casa.

Agustín aceptó de buen ánimo. Águeda lo conmovía: su mujerío tan inocente y tan sabio.

A las nueve en punto sonó el timbre. Besos, abrazos y rojas copas de vino. Águeda se sentó frente a ellos, en la mecedora. Quería verlos de frente, como vivo paisaje. Delfina tan fina como su nombre, castaña y de largos cabellos como suspiros alrededor del rostro. Él, oscuro y alto y aguileño, con la infancia en los ojos. Comían papas y reían contando tonterías del viaje.

Se ven tan hermosos, tan serenos, pensaba Águeda con una espina en el corazón. Leonor no tiene derecho. Si no supiera lo que sé, diría que son los amantes perfectos, pero por algún lado se les cuela el dolor, y ahí está el peligro. ¡Ay Leonor!

Delfina contaba de los conciertos y los éxitos, y Agustín de los pueblos andaluces y del asqueroso sistema soviético. Ni un sí ni un no. El acuerdo era total. "Parecen realmente felices, qué envidia de la buena me cargo, pero no puedo evitar la siguiente pregunta. Tengo que verlos, sentirlos, saber... Ay Leonorcita, mira lo que me obligas a hacer":

216

—¿Y Polonia? —preguntó Águeda, jovialmente—. Tú ya habías estado, ¿verdad Agustín? ¿Qué tal la viste?

Delfina arrebató la palabra, realmente a nadie, porque el silencio se hizo, pero ella se lanzó, sonriendo sin tacha:

—Preciosa, divina, no sabes, fue el lugar que más me impresionó de todo el viaje. Bueno, la ciudad es ¿cómo te dijera? está totalmente reconstruida, digo la parte vieja, ya ves que los alemanes arrasaron. Si un país sufrió de veras, ése fue Polonia...

—Ajá —asentía Águeda mirando a Agustín, que bebía grandes tragos lentos, la vista en el fondo de la copa.

—...y el gueto es impresionante, no ves nada en realidad, porque ahora son jardines llenos de flores, pero es muy impresionante saber que allí estuvo el gueto, me entiendes, ¿verdad? Cámaras de gas y hornos crematorios y la matanza aquella pues...

—Claro... —comentó Águeda sin dejar de mirar a Agustín.

—...y tiene un río que es el Vístula, y ves todavía carretas tiradas por caballos. ¡Ah!, y deja que te cuente, nos tocó el otoño y es un mar de hojas rojas revoloteando como techo sobre las cabezas.

—¡Qué bonito! Y tú, Agustín, ¿viste alguna diferencia después de no sé... ¿Cuántos años?

—¡Quince! —saltó Delfina—. Por la beca. Te conté ¿verdad? Pero no creo que haya visto...

—¡Déjalo hablar, mamacita!

Delfina enrojeció. Agustín se inclinó recargando los codos sobre las rodillas, la copa girando entre sus manos.

—Sí vi, Águeda. Muchas diferencias.

Delfina se volvió ostensiblemente a mirarlo. Él siguió en su postura.

—Cuéntame —insistió Águeda.

—Hace quince años era yo muy joven y vi una ciudad llena de árboles y luces blancas. Nada más. Vivía en una pensión pobrísima y me helaba en invierno. Pero todo era maravilloso, como una promesa en las manos, ¿me explico?

—Ajá, estabas enamorado.

Agustín sonrió. Delfina desvió la vista, visiblemente agitada.

—Ahora vi de veras la ciudad. Su belleza y sus fealdades. Hay más modernidad, hay tiendas y muchos coches, y la gente es triste, hay multifamiliares soviéticos como ratoneras. En fin. . .

—¿Te decepcionó?

—No exactamente.

—¿Hubieras preferido quedarte con la primera imagen, ese recuerdo feliz?

—No. Estuvo mejor así. Nada como la realidad —y diciendo esto le pasó el brazo por los hombros a Delfina y se recargó en el respaldo del sofá. Delfina temblaba. Águeda dijo que la cena estaba lista.

Todo está muy bien, pero todo está muy mal, pensaba Águeda, despidiéndolos dos horas después.

El día que por fin pudo levantarse y vestirse, Leonor apareció en el cubículo de Delfina, en la universidad, con un ramito de violetas en las manos.

—Para tu escritorio, Finí. No sé por qué los cubículos universitarios deben parecer oficinas funerarias —dijo apenas asomaba la cabeza.

—¡Leonito! —saltó Delfina.

—Me extrañaste horrores, ya lo sé.

—Pues sí. ¿Qué tantas ocupaciones tenías que cada vez que llamaba a tu casa no podías hablar más de un minuto?

—Cosas Finí, cosas —decía Leonor volteando el portalápices para arreglar allí las violetas.

—Creí que estabas enojada.

—¿Yo enojada, Finí de mi corazón? —dijo llevándose las manos al pecho en ademán exagerado.

—Es tu deporte favorito.

—Maledicente.

—¿O no?

—Pero contigo no, Finí, tú eres la horma de mi zapato, mi cruz del calvario y mi sino mortal.

Delfina reía de buen humor.

—¿Qué quiere decir todo eso?

—Que tú no me haces enojar, me haces sufrir, alabado sea ¡ése es el castigo que Dios me ha dado! —alzaba la voz Leonor hacia el foco del techo, mientras cortaba con esmero las varitas de las flores.

—Bueno, una de cal por las que van de arena. . . ¡Pero en qué te hice sufrir!

—¡Pobrecita mi Finita! —se acercó Leonor a besarla en ambas mejillas—. Ni siquiera sabe, perdónala mi Dios.

—En serio, Leonor.

—Bueno, para que expíes tu culpa me vas a invitar a cenar. ¿Te gusta mi nuevo *look*? —Leonor modeló sus jeans deslavados y sus enormes aretes de plata. La melena seguía negra y rizada pero sin fleco, y la camiseta tenía lentejuelas verdes. Se veía espléndida y ojerosa.

—Hoy no puedo Leo. Quedé de salir a cenar con Agustín.

—¿Está aquí? —dijo Leonor despertando de su pose.

—Alguna vez *sí* está aquí, Leonor.

—Los invito a los dos. Punto —dijo conduciéndola del brazo a toda prisa fuera del cubículo.

—Pero Leonor. . .

—Dije punto. Me la debes.

—Qué te debo —dijo ya riendo.

—El honor de cenar con los dos. Vamos.

—Anda, no seas así, está entusiasmadísima la pobre —decía Delfina cambiándose de ropa. Agustín estaba parado en medio de la recámara.

"Ahora vuelvo", le había dicho Delfina a Leonor en el coche. Quería prepararlo. Y en efecto, la primera reacción de Agustín había sido:

—No me gusta esa mujer.

—No te la estoy ofreciendo, mi vida. Tenle un poco de paciencia, puede ser un encanto.

—Un encanto con púas.

—Tú eres el encanto con púas —dijo sonriendo Delfina, y semidesnuda se le arrojó a los brazos—, pícame, anda hiéreme, ven, ven acá Agustín. . .

Tres cuartos de hora después, venían bajando la escalera tomados de la mano. Así los vio salir Leonor, que se había fumado tres cuartos de cajetilla de cigarros, esperándolos, los ojos fijos en la luz del balcón.

Salió como saeta del coche con los brazos abiertos y la sonrisa elástica en la boca.

—Querido, queridísimo —dijo abrazándolo. Al separarse le espejeaba en los ojos un velo de agua.

—Cómo estás Leonor.

Leonor sonrió metálicamente, y tronando los dedos dijo entrando en el coche:

—Al paraíso.

El reservado en el restorán japonés que había esperado desde la mañana para ella y Delfina, ahora era invadido por la presencia masculina de Agustín. Su olor a lavanda, su recia piel oscura, su pantalón, sus zapatos, su voz barítona. Él ordenó el vino y los entremeses. Escanció el *sake* y le dio en la boca a Delfina un témpura capeado en salsa dulce.

Delfina, en medio de los dos, se veía feliz como niña, en flor de loto sobre los cojines. El hambre del reciente amor la hacía devorar, batiéndose los dedos, que se chupaba morosamente. Leonor fumaba sin probar bocado y Agustín sorbía *sake* caliente y hablaba de restoranes de lujo de sus muchos viajes. Y no cejó. Media hora después había llegado a Puerto Rico.

—Había uno en Puerto Rico, que comandaba una mujer rarísima.

—¿En Puerto Rico? —dijo Delfina.

—Sí, oscuro, un poco sórdido, tenías que subir unas escaleras porque estaba en un segundo piso.

Delfina trataba de recordar. Leonor se echó de golpe el tazón de *sake*.

—Ah no... tú no fuiste, eso te lo conté, ¿no te acuerdas?, la que traía colgando en el cuello un camafeo con el retrato de su amante, que era una especie de tigresa.

—¿La del camafeo? —preguntó tímidamente Delfina.

—Sí, te dije. Una dejó a la otra, y la abandonada, que es la que lleva al cuello el camafeo, decía, según ella, que había enterrado en vida a la otra.

—Ah, creo que sí —murmuró Delfina con la boca llena—. Pero cómo estuvo eso, ¿quién había dejado a quién?

—La del retrato dejó a la del restorán, que por cierto era muy linda, pero con ese rictus que tienen todas esas mujeres, ya sabes, las piernas espléndidas pero la boca de cobra...

Leonor iba afilándose, se sirvió otro tazón de *sake*; el plato intacto y el cenicero reventando.

—... y la amante la dejó, y traía colgando su retrato.

—Pero por qué, si la dejó.

—Por eso, para poder odiarla todo el tiempo. Veía el retrato y lo escupía, lo sobaba y lo maldecía, y entre sus naturales brujerías decía que en el camafeo la tenía enterrada viva.

—¡Ay Dios! —dijo Delfina—. Qué morbo.

—Tú no sabes hasta dónde pueden llegar.

—Exageraciones —dijo Leonor, exhalando con fuerza un remolino de humo.

Delfina se volvió a mirarla. Hasta ese momento relacionó el tema con su amiga. Era tal su aturdido bienestar, que no había advertido el *tête-a-tête.*

—Cuéntanos lo que tú sabes, Leonor. ¿Más vino? El sake ya se enfrió —respondió Agustín sonriendo, con la botella de tinto extendida.

Leonor acercó su copa, la mano de hierro:

—Sólo digo que exageras —dijo aclarándose la voz en el vino.

—Me lo contó la protagonista. No estoy inventando.

—Pues esa tipa está loca. Sus preferencias amorosas son otro cantar.

—Qué curioso, ¿por qué será que todas parecen locas, Delfina? —dijo Agustín sonriendo y dándole de su copa a beber.

—Bueno, no generalices —le respondió Delfina, sorbiendo lentamente.

—Así son los hombres Finí, se ocupan tanto de ese tipo de mujeres. . . Es que los excitan muchísimo, ¿verdad Agustín que en los burdeles pagan para que les hagan *show* dos hembras? ¿Cómo le dicen a eso? ¿Hacer tortillas?

—Machucar o manflorear también, Leonor, pero como tú dices, deben ser hembras.

—¿Y se puede saber dónde está la diferencia, si hacen lo mismo?

—Que te lo cuente una hembra, ¿quieres Delfina? Cuéntale, hermosa.

Delfina sonrió de pronto, sonrojándose. Se llevó la mano a la boca. La imagen le había venido nítida. Leonor la miró y empezaron a temblarle milimétricamente todos los músculos de la cara.

—Anda. . . —dijo Agustín y se recostó a lo largo de los cojines, como para contemplar una escena.

—Ay Agustín. . . Bueno. . . fue con una negra, Leo. Divina. En San Diego. Estábamos en un bar y la invitamos a la mesa a tomar una copa y. . . pues sucedió. Cuando me di cuenta ya estábamos los tres en la cama. ¿No te parece increíble? —rió con los dientes bañados de salsa dulce.

Leonor trató de sonreír clavando la vista en el cenicero.

—Era muy bello —susurró Agustín, como si estuviera de nuevo en ese desnudo sopor—. La curva negra columpiándose sobre Delfina, que parecía de cera junto al mujerón aquel. Una boa de ébano y un bajorrelieve de mármol meciéndose. ¡Carajo! —y diciendo esto tomó una colilla de Leonor, aún encendida en el cenicero, y la aspiró gozosamente. El humo salió lento de su boca silbante.

Delfina soltó una tímida carcajada. Leonor no pudo evitar mirar esos ojos castaños alargándose en el brillo de la risa. Ahí vio la escena toda. En los ojos de Delfina se proyectó la película: la penumbrosa recámara de hotel, las sábanas remolino en el suelo, el cuello blanco deslizándose entre dos duros muslos negros. Le crujieron las costillas a Leonor. Una prensa le apretaba el esternón y Delfina seguía riendo y el vino le mojaba los labios.

—Fue una cosa. . . —decía chupándose los dedos salados— . . . una sensación que nunca. . . como si yo estuviera haciéndome el amor a mí misma. . . Y ahí estaba Agustín.

—Qué bien —susurró la ronca voz de Leonor.

—¿Te parece bien, Leonor? —preguntó Agustín incorporándose, llenando las copas al tope.

—Por qué no —contestó sin verlo.

—¿Lo repetimos, hermosa? —sonrió a Delfina.

Delfina lo miró sin comprender, en sus ojos vagaba el humo del vino, y la obligó a preguntar frunciendo el ceño como niña:

—¿Repetimos qué?

Pero Leonor había entendido, y sacando las antenas, se puso rígida como bloque de acero.

—Anda hermosa, Leonor está esperando —y la empujó levemente del hombro hacia donde estaba la otra, esfinge. Delfina se volvió a mirarlo, sonriendo ya. Él asintió.

—¡Sí, sí Leonito! ¿Quieres? ¿Quieres? —decía Delfina dulcemente, enmarcándole la cara a Leonor. Estaba a horcajadas frente a ella, los ojos entrecerrados, y no vio la mirada temblorosa de Leonor, fijas las pupilas; le apretó la boca con sus labios. Leonor no respondía. Delfina le frotaba los labios, trataba de hendirle la lengua, gimiendo. Leonor parecía de piedra.

—¡Bésame Leonor! —dijo separándose unos centímetros y quitándose del rostro un mechón de pelo ensalivado. Leonor miró a Agustín, que las veía desde su sitio, bebiendo tragos lentos; abrió apenas la boca y Delfina la atrapó. Leonor no desviaba la vista de Agustín: dos filos de acero relampagueaban en el reservado japonés. Agustín le respondió alzando la copa con una oscura sonrisa.

Delfina había entrado en la euforia de la cámara rápida, sin advertir que fuera de ella había otro ritmo en el tiempo. Dejó los labios de Leonor, se zafó la blusa y el sostén, y se irguió triunfante.

—Espléndida —dijo Agustín, y se levantó a besarla en la boca y fugazmente le tocó los pechos. La soltó para cerrar con el pasador la puerta del reservado.

—Tranquilas —dijo, y se echó sobre los cojines. Delfina se lanzó sobre Leonor, le abrió los brazos y se acurrucó, acomodándoselos para que la rodearan.

—Catari, Catari
perché mi dici sol parole amare. . . —comenzó a cantar Agustín.

—Sí, ésa Agustín, me fascina —gimió Delfina enredándose ella sola en el cuerpo de Leonor, que no respondía.

—. . . perché mi parlie ognora mi tormenti Catari?
Non ti scordar che un di t'ho dato il core Catari. . .

—Leonito ¿no te fascina?

Leonor asintió mirándole los pechos, calculó que le cabrían sobradamente en la palma de la mano, e imaginó la suavidad y crispó las manos en el aire.

—¿Me quieres? Dime que sí —susurraba Delfina echa un ovillo en los brazos inertes de Leonor, y le ofrecía obstinadamente la boca. Leonor sintió que una corriente líquida le aflojaba los músculos.

224

—Sí. . . sí Finita, Finita. . . Infinita —murmuró comenzando a mecerse muy lentamente, cerrando los ojos—. . . Infinita. . .

Agustín dejó de cantar. Se irguió en su sitio, contemplando fijamente la escena. Una mujer mecía a otra. Una mujer con los ojos cerrados murmurando algo, la otra recostada blandamente, sonriendo apenas, intocada en su desnudez. Se hipnotizaba. Sintió un soterrado estremecimiento. No era lo que había imaginado. No se parecía en nada a las escenas que estaba buscando provocar. Advirtió que perdía de pronto, inexplicablemente, el control de la situación. Se sintió inexistente. Y encendiendo ruidosamente un cigarro, exclamó como una orden:

—¿Quieres desnudarte, Leonor? No perdamos el tiempo.

—No —respondió en voz alta Leonor, abriendo los ojos de golpe. Delfina se aferró escondiendo la cabeza en el pecho de Leonor, como si quisiera dormir.

—Desnúdate, por Dios.

Leonor sonrió negando con la cabeza y arropó a Delfina.

—Ya lo había dicho yo: sólo las hembras —dijo Agustín.

—O sin hombres —respondió Leonor.

—¿Qué les pasa? —preguntó Delfina saliendo del sopor, y acomodándose la blusa con la que la había tapado Leonor hacía un momento. Miró a uno y a otra y sintió miedo. Era como si llegara tarde, al último acto de la obra—. Qué pasa —repitió, tratando de sonreír, alisándose los cabellos.

Agustín y Leonor se miraban.

—Bueno, perdónenme. ¿Hice algo horrible? —siguió diciendo, comenzando a alzar la voz. Quería distraer la atención, rápido, como fuera.

—Desgraciadamente Leonor, esta mujer tiene un hombre —dijo suavemente Agustín, poniendo su mano en el hombro de Delfina.

—Te perdono, Agustín. Ya aprenderás que a mí nunca me han gustado las baraturas —dijo Leonor sosteniéndole la mirada.

225

—¿No te has mirado al espejo?

—¡Ya! —interrumpió Delfina crispando la voz—. Me siento halagadísima de que los dos me adoren, pero no entiendo nada de nada.

—Calma —le dijo Agustín y se levantó a pedir la cuenta. Las dos se quedaron en silencio, sin verse, hasta que regresó un momento después con la nota pagada.

—Cómo te atreves —saltó Leonor arrebatándole la nota—. ¡Dije que yo invitaba!

—El taxi nos está esperando, Delfina.

Leonor sacó su cartera y arrojó un montón de billetes sobre los platos sucios.

—Dije que yo invitaba —sonó su ronca voz.

—Excelente propina, preciosa —dijo él, y se llevó del brazo a Delfina por el pasillo del restorán.

Delfina se quedó dormida en el taxi, recostada sobre el hombro de Agustín. El golpe del aire lo había mareado, le había hincado la mezcla del saque y del vino en el cerebro. Se quedó aturdido mirando por la ventanilla la oscuridad. ¿O era la escena la que lo había hecho sentir inexplicablemente borracho? De cera Delfina recostada entre los brazos de esa mujer, balanceándose en una *Pietá* grotesca, odiosa. ¡El cuerpo de Delfina! Desde cuándo no había puesto atención en ese cuerpo que yacía junto a él todos los días. Desde cuándo no sentía este desasosiego en el corazón, este desajuste en las ideas, este temblor en las manos que se frotaban una en la otra, lejos de su voluntad. Fija la escena en sus ojos donde Delfina está entregándose a aquella mujer, con los pechos abiertos. Pero no sólo está entregando el cuerpo... porque así la vio con la negra en ese pequeño festín obsceno que él mismo buscara ¿para qué?, quién sabe, como tantas otras cosas que hacía por impulso o por hartazgo, tratando de sacudirse el desierto que veía venir y que

226

tan bien conocía. Esto había resultado diferente. Porque allá, él nunca había dejado de estar, su presencia era inminente en ese galope de caderas que se estremecían para él, con él. Pero acá Delfina se iba con todo lo que es, su risa y sus desmayados ojos, sus cabellos mojados de saliva, meciéndose, inasible, sola, sin él.

Y allí dentro del coche, en la ebria oscuridad, vio por fin el vapor que la rodeaba, una estela amarilla como humo, y supo que era el alma de Delfina, el alma lenta que cubría la escena de la burda *Pietá*. Abrió la ventanilla para tomar aire. Delfina ronroneó dormida y se dejó caer sobre las piernas de Agustín.

—Delfina, Delfina Delfina —murmuró Agustín en un relámpago de angustia. Y recordó que Leonor había dicho algo, algo, ¿qué?, había jugado con el nombre de Delfina y era exacto, perfecto. ¿Cómo no lo había advertido antes? ¿Cómo había vivido con esta mujer tanto tiempo sin saber que sí, Delfina era *Infinita*?

Albeaba. Agustín fumaba mirando el techo, Delfina dormía como fardo. No resistió más. Se incorporó, aplastó el cigarro en la macetita y se le fue encima a Delfina. Ésta no despertaba aun cuando aquél estaba poseyéndola a lo pornográfico, sin mirarle la cara, justo en contra de sus hábitos en el amor. Delfina ya mordía las cobijas y lanzaba palabrotas. Agustín parecía hipnotizado por una orden obsesiva.

Jadeaba Delfina, presa:

—Ya, ya. . . por favor ya.

Agustín la hacía girar y volvía a embestirla, feroz.

—Ya Agustín, ¡no puedo más!

Y él parecía una máquina implacable, obedeciendo un mandato. Delfina comenzó a torcerse, tratando de rasguñarlo, de empujarlo, de zafarse con todas sus fuerzas, hasta que gritó exasperada:

227

—¡Quítate, maldita sea!

Pero no se detuvo, hasta acabar entre estertores y maldiciones de Delfina. Giró pesadamente, con los ojos cerrados y los brazos cruzados sobre la frente. Delfina se quedó sollozando en su sitio, sin moverse. Agustín tomaba aire con toda su alma. Sintió las heridas de los arañazos en los brazos y en el cuello. Y un hambre desbocada, hambre por el cuerpo de Delfina, lo invadió de nuevo, le llenó de hieles la boca y lo mantuvo rígido, con el corazón a punto de estallarle.

—¿Ya calmaste a la fiera? —dijo Delfina bebiendo un jugo de naranja, de pie, junto a la cama. Era de día y ella estaba vestida y arreglada para salir. Agustín sintió en esa voz un poco de miedo, un poco de reproche y otro tanto de gana de hacer las paces. Abrió los ojos lentamente: ahí estaba, el vapor amarillo que la rodeaba ¿o era el jugo de naranja en la alucinación del despertar?

—. . . si te enseño los moretones que me hiciste, me mandas ahora mismo al hospital —continuó Delfina en el mismo tono—, quedé renga y con la columna rota, pero el deber llama.

—A dónde —preguntó sobresaltado Agustín, incorporándose.

—¿No sabes dónde trabajo? —salió Delfina y volvió de inmediato con un enorme vaso de jugo para Agustín—. Por cierto, anoche estuviste sencillamente horrible.

—¿Cuándo exactamente?

—No te hagas loco.

—La noche fue larga.

—Sí, hasta yo la pagué, pero la otra pobre. . .

—¿Asesiné a Leonor? Qué lástima, no supe, estaba muy borracho.

—¿Ya vamos a empezar? —comenzó a enojarse Delfina.

228

—Ya vamos a terminar, ven, siéntate.

Delfina titubeó, sorprendida por la frase. Obedeció. Se puso seria, las manos enlazadas sobre las rodillas.

—Me vas a escuchar muy bien —continuó Agustín, su tono era suave y firme. Dejó el vaso en el buró y descansó una mano sobre el hombro de Delfina. Y de pronto se sintió sin fuerzas para seguir. Ella lo miraba con ojos graves, y esos ojos castaños lo perturbaban como si estuviera frente a ellos por primera vez. Ya no había nada más detrás, ni antes, ni después. Cubrían el horizonte. Irguiéndose tomó aire para poder continuar—. ¿Me vas a escuchar? —Delfina asintió—. Bien. No voy a convertirme en el macho imbécil que da órdenes y prohíbe, eso no, eso nunca. Además hermosísima. . . tú no me harías ningún caso —ella esbozó una sonrisa—. Me lo imaginaba.

—Agustín. . . —interrumpió Delfina. Él se detuvo a media palabra, como si hubiera sido descubierto en una mentira o en un secreto—. Agustín. . . yo quiero a Leonor —Agustín quitó la mano del hombro de Delfina—. No me pidas que no la vea más, es mi amiga muy querida —dijo ella y le asió de nuevo la mano y le besó la palma. Agustín tomó de nuevo aire:

—No quiero que te haga daño, no conoces a esas mujeres, yo sí, por desgracia; esclavizan y enloquecen —Agustín iba subiendo el tono de su voz.

—Pero ella no es así.

—Es peor, Delfina.

—¿De qué estás hablando?

—Ojalá me equivocara.

—Pero por qué tanto drama. Las cosas entre ella y yo están muy claras.

—Eso es lo que tú crees.

—Ella sabe quién soy yo, quién eres tú.

—Yo no existo para ella. Y tú eres como una moronita de pan en sus manos.

—¿Y qué, mi voluntad no cuenta? —alzó la voz Delfina,

francamente alterada.

—No cuenta —respondió secamente Agustín.

—¿Cómo me dices eso? ¿Quién crees que soy?

—Una niña. Y una hembra.

—¡Por favor, Agustín!

—Le estás dando alas a esa pobre enferma. Apenas desaparezco y se instalan a vivir juntas, a dormir juntas, a enredarse entre las sábanas. Tú algo me has contado y yo he visto suficiente.

—Ay Dios, nos abrazamos inocentemente. ¿Qué tiene de malo?

—No te hagas la estúpida. Si ella no estuviera torcida sería una linda picardía entre amigas, pero la estás sometiendo a un control que un día va a reventar, escúchame bien.

—¿Eso querías anoche? ¿Que reventara? ¿Por eso me lanzaste a sus brazos con media botella de *sake* en la cabeza?

—Sí. Quería darle una lección. Y a ti también. Las puterías se hacen en serio, a lo cabrón.

—No son puterías lo que hacemos.

—Tanto peor si no lo sabes.

—Estás exagerando, Agustín. ¿No puedo tener yo razón alguna vez?

—No esta vez.

—¿Y tú qué sabes lo que pasa entre ella y yo?

Agustín le clavó la mirada:

—Lo que tú quieres contarme. Nada más.

Delfina enrojeció. Desvió la vista. Se levantó, y de espaldas a Agustín, respondió:

—No hay otras cosas, Agustín. Ella me ha hecho mucho bien. Siempre está pendiente de mí. Me escucha, me pregunta, sabe lo que me pasa por dentro, se interesa en cada milímetro de mis emociones, me acompaña en ellas. Y por supuesto es un reproche para ti. Tú estás muy ocupado con tus giras, pero sobre todo con tus fantasmas. ¿Querías oírlo? Pues ya lo dije.

230

Agustín estuvo a punto de levantarse, tomarla de los hombros haciéndola girar hasta mirarle la cara, y abofetearla con infinita rabia. Infinita... Maldita mujer, ¿por qué tenía que descubrir ella ese hermosísimo nombre?

—Ven acá Delfina —dijo con grave y lenta voz.

Delfina se volvió, temerosa.

—No.

—Voy a pesar. Te juro que voy a pesar, Delfina.

—¿Como pesaste anoche?

—Te amo, te amo ¿entiendes? —y esta frase le salió como pesado lamento, en contra de su voluntad.

Delfina se quedó inmóvil unos segundos, el corazón a todo galope, su cuerpo adolorido gimió antes de dar el paso hacia la puerta:

—Pues yo no te quiero, ¡ay! —dijo en voz alta, y desapareció cojeando ostensiblemente.

Agustín tocaba la escala de Paganini una y otra vez, grabándola en la casetera, para descubrir el error, ese virus del violín, la nota invasora que pertenece a otra dimensión. Su estudio de corcho era una cárcel en medio del bosque del Desierto de los Leones. Volvió a tomar el violín. ¿Dónde estaba el error? Lo soltó de nuevo. La casetera repetía el mismo acorde: la nota zumbaba burlonamente en la cascada. Una y otra vez. Lo mismo. Pateó la casetera que estaba en el suelo, y la dejó sin manija. Abrió la puerta del asfixiante estudio para tomar algo de aire, y el verdor le llenó los ojos. Esos altos troncos parecían mecerse entre la sombra amarilla de la tarde. Alguna jacaranda floreando allá, morada en el humo amarillo del aire fresco. De pronto se tapó la cara con las manos. "Infinita", murmuró. ¡Estoy espantosamente enamorado de esta mujer! ¡Maldita sea mi suerte, carajo!, pensó exhalando bruscamente.

Águeda se había quedado imperturbable. No había el más leve asomo de expresión en su rostro. Leonor fumaba paranoicamente mientras hablaba y arreglaba cacharros en las repisas de la tienda, movía las mesitas y los jarrones, cambiaba los cuadros para volver a dejarlos en el mismo sitio. Esta vez no había caído en cama, sino en una actividad incontrolable.

—¡Margarito! —gritó Leonor a media frase, inclinada en la pata de un secreter—. Pendejos estos —le dijo a Águeda—, me traen las patas desequilibradas. ¡Margarito! ¿Quién vino de parte del licenciado Ávila a traer este secreter?

—¿Mande señora? —apareció Margarito, parpadeando.

—¿Que no oyes?

—Este sí.

—¿No ves que las patas están desequilibradas?

—O sea. . .

—Chuecas, Margarito, cojas, torcidas, rengas, se cae ¿entiendes? —y lo movió tanto que efectivamente se cayó y se rompió el cajón izquierdo. Se hizo la alharaca.

Águeda tomó una revista de modas del escritorio y se puso a hojearla tranquilamente. Procuró cerrar las orejas a los gritos de Leonor y las explicaciones suplicantes de Margarito.

Una vez restablecido el orden, Leonor volvió a su sitio, y como fiera le lanzó la mirada a Águeda:

—¿Qué te parece, eh? Pues no se salió con la suya el muy. . .

—Sí se salió con *la suya* el muy, ¿no se llevó del brazo a su mujer, mamita? —interrumpió Águeda, que seguía hojeando la revista—. Mira, ¿ya viste este modelo de tocado con peinetas? Pero no, no creo que volvamos a casarnos de blanco, ni tú ni yo, qué lástima.

—Deja eso, carambas —y le arrebató la revista, botándola hasta el ventanal de la tienda.

—Yo sólo vine a decirte una cosa, querida —le dijo Águeda, seria la voz, los ojos suaves, redondos, enteros sobre

,el rostro contraído de Leonor—. Déjala, olvídala. Búscate a alguien que sí te corresponda. Chavas hay miles por doquier, que te amarían a lo macho porque son como tú, querida. Quiérete Leonor, ¿sí mi reina? —le tomó suavemente las manos.

Leonor bajó la vista e involuntariamente sus hombros comenzaron a brincar, su mentón, sus pómulos, sus labios.

—Sí te quiero —asomó la cabeza Delfina, entreabriendo la puerta de la recámara. Era ya de noche y Agustín estaba echado frente al televisor. Se cimbró al verla, no la había oído llegar a la casa—. Pero no creas que mucho ¡ay mi cintura! —entró botando libros y bolsa, sobándose doloridamente el cuerpo.

Agustín sintió un golpe dulce y ácido en la boca, trató de controlar sus manos que iban hacia ella, y se aferró a la colcha. Delfina se echó en la enorme cama, guardando las distancias:

—Estás castigado hasta que vuelva a quererte mucho otra vez, por lo menos una semana —dijo en ese tono familiar de bromas y veras con el que generalmente expresaba su disgusto por algún problema entre ellos.

—¿Tan poco tiempo? —respondió él en el mismo tono, girando hacia ella, poniéndole una mano en el muslo. Ella le tomó la mano asépticamente y con sumo cuidado la retiró de su muslo y la depositó sobre la cama, lejos. El movimiento fue lento y minucioso:

—Te dije que estás castigado.

Agustín sintió un mareo que lo cegaba. Furia y deseo se le agolparon simultáneamente. Y para su propia perplejidad, no supo qué hacer ni qué decir. Segundo a segundo iba perdiendo dominio y seguridad frente a esta mujer que tenía delante y que de pronto se convertía en una desconocida, un misterio amado, inexpugnable al alcance de la ma-

233

no. Se sintió peor que adolescente. Esperó a que ella hiciera o dijera algo.

—Está muy sentida, Agustín —dijo por fin Delfina. La frase le sonó como un latigazo a Agustín, se levantó a apagar el televisor y encendió violentamente un cigarro.

—Si te vas a poner como energúmeno, entonces mejor te platico del descubrimiento que acabo de hacer sobre el significado del tercer círculo en la Coyolchauqui según ocho teorías probables —continuó calmadamente Delfina.

—Aunque parezca increíble, prefiero a Leonor —dijo Agustín, suavizándose.

—Me lo imaginaba. Siempre surte efecto mi frase. Es sencillamente infalible —sonrió Delfina—. Pues le hablé por teléfono, desde la universidad. Me contestó con voz llorosa y muy apagada.

—¿Finí? Linda, mi linda ¿cómo estás?

—Bien Leoni, ¿tú? Te hablé para saber cómo te sentías.

—¿Yo? Ay Finí, es lo de menos. Pero tú, dime, dime.

—Bien, bien, por supuesto.

—Qué bueno Finí. Me tenías muy preocupada.

—Por qué.

—Pues. . . no importa. Qué bueno que estás bien, ay no sabes qué bueno.

Delfina titubeó unos momentos:

—¿Estás bien, Leoni, de veras? —insistió.

Leonor tardó unos segundos en contestar:

—Yo. . . perfectamente. Lo que importa es cómo estás tú contigo, en tu piel.

Adolorida como becerro herido, pensó con cierta picardía, pero no lo dijo. Porque detrás de esa grandilocuente sensación que le había dejado la faena de Agustín, la palabra *piel* en boca de Leonor le alumbró la escena de la noche, que había quedado en penumbra, hibernando en sus sentidos. Era cierto; ella había estado casi desnuda en brazos de Leonor. Sintió algo desconocido, y reaccionó abruptamente:

234

—¡Parecemos tontas preguntándonos cómo estamos y sin decir nada de nada!

Leonor rió tímidamente.

—La oí un poco rara —continuó Delfina, dando por sentado que con esta frase resumía todos los parlamentos anteriores, que obviamente reprodujo sólo en su cabeza. Afuera, Agustín se quedaba sólo con la versión sintética de Delfina—, y le dije que si quería que nos viéramos un ratito, después de mis clases. Nos citamos en el Lynis que está junto a la universidad. Por eso ves que llegué un poco tarde, hasta eso no mucho, van a dar apenas las once.

Curiosamente estos detalles los explotaba Delfina al máximo, sintiendo que así completaba su relato debidamente. Lo que faltaba por un lado, lo agregaba por el otro. Y suponía que el resultado era cabal. Agustín paseaba por el cuarto, fumando lentamente.

—La vi ojerosa y amarillenta. Pobrecita. Sonreía mucho. Me pidió unos hot cakes y una malteada de chocolate.

—Para que engordes tantito, Finí.

—¿Entonces no te gusto? —exclamó Delfina como niña regañada. E inmediatamente se arrepintió de esa broma porque ya no era inocente. Me tuviste en tus manos, me sentiste demasiado delgada, me estás alimentando para ti, y yo estoy dándote la aprobación. . . Le galopaban estas frases adentro.

—Usted coma y no rezongue. Se va a poner coloradota y sana como un pato feo —respondió Leonor como si hubiera leído aquellas frases en el rostro de Delfina y pretendiera borrarlas con el inocuo ropaje maternal que tanto explotaban ambas.

—Ya casi estábamos pidiendo la cuenta —continuó Delfina—, te digo que se nos pasó el tiempo hablando de nada, que si estaba yo flaca y no sé qué más —y así sintetizó de nuevo lo anterior—, cuando me dijo de repente, sin que viniera a cuento:

—Qué bueno Finí que lo de anoche no afectó en nada

lo nuestro. . .

Delfina se quedó muda unos segundos. No supo por qué, pero volvió a sentirse desnuda en sus brazos. Se removió en su silla.

—. . . nuestra amistad —continuó Leonor con gravedad—, porque digo, lo que hizo tu marido anoche. . . pero bueno, ya pasó —volvió a sonreír—. Ha de ser cosa de su extracción social. Afortunadamente tú eres. . . otra cosa, Finí. Sólo dile que no vuelva a pretender usarme, ¿quieres? Porque si me busca, me va a encontrar —su voz fue crispándose levemente y sus ojos relampaguearon reflejándose en el barniz de la mesa—. ¿Sí, Finí?

Delfina sintió un calosfrío.

—Ay Leonor —balbuceó.

—Espero que te haya quedado claro que no me interesas como mujer —continuó Leonor, sonriendo metálicamente—, porque si eso quería sacar a relucir tu marido, estuvo muy verde, te lo juro. Si yo quisiera, Finí. . . Siento desilusionarte y espero que no te ofendas.

Delfina parpadeó como si le faltara luz. Y sí. Una neblina oscura le cubrió el cerebro.

—Mi linda, linda, nadie la quiere más que yo en este mundo, ¿verdad que sí? —murmuró Leonor dándole un apretado beso en la mejilla. Delfina asintió en la oscuridad. Estaban ya en el estacionamiento, junto a su coche. Leonor abrió la portezuela y la hizo entrar. Le mandó efusivos adioses con la mano y esperó a que Delfina arrancara, siguió con la mirada los faros rojos hasta que se hicieron dos puntos, dos ojos encendidos en el pozo de la calle.

—Pues me dijo eso, Agustín. ¿Ya ves? Yo no le intereso como tú crees —sintetizaba Delfina omitiendo la carne al grado de dejar el puro esqueleto—, creo que lo de anoche fue muy claro. Los hechos hablan por sí solos —y diciendo esto ni ella misma sabía muy bien a qué se estaba refiriendo, aún la niebla flotaba en su cabeza.

—Los hechos hablan, Delfina —dijo Agustín mirándola

de frente, tratando de controlar la ira y la gana de echárse-
le encima otra vez hasta descoyuntarla—. Lo único auténtico en esa mujer es su pasión por ti. Por eso se contuvo, no
seas insensata o boba. Cualquier otra hubiera entrado en
el juego, porque lo hubiera tomado exactamente como un
juego.

—¿Quieren volverme loca? —saltó Delfina—. Ya me har-
taron, carajo —y se encerró en el baño. Y desde allí gritó:

—No voy a salir de aquí, ¿oíste?

Agustín arrastró los pies hasta la cama. Se echó pesadamente. Encendió la televisión.

Dormir, dormir, dormir, pensó Leonor y abrió el frasco
de pastillas que estaba sobre el buró. Se tomó dos juntas.
Y apagó la lámpara. Se dejó caer con un ronco gemido sobre la almohada.

Las cosas volvieron aparentemente a su sitio. Por instinto,
Delfina dejó de contarle a Agustín detalles de su amistad
con Leonor. Procuraba mencionarla apenas, lo indispensable y de pasada sólo, para que no hubiera sospechas o equí-
vocos que pusieran en duda las maneras ya establecidas entre
Leonor y Delfina. Y no querer mentirle. Delfina se juraba
que no era eso, porque además, y en realidad, no había absolutamente nada que ocultar, ni el asomo de algo que no
pudiera ser contado en público.

"Simplemente hay cosas que los hombres no entienden",
había oído decir a las mujeres, y también: "caramba contigo, no hay por qué contarle absolutamente todo a tu
hombre, pareces niña diciéndole hasta cuántas veces vas al
baño y de qué color. No exageres con la famosa lealtad,
a veces se convierte en una trampa que acaba por esclavi-
zarte, ¿a poco crees que él te cuenta de la *a* a la *z*? ¡Por
favor! Sé más independiente y más madura". Bromas le hacían sus amigas. Ella las oía sin inmutarse. Ciertamente

Agustín había sido el primer hombre de verdad en su vida y había borrado de golpe con su aparición a los anteriores, que habían quedado como sombras. Delfina no tenía experiencia ni malicia para la política amorosa. Ni le importaba. Se daba porque sí. Y el resultado había sido tener a Agustín allí, con ella. ¿Para qué necesitaba estrategias? Odiaba todo lo que oliera a artificio entre los amantes. Por eso se juraba que no le mentía a Agustín. Si acaso omitía la frecuencia con la que veía a Leonor, o la crónica completa de sus encuentros, era porque Agustín le había cobrado a su amiga una aversión casi femenina. Oía su nombre y chasqueaba la lengua como si estuviera escupiéndole la cara. A Delfina le fastidiaba hasta la náusea esta actitud, donde Agustín parecía niño berrinchudo y no el hombre talentoso del que se había enamorado. Quería, pues, evitar este disgusto que lindaba con formas del desamor. ¿Desamor?, pensó y se echó a reír inmediatamente. Todo podría suceder menos que yo dejara de amarlo. Me ha provocado todas las emociones posibles y... sí, hasta el desamor, bueno, si desamor se llama a mi rabia cuando se pone necio, imperial. ¿Será de veras que hay cosas que los hombres no entienden? ¡Qué barbaridad, ya estoy pareciéndome a mis abuelas! Pero... ¿será? Lo único que no advertía Delfina era que omitía por miedo. No el miedo a la reacción violenta de Agustín. Ella sabía que él no era capaz de salir con una lanza a la calle. Sino el miedo a poner en palabras sus emociones, obligadamente parte del relato. Mientras las cosas no se dicen, no existen cabalmente. Son espacios nebulosos por donde uno vaga libre de conciencia. ¡Y cuántas veces uno quiere estar ahí, flotando nada más, sin dar ni darse explicaciones!

Agustín preguntaba. Delfina respondía con jovialidad. Él no quería parecer suplicante y no soportaba admitir que se sentía en peligro. Por primera vez, se veía pendiente de Delfina. Y no sabía cómo expresar la ansiedad de saberla allí, sonriéndole de cuerpo entero, desde otro mundo donde él no tenía cabida. Estaba acostumbrado a ser visto, a ser amado. Pero ya no recordaba qué era ver y amar. Reiza lo había dejado muerto, más muerto que ella. Y Delfina apareció en un parpadeo de aquella borrosa Reiza y él se aferró a ese milímetro del pasado para crearse un presente respirable: Delfina. ¿Quién es Delfina?, se preguntó. Porque de pronto la vio autónoma y libre de fantasmas. Y se vio con las manos vacías.

Leonor había meditado mucho sus planes: el día 13, la víspera de su cumpleaños, un coctel en su oficina con los empleados de las tiendas. Una copa de champaña para cada uno "y luego que se emborrachen con Bacardí". Ya le habían dicho por medio de la administradora "que esa noche por favor no fuera a hacerse ningún compromiso porque necesitaban revisar urgentemente los inventarios". Era la señal de la fiesta sorpresa. Por sabido se callaba. Pastel Marinela con mucho engrudo color de rosa y sidra en vasitos de plástico. Unas medias, una pañoleta, un espejito con peine, un perfumero muy dorado: los regalos con moño y mucho cariño. Esta vez, ordenó canapés franceses y la champaña helada. Quería festejarse en grande. Los empleados quedarían de rodillas. No todos los días se cumplen cuarenta y cinco años "y se ve una como yo me veo".

Pensaba maquillándose ante el espejo. Hizo una pausa, quitó las manos de la cara para verse enteramente. El ojo izquierdo ya sombreado y con rímel parecía ajeno al derecho, aún desnudo. Aquél fulguraba latiendo oscuramente. Éste se veía seco, inmóvil, como punta de aguja. Parecían dos rostros partidos a la mitad y sobrepuestos, dos miradas en un solo golpe de vista. Tembló su mano un momento apretando el tubo del rímel. "Qué horrible puede ser una mujer", dijo en voz alta. Y continuó la faena, sin prisas, retomando sus planes.

"El día 14 en la mañana, desayuno con la vieja." Ni modo. Había que hacer acto de presencia. Pero ese día no permitiría, se lo juraba desde este momento, que aquélla le echara a perder el humor con sus indirectas y sus caras de siempre. "Es capaz de regalarme unas medias, como el mozo de mi oficina. Pero no pienso involucrarme." Desayuno es lo mejor. Temprano y rápido. A otra cosa. Luego, comida con las gemelas en Champs Elysées. "La mesa del balcón. La falda roja con. . . el bolerito que me trajo Finí de Praga. Ajá. Ay mis niñas preciosas, dizque me tienen una sorpresa. Son mis dos joyas. Bueno, en la noche Águeda y Finí me invitan a donde yo quiera. Las tres solitas, el lavadero a nuestras anchas. Pero el 15 completo con Finí. Prometido, prometido."

Terminó de maquillarse. Se levantó del tocador y se miró entera en la luna. "Estoy en mi momento", se dijo sonriendo. Dos ojos latían sombreados y parejos como línea de acero, punta de lanza en el espejo. Y aún faltaban tres semanas para el día 14.

El día 14 tempranísimo, Leonor pedaleaba en la bicicleta de su baño con inusitado contento. Odiaba someterse a ese diario martirio: levantarse aún embrutecida, intoxicada de pastillas para dormir, las bolsas de los ojos pletóricas y las articulaciones doloridas, y ver la bicicleta que la retaba, escupiéndole su edad. Entonces la montaba Leonor y hasta que el sudor le recorría la frente y las costillas, recobraba su ser, su triunfo sobre la maldita bicicleta, sobre su odioso cuerpo. Entraba exhausta y feliz a la regadera, tensos y brillantes los músculos. La primera pelea del día la había ganado. Podía empezar con el pie derecho.

Pero esta vez no hubo pelea. ¡Cuarenta y cinco!, se dijo abriendo los ojos. . . Sí, a esta hora ya había yo nacido. Ya tengo exactamente cuarenta y cinco años. Debo sentirme muy bien. Y se dirigió a la bicicleta sin detenerse en ningún espejo. Pedaleó gozando cada estiramiento.

Normalmente a mi edad las mujeres son unas matronas con el vientre blando y los pechos vencidos. Están amargadas soportando a un marido apestoso que se cree galán de quinceañeras, sufren porque los hijos se van y no las pelan, están sin quehacer porque ya nadie las necesita, saben que ya no pudieron hacer en la vida lo que hubieran querido, y la mayoría no sabe ni qué hubiera querido, no hay vuelta de hoja. Se les fue el tren de la vida y ni siquiera se dieron cuenta a qué horas. En adelante engordar, afearse y seguir vegetando hasta el día de su entierro. Una lagrimita de los hijos para rociar la tierra seca, y chao, desapareciste del mapa querida, como si no hubieras existido nunca.

Mientras hilaba esto en su cabeza y se bañaba sobándose el cuerpo entero con la esponja para comprobar que nada tenían que ver con ella esas imágenes, Leonor no sabía que se estaba describiendo palmo a palmo, es decir, que estuvo a punto de convertirse en esa mujer, y que algo milagroso había sucedido para salir de ese destino. Había descubierto un impulso más fuerte, una vorágine, un apetito que la mantenía al rojo vivo con el ímpetu de una joven de veinte años.

Se vistió con pants celestes, sudadera blanca y zapatos tenis. La melena flotando empapada y el maquillaje invisible. Justo para enloquecer de ira a la madre, derrengada y amarga. Había cuidado cada detalle, la noche anterior no bebió una gota para amanecer entera y se dejó querer hipócritamente por los empleados, que le agradecieron llorosos "las finas atenciones de la señora tan sencilla que departe con nosotros".

Estaba lista para cobrarle los cuarenta y cinco años a la madre, cuando cruzó la reja y la vio sentada dormitando en la mecedora del patio, con el periódico deshojado en el suelo.

241

—Ay hija, te ves amarilla, como biliosa.

Leonor soltó una carcajada larguísima.

—Gracias mamá. Es el mejor regalo que pude haber recibido este día —dijo saboreando los chilaquiles con crema.

—Te lo digo porque me preocupas —la madre daba pequeños sorbos de café. Era una máscara de maquillaje su rostro, donde lo único que parecía vivo eran los ojos chicos, juntos, negrísimos. Vestía bata floreada y llevaba varias pulseras cantarinas en ambas muñecas.

—No te preocupes. Sírveme más café.

—Bueno y qué, qué piensas ahora, cuarenta y cinco años ya son años. . . —dijo vagamente la madre, clavándole esas negras canicas.

—Qué de qué.

—Digo. . . —la madre interrumpió su frase ostensiblemente. Estaba acostumbrada a hablar así, soltando a medias las cosas. Leonor bien sabía la otra mitad. Lo habían discutido a medias un millón de veces.

—¿Dices? —alzó la vista por encima de la taza, sonriendo.

—Hija, ya es el colmo. Todos tus hermanos. . . bueno, ya sé que divorciarse es lo moderno. Pero la gente vuelve a casarse alguna vez —ésta había sido la frase más larga que le había oído en mucho tiempo. Pero no se inmutó. Nadie iba a echarle a perder sus planes del día.

—Ajá. Alguna vez —dijo con picardía.

La madre ladeó la cabeza, mirándola. Leonor siguió comiendo.

—No te creo —dijo la madre después de una breve pausa.

—¿Y por qué no? —respondió Leonor golpeando el plato con el tenedor. De repente le salían estos descuidos. Sencillamente la madre la hacía perder el control. Cien analistas le habían dicho que era ella, Leonor, la que le daba ese poder a la madre, pero ella no podía evitarlo. De pronto un tono de voz, una mirada, o un silencio, la hacían ver luces blancas. Se perdía en esa ametralladora de puntos relampagueantes.

242

—Ya sabemos por qué —dijo en voz baja la madre, sin moverse.

Leonor se zampó un bocado gigante y se le hizo un nudo en el estómago. Pero no iba a ceder. No hoy.

—Enséñame mi regalo. No me has dado nada aún —sonrió.

La madre volvió a ladear la cabeza.

—Leonor, no quiero que la gente hable. . .

—¡Pues tápales la boca y listo! —volvió a saltar súbitamente.

—Por qué hija. . . —se abatió la madre.

Leonor se levantó de la mesa y encendió un cigarro.

—Mamá. . . todo está bien. Tú créeme a mí —y decía esto mirando hacia el jardín para no estallar de un momento a otro en el silencio abatido de la madre—. ¿Quieres que me case por tercera vez? ¿Por qué no? ¡Es tan fácil!

La madre se levantó ofendida, y se puso a recoger los platos, golpeando uno sobre otro, haciendo sonar sus chillonas pulseras.

—Me das miedo Leonor —le dijo sin verla, yendo hacia la cocina.

Leonor dio una sonora fumada. Y el humo envolvió el paisaje ante sus ojos, la fuente del jardín, los arbustos de rosas. El sol de las diez de la mañana. Y entonces sintió un profundo peso en el pecho, le cayeron como plomo sus cuarenta y cinco años acabados de cumplir.

La madre bajaba las escaleras con una caja de cartón en las manos. Bajaba lenta y gorda bajo su bata floreada. Leonor la veía desde la puerta, al pie de la escalera. Quería salir de allí lo más pronto posible. "Le tiemblan las carnes fofas a cada paso —pensó mirándola—, yo nunca voy a llegar a ser como ella, primero muerta." Y no podía quitarle los ojos de encima a pesar de que lo único que no quería era estar mirándola.

Resoplando la madre llegó hasta ella y le tendió la caja, chillaron las pulseras en las orejas de Leonor.

—Perdona que no lo envolví, ¿vieras que ya no da tiempo de hacer nada? Ayer se me fue el día no sé ni cómo —decía la madre contemplándose las gordas uñas pintadas de rojo.

Leonor estuvo a punto de dar la media vuelta, pero ese gris rata del cartón desnudo se le clavó dolorosamente en los ojos. ¡No había tenido tiempo de envolverlo! Pero había tenido todo el tiempo del mundo para lograr lo que se proponía: hacerle un desdén más, hoy en su cumpleaños, un desdén claro y desnudo como el gris rata del cartón. La mente de Leonor hervía con mil frases entrechocando furiosas por salir, pero la boca, torcida por el esfuerzo para controlarlas, no se abrió. Ya lo sabía. Siempre le sucedía lo mismo. La parálisis la invadía de modo integral. "Es su arma de defensa —sentenciaban sus analistas—, un arma inconsciente, claro, pero efectiva; es lo que le impide actuar de un modo aberrante o destructivo cuando se siente herida." Sí, pero ahora no quería control, estaba tratando de evadirlo, precisamente, porque quería hacer algo aberrante y destructivo, para que la madre no volviera jamás a lastimarla. Lo más que pudo hacer fue tomar la caja y despedirse sin abrirla.

—Gracias. Ya me voy. Se me hace tarde —y giró elásticamente hacia la puerta.

—¿No vas a ver qué es? —chilló la madre extendiendo un brazo, como si quisiera detenerla.

—Chaíto —sonó la voz de Leonor, aguda, desapareciendo en el jardín.

Llegó jadeando a su coche. Botó la caja en el asiento de atrás, y se sentó al volante. Jadeando todavía se vio en el espejo retrovisor. Tardó un tiempo en ver su imagen reflejada, porque los blancos lamparazos le cerraban la visión. Por fin aparecieron sus ojos en el espejo, negros, agudos como picos brillantes. Se sobresaltó. Allí estaban los ojos de la madre, vigilantes como seres autónomos. "Soy idéntica a ella, Dios mío, ¿por qué no puedo amarla?" Se recargó en el asiento y aspiró profundamente. Buscó su bolsa para sacar un cigarro. Y al regar la vista se topó con la caja. Titubeó un momento. Primero encendió el cigarro y luego la tomó con cuidado, como si fuera una bomba de tiempo. Sonrió ante esta idea. Y sin más, levantó la tapa y se asomó a mirar.

Al principio no distinguió de qué se trataba. Una tela felpuda y amarilla. La extendió lentamente: era una toalla. Madrecita de mi corazón, tenías que ser tú, sólo tú podías darme una toalla amarilla sabiendo que mi baño es verde y rosa. Ay Dios. . . suspiró meneando la cabeza y sonriendo con ironía. Pero allí no acababa el regalo. Había otra toalla, idéntica a la primera. Leonor las examinó. Era un juego matrimonial de toallas en cuyo centro estaba grabado en letras negras ÉL y ELLA, una para cada quien.

Un ronco ruido le salió del pecho. Soltó las toallas, como si le quemaran las manos. Quedaron hechas bola sobre el asiento. Con la boca entreabierta sus ojos vagaron hasta la reja del jardín, la entrada a la casa de la madre. Y volvieron lentamente a vagar hasta que se posaron en el cigarro humeante del cenicero del coche. Y así, en una tensa cámara lenta, transcurrió la escena. Tomó el cigarro y le sacudió la ceniza, dio una honda fumada, lo retiró de su boca, miró entre sus dedos la corola roja y ardiente. Con la otra mano extendió las toallas hasta dejar a la vista los letreros ÉL y ELLA. Comenzó con el primero: le incrustó el cigarro justo en medio de cada letra. Cuando parecía apagarse el cigarro, se lo llevaba a la boca y lo chupaba varias veces hasta que volvía la roja luz de fuego a coronarlo. Hizo lo mismo con el segundo letrero. Hincaba el cigarro hasta hacerle un agujero y luego varios alrededor. Una vez terminada cada toalla, las volteó para comprobar si habían

245

quedado bien agujereadas. Por fin, botó la colilla por la ventana del coche. Dobló cuidadosamente las toallas y las puso en la caja y la cerró. Salió del coche con la caja en las manos. Fue hacia el gran bote de basura que estaba a un lado de la reja y echó allí la caja. No olvidó volver a tapar el bote. Regresó al coche. Acomodó el espejo, encendió el motor, y aún vagaron de nuevo sus ojos hacia el bote de basura. Pero el pie al fondo del acelerador rompió el hechizo de la cámara lenta.

Cuando entró al Champs Elysées era una reina. No llevaba ni rastro del desayuno, y aquella escena dentro del coche le había dejado, si mucho, una estela de humo. Se había pasado el resto de la mañana en el salón de belleza. Servicio completo: tinte, corte, peinado, manicure, facial, hidratación y depilación. Salió como reina y así entraba: los cabellos negros y rizados en las puntas, partidos sobre la frente, de donde caían suaves ondas hacia un lado, de modo que parecía mirar detrás de un abanico. Ondeaba su falda roja entre las mesas, siguiendo al capitán, que la conducía a la mesa del balcón. No, las gemelas no habían llegado todavía, a pesar de que la cita era a las dos y media y ya eran diez para las tres. Leonor quería verlas sentadas, esperándola, recibiéndola con sonoros abrazos y que la gente alrededor comentara "¿ya vieron a esta espléndida mujer con unas hijas tan grandes? ¿O serán hermanas?"

No permitió que esta pequeña frustración le descompusiera la escena. Pidió un martini, y dando la espalda al restorán —odiaba estar sola, ostensiblemente esperando a alguien en los restoranes—, se lanzó a mirar el paisaje de Reforma. Sin querer, de modo automático miró el reloj porque el martini iba desapareciendo de la copa. ¡Las tres y cuarto!

—Cállate mensa ¡es tardísimo! ¿Ya ves?

—Mensa tu trenza, sh. . . ¡te va a oír!

Se oyeron las voces tropezadas de las gemelas abriéndose paso hasta el balcón. Leonor las reconoció de inmediato, pero se hizo la desentendida. No se volvió. Hasta que sintió unas manos sudadas como plancha sobre sus ojos.

—¡Adivina! —gritó Selma en sus orejas.

Mi rímel, pensó asustada Leonor, brincando del asiento. ¡Mi peinado! ¡Mi. . . carajas escuinclas! Cuando logró zafarse de aquellas manazas, ya tenía la sonrisa lista en plena boca, y así se volvió a mirarlas. Pero *ipso facto* se le desapareció, cuando vio la vestimenta de las hijas: una jeans y camiseta, la otra *pants* de gimnasia. Y sendos chicles tronando entre los dientes.

—¡Japi birdey tuyú!

—¡Mamarracha de mi corazao! —gritaron extendiendo los brazos.

—¿No podían vestirse de otra manera, al menos por hoy? —dijo Leonor emergiendo de los abrazos. Su voz sonaba ligeramente aguda.

—¿Ya vas a empezar, mamá? —dijo Telma, alzando la voz. Selma tronó vigorosamente el chicle.

—Bueno siéntense. Hoy no vamos a enojarnos, ¿prometido?

—Híjole, que fuera más seguido tu cumpleaños —rió Selma jalando ruidosamente la silla.

Leonor abrió muy conmovida los regalos. Un frasco de Opium, su eterno perfume, y una bolsita de piel para los cigarros.

—No es imitación ¿eh? Ve la etiqueta, perfectamente francés —dijo Telma.

—Y la bolsita es de piel, huélela, ¡cobra pura! —continuó Selma.

—Y no creas que mi papá nos dio el dinero.

—Ahorramos en nuestro cochinito.

Se arrebataban la palabra explicando los antecedentes, porque así se adelantaban a los gestos de Leonor. Ya sabían que sólo apreciaba lo fino y que no soportaba limosnas del padre.

Leonor sonrió tomándoles la mano.

—Gracias lindas. Cualquier cosa que venga de ustedes es para mí el mejor regalo.

—¡Ay mamotreta, bájale! —exclamó Telma—, el año pasado te regalé una agenda y como no era cien por ciento piel jamás la usaste.

—Sí es cierto, se la regalaste a tía Luisa en Navidad.

—Bueno bueno, vamos a brindar, ¿sí niñas? —interrumpió Leonor, alzando su copa.

—Yo me muero de hambre —dijo Telma—, si tomo un trago me vomito.

—Ay mamá, qué cosa tan fea nos pediste —gimió Selma—. Sabe a jarabe para el hígado.

—Es un campari, linda, el perfecto aperitivo, suave y con un ligero toque amargo.

—Pues yo prefiero una coca gigante con muchos hielos.

—¿Ya comemos, má? Acuérdate que a las cinco tengo tenis.

—Ay Telma, ¡ni por un solo día puedes dejar tu tenis! Quiero estar con mis hijas el día de mi cumpleaños.

—Ya estás con nosotras, ¿o no? —dijo Selma metiéndose otro chicle a la boca.

—Ay mamá, ¿ganas algo si yo pierdo mi tenis?, digo, porque no veo el beneficio para ti que yo quede fuera del equipo porque es tu cumpleaños. . .

El segundo martini comenzaba a hacer efecto en el cerebro de Leonor. Y el leve espejear de los ojos lo delataba.

Llegó el *mousse* de langosta al perejil, la trucha salmonada en mil hojas, y el esmedregal con salsa de cerezas y rocío de pernaud.

—Qué bruto —gritó Selma.

—Parece revoltijo de feria —la secundó Telma.

—Prueben una vez en la vida —sonrió Leonor—. Me imagino que su padre no las saca de Mac Donalds.

—¡Me telepateaste, mamá! Estaba pensando en una machamburguesa con superpapas —rugió Selma.

—Ah. . . —suspiró Telma.

—Anden, edúquense un poquito, coman —insistió Leonor, y pidió la carta de vinos.

—Dile —dijo Telma, la vista sobre su plato de postre. *Strudel* de pera flameada.

—Dile tú —musitó Selma lamiendo el copo de mandarina a la *chantilly*.

—No seas mensa, tú dijiste —insistió Telma.

—Qué —alzó la vista Leonor de su chocolate a las tres mentas.

—Que te diga Telma.

—¡Yo le iba a decir lo de Lucy, idiota, pero tú ibas a empezar con lo del permiso!

—En eso no quedamos, me estás volteando las cosas.

—Ay si serás pendeja. . .

—¡Pendeja tu madre!

—¡Niñas! —gritó Leonor con media botella de Marqués del Riscal en el estómago.

—Ay mamá, es que Selma me saca de la estufa, palabra.

—Si no te saco, te quemas, buey.

—¡Cállense las dos! Qué asquerosa manera de hablar tienen, parecen. . . no sé qué. Es esa gata con la que se casó tu padre. ¡Si ya me imaginaba lo que iba a pasar!

—Celia es buenísima onda, mamá —replicó Telma.

—Es superbuenísima onda —insistió Selma, visiblemente alterada.

—Así que mejor parche, mamá, ¿sale?

—Porque para trapos al sol. . . aquí hay tambo lleno.

—No sean vulgares —dijo enronqueciendo Leonor, pero la puñalada estaba adentro. Sabía a lo que se referían con la "ropa sucia". Las miró con odio e inmediatamente después quiso borrarlo todo: la frase y su emoción—. Ni entiendo lo que dicen —balbuceó—, pero ya sé que esa mujer es intocable para ustedes. Muchas gracias, hijas, por todo su apoyo —se le quebró la voz. Y para no llorar se echó un bocado de chocolate a la triple menta, que le llenó la boca.

—Ay mamá, no te pongas así ¿oquei? —dijo Telma volviendo a su *strudel*.

—Digo. . . si quieres que te pidamos perdón, te lo pedimos. No sé de qué, pero juega —Selma lamía su copo de *chantilly*.

—No nos vayas a hacer dramas tipo La Chantajista Número Uno del Área Metropolitana —siguió Telma suavizando su tono hasta llevarlo a la broma.

—Dios nos libre —la siguió Selma—, porque el de Loba Paranoide a punto del Zarpazo es mucho mejor, ya lo tienes perfectamente montado.

Leonor sonrió sonándose la nariz. Se sentía huérfana, y como si le hubieran quitado la piel. Nada de lo que ella había imaginado se estaba cumpliendo el día de su cumpleaños. Se abatió sobre la montaña de sus cuarenta y cinco.

Telma le dio un pellizco a Selma debajo del mantel. Y le hizo una imperceptible seña con la cabeza. Un segundo después la mano de Selma le acariciaba los cabellos a Leonor. Era la única salida. Lo sabían las hijas y la usaban en el momento preciso. Surtía efecto al instante.

—Mami, ponte contenta, ¿sí?

Leonor alzó la vista, automáticamente repuesta y sonriente. Y tomando la mano que la acariciaba, le dio un beso ronroneante.

—Bueno, ahora díganme lo que iban a decirme.

—Ah sí, este. . .

—¿No era una sorpresa? —preguntó jovialmente.

—Claro, sí, este. . . —repitió Telma.

—Bueno, voy a empezar como quedamos, ¿oká? —dijo Selma mirando a Telma.

—¿No dijiste que. . .? Oka oka oka, ¡qué bárbara de veras! —exclamó Telma abriendo los brazos al techo.

—¿No pueden estar sin pelear ni un minuto? —intervino Leonor, su voz no podía ocultar el cansancio, a pesar de la jovialidad.

—Se trata de esto, mamita —Selma tragó saliva—, mi papá se va a ir con Celia a Nueva York, ahora que vienen las vacaciones.

—¿Y? —contestó irguiéndose Leonor, con un alfiler en la garganta.

—O sea nada. Sino que nos quedamos solas, y mi papá no quiere que nos quedemos solas.

—¿Y entonces qué quiere? —sonó tan áspera su pregunta que se arrepintió al instante. Le dio pavor imaginar a las hijas en su casa durante dos semanas. Las adoro. . . pero no. . . no ahora, no tengo cabeza, no puedo, no ahora. Si fuera en otro momento. . . ¡me dejaría matar por ellas! ¡Lo juro!, pero no ahora. . .

—No injertes en pantera, mamá, mejor oye —dijo Telma.

—Entonces. . . —continuó la otra— nos dijo que te pidiéramos irnos contigo, ¡pero no te lo vamos a pedir, mamá! —sonrió Selma como si hubiera dicho algo genial.

—De ninguna manera, mamá —sentenció con gravedad Telma, que hacía moronas las sobras del *strudel*—. Eso no nos ha pasado siquiera por la cabeza.

Fue demasiado para Leonor. ¿Por qué no querían sus hijas estar con ella ni siquiera quince días? ¿Era una apestada? ¿Una bruja? ¿Una madre mala, loca, infecta? ¿Qué reproche tácito se ocultaba ahí? ¿Sabían? ¿Presentían? ¿Querían presionarla? ¿Vengarse? No, eso es absurdo, ¿yo qué les he hecho? ¿a ellas, a mis niñas? ¡Hijas de puta! Dios mío, Dios mío, llévame a otra parte, lejos, lejos, lejos. . . En la vorágine, alcanzó a oír algunas frases sueltas:

—. . . porque Lucy nos ha invitado desde hace siglos. . .

—¿Te imaginas esquiar en el lago y todo el rollo?

—. . . su tía y sus dos primas. . .

—. . . ay, nunca hemos ido a Valle de Bravo, ¿sí, mamá?

—. . . ya conoces a mi papá. . .

—. . . como si fuéramos sus bebés. . .

—¡No le digas nada y listo!

—. . . porque ¡híjole, qué aburrición!

—. . . lata no, no queremos darte lata. . .

Las miraba ladeando la cabeza, sin darse cuenta que era la misma postura desde la cual su madre la miró en el desayuno. Ellas se arrebataban la palabra. Leonor ya no oía. Advirtió la ganchuda nariz del padre bailoteando en esos rostros idénticos, adolescentes y brutales. Sintió ácida la boca. Y se estremeció. Pidió la cuenta, y convertida ya en un monolito, dijo doblando la servilleta sobre el mantel:

—Voy a pensarlo.

Las hijas se miraron, haciendo muecas de frustración.

—¡Pero es para la semana que entra! —gimió Selma.

—Dije que voy a pensarlo.

—Bueno —se levantaron las dos simultáneamente.

—¡Mi tenis! —gritó Telma viendo el reloj.

—Mami. . . ¿me prestas un fierrín? —murmuró Selma rodeándole el cuello por la espalda, y dándole un beso en la mejilla.

—Ay sí mamá, es que no es por nada, pero palabra que rompimos cochinito para festejarte como te mereces —continuó Telma.

—Mi papá está im-po-si-ble, quesque no quiere echarnos a perder —rieron las dos estridentemente.

Leonor monolito sacó unos billetes y los dejó sobre el mantel. Las hijas se abalanzaron, y se pelearon en la repartición:

—Quita la mugrosa mano, canalla.

—Méndiga ladrona. . .

—¡Pérate mensa, no te lleves todo!

Y luego se volvieron hacia Leonor:

—Gracias máma mía.

—Máma nostra, nostramamus. Feliz cumple.

—Que te la sigas pasando superpadrí.

Rieron mucho y la besaron en las mejillas. Y se alejaron tropezando entre las mesas, con grandes exclamaciones.

Leonor se sirvió una copa más del Marqués del Riscal y giró sobre la silla hasta tener enfrente el Paseo de la Reforma. El sol de la tarde llamareaba en las vidrieras. Los melancólicos fresnos. El Ángel flotando en el cielo sucio, sus doradas alas sosteniéndolo en vuelo.

—Salud, Leonor —dijo en voz alta, y se bebió entera la copa, lenta, sonoramente.

Abrió la llave de la tina. Del agua ardiente salía un azulado vapor que empañó el espejo y llenó de nubes el baño. Leonor, en bata, caminaba de un lado a otro con un vaso de sal de uvas en la mano. No se decidía. La televisión o la casetera. ¡Dos horas, casi tres! Optó por llevarse las dos cosas al cuarto de baño. Se tomó la sal de uvas con aspirinas. Echó un chorro de aceite en el agua de la tina, y se quitó la bata. Encendió la casetera. Mantovani. Suave, como agua dulce. Se sumergió con mucha lentitud, ardiéndole cada poro, enormes gotas de sudor en la frente. Se estiró bajo el agua con la cabeza afuera, sin tocarse el peinado. Suspiró. Cerró los ojos. Estuvo así unos minutos. Y de repente se levantó de un salto.

—¡Idiota este! Qué se está creyendo con sus mieles de a centavo —murmuró apagando con violencia a Mantovani y arrancando el cable del enchufe.

Conectó la televisión y la encendió. Telenovelas, película mexicana, noticias o caricaturas. La dejó en las caricaturas. El conejo mata a palos al robot. El robot revive y mata al conejo con un lanzallamas.

Volvió a la tina. Qué estúpida, ¿por qué no fui a trabajar?, pensó cerrando los ojos de nuevo. El sudor de la cara se confundió con los hilillos de lágrimas que le escurrían. Pero no se movió. El vapor la envolvía. Y así, sin darse cuenta se quedó dormida.

Salió como Venus naciente de la espuma. Y chorreando todavía agua helada de la regadera, para apretar las carnes, se dirigió a zancadas al vestidor. Sacó prácticamente toda la ropa y fue echándola sobre la cama. Porque en el último momento no le gustó lo que había pensando ponerse desde hacía semanas. Desde hacía semanas se lo había probado: un vestido azul de seda con cinturón negro muy ceñido, medias azules y zapatos de charol. Entonces se vio esbelta y joven, y se maquilló los párpados en azul índigo, a manera de ensayo. "Perfecto", dijo. Mandó el vestido a la tintorería y se compró dos pares de esas mismas medias, por si acaso se corrían a la mera hora. Sacó del banco los aretes de zafiros que hacen juego con el tono y los guardó en su tocador, pulidos y relumbrantes, esperando la noche del 14.

Pero ahora el vestido le pareció un trapo sin forma que la hacía verse vieja, y el cinturón no la favorecía porque le marcaba las caderas. El azul la hacía más pálida y le sacaba tintes verdosos en la cara. Los zafiros parecían antiguallas demodé que le aumentaban los años. Las piernas flacas y nervudas se veían odiosas asomándose bajo la falda. Definitivamente no. ¿Cómo pudo gustarme esta combinación? ¿Estaba ciega o idiota cuando la escogí? ¡Imbécil!, decía en voz alta Leonor, probándose desaforadamente el guardarropa. El traje sastre no, parezco tía de las muchachas. ¿El jumper guinda?, no, parezco imberbe disfrazada de puta vieja. ¿El dos piezas marinero?, parezco azafata decadente. Ah. . . ¿el vestido de holanes?, carajo, parezco criada endomingada. . . El tono iba subiendo, la tensión se hacía aguda, el espacio iba llenándose de cuchillos. Leonor fumaba un cigarro tras otro, y los cambios de ropa ya le habían deshecho el peinado y ardido las mejillas.

—Lo que pasa es que soy una puerca, ¡soy una puerca derrengada y podrida! —arrojó un suéter hecho bola al espejo.

Azotaba ganchos a diestra y siniestra. Se sonaba la nariz estentóreamente, tratando de contener las lágrimas de rabia. En sus ires y venires de la recámara al vestidor, pisó uno de los ganchos, que la hizo brincar en un alarido hasta caer como costal en la cama. Gimió maldiciéndose, sobándose el pie, echa un ovillo. Luego lloró a mares, con sollozos estridentes. Y se calmó poco a poco. Y sus manos acariciaron los pies, y subieron hacia los muslos. Y subieron hacia las ingles, y ahí se anidaron como telarañas y vibraron como avispas en el centro de su cuerpo. Gritó por fin el centro de su cuerpo. Y las manos se quedaron quietas, blandas. Hipó Leonor mordiéndose los labios salados. Y se abrió en cruz, palpitando aún sobre la colcha. En ese momento, como una visión que viene de otro mundo, supo exactamente qué iba a ponerse para cenar con Águeda y Delfina.

Se dio una ojeada en el espejo. El largo *palazzo* negro ajustado y las perlas en el escote. Nada más. Perfecto. Hubo que coser rápidamente la cisa de un costado, y quitar con una toallita tibia una mancha en el borde del pantalón. Lo hizo con precisión y velocidad. El collar de perlas era el toque indicado. Elegante pero casual, juvenil pero sobria, llamativa pero enigmática. El jersey esconde toda imperfección y es una caricia en la piel. Vio el reloj, corrió al coche y arrancó a cien por hora rumbo a Delfina.

Delfina abrió la puerta, los brazos, la sonrisa. Ahí se dejó caer Leonor, el corazón galopando en silencio.

—¡Muchos días de éstos! —la festejaba Delfina.

¿De éstos?, pensó rápidamente Leonor. Ay Dios mío.

—Gracias gracias Finí, mi linda, mi querida.

Delfina se zafó y le plantó una cajita envuelta para regalo delante de los ojos.

—¿Para mí?

—¡Leonina!, me has estado cantando tu cumpleaños desde hace un mes.

—¿De veras es para mí?

—Con envoltura dorada y moño rojo, para que no digas.

Leonor, el silencioso corazón saliéndose del pecho, estuvo a punto de coger la cajita. Pero Delfina la hizo desaparecer en un giro instantáneo.

—No no. Después.

—¡Pero por qué!

—Yo mando hoy. Quiero escoger el momento oportuno.

—¡No me dejes así!

—Soy yo la que está festejándote. Así que calladita y obediente.

Leonor asintió como niña, y sonrió a punto de llorar. Entraron en el coche.

—Ah, y otra cosa, Leoni. No vayas a molestarte, ¿sí?

Leonor sintió un piquete en el halo que la envolvía. Se volvió en un movimiento eléctrico hacia Delfina.

—Qué.

—Te dije que no fueras a molestarte, es que Agueda está desesperada, acabo de hablar con ella por teléfono.

—Ah. . . —se suavizó Leonor volviendo a recuperar entero el halo.

—¿Ya sabías?

—Sí. . . —titubeó Leonor. No sabía nada. Pero prefirió decir que sí.

—Entonces no te enojes. La pobre está en 90-60, con ese bajón no puede levantar ni un dedo. Le dije qué te pasó, por qué así de repente. . . quién sabe qué berrinches hizo con la computadora o con Rigo chico. En fin, es una defensa del organismo que dice yo aquí me bajo, basta. Bueno arranca, ¿quieres?

—¿Eh?, sí —Leonor sólo entendió que Águeda no iría con

ellas a cenar. Y se echó a volar sobre una nube redonda—.
¿A dónde? —preguntó al aire.

—¿Qué te pasa, Leoni? Nos está esperando la pobre. Siquiera para darte tu abrazo. Se va a quedar transida, ¡y tenía que ser hoy!, la pobre.

Leonor era un vaivén, un columpio su corazón en la noche luminosa.

Los redondos ojos de Águeda, tras el velo de la languidez,
querían decirlo todo. Se movían y se aquietaban en ese blanco telón, inventando una clave morse que Delfina no veía
y Leonor no quería ver. Las palabras eran una mera pantalla para enfatizar el lenguaje de los ojos. Y sí, Águeda se
veía desesperada.

—No sólo me lo prohibió a mí, sino que le habló a Rigoberto y le dijo que no me dejara levantar de la cama, ya
ven cómo son los cuñados cuando son médicos, ¿qué tenía
que hablarle a Rigoberto? —decía Águeda, verdaderamente histérica—. Porque yo hubiera ido con ustedes así me muriera, pero ¿ya ven? nunca pone un pie en la casa, y justo
hoy quiso hacerla de marido.

—No te preocupes —le decía Delfina y le tomaba la mano cariñosamente. Leonor estaba del otro lado de la cama
y le acariciaba los cabellos.

—Sí me preocupo mamita, ¡yo quería ir con ustedes! —gimió mirando a Leonor. "Cuidado, ponte freno querida, no
seas abusiva, cuidado", decían sus ojos. Pero Leonor sonreía desde su trono sin mirarla. Entonces Águeda se volvía
hacia Delfina: "abre los ojos mensa, no seas niña, no le busques tres pies", le decía con la mirada. Y Delfina, sin advertir nada, murmuraba:

—Pobrecita, pero no sufras. Vamos a brindar por ti, como si tú estuvieras allí.

Águeda se echó a llorar suavemente, impotente.

—Es que. . . un imbécil me borró el disquet —balbuceó—, y era el programa que tenía que entregar hoy. . . imbécil arribista, ¡dizque para ayudarme!. . . mozo de cagada dizque contador. . . y Rigo chico reprobó en conducta y en geometría. . .

—Ya ya ya. . . —decía Leonor arropándola.

Delfina meneaba la cabeza, suspirando.

Las vio en la puerta de la recámara, con los abrigos puestos. Leonor parecía una cobra de hielo negro. Delfina un junco a la intemperie. Y se incorporó de pronto.

—Ya me siento bien. ¡Voy con ustedes! —gritó alzando la cobija.

—Qué pasó mija —apareció Rigoberto al oír la exclamación. Estaba leyendo el periódico, tumbado en la sala, y se había levantado para despedir a las amigas de su mujer.

—Que tu hija se va de juerga —dijo Águeda levantándose.

—¡Águeda! —gritó Delfina.

—¡Águeda! —gritó Leonor.

Águeda se desvaneció en los brazos de Rigoberto, que giraron hacia ella con pesada prontitud.

—Qué susto, siquiera fue un vahído pasajero —comentaba Delfina, ya en el coche.

—Con esa presión tan baja. . . —respondió Leonor sin oír en realidad.

—¿Viste sus ojos?

—Qué —ahí abrió las orejas Leonor.

—Pues no sé. . . como muy. . . no sé cómo. . . tan tristes o desesperados, o como. . . suplicantes ¿no crees?

—Es la presión, Finí. Bueno, a dónde me vas a llevar, tú mandas hoy.

—Date vuelta a la izquierda y enfila hacia Las Lomas.

—¡Finita!

—Y yo pago.

—Pero tú eres pobre como maestra universitaria, digo,

culta y respetabilísima, pero ¡qué quincenas, Dios mío!

—Si me ofendes te llevo a Los Parados.

—¿Qué tan. . . parados?

—¡Babosa! —rió Delfina y le pellizcó las costillas.

Sonrió Leonor, rumbo al comienzo de la noche.

—Espérate. No te he visto, ¿sabes? Así, así —la detuvo Leonor a la entrada del Mediterranée. Un farol Amarillo alumbraba el pórtico, que parecía muelle hacia el inmenso barco de madera, donde se comían langostinos rosados y se bebía helado el vino ligeramente verde. La llevó bajo la luz. Se separó unos pasos hacia atrás. Leonor la contempló ladeando la cabeza. Delfina sonreía, perpleja.

—Qué pasa, Leoni.

—Déjame verte.

—¿No me has visto mil veces?

—No hables. Quítate el abrigo.

Delfina obedeció, riendo, enrojeciendo. Leonor la contemplaba, seria. Delfina se sintió turbada, y para romper la escena se puso de repente en franca pose de estatua, revista de modas, el abrigo colgando del brazo levantado.

—¿Qué tal? —dijo.

—¡No no no! —exclamó Leonor—. Echaste todo a perder. Ya, ponte el abrigo y entremos —y esta frase era un sí es no es regaño, en tono suavemente imperativo. Antes de entender qué estaba pasando, Delfina ya trotaba, buscando las mangas del abrigo, detrás de Leonor.

Les dieron mesa en la proa. En los ventanales, enormes plantas como selva en miniatura alrededor del barco. Y una cascada con el rumor del mar, cayendo al pie del timón. Nocturnidad exótica. Farolillos de papel rojo colgando de los mástiles, y velas parpadeantes en las mesas.

Se cruzaron sus miradas al recorrer aquella hechizante escenografía, y soltaron la risa al mismo tiempo. Esa risa espontánea, porque sí, por el puro gusto de estar en este mundo. Leonor le tomó las manos a Delfina, que las tenía abandonadas sobre el mantel.

—Estás bellísima —le dijo exhalando sobre la llamita que se estiró azul.

—Se agradece —contestó Delfina bajando la vista y abriendo la sonrisa. Sus largos cabellos castaños le enmarcaron el rostro. Era una mujer de un solo color, ligeramente ocre, un pincelazo claro y con luz interior.

Leonor encendió un cigarro y detrás del arabesco de humo volvió a contemplarla seriamente. Delfina desvió los ojos buscando visiblemente al capitán.

Chocaron las largas copas y bebieron el verdor helado.

—Por ti, Leoni.

—No, por ti —dijo firmemente Leonor.

—Bueno, por las dos, y yo ordeno: vamos a pedir de entrada el rollo de salmón en tártara de trucha y salsa de aguacate al gazpacho.

—¡Dios mío! Dónde te aprendiste eso.

—En la hemeroteca, luego: el *fondue* de langostino ahumado en corazones tiernos de alcachofa y eneldo. . . y *mousse* de paté almendrado.

—¡Finita!

—Cállate, y de postre moras a la Mediterranée con salsa de vainilla flameada al Grand Marnier —Delfina terminó de recitar sin tropiezo—. Esto es una mezcla de Álvaro Cunquiero, Brillat-Savarin, Alfonso Reyes, el príncipe de Ligne y las tres últimas recetas de madame Pompadour antes de ser decapitada.

—¿Fue decapitada?

—No sé. Son las tres últimas. Y es mi primer regalo, Leoni, estudié muchísimo, que conste.

—¿El primero?

—No finjas, ya sé que estás esperando el verdadero.

Claro, claro que estoy esperando el verdadero. . . a ti mi vida linda, tú mi Finita, mi Infinita, mi infinita amada. . . Fue una ráfaga alma adentro, pero retomó el diálogo con naturalidad:

—¿Hay más?

—Ya llegará la hora. Y será sorpresa.

Llegará la hora, amada mía. Y será la más grande sorpresa de este mundo. . .

—. . . está en la cajita, Leonor —dijo Delfina señalando su bolsa—. Pero todavía no. Primero vamos a comer y a beber.

Leonor encendió un cigarro, el anterior humeaba aún en el cenicero.

—¡La odio, Finí!, ¡con toda el alma! —exclamaba en voz baja Leonor, con lágrimas temblonas, y devorando las moras flameadas. La segunda botella del vino verde se enfriaba en la cubeta de plata.

—No es cierto Leonor. Quieres que te acepte, es diferente —murmuraba Delfina con la boca llena.

—Es que me odia Finí, hace todo lo posible para que me sienta mal, ¡no me quiere! —gemía, sin dejar de comer.

—No te entiende, es diferente. Y te envidia porque tú haces lo que te da la gana, y ella ya está del otro lado. Pásame el vino.

—¿Por qué todo lo quieres analizar tan fríamente?

—Oh. . . ¿no me enseñaste tú eso con tu costal de analistas a cuestas? El vino, Leono.

—Pero no estás oyéndome a mí, Finí. Aquí tienes tu vino.

—Sí te oigo y no empieces a ladrar. Sólo que no puedo acompañarte en tu sobadero de llagas.

—Y por qué no puedo sobarme las llagas.

—Sóbatelas, pero no me pidas que yo te las lama. Soy

tu amiga, y tú no tienes derecho a hacerte la tonta o a reaccionar tan primitivamente como tu madre.

—¡Ella sí!

—Claro, ella sí, en la medida en que es tu madre puede ser tan primitiva como tu madre.

—Ah. . . ¡gracias por comprender a mi madre! Qué magnífica amiga tengo —Leonor comenzó francamente a llorar.

—No te emborraches, Leonor —dijo Delfina mordiendo pastas de almendras al *glacé*. Tronaban entre sus dientes las moronas.

—Ya deja de tragar —contestó Leonor sin llanto.

Delfina soltó una ahogada carcajada:

—Leonito. . . sí te entiendo —dijo poniéndole la mano en el hombro—. Pero ya rompe el cordón, déjala, mándala al carajo. Los odios son la peor de las ataduras. Ni es tan mala ni tú eres tan desvalida. No la necesitas para nada, no le pidas lo que no puede darte. No busques en ella lo que necesitas. . .

Leonor bajó la vista.

—No puedo Finí, me da mucha vergüenza y mucha rabia —murmuró.

—Algún día, algún día Leonor.

—¡Cuándo! Mírame Finí, la nena de cuarenta y cinco años pidiendo chiche todavía. Dame el vino.

—Toma chiche, anda —dijo Delfina llenándole la copa.

Leonor sonrió. Bebió.

—Así que mi querida Finí ya tiene todos los problemas resueltos con su madre —dijo irónicamente.

—¡Ella fue la que me mandó a mí al diablo! Tú dirás. Y cada vez que aparece es para volver a mandarme al diablo.

—Pobrecita, también quiere chiche mi Finí.

—¿Yo? ¡Toda la del mundo!, pero por eso tengo a esta mamazota que me va a servir el resto de la botella. . . ¿se acabó? ¡Capitán! —tronó los dedos Delfina.

Leonor sacó espejo, peine y bilé. La noche no había terminado todavía.

Fueron las últimas en salir del restorán. Abrazadas y alhara-
queando, todavía recorrieron el barco y se instalaron un
rato en el muelle, para desesperación del capitán. Ahí dijo
Leonor:

—Ya nos corrieron. . . y ahora qué hacemos.

—Pues vámonos a otra parte —contestó Delfina encendida de vino.

—¿De veras?

—¡Faltaba más!

—Pero. . .

—A botarnos la quincena completa.

—A dónde.

—Al infierno, a mentarle la madre a nuestras madres.

Rieron mucho y muy agudamente. Hecho un oscuro y
aceitoso mayordomo inglés, el capitán las acompañó hasta
el coche.

Aterrizaron en el piano bar Los tecolotes, nada menos
que la cueva de Cuco Sánchez. Nubarrones de humo y olor
a cacahuates salados y a cubas libres de ron Bacardí. Sillones rojos y mesas minúsculas, todo atiborrado, y casi a
ciegas la muchedumbre de espaldas y codos y rodillas apre-
tándose en la oscuridad, el sudor, el llorido de amor de las
canciones despechadas, las lenguas ácidas enredándose en
furtivos rincones, las panzas liberadas ya en el cinturón
abierto, el botón desabrochado y el cierre a la mitad para
la lonja feliz.

Desde que tú te fuiste, vida mía
mi pobre corazón está deshecho,
No tiene fuerzas pa seguir latiendo,
Tú lo mataste con lo que le has hecho. . .

Recita cascadamente la caricatura del gran Cuco, con pantalón charro y corbata de moño, junto al piano brillante
y negro.

Leonor y Delfina entran en la cueva, tomadas de la mano, los ojos vagos de vino y la risa fácil, gutural.

La canción, como terrosa cascada en la penumbra de ron:

Por las noches la luna alumbra en el lecho
como cuando en mis brazos te dormías,
y al mirarlo tan triste, solo y frío
arrodillado lloro mi desdicha
y llorando por fin duermen mi ojos,
y llorando por fin duermen mis ojos,

Agustín tiene los ojos abiertos hacia el techo. Y el reloj del buró dice las 2:24 de la mañana.

—Hoy no me esperes, y no enloquezcas, y sin tigre, ¿sí mi vida? Águeda y yo queremos festejar a Leonor. Ya sé que la adoras, por eso no te incluyo. Va a ser noche larga. No haré locuras, me cuidaré muy bien, y de ella sobre todo. Sufre por mí ¿sí?, llora un cuarto de hora completo, por lo menos. Chao.

¿Y esa Delfina de ojos azorados mirándolo siempre como si espiara detrás de una puerta? ¿dónde había quedado? Ese viaje a Polonia no sólo había matado definitivamente a Reiza, sino que había hecho desaparecer a la Delfina dolida y anhelante. Estúpido viaje. Y ahora sí, pues, era a esa Delfina a la que amaba. Porque ésta, segura, risueña, libre, movediza, le inspiraba miedo y rabia, y un deseo hiriente que no saciaba con nada. Mientras tuvo a la antigua Delfina delante de los ojos, estaba clavado en un punto ciego del fantasma de Reiza. Ahora veía a esta Delfina nítidamente, y añoraba a aquélla. ¿Nunca tener lo que se ama? ¿forzosamente estar desincronizado? ¿amar lo que ya no tengo? ¿tener lo que no puedo amar? ¿de esto se trata, maldita sea?

Desde que tú te fuiste, vida mía
mi pobre corazón está deshecho...

264

. . . rugió sordamente la voz en la oscuridad. Pianazo. Aplauso gruñidor. Delfina gritó tres ayes y se dejó caer sobre la mesa tratando de caer en los brazos de Leonor, en un rapto de cariño abrasador, y volteó la mesita y las copas rodaron en los vestidos y un mesero borracho y dos borrachos las ayudaron a levantarse y a desanudarse, porque la risa las doblaba una sobre otra, manoteando entre la apretazón.

Con las mechas alborotadas, Delfina trastabillaba, deteniéndose en hombros y espaldas y cabezas del hormiguero aquel, hacia el brillante piano. Leonor la vio desde la mesa, ya limpia y con nuevas copas, gesticulando y sonriendo ante el pianista, y Cuco reía enteramente sapo.

Alma de mi alma, vidita mía. . .

. . . boqueaba Cuco. *Vidita mía, alma de mi alma,* repetía Leonor moviendo apenas los labios, mirando entre sombras la silueta de Delfina como junco que ondea en la pista del bar. Apenas regresaba Delfina a la mesa, estallaron *Las mañanitas,* que todo mundo empezó a corear desafinadísimamente.

—Por ti Leoni, para ti —gritaba Delfina abriendo los brazos. Y ya venía el mesero con una velita encendida sobre un sandwich de pollo. Leonor se llevó las manos a la cara meneando la cabeza. Gritos, chiflidos y coros. Pedir el deseo cerrando los ojos, soplar la velita, aplausos y el abrazo de Delfina. Afuera la cámara era brutalmente rápida; adentro, las cosas fueron submarinas, como si pertenecieran a otra dimensión. "Despierta mi bien despierta" en las orejas, y la frente de Delfina en sus labios, sí, porque cuando Delfina la abrazó, ella se retiró y le enmarcó la cara a Delfina, y lentísimamente, cerrando ya los ojos, sus labios buscaron la frente y allí se quedaron, como si estuviera rezando me quedé. No sabía, estoy borracha, pero sé que algo estaba diciéndome o diciendo a no sé quién. . .

265

¡Mátame cielo, trágame tierra!

—Siento que estoy volando Finí, en un espacio hermosísimo, y no quiero salir de ahí —¿qué estoy diciendo, Finita adorada?

¡Llévame Cristo, si no vuelve más!

—Pues para que vueles más, ahora sí ten tu regalo —Delfina sacó la cajita de su bolsa y sonrió—. ¡Otras dos, oiga! —le gritó al mesero.

—¿Para mí? —gimió Leonor.

—Ábrelo, y lee la nota que lleva.

Leonor abrió la cajita y primero sacó la nota y la leyó: "Leo, León, Leoni, Leona, Leonora, simplemente tú. Todos los nombres conducen al mismo camino: el de tu corazón. Porque he navegado en él, te doy ahora el mío, que florezca en tu pecho. Delfina".

Leonor alzó los ojos y miró a Delfina con azorada gravedad.

—¿No te gusta?

Leonor meneó apenas la cabeza. Los labios le temblaban. Bajó la vista al papel. Alzó de nuevo la mirada, llena de agua.

El mesero les plantó dos cubas sobre la mesa.

—Le dije una campechana y la otra pintadita, señor —gruñó Delfina.

—Ah, ahorita —dijo el mesero y desapareció dejando las copas en el mismo sitio.

—¡Metecos estos! ¿No vas a ver el regalo?

Temblorosa Leonor sacó de la cajita un enorme corazón de granates colgando de una cadena.

—. . . para que me lleves contigo, Leoni.

Leonor volvió a mirar la nota y apretó el corazón en su mano.

—Ven Finí —dijo casi inaudible.

266

—¿Qué? —gritó Delfina.

—Ven.

Delfina acercó su silla hasta quedar pegada a la otra. Leonor le tomó las manos, enlazadas las suyas con el corazón y la nota, y le dijo susurrando:

—¿De veras me das tu corazón?

—¿No lo tienes ya en tus manos? —saltó sonriendo Delfina—. ¡Señor, la campechana! ¡Si serán lerdos. . .!

—Tu corazón, Finí —insistió.

—Mi corazón, Leonor.

Leonor se llevó al pecho las manos de Delfina. Las buscó con la boca.

—¡Y a petición de la encantadora pareja que hoy celebra sus treinta y cinco años de matrimonio. . . —rugió el animador en el micrófono

—¡Aquí aquí aquí! —gritó Delfina zafándose, alzando el brazo— ¡Treinta y cinco años de matrimonio con este León domesticado!

—. . . *Solamente una vez*. . . para todos lo que conocen el significado de la palabra "amor"!

Oes, aes, ues. . .

—¡Shhh! —la detenía Leonor, entre carcajadas y lágrimas— ¡qué van a pensar, Finí!

—Que estamos casadas.

Una vez nada más se entrega el alma,
con la dulce y total renunciación. . .

Leonor recostó la cabeza en el hombro de Delfina y le rodeó la cintura. Delfina cantaba a grito herido, aunque su voz no sonaba entre el alharaqueo de la multitud.

Las 3:37. Agustín se levanta de la cama y se asoma al balcón. El parque vacío, los faroles anaranjados sobre la fuente y las ramazones. Parece un paisaje irreal. Porque no hay luna y sí un viento húmedo y las calles negras alrededor. Delfina está sentada en una de las bancas de hierro.

Las manos abandonadas sobre las rodillas. Los ojos en la lejanía, perdidos, como buscando. De pronto se vuelven hacia él, pero no lo ven. Pasan de largo vagamente. Sus tristes ojos castaños en el solitario parque. Tiembla leve su cuerpo. Delfina. . . ¡Qué hago, qué puedo hacer, maldición!, murmura cerrando de golpe la ventana.

Ya está arrancándose el collar de perlas de un tirón. Lo bota sobre la mesa y se cuelga el corazón de granates en el pecho.

—¡Leoni, guarda el collar!

Ya está guardándose la nota en el sostén.

—La vas a perder.

Ya van de salida entre gorgoreos de canción y codazos y eructos y gérmenes de pleitos locos. Las dos giran en medio de un calidoscopio humoso donde trozos de cabeza y de pies y de patas de silla y de copas dan vuelta ruidosamente.

Ni siquiera saben cómo llegaron al coche. Y menos, cómo llegaron a la puerta de la casa de Delfina. Pero Leonor apaga el motor y saca la nota que guardaba entre los pechos.

—Léela en voz alta.

Delfina sonríe al vacío y lee a duras penas: "Leo, León, Leoni, Leona, Leonora, simplemente tú. Todos los nombres conducen al mismo camino: el de tu corazón. Porque he navegado en él, te doy ahora el mío, que florezca en tu pecho. Delfina".

Leonor asiente. Toma el papel y vuelve a guardarlo.

—Quería oírlo en tu voz —murmura y se deja caer en los brazos de Delfina—. Es lo más hermoso de mi vida, Finí. . .

. . . no, no puede ser, piensa Leonor, la cabeza flotando en una cohetería de luces, te amo, te amo infinitamente, pero no le salen ya más que sollozos. Y Delfina está cantándole *Las mañanitas* al oído, hasta que Leonor se recobra y le dice enmarcándole el rostro:

—Mañana te llamo temprano. Me prometiste el día, ¿verdad que sí?

Delfina asiente en sueños.

Yo con tu corazón y tu nota, mi vida, piensa Leonor mientras baja del coche y conduce a Delfina hasta la puerta. Necesito irme ya. ¿Cómo ahora prefiero no estar mirándote, no estar junto a ti? Siento que estallo, que estallo. No quiero más. No puedo. Voy a pasar la noche con tu corazón y tus palabras. Ahora vete, duerme. ¿Me había pasado antes algo así? ¡Tengo prisa por dejar a mi amor para amarla a mis anchas! ¡Qué locura!

Se despiden. Se separan.

—Leonito, tu collar —se vuelve de pronto Delfina en la puerta.

—¡Bah! Ya tengo lo que quería —dice Leonor sonriendo desde el coche, lanzándole un beso con la mano.

El azotón de la bolsa en el suelo lo despierta. Sudores fríos le bañan la cara. ¿A qué hora se quedó dormido? Son las 4:12. Había soñado unos minutos. Algo pesadillesco, un ladrillo cayendo entre cosas negras. Se incorpora asustado.

—Por favor Agustín. . . no me digas nada de todo lo horrible que tienes que decirme —balbuce Delfina tironeándose la ropa.

—¡Cómo carajos andas a estas horas borracha en la calle!

—Soy lo peor del mundo, mátame a palos, pero dame dos. . . kaséltzeres, rápido, rápido —se echa como fardo desnuda sobre la cama.

—Estúpida inconsciente —ruge Agustín hacia el botiquín del baño.

—Loca. . . perra. . . y perdida —corea Delfina—, cerda asquerosa. . . y beoda ¡los sélseres vida!

Cuando llega Agustín con el vaso de alkaseltzers a la cama, Delfina está dormida con la boca abierta y los ojos ligeramente en blanco. Los cabellos revueltos sobre la almohada, la respiración pesada. Piernas y brazos extendidos, el centro de su cuerpo late lentamente con vida propia bajo el remolino de vellos. Agustín la mira. La ve grotesca tendida como plancha allí en la cama. La mira con rabia. ¿Yo dije que es hermosa esta mujer?, va diciéndose mientras la boca se le llena de saliva ardiente, y sus manos se crispan tratando de no saltar sobre ella, tomándola, apretándola, haciéndola crujir. ¡Dónde inventé que la amo! ¡ni siquiera me gusta, es tan flaca y tan frágil! No sabe cómo se lanzó, pero sus labios están devorando el sexo de Delfina. Ella no se mueve. Duerme profundamente. Él se detiene de pronto, exhausto, y se incorpora con violencia a encender un cigarro, camina hacia el balcón. Está amaneciendo. A lo lejos, la banca del parque parece flotar en la neblina. ¿Dónde estás, Delfina? ¿dónde, dónde tus ojos serios que me compadecen?

"Estás en mi corazón, amada mía", escribe Leonor al alba, cigarro tras cigarro. Ha llenado páginas de cartas que lee en voz alta y luego guarda en un cajón. Entre carta y carta se recuesta y mira un punto fijo en la pared. Largo rato. Nunca cierra los ojos. No quiere perder ni un minuto. Dormir es no ver, no saber, no sentir. Soñar es tonto e irreal. No necesita eso. Quiere estar en este mundo con todos los sentidos inflamados. Sentir y volver a sentir, en cada poro, en cada célula, como si cada poro y cada célula tuvieran vida propia, corazón y conciencia para sentir, para saber lo que se siente. Así, cien Leonores en su cuerpo saben, sienten el corazón de Delfina entre sus manos. Por eso la pluma vuela sobre las hojas, y el sol crece en la ventana.

El portazo de Agustín, que salía a la una de la tarde, no la despertó. Sólo el teléfono, que comenzó a sonar justo después del portazo. Pero no era coincidencia. Leonor estaba en la cabina del parque, esperando el momento.

—Mi linda, mi reina, cómo estás.

—¿Leonito? ¡muriéndome!

—Ahora te resucito. Estoy cerca de tu casa. Te llevo fruta y pan dulce. Luego lo que tú digas. Día completo. Me prometiste.

—¿Eh? —se incorporó mareada.

—Llego en cinco minutos.

—¡No! Espérate.

—Me prometiste.

—Sí pero. . .

—Reinita, ahora llego y hablamos.

—No Leonor, espérame. No puedo.

—En tu casa hablamos —la voz de Leonor comenzó a enturbiarse.

—No Leoni, por favor. Es que. . . Agustín no sé ni qué.

—Te dijo algo.

—¡Ni siquiera sé si me dijo algo! Además estoy molida y tengo muchísimo trabajo pendiente. No seas así. . .

—. . .

—¡No exageres Leoni, ayer fue día completo!

—Noche, nada más.

—Bueno, qué más.

—¿Qué más? —sonó a metal su voz.

—Oh. . . sé buenita. Déjame despertar, ¿sí?

—¿Me voy a quedar en la calle con la fruta y el pan? —dijo Leonor tratando de suavizarse.

—¿Por qué me obligas a. . .

—Jamás uses esa palabra conmigo Finí. Duérmete. Voy a colgar.

—No no. . . espérate.

—Me espero.

—¿Dijiste. . . pan de qué?

Leonor sonrió, casi desvanecida.

Después de la fruta y el pan, Delfina entró a bañarse. Mientras tanto, Leonor se recostó en la cama y se quedó dormida. Delfina salió con la toalla alrededor del cuerpo y la vio así y se echó un clavado junto a ella. Dormir, dormir, susurró. Entre sueños Leonor la acercó y le acarició los empapados cabellos, los lamió y los dejó allí sobre su cara. Así, pensó, dormir así, con ella al lado, sólo así vale la pena.

De pronto Leonor oyó la puerta y abrió los ojos mientras se incorporaba violentamente. Oscurecía en la ventana.

—Tu marido ¡tu marido! —dijo en voz baja sacudiendo a Delfina.

—¿Qué?

—Levántate.

—¿Qué?

—Que te levantes.

—Qué te pasa —bostezó.

Leonor se levantó y se alisó la ropa y se acomodó el peinado.

—Qué te pasa, Leonor.

—Ponte la bata —ordenó.

Delfina lanzó una carcajada.

—No sé si te estás portando como marido del siglo XIX o como amante que está a punto de esconderse en el armario. ¡Sólo que. . . los armarios también son del XIX! ¡aquí no hay, querida! —Delfina reía. Leonor encendió un cigarro mientras acomodaba las almohadas.

Entró Agustín. Sus ojos se toparon con los de Leonor; tanto tiempo mantuvieron la mirada que Delfina dijo:

—Agustín ésta es Leonor, Leonor éste es Agustín. Mucho gusto. Encantada. Gracias. No hay de qué.

—Ponte la bata —dijo Agustín secamente a Delfina.

—Oh pues, ¿no les gusta mi toalla? Prometo comprar una nueva —respondió yendo al baño, la voz ligeramente temblorosa.

—Hasta luego, Leonor —dijo Agustín con voz gentil e inapelable.

—Hasta luego —contestó Leonor de igual manera, y se fue furtiva hacia la escalera.

272

—¡Gracias por el pan y la fruta! ¡nos hablamos! —gritó Delfina desde el baño.

Salió enteramente desnuda, los cabellos húmedos aún sobre la espalda.

—Mi amor —dijo abriendo los brazos hacia Agustín. Él no esperaba esto. Ahora ella estaba juntándosele, pegándosele sobre la ropa, y le decía al oído:

—¿Tocaste como Heifetz o simplemente como Schering, o acaso lograste compararte con un músico que yo conozco? Se llama Agustín. No creo, no lo creo. . .

Ya iba desabotonándole la camisa, y sus manos tocaron ese pecho duro y lampiño, cuando Agustín sintió que la suavidad de Delfina era nueva, desconocida. Creyó que iba a desvanecerse en esa suavidad, esa destreza para tentar como si fuera el alma la que toca y no la piel, los labios, los cabellos. El velo amarillo de Delfina lo cubrió hipnotizándolo. Pero una nota iba afilándole el cerebro, envenenándole las dulzuras. Nunca las urgencias de Delfina fueron así. Ella es bronca, ella no conoce esta liquidez, maldita perra.

—¿Te excitas con aquélla y te desahogas conmigo? —le susurró a la cara, sujetándola del cuello.

Delfina lo miró azorada. Y justo ahí apareció la Delfina perdida. Esa mujer del parque, vagando su mirada bajo los irreales faroles. Temblando como hoja. La tenía entre sus brazos. Se maldijo por hacerla sufrir. La poseyó por fin, con plenitud. Y advirtió que Delfina estaba de veras en peligro, que él era el culpable, y voy a hacer algo, lo que sea, a como dé lugar.

—Simplemente léela —dijo Leonor chupando el cigarro y dando vueltas por la oficina.

—Me la sé de memoria. Y ya siéntate por favor.

—No puedo. Bueno tú di.

—Que yo diga lo que es o lo que quieres que yo diga.

Sonó el timbre del conmutador. Águeda respondió:

—¿Señor Velázquez? Sí señor Velázquez. No. Le pasé el memo al señor Unsaín. No señor. Debe estar en el cuarto piso. Gracias señor... —colgando—. ¡Idiotas! joden a más no poder. Siéntate madrecita, me pones los pelos color de hormiga.

—¡Me ama, Águeda! Me lo dijo. Me lo escribió.

—No seas boba.

—Pues lee el papel, carajo.

—¡Siéntate, carajo!

Definitivamente Águeda no estaba para bromas. Endurecidas sus facciones, y esos redondos ojos hechos bolas y chispas, la afeaban y le entorpecían la florida lengua que todos festejaban. La serena desfachatez de su carácter era hoy frase cortante y sentencia sacada de la manga. Leonor estaba desquiciándola.

—No puedo ni repetirte todo lo que pasó antenoche —insistió Leonor, sentándose por fin.

—¡Pero ya me lo repetiste cuatro veces, por Dios! Para una quinta necesito una cucharada de bicarbonato y un valium mil.

—Tú eres mi amiga, Águeda.

—¿Lo soy?

—Hablo en serio.

—¡A qué horas me metí en esto!

—Linda, por favor.

—A mí no me lindeas, mamá, mejor dime caramelito o gorda o... bodoque o...

—Águeda... —sonó firme la voz de Leonor.

—Ella ama a su hombre —saltó Águeda.

Leonor contrajo los labios y le clavó los ojos a la amiga.

—So sorry, dear. Pero las cosas así son y no las vas a cambiar —continuó Águeda, abriendo ostensiblemente la carpeta de su escritorio.

—Que lo ame, a mí no me importa —alzó la voz Leonor, levantándose.

—Siéntate, y cómo no va a importarte —dijo serena Águeda, la vista sobre la carpeta.

—No me importa.

—¿Y si fuera. . . Agustina?

—Pero no lo es.

—¿Y?

—No importa. No cuenta.

—¿Y él no siente, no tiene cerebro ni voluntad?

—¡Y a mí qué me importa, te estoy hablando de Delfina!

—Pero sucede que él existe, Leonor.

—Dejará de existir. . . —contestó Leonor, sentándose de nuevo y soltando el humo sobre la cara de Águeda.

—Te voy a entregar a la policía, mamita, de plano —se levantó Águeda revolviendo a lo loco sus papeles—. Si lo vas a matar, de una vez que te embodeguen.

—No seas ridícula, Águeda —le sujetó la mano—. Quiero hablar contigo en serio y no me dejas. Siéntate.

—Sí señora —se sentó.

—Me ama, eso es todo. Y va a ser mía.

Águeda se recargó en el respaldo de la silla, abriendo la boca para decir algo que no supo qué era.

V

Y comenzó la lucha. Pero las armas eran desiguales. Cuando Agustín encontró de nuevo a aquella inerme Delfina, se propuso defenderla, amarla ya de frente y sin fantasmas. Y estaba más ocupado en aprender a amarla así que en abrirle los ojos frente a Leonor. Y la música, que era su centro, lo envolvía día y noche, porque noche y día escuchaba melodías en las orejas y la urgencia del violín en las manos, cosa natural, lo alejaba de Delfina. Pero Leonor no tenía otra cosa en la cabeza que hacer suya a Delfina, y a eso se entregó con obsesiva exclusividad, rodeándola invisiblemente como si fuera música en las orejas, y la urgencia de tenerla en las manos la arrojaba hacia ella.

Uno era un hombre con una pasión, la música, tratando de descubrir a la mujer que tenía delante. La otra, una mujer con una pasión: Delfina. Punto. Durante los ensayos, los conciertos, las grabaciones y las giras, Agustín se entregaba a lo suyo. Pero también Leonor. De modo que Delfina iba de uno a otro sin interrupciones, satisfaciendo ese sueño universal de ser amada sin darse enteramente cuenta del terreno que estaba pisando. Ella prefería flotar, dejarse querer por todos, la vida se lo debía. Como Leonor era la única con las riendas en las manos y la vigilancia constante esperando el momento, se apresuraron los acontecimientos.

Delfina daba una conferencia sobre el Templo Mayor en el Museo. Leonor sabía que Agustín tenía ensayo hasta muy tarde. Así que organizó las cosas.

277

Los aplausos fueron largos y apretados. Después de los saludos, las felicitaciones, las entrevistas con la prensa, tres curiosas figuras esperaban a Delfina en la puerta del Museo. Curiosas porque una era alta como palo y de largas enaguas, la otra pequeña y gruesa con sombrero y anteojos oscuros, y en medio Leonor, elegantísima, con los cabellos pintados de luces doradas.

Leonor corrió con los brazos abiertos hacia ella.

—Finí, Finita, mi cerebro de oro, mi estrella refulgente y adorada ¡felicidades! —la besó con mucha vehemencia en las mejillas—. Te tengo una sorpresa —dijo rápidamente, conduciéndola hacia las otras dos—. Son unas maravillas, vas a ver, nos invitan a cenar.

Antes de que pudiera abrir la boca, Delfina estaba extendiendo la mano del mucho gusto.

—Qué padrísimo hablaste —dijo Débora, la gruesa, que vestía mezclilla, chamarra y zapatos tenis, todo de lujo, marcas europeas. Fumaba con boquilla. El sombrero era blanco de ala ancha, los lentes a la última moda. Parecía moro con olor a lavanda. El rostro limpio y redondo. Recorrió a Delfina con los ojos. No se le escapó ni un parpadeo.

—¡Qué bueno que entramos! Le digo a Débora vamos a entrar, mira cuánta gente, a lo mejor regalan algo —rió Artemisa, la alta, con ronca y lenta voz, vestida en los treintas, de cuellito de encaje y tela de flores color pastel hasta el tobillo. Zapatos bajos. Larga nariz y ojos hundidos y azules, cabellos claros en ondas alrededor del rostro.

—Qué te parece Finí, ¡qué coincidencia! Venían a chanclear al centro, ¡les encanta!, ¿verdad? Nomás a matar el tiempo, claro, como son millonetas. . . Y que se acercan, que las veo paraditas oyendo tu conferencia. ¡No lo pude creer! ¡Débora y Artemisa aquí apersonadas ante mis ojos!

Delfina miraba a una y otra, con torpe sonrisa. Leonor no dejaba de hablar.

—. . . y como son millonetas nos invitan al Café Parisien. Vente Finí, allá nos encontraremos, ¿verdad muchachas?

—En quince minutos —dice Débora—. Ándale flaca, ve por el coche, aquí te espero en la puerta.

Artemisa flota como garrocha hacia el estacionamiento.

En el camino al Café Parisien Leonor sigue con la palabra en la boca:

—¡Son Débora y Artemisa! ¿No te había contado de ellas? Ay sí Finí, no digas que no.

—Pues. . .

—Claro que sí. Son una pareja sensacional. Te van a encantar, son chistosísimas. Se quieren que te da envidia, se llevan que uno dice qué bárbaras.

—Y. . . dónde las conociste.

—Uh. . . larga historia, Fina de mi corazón. . . ¿Si te digo algo no se lo cuentas a nadie?

—¡Te lo juro! —saltó Delfina, con curiosidad.

—Pero no vayas a envanecerte.

—Qué, dime.

Leonor manejaba eufórica, cometiendo toda suerte de infracciones.

—Fíjate que Débora. . . ¡pero si ya la conocías!

—No. . . no creo.

—Claro que sí, hace añísimos. Una vez en un restorán. Las presenté. Hace mucho, apenas acabábamos de conocernos. Estuvo un momento nada más.

—Pues. . . no me acuerdo.

—Bueno, no estaba tan gorda ni llevaba esas fachas de loca por las que le ha dado.

Delfina trataba de hacer memoria.

—Ay Leoni. . .

—El caso es que. . . sí, al pan pan, me andaba haciendo la ronda ¿tú crees?

Delfina abrió mucho los ojos.

—Sí —continuó Leonor—, pobrecita, es muy linda. Yo estaba medio desesperé, ya sabes, la neura que te entra de repente. No sabía qué hacer con mi vida, antes de conocerte, claro mi linda, porque tú me abriste el camino, ya ves, ve ahora quién soy, qué tengo, qué hago.... El caso es que medio le hice caso...

Delfina veía un punto fijo en el parabrisas, con los ojos enteramente abiertos.

—... no medio le hice —continuó Leonor, la misma euforia—, le di alas más bien. Claro que nunca pasó nada, no vayas a creer. Pero ella hacía su lucha, la pobre. Y yo no la descorazonaba. A veces una es mala, ¿verdad Finín?

Leonor se volvió a mirarla. Le puso una mano sobre la rodilla:

—¿Me estás oyendo, reina?

—Claro, ¿y luego? —respondió mecánicamente Delfina, irguiéndose y cruzando las piernas. La mano de Leonor abandonó la rodilla y se aferró al volante en una curva forzada.

—Luego... te conocí. Se puso tan celosa que no veas. Yo le contaba de ti, de lo que me enseñabas y me ayudabas. ¿No quería, pues, abrirme un negocio, de lo que fuera? Ah porque es administradora de empresas, así como la ves, es un cerebrito, y lista para hacer dinero. Pero Debito, le decía yo, negocio de qué si no sé ni lo que quiero y además no sé hacer nada. Déjame aprender algo. Leyó todo lo que has publicado. No entiende ni pío de eso. Pero leyó. El día ese del restorán averiguó dónde íbamos y fue para conocerte. Las presenté, ¿no te acuerdas?

—Ah... creo que sí —en la oscuridad una escena fue emergiendo en la memoria del Delfina: unos ojos la miran. La mano es dura y fugaz. "Hola." Leonor muda. Los ojos, esos ojos como un escalofrío. "Ah. Una amiga", dirá Leonor después, la mano tensa hacia el tenedor. ¿Era un plato de espagueti?—. ¿No fue en el Chalet Suizo, donde íbamos mucho al principio?

—¡Exacto! ¿Ya ves, Finí?

—Dios mío —se recargó Delfina en el asiento, murmurando.

—Qué reinita.

280

—Así que creyó que tú y yo. . . o sea que. . .

—Pobrecita —interrumpió Leonor.

—¿Y tú no le aclaraste, digo. . . —enronqueció de pronto Delfina.

—Por supuesto, Finí —afirmó de golpe Leonor. La euforia se le convertía en agitación—. ¿Me crees idiota?

—Es que. . .

—Te estoy contando un chisme, linda, nada más. Yo le expliqué. Pero esa noche me llevó serenata, estaba borrachísima. Me dejó un ramo de flores y una carta de despedida. No volví a verla. Mucho después me enteré por terceras personas que ya vivía con la flaca esa y habían puesto una clínica de estética y se estaban hinchando de dinero.

—¿Nunca volvieron a verse hasta hoy?

—No, bueno sí, unas dos o tres veces. Un día yo le hablé, y otro me invitó a comer, y nada más. Muy natural todo, sin resentimientos. Como viejas amigas. Es una lindísima persona, tú vas a ver. Ya llegamos.

El Café Parisien las recibe con sus tapices rojos renegridos de humo y de años, y sus espejos de dorados arabescos, sus luidos manteles, sus meseros desdentados, de frac holanudo y percudido. Pero el ambiente es el lujo: clientela extravagante, la comida sabor de antaño, los vinos telarañosos.

Débora y Artemisa las esperan en la mesa del rincón, la más privada, con su quinqué amarillo y el Buchanans recién abierto.

—Te ves guapísima —dice Débora dirigiéndole a Leonor la mirada, la boquilla humeante entre los labios.

Artemisa sonríe exhalando, clavándole los agudos ojos a Delfina. Delfina bebe de su largo vaso helado, entrecerrando los ojos.

Leonor siente la aguja caliente de la frase en la mesa. De reojo ve la sonrisa empotrada dolorosamente en el rostro de Artemisa. Y quitándole el sombrero a Débora, en un ademán juguetón, contesta en tono de broma:

—Y tú estás horrible, quítate eso, deja que te veamos.

—¿Estoy horrible? —dice Débora volviéndose a Artemisa.

—Ay Dedé, no hagas que me ponga roja —dice poniéndose roja.

—¡Espiguita!, si no me dices la verdad...

—Dedé... ¡eres el hombre más hermoso del mundo! —risotea acariciándole los cortos cabellos.

Delfina da un trago enorme, y abre los ojos de golpe.

Risas agudas de Artemisa, es decir, su gruesa voz que parece salir de otro cuerpo porque no se compadece con su delgadez, suelta algunas notas altas de contrabajo.

Leonor festeja la frase y festeja las risas. Y alza el whisky:

—Por las cuatro —dice.

—Por Delfina —dice Débora, desprendiéndose del cariño de Artemisa.

—Sí, por Delfina —corea Artemisa.

—Por mi Finita y sus éxitos —exclama Leonor.

Delfina alza su vaso y brinda, sonrojándose. Y luego de chocar las copas, brota como milagro la atropellada conversación.

Débora: Pues estás más guapa que antes, palabra.

Leonor: Por algo será, tú. ¡Horrorosa!

Débora: Eso veo —dice mirando a Delfina.

Artemisa: ¡No le digas horrorosa!

Leonor: Pues ustedes se ven de lujo.

Débora: Arte es mi angelota, ¿verdad Junquito? Me rescató de la pildoritis.

Delfina: ¿De qué?

Débora: Que para la depre, que para el nervio, que para subir, que para bajar: locota, pues.

Artemisa: Ay Dedé. Si no fuera por ti yo no sé...

Débora: Pobre Flaca, se volvía loca con su macho.

Artemisa: ¡Ni lo menciones!

Leonor: Qué, cuéntanos.

282

Artemisa: ¡Me da una vergüenza!

Débora: Flaquita, algunas han pasado por eso, ya ves a Leonor, hasta dos veces seguidas.

Delfina: ¿Qué, eh?

Débora: Pues dos veces se casó. ¿O no, guapa?

Leonor: Como ninguna.

Risas. Delfina va oyendo, entre brumas su cerebro tratando de componer el cuadro, de asimilarlo.

Delfina: O sea que tú Artemisa, ¿eres casada?

Artemisa: ¡Claro! Dedé y yo nos casamos en diciembre.

Delfina: Ah. . .

Leonor: ¡No confundas a mi Finita!

Débora: No guapa, o sea, Arte tenía macho. . .

Artemisa: ¡Ni lo menciones!

Débora: Pérate Fideíto, marido pues. Un tipejo que le pegaba. Era impotente y como no podía, le pegaba a Arte para desquitarse.

Delfina: ¿En serio?

Débora: En qué mundo vives, mujercita.

Delfina: O sea que. . .

Débora: O sea que era un cabrón puto. Vieras los moretones que traía en los brazos, en los pechos, en la cara, los ojos casi reventados a golpes que trataba de ocultar con los lentes oscuros. Cada vez que la veía con lentes oscuros, o sea, cuando me tocaba facial, porque ella trabajaba en donde antes me lo hacía, ya sabía: Flaca, bueno, todavía no le decía así, Arte, Artista, ¿ya te pegó ese malnacido? Déjame ir ahorita mismo, ahorita mismo le mando a mi abogado, pero primero déjame madrearlo con mis propias manos. . .

Artemisa ha comenzado a sollozar quedamente, se limpia la nariz con la servilleta.

—. . . con mis manos, porque son coyones Artita, déjame patearle los huevos a ver si te vuelve a poner la mano encima. . . —Débora va excitándose, se toma de un trago medio vaso de whisky. Leonor le sirve de nuevo, en silencio.

—. . . usa tus uñas Flaca, toda mujer debe aprender a usar

lo que tiene: diez garras para marcarle la jeta cuando esté roncando, porque algún día duermen estos bastardos. Pero no, mi Flaca es puro corazón...

—Pura mensa, dirás —gime Artemisa tratando de sonreír. Débora le da un tirón de cabellos.

—Y qué hicieron, o sea cómo —pregunta apagadamente Delfina.

—Ah. Un día Arte ya no volvió más.

—¿Y el marido?

—Coyón —escupe Débora el humo de la boquilla—. Al primer citatorio huyó quién sabe dónde.

—Pues yo quiero decirles una cosa —interviene Leonor—. Qué admirable verlas ahora así... —se le quiebra la voz.

—No chille, guapísima —sonríe Débora dándole una ruda palmada en el hombro.

Artemisa se seca las lágrimas y bebe sonoramente. Delfina siente grande la cabeza, pesada y vagando en el aire, como si la tuviera desprendida.

Piden quesos franceses y varias ensaladas: al curry, a la rusa, a la danesa, a la *gruyere*, a la *Cesar*, la *niçoise*, y un plato de lonjas de *roast beef* a la crema de apio helada. Leonor sonríe todo el tiempo. Alaba las delicias. Débora come apenas, pero bebe puntual y chupa incesantemente. Artemisa le prepara bocadillos y se los ofrece en la boca, pero Débora los recibirá la mitad de las veces. La conversación viene y va entre la clínica de estética que marcha más o menos, con tropiezos pero bien, las tiendas de antigüedades y las novedades que Leonor ha descubierto en la mecánica de la administración, consejos de aquélla a ésta, y demás etcéteras. Prácticamente Débora y Leonor son las que hablan. Artemisa y Delfina se sonríen con timidez. En un alto en la conversación, ya con tres cuartos de Buchanans en los estómagos, Artemisa lanza, como una carta guardada en la manga, la siguiente pregunta a Delfina:

—Oyes, ¿te puedo hacer una pregunta?

—Sí, claro.

—¿No te da asco el pene?

Leonor se atraganta con un cuadrito de *la vache qui rit*. Débora le clava la mirada a Delfina; ésta abre la boca y las palabras no le salen. No sabe cuánto tiempo después oye que de su boca sale:

—No.

—¿Ay no? —dice mascando un bocado Artemisa.

—Pues. . . no.

—¿No se te hace horrible, una cosa como dura, como cuchillo, con algo viscoso y así como apestosísimo?

Delfina deja de ver a su alrededor. Niebla. Sólo los agudos ojos azules de Artemisa, sólo esa boca morada, movediza, tarascando pedazos de *roast beef*.

—No —se oye decir.

—Déjala, Espiguita —irrumpe Débora.

—Sí, ¿verdad? Cada quien su vida. . . —dice Artemisa.

Leonor, los ojos ardillas vigilantes, sonriente, callada, invisible.

—Yo quiero decirles algo —dice Delfina un momento después. Tres pares de ojos fijos en ella, horadando la niebla que envuelve al restorán—. Yo. . . respeto mucho, más bien, respeto mucho lo que son ustedes, su vida, su relación de pareja, de veras, merecen toda mi consideración. . . pero yo, es decir, yo no soy ¿cómo decir? —Delfina se da cuenta en este instante que comienza a sentirse culpable por no ser como ellas, que se siente *diferente*, anormal, y necesita justificarse y dar explicaciones: la niebla se hace más espesa—. Yo no soy como ustedes. Yo tengo una relación con un hombre. Yo amo a los hombres. Yo. . . respeto mucho, pero quiero que quede claro, ¿me explico? —siente que ha sido torpe para explicarse, pero también siente que ha terminado de decir lo que tenía que decir y entra en un gran descanso. Le galopa el co-

285

razón. Bebe abruptamente de su largo vaso.

—Clarísimo Delfina —silba Débora, la boquilla entre los labios—. ¿Cuál es el problema?

Leonor se ha puesto pálida. La voz de Débora es tersa, casi cariñosa.

—No, digo, no hay problema —responde Delfina sin saber exactamente qué está respondiendo.

—Entonces, salud —sonríe Débora alzando el vaso para chocarlo con ella.

Delfina intenta sonreír. Acepta el brindis. Artemisa come con furia y Leonor se levanta para ir al tocador.

Entrando, azota la puerta y se deja caer en la taza del excusado. Se afloja el pantalón, se afloja el sostén. Recarga el mentón sobre los puños, los codos en las rodillas. Y se queda largo rato así, como si meditara, como si rezara, como si invocara algo, algún hechizo. Se levanta mesándose los cabellos. Y se dirige al espejo para corregir milímetro a milímetro lo que descompuso en su figura. Sale brillante, enhiesta. Junto a la mesa, un violinista jorobado maúlla *La vie en rose*. Artemisa tararea poniendo los ojos en blanco. Débora y Delfina hablan de arte prehispánico, el tema de la conferencia. Leonor se acerca a espaldas de Delfina, ve sus lacios cabellos, los acaricia suavemente. Se cruza intensamente su mirada con la de Débora, que no pierde el hilo de la conversación, y la ve por arriba de Delfina.

—Por ti, mi vida —dice Artemisa tarareando, brindando a ciegas en la mesa, con la mano extendida hacia Débora. Leonor se sienta, por fin, y mira a Delfina: es otro rostro el que tiene, piensa a toda velocidad.

Pero ¿qué otro rostro? No sé si ha sido demasiado. Débora se está vengando dulcemente, la está asustando más de la cuenta, ¡y eso que le pedí el favor! Y esta flaca es un chivo en cristalería. No sé cómo describir el cambio, es imperceptible. Se le oscureció la sonrisa. O... ¿qué es? Debo hacer algo, algo...

—Muchachas, quiero hacerles una confesión —dijo Leonor iluminando con cien sonrisas el rostro. Las tres dejaron sus temas y se volvieron expectantes a mirarla. Artemisa le dio un codazo a Delfina, en eufórica complicidad.

—Ya lo sabemos —canturreó.

—Cállate Espiguita —la detuvo Débora, mordiendo la boquilla.

—Pues no lo saben. . . —continuó Leonor—. Bueno, ustedes saben, porque me conocen. . . pero el caso es que voy a darme la oportunidad de acercarme al hombre, de conocerlo.

Sonora carcajada de Artemisa:

—¡Pero si ya le conociste lo mejorcito!

—Flaca, pareces india, déjala hablar.

—Hablo en serio. Creo que ya estoy preparada para tener una relación madura con un hombre. Mi analista acaba de decírmelo. Y en mucho se lo debo a Finí, ella me ha enseñado a querer a la mujer como. . . como otra cosa. ¿Verdad, Finí?

Delfina da un lento trago a su vaso.

—. . . no sé si me entienden —continúa Leonor—. Yo a ustedes las envidio profundamente, Débora y Artemisa, pero. . . no es lo mío. Ya vi que no. Debo encontrar mi propio camino, darme una oportunidad. . .

Débora está mirándola con todo el peso de sus grandes ojos negros. Una densa lágrima se le desborda. Leonor lo advierte y casi contiene la respiración, devolviéndole la mirada.

—Qué pasa, mi vida —gime Artemisa sobándole el hombro a Débora.

—¡Clínex! —exclama ésta. Artemisa saca de su bolsa un clínex. Débora se suena ruidosamente la nariz.

Delfina enciende un cigarro y se ahoga en la primera fumada. Lo apaga tosiendo en lágrimas. Pero no ha logrado entrar en escena. Leonor baja la vista y murmura:

—Por qué Débora.

—Me conmoviste Leonor. No me preguntes más —contesta Débora, repuesta otra vez, boquilla humeante—. ¿Por qué no nos largamos de este tendajón y nos vamos de rompe y rasga?

—¡Sí! A Garibaldi, ¿sí cielo? —corea Artemisa, feliz del cambio de tema.

Delfina ve el reloj. Agustín ha de estar ensayando todavía. ¿Garibaldi? ¡Qué bárbaras!

—¡No hemos pedido los postres! —interviene Leonor, cubriendo con su mano la mano de Delfina sobre el mantel.

—Yo también quiero hacer una confesión —dice Débora escogiendo dos *éclaires* de moca y una *mousse* de rompope de la charola de pastel—. Y usté Flaquita, no se agorzome que no fue en su año.

—Dedé, ¿por qué ya no me quieres? —le clava los azules ojos remedando a una niña en la voz.

—Flacucha cucha, no chingues. Estamos con personas serias. Compórtate.

—Ay Dedé —rezonga Artemisa, zampándose un jugoso redondel de fresas al oporto.

—Yo te odiaba Delfina —continúa Débora, viéndola de frente, la sonrisa suave. Delfina brinca en su silla. Se pone roja.

—¡Cómo eres! —exclama Leonor, queriendo bromear.

—La odiaba, guapa, te consta. Te lo dije. Por su culpa tú. . . te fuiste.

—Ay por Dios Débora. . . —dice Leonor y deja su frase a medias, no acierta cómo continuar.

—Nos estás lastimando, Dedé —murmura Artemisa.

—¿A quién estoy lastimando? A ti no Flaca, no fue en tu año. ¿A Leonor? es un halago, ¿o no? ¿A Delfina? ¡le estoy teniendo respeto! Sí, porque le estoy diciendo la verdad. ¿Y sabes qué? —dice dirigiéndose expresamente a Delfina—: Ahora me caes a toda madre, palabrísima. Yo hubiera querido romperte tu bonita cara a golpes, pero ahora, chócalas —y levanta la copa—, mi Flaca y yo te abrimos el corazón. ¿Verdad, Flaca?

Delfina choca la copa, aún le tiemblan las manos:

—Gracias —murmura.

—Qué bonito hablaste Débora —dice brindando Leonor.

288

—¿Sí me quieres mucho, cachito de cielo frapé? —ronronea Artemisa en la oreja de Débora.

—Sí hombré. ¡Qué pegajosa es ésta! Vámonos al vicio, señoras, esto está muy almidonado —dice Débora frunciendo el ceño y tronando los dedos al mesero.

—No no, espérense, yo también quiero hacer mi confesión —irrumpe la ronca voz de Artemisa.

—Capítulo tres de "Lavaderos contra escobetillas", su telenovela familiar —ríe Débora.

—No, mejor "Las vampiras de La Merced" —ríe Leonor. Todas ríen.

—"Confesiones de un gallinero" —grita a carcajadas Artemisa.

—"Las leonas pelonas de mi barrio" —corea Débora.

—"Las hormigas chupadoras contra los alacranes apaleados" —ríe Leonor.

Risas. Risas. Risas.

Resurge de las cenizas el violinista jorobado, graznando patéticamente *Dios nunca muere*.

—Mira tu macho ya vino por ti —dice riendo todavía Artemisa. Delfina siente una bofetada que la despierta:

—No seas vulgar —exclama.

—Bájale ya Flaca, te voy a mandar a la casa —dice Débora.

—Era broma, Finita —interviene Leonor, inquieta.

—Hay bromas y hay *cabromas*, Espárrago, ya estáte en paz.

—Perdóname —dice Artemisa.

Delfina asiente sin verla.

—Y ya apúrate con tu confesión, que nos vamos a los pecados de la noche —dice Débora.

—¿Y me cantas *Sólo tú*?

—Sólo tú y la pulga en el ombligo, ¡ya estás hablando, hija!

—Bueno. . . yo sólo quería decirle a Leonor —dice mirándose las manos— que me ha matado de celos. . . que. . .

me ha humillado. . . que no sé si soy un trapeador por estar aquí cenando y brindando con ella mientras todas ustedes se burlan de mí. . .

—Híjole mana ¿se te desprendió el curita que te puse en la neurona? —dice Débora, sobándole la cabeza.

—Espérate Débora, esto es serio —entra Leonor—. Yo te entiendo perfectamente, quiero que lo sepas, Artemisa. Y quiero decirte que te estimo y te respeto. Yo sé cuánto significas para Débora. Ella te ama. Yo no existo, ¿entiendes?

—Hola fantasma —dice Débora con ademán de saludo a Leonor.

—Oh. . . ¿por qué no dejas que le diga?

—Si le digo y le digo pero yo creo que la dejaron mal de la maceta con tanto golpe. . .

Artemisa comienza a llorar:

—Eres mala, cielote, no te quiero. . . —gime.

—Ya ya ya, sana sana cola de iguana. . . —la acaricia con rudos cariños.

—¿Puedo decir algo? —interviene Delfina, que ha permanecido como mudo testigo durante la escena.

—Suéltala —dice Débora. Leonor le clava la mirada.

—Estoy muy contenta —comienza, pero esta frase basta para que las demás se relajen y alcen las copas—. Momentito. Les voy a decir por qué: aquí hay cuatro mujeres, cada una ha dicho lo suyo, que una odia a la otra, que la otra cela a ésta, que la de más allá se burla, que aquélla se lastima. . . en fin, parecería que esto es un aquelarre.

—Aque ¿qué? —murmura roncamente Artemisa.

—Que arres, Ejotito, *akimichú* —dice Débora.

—Es cosa de brujas, sh. . . —aclara Leonor velozmente— ¿Y luego, Finí?

—Digo parecería. Pero ¿saben qué? Apenas en este momento me estoy dando cuenta de lo hermoso, de lo sano que es todo esto. . . déjenme explicarles. Al principio yo estaba entre escandalizada y desubicada, como. . . fuera de cuadro. Pero fui oyéndolas, fui sintiéndolas. . . yo misma fui sintiéndome. . . Y creo que aquí ha habido una gran humanidad, me han demostrado un amor muy humano para decirle a las cosas por su nombre, para llorar, para injuriarse, para reclamarse, para reírse de ustedes mismas. No sé. . . digo, apenas ahora que lo pongo en palabras estoy comenzando a captarlo. . . Hay calor, hay algo muy entrañable, hay valentía, hay. . . brutalidad, no lo niego, pero hay compasión y ternura, hermandad en el dolor. . . No sé ni lo que estoy diciendo —se sonroja.

—Síguele, síguele. ¡Cómo no traemos grabadora, Flaca!

—Sabemos lo que estás diciendo —dice Leonor, los ojos llenos.

—Pues. . . nada más, queridas mujeres. Tengo que estar a la altura, corresponderles. Así que ésta fue mi confesión. Un ángel caído, lleno de humanidad, ha flotado esta noche sobre esta mesa y la ha elevado unos centímetros por arriba del suelo —termina Delfina.

—¡Puta madre! —exclama Débora entre admiraciones—. ¡Ni Sor Juana Inés de la Cruz Décima Musa!

—Te lo dije —le dice Leonor, sonriéndole desde un piso más arriba.

Artemisa ladea la cabeza, los ojos juntos como nunca, interrogantes, y Delfina le hace un cariño en los cabellos.

—Bueno, ahora sí lo bueno —dice Débora poniéndose el sombrero hasta cubrirle media frente, a la salida del Café Parisien. La eterna boquilla entre los dientes.

—Me prometiste serenata, cielo —dice Artemisa colgándosele del brazo, es decir, jorobándose hasta la altura de la otra.

—Yo creo que para la próxima. . . —titubea Delfina viendo el reloj.

—Un ratito, Finí —dice dulcemente Leonor.

—Nada de un ratito. ¡Hasta caernos muertas, me cae! —insiste Débora.

Artemisa ríe y le da un tronado beso en la mejilla.

—No, de veras. . . —dice Delfina con firmeza—. Hoy no puedo. Y ya ni me insistan porque me convencen.

Grandes risas. Leonor le hace una seña casi imperceptible a Débora, mientras dice:

—Ya oyeron muchachas, hoy no podemos.

Nadie más insiste. Se despiden besándose y abrazándose en gran alharaca.

En el coche, Leonor toma la palabra:

—¿Estás bien, Finí?

—¿Eh? Sí, claro.

—Y por qué tan callada.

—No, es que. . . me quedé pensando.

—¡Carambas! —ríe Leonor.

—Sí, es que. . . no me imaginaba que una pareja así. . . pudiera ser así.

—Así cómo —preguntó Leonor con cierta inquietud en la voz.

—Pues. . . así, muy normal.

—¿Verdad que son adorables? —alzó eufórica la voz.

—Pues. . . sí. Se dicen todo. Eso me encanta. Se quieren y se pelean y se contentan con tal naturalidad, ¡y frente a alguien que acaban de conocer! Son realmente muy auténticas.

—Qué envidia, ¿verdad? —suspiró Leonor.

—Y son graciosísimas —continúa Delfina—. La gorda salió de un cuadro de Botero, y la Flaca de un Modigliani. ¡Es increíble! Débora es un señor hecho y derecho, un mariscal de campo. Al principio me dio miedo, me cuadré.

—Ah pero por dentro es puro piloncillo, tú vas a ver.

—¿Es cierto que la dejaste por mí? —pregunta Delfina, seriamente.

—¡Pero mira qué presumida mi Finí! —sonríe sonoramente Leonor.

—¿Es cierto?

Leonor enfrena, se vuelve a mirarla:

—Sí.

Delfina asiente sin devolverle la mirada, su vista fija en el parabrisas.

—Pero no por lo que tú supones, Finita —continúa Leonor, apagada la voz—. Ella es una mujer, o un señor como tú dices, muy respetable, pero no pertenece al mundo que yo buscaba, que yo intuía. Apareciste tú y me diste otra opción... me abriste otras puertas. En ese sentido digo que me alejé de ella para acercarme a ti. ¿Me entiendes?

Delfina, la vista en el parabrisas:

—¿Por qué dijiste que ibas a darte la oportunidad de... ¿cómo dijiste? ¿de relacionarte con un hombre?

Leonor no esperaba esta pregunta. Se repone velozmente.

—¿Que no tengo derecho? —contesta en tono de reclamo.

—Leonor —se vuelve lentamente Delfina a mirarla—, ¿por qué no me dices de una vez la verdad?

Leonor ve esos ojos claros y castaños que la miran. Se estremece. Aspira profundamente. ¡No!, grita su voz interior, todavía no es tiempo, no todavía, no puedo mi amor, no es el momento...

—Siempre te he dicho la verdad —dice por fin en un susurro.

Delfina niega con la cabeza, se recarga en el asiento, y vuelve a clavar la vista en el parabrisas.

—Desde hace años estamos con lo mismo, Leonor —comienza a decir, pausadamente—, me dices las cosas a medias y les damos vueltas y vueltas y yo estoy comenzando a sentirme como tonta, no sé qué suelo estoy pisando. Tengo derecho a saber cuál es tu posición, para saber qué hacer...

—De qué estás hablando, Finita linda... hacer qué, qué vas a hacer —dice Leonor, agitándose.

—Tú sabes a lo que me refiero...

—Finí, querida, lindísima... ¡no está pasando nada!

293

—suspira Leonor acercándose, dándole un beso en los cabellos.

—Sí está pasando nada —se recuesta Delfina sobre el hombro de Leonor.

—No no no. . . —murmura Leonor, mientras su alma grita que sí, que algo maravilloso está pasando, pasando por fin.

Delfina entra en la oscuridad. La casa está llena de fantasmas a las doce de la noche y no ha llegado Agustín. Sube corriendo la escalera hacia la recámara, enciende luces. Se desviste. Se echa en la cama. No está Agustín. Y si estuviera. . . ¿podría decirle todo lo que siente? Decirle por ejemplo: vi cómo se aman dos mujeres porque se dicen todo, se ven la entraña sin vergüenza, se la soban, se cuidan, se acompañan. Decirle: tenías razón, Leonor me ama pero no puede decirlo y yo no sé qué hacer, no sé cómo reaccionar, es una cuerda ciega, evanescente, que tira de mí con gran dulzura y tú Agustín, sé que estás en todo esto, pero dónde, cómo, ¿por qué no me ayudas? ¿En qué punto del espacio podemos de veras encontrarnos? ¿Cuál es el lenguaje que me falta descubrir para mirarnos el alma? Te he amado tanto Agustín, tanto te he odiado y tú. . . ¿qué tendrías que decirme? Estoy tan cansada. . .

No supo cuándo se quedó dormida. El filo ardiente de una nota se le clavó en el sueño. Una nota pura, vibrante, una líquida voz que penetra en los sentidos y los sumerge en ondas transparentes. Su cuerpo despertó primero. Sus dedos sintieron la vibración, se encendieron sus nervios. Las vértebras se abrieron en una inspiración casi dolorosa. Los labios temblaron levemente. Cuando abrió los ojos vio una luz que no provenía de ninguna parte. Estaba ahí delante como arco suspendido en el espacio. Agustín estaba tocando allá abajo. Y su música era la luz. Delfina se incorporó, sudorosa, agitada. Corrió hacia la escalera. Bajó algunos escalones. Lo vio en la penumbra de la sala. Era la luz. *Serenade* de Haydn. ¿Por qué estoy viendo los campos polacos inundados de sol? Agustín, cuánto amor en ese giro Agustín, cuánto amor. ¿Tú sientes eso? ¿eres tú? ¿tú sacas de las cuerdas este canto dorado? Iba y venía Delfina en la dulzura del río de notas, en los cristales de luz de la canción de amor más pura.

Entonces supo que ése era el lenguaje que buscaba. Y no podía ser otro porque Agustín era un hombre de música, de luz, y su lenguaje salía de las manos como un discurso sin palabras, como *toque delicado*, como luminosa vibración. Y se sintió sin piso, sin el ancla de la palabra que pone orden y razón. Y se quedó flotando, agitada, bañada en la luz que no podía asir, en esa dimensión sin nombre, irracional, inapelable. Volvió a la cama sin hacer ruido. Agustín seguía tocando. Ella respiraba con fiebre, contemplando las oscuras frondas en la ventana.

—Ya sé que su papel no es opinar, pero dígame qué piensa, doctora, por favor —Leonor se sonaba la enrojecida nariz, y encendía el décimo cigarro de la sesión.

—Usted qué piensa, Leonor.

—¡Por favor, doctora! No me la rebote.

La doctora sonrió detrás de sus lentes azules.

—Bueno, dígame qué cree que pienso.

—¡No sé! —chilló Leonor—. Por eso le pregunto.

—Ajá —respondió con total serenidad la doctora—. Entonces... qué le gustaría que yo pensara. Eso sí lo sabe, ¿verdad, Leonor?

—Pues... —titubeó—. Ahorremos toda esta técnica ¿quiere? Me la sé de memoria. Vayamos al grano. Usted me está pidiendo que yo le diga que quiero su aprobación, que me dé el permiso, para después decirme que no me da nada, que yo debo saber qué hacer.

—¿Lo quiere, Leonor?

—Qué.

—El permiso.

—Pues sí. Tengo dos años de edad y quiero que mi mamá me dé el permiso. ¿Ya? —dijo retadora Leonor.

—¿Para seducir a su amiga?

—¡Doctora!

—Pregunto, porque para seducir a una mujer no se pueden tener dos años de edad. . .

—Entonces no tengo dos, sino cuarenta y cinco, ¿así sí?

—Pues más a mi favor, una persona de cuarenta y cinco años no necesita pedir permiso de nada a su mamá.

Leonor aplastó la colilla. Se mesó los cabellos. Volvieron las lágrimas.

—Esto no es broma, doctora, para mí es lo más importante del mundo.

—No estoy bromeando, Leonor —dijo la doctora clavándole serios los ojos.

—Por qué no puedo, por qué no pude decirle, ella me lo preguntó de frente. . . —la frase se hizo sollozo.

—Usted dígamelo, Leonor. Por qué no pudo.

—Es que. . . sentí que. . . sentí que se iba a asustar.

—¿Asustar? ¿Que no la conoce a usted desde hace años?

—Sí pero. . .

—Pero qué.

—Yo nunca le he dicho tan directamente. . . Es más, esa misma noche dije en la cena que ya iba a darme la oportunidad de relacionarme con un hombre.

—Por qué dijo eso.

—¡No quería que se asustara!

—Si se asustara, qué supone que haría ella.

—Pues. . . no sé.

—¿La rechazaría?

—Sí. . . sí. . . y yo prefiero morirme. . . —Leonor sollozó varios minutos. La doctora la miraba, las manos trenzadas sobre el vientre.

—Hay algo que no entiendo muy bien, Leonor —dijo en voz muy baja. Leonor dejó de llorar.

—¿Qué?

—Por qué quiere hacer algo que sabe que la va a hacer morir.

—¿Cómo? —se sonó otra vez, el rímel le dibujaba mapas negros en la cara.

—Sí. Usted no quiere asustar a su amiga diciéndole que la ama, por eso inventa que va a buscar una relación heterosexual. No quiere asustarla porque sabe que la rechazaría, y si esto sucede usted prefiere morir. ¿Hasta aquí estamos de acuerdo?

—Así es exactamente.

—Bien. Ahora usted viene a pedirme que le dé el permiso de decirle que la ama. O sea, ¿me está pidiendo permiso para morirse, Leonor?

—No, no es eso, no me entiende —saltó Leonor.

—Espere, escuche, hay una de dos: o me está pidiendo el permiso para morirse, cosa que no es muy lógica, o quiere que yo, por arte de magia, al darle a usted el permiso, le quite el susto a su amiga para que no sólo no la rechace, sino que acepte y comprenda su amor.

Leonor se quedó callada. Sin darse cuenta se puso a contar los pelitos de la alfombra. Iba en el treinta y ocho cuando la doctora la interrumpió.

—Yo no tengo ese poder, Leonor.

—¿Eh? —alzó la vista, nebulosa.

—Dije que no tengo ese poder.

—¿Le digo en qué estaba pensando?

—Dígame.

—En nada. Me puse a contar los pelos de la alfombra.

—La felicito. Es un buen ejercicio —respondió sonriendo levemente.

—Usted es idéntica a mi madre —dijo Leonor, irónica su temblorosa voz.

—En qué Leonor.

—Todo lo que hago le parece mal.

—A mí no me parece mal lo que hace, querida. A usted sí.

—¡Oh! Siempre salen ustedes con lo mismo.

—¿No será que usted es la que sale siempre con lo mismo?

—Si cree que me siento culpable de algo se equivoca, doctora. Voy a hacer exactamente lo que se me dé la gana.

—Y qué es lo que se le da la gana, en este caso.

—¡No le digo! —se exasperó Leonor, la cara era una plasta sobre una mueca.

—Me parece muy bien. Es un buen paso. Si no me dice, no me pedirá permiso. Me parece realmente muy bien. Se nos ha acabado el tiempo, Leonor, hasta la próxima —la doctora se levantó hacia la puerta. Leonor sintió galopar el corazón. La detuvo.

—¿No me va a decir algo? —susurró angustiada.

La doctora ladeó la cabeza y se quitó los lentes. La vio unos segundos a los ojos:

—Piense por qué se puso a contar los pelos de la alfombra, Leonor.

—¿Qué? —abrió mucho los azorados ojos.

—Cuántos contó.

—No sé.

—Bueno, no importa. Piense en eso. Hasta luego.

Leonor salió del consultorio y vio la luz de la tarde, pero no la tocaba, ella iba envuelta en un oscuro espacio, denso y rijoso.

—Ven conmigo, Delfina.

Agustín salía a una gira corta. Un *tête-a-tête* con un chelista ruso en las principales salas del país.

—Imposible, ahora sí imposible mi vida. Es mínimo una semana y yo tengo que terminar el informe académico y además el sábado es la comida de generación en Cuernavaca y no puedo faltar —decía Delfina volteando los *hot cakes* en la sartén—. Pásame la mantequilla y ve poniendo el chocolate —iba y venía descalza, los cabellos sueltos y una camiseta roja por único vestido.

Agustín fue por la mantequilla y comenzó a desmenuzar el chocolate en la olla de leche.

—Quiero que vengas.

—Yo también. Pero ya te dije todo lo que tengo encima.

—¿A Leonor también? —dijo, inmutable, casi sonriente.

Delfina se detuvo en seco. Apagó la lumbre:

—¿Quieres hablar, Agustín? —dijo mirándolo.

Él le devolvió la mirada. Asintió con cierto estremecimiento que Delfina no advirtió. Ella arrimó los bancos a la mesa de la cocina y quedaron frente a frente.

—Quiero que tú comiences —le dijo ella, los codos en la mesa, las manos bajo el mentón.

Él se miró sus propias manos:

—Voy a tocar como nunca. Quiero que me oigas.

Delfina no se esperaba este comienzo. Volvió la nota de luz:

—Voy —dijo tomándole las manos, llevándolas a sus labios.

No dijeron nada más. Media hora después, cenaban *hot cakes* con chocolate viendo una película en la televisión.

Pero al día siguiente Delfina despertó. Las cosas se le echaron realmente encima. El informe académico urgente, la comida de generación del sábado. Liliana Prado llamó de California diciendo que haría el viaje exclusivamente para estar en la comida, pero sobre todo para verla a ella. Y como broche de oro, el telefonazo de Leonor:

—Finí de mis angustias, tengo todo preparado. Tú simplemente haces lo que yo te diga.

—¿De qué hablas, Leoni?

—Todo está fríamente calculado —sonrió nerviosamente—. Tú no tienes más que obedecer y verás cómo eso que llaman paraíso es apenas un lodazal junto a lo nuestro.

—Leonito, me asustas.

Leonor rió abiertamente en la bocina:

—Sí, la felicidad asusta. Se trata del fin de semana. Escucha: punto número uno: el sábado paso por ti a primera hora, ¿vas siguiéndome?

—¿Eh?

—Mejor anota, eres muy brutita. ¿Ya?

—Oh...

—Tú anota. Punto número dos: desayunamos en Tres Marías. Quesadillas de flor, de chicharrón en salsa verde, y de hongos picositos, con un par de cervezas heladas, frente a los azules montes y la neblina dulce por ondino sarape.

—¿Dulce? ¿ondino?

—Tú calla y anota. ¿No se dice ondino a eso de hacer ondas en la luz de la niebla?

—¡Se desató por fin tu prosa castellana! ¿Por qué la guardabas tan celosamente oculta? Todo lo que se oculta se hace *celosamente*, ¿lo sabías?

—Finita, no interrumpas. ¿Has ido anotando?

—¿Tú crees que yo podré olvidar lo del sarape *ondino*? Ni torturada, Leonor.

—Más te vale, porque seguimos al punto número tres.

—Sí, punto número tres. Anoto.

—Llegamos a Cuernavaca, a casa de Débora y Artemisa.

—¿Tienen casa en Cuernavaca?

—Qué brutita eres Finí. ¿Cómo vamos a llegar a casa de Débora y Artemisa en Cuernavaca, si Débora y Artemisa no tuvieran casa en Cuernavaca?

—Realmente no tengo respuesta ninguna. Me has dejado boquiabierta, o mejor dicho patidifusa.

Grandes carcajadas.

—Basta. Punto número cuatro.

—Espérate mi coronel. Este cabo se ha quedado atorado

300

en el punto inmediatamente anterior: ¿qué se supone que voy a hacer en casa de Débora y Artemisa, si tengo comida en el Casino de la Selva con mi generación?

—Ay cabo, es usted más lento que un cachalote ebrio.

—¿Son lentos los cachalotes?

—No sé, pero los borrachos sí —otra vez carcajadas—. ¿Quieres que te desbroce el punto inmediatamente anterior? —continuó Leonor en franca felicidad.

—Desbrózamelo por favor.

—En casa de Débora y Artemisa, que sí tienen casa en Cuernavaca, tú te instalas en una linda recámara que tienen especialmente preparada para nosotras, con tapices color de rosa y vista al jardín, cabeceras de ratán y baño privado. ¿Vas siguiéndome, o voy muy rápido?

—Estoy anotando.

—Bien. Tú te instalas, te pones tu lindo traje de baño, te tumbas de panza al sol para que te broncees un poco, estás muy verde Finita, perdóname que te lo diga.

—Te perdono que me lo digas.

—Gracias. Bueno, entonces allí en el jardín frente a la linda y fresca alberca, se te será servido un fresco y jugoso *bloody mary* previamente preparado y sazonado por las expertas manos de nuestras anfitrionas. Lo saboreas lentamente, botaneándolo con un plato de palmitos frescos y galletas saladas. Tal vez unos piñones o nueces de la India.

—¡Qué delicia! —exclama Delfina.

—Claro. Júntate conmigo.

—¡Palmitos! ¡piñones!

—Dime gracias siquiera. El menú es mío.

—Gracias.

—De nada. Bien. Acto seguido te levantas. Te diriges a tu baño privado. Te das un fresco regaderazo. Te vistes con tu lindo vestido de orquídeas negras.

—Ay qué bueno que lo dices, Leoni, no sabía qué ponerme. ¡El de orquídeas negras es perfecto!

—Di gracias, querida.

—¡Gracias!

—Bien. Te peinas, más bien yo te peino. Quiero un lazo negro sosteniéndote los cabellos.

—Ay. . . ¿tú crees?

—Yo creo —continúa Leonor, voz recitadora, inmutable—. Vas a hacer palidecer a las jacarandas y los flamboyanes de toda Cuernavaca.

—Qué linda, Leoni, ¡ah, y gracias!

—No no no, eso no me lo debes a mí. La belleza es simplemente la belleza. Y no me agradezcas esta frase que ya tendrás muchas ocasiones para agradecer, no comas ansias.

Ríe Delfina:

—Oye, ¿en qué punto íbamos? ¡ya perdí la cuenta!

—Finí ¿por qué me haces esto? ¡Estoy desbrozándote el punto número tres, tú lo pediste!

—Ah sí claro, estás desbrozándome el número tres. Yo lo pedí. Bueno, obviémoslo, digo el desbroce, porque llevamos media hora en el teléfono y tengo que correr a la universidad.

—No corras. Me pones nerviosa, y no quiero por tu culpa que nada me perturbe hoy.

—Ah, entonces no es porque me pase algo a mí.

—Por supuesto que no. Lo único que me importa es que yo esté tranquila, así que manejas despacio.

—Prometido, bellaca. Ahora sigue, ¿cuál es el último punto?

—Ah. . . eso sí ya depende del azaroso e inasible destino —Leonor no ha dejado esa voz de recital poético.

—Madre mía —exclama ya con forzada sonrisa Delfina.

—¿Ves? Mejor volvamos al punto cuatro; habiendo obviado el número tres, el siguiente es que yo te llevo al Casino de la Selva. Te deposito en tu comida. Si tienes la venia y hay modo, puedes invitar a este humilde chofer a quedarse contigo. Humilde chofer que es prácticamente tu asistente en la universidad y por eso se ha ganado, considera él mismo, el derecho a estar presente, aunque sea en

302

un rincón, en esa magna celebración onomástica de una generación de prósperos catedráticos en Historia. Si no tienes la venia o no hay modo, tu humilde chofer se retirará y posteriormente, previo telefonazo tuyo, te recogerá en el mismo lugar a la hora indicada.

—Ay Leoni, me encantaría invitarte, pero. . .

—Momento. Eso se verá en su momento. No hay que adelantarse. Por lo pronto, obviaremos el desbroce de los siguientes puntos. Nos quedamos sábado y domingo en casa de estas peladas maravillosas. Están entusiasmadísimas por recibirnos, compraron una cava de franceses y españoles. Nos tienen langosta para la cena. Hasta pintaron el cuarto de huéspedes y encendieron la calefacción de la alberca. Vas a descansar de lo lindo, a comer y a asolearte como reina, y si quieres trabajar en tu informe, Débora te cede su estudio, es un tapanco silencioso con vista al naranjo del jardín, hay máquina de escribir electrónica y te dejaremos en paz el tiempo que necesites. ¿Sí Finí? Todo está listo y preparado, ¿sí Finí? —y aquí la delató la súplica en la voz, por primera vez en el telefonazo.

—Leonito. . . ay Leonito. . . ¿cómo puedo decir que no?

—Eso me imaginaba —Leonor recuperó súbitamente el imperio de su voz—. Bien. No se hable más. Y no me quites tiempo, Finí. Tengo que correr.

—¡No corras Leoni! Me pones nerviosa —bromeó Delfina.

—Bellaca. . . Tengo que correr a un montón de intermediarios parásitos que están haciendo cola desde hace una hora.

Colgando la bocina, las cosas se habían decidido de modo natural, sin mayores esfuerzos, en la cabeza de Delfina.

"Mi vida, por favor créeme, me siento muy presionada. Anoche me dejé llevar por el entusiasmo, las ganas de oírte, tan genial como siempre, no, esta vez mucho más, lo sé. Pero haciendo el repaso de todo lo que tengo que hacer me doy cuenta que de veras es imposible que te acompañe. Tan mal me siento por eso que preferí decírtelo de este modo. No tengo cara, simplemente. Ódiame el menor tiempo posible y con la mínima intensidad que esté a tu alcance.

"Te beso la punta de cada dedo y algo más. D.

"PD: Te espera mi frenesí hoy en la noche."

Delfina dobló la nota y camino a la universidad la dejó bajo la puerta del estudio de Agustín en el Desierto de los Leones.

—¡Cómo vas y le dejas una nota!, ¿es tu criada? ¿es el portero? —decía Águeda dos días después, la cara roja, congestionada, paseando su basto cuerpo en la recámara de Delfina.

Porque cierto, aquella noche el frenesí de Delfina esperaba a Agustín. Él no llegó, ni al día siguiente, ni al siguiente.

Agustín descubrió la nota por accidente, cuando tocaba por catorceaba vez el programa del primer concierto. Se le atoraban las escalas. Maldijo a Bach y fue a servirse un vaso de agua. Vio un papel en el suelo. Lo levantó y leyó con fastidio, con impaciencia. Cualquier cosa que lo interrumpiera mientras tocaba le parecía banalidad. Él estaba tocando a Bach. Sus ojos pasaron por las letras. Las letras no llegaron al cerebro. Por lo menos eso sintió él. Ésa fue la explicación que después él mismo se daría. Habían pasado de los ojos al corazón, directamente, pero la razón no las había registrado. Arrojó la nota al cesto de basura y volvió al violín. La escala, la escala, maldita sea. Cuando soltó de nuevo el violín, apenas tuvo ojos para ver delante el sofá-cama y tumbarse allí perfectamente dormido.

—Me está castigando. ¿Por qué me hace esto? ¿Es un crimen no poder acompañarlo? ¿Soy la mujercita sin otro oficio que seguir a su señor? ¿No tengo yo mi propia vida y mis propios asuntos? —se incorporaba Delfina llorando de rabia, y luego se dejaba caer sobre la almohada, sonándose la nariz.

—Es la forma, mamacita —insistía Águeda, roja como nunca su redonda cara—. Él te dice quiero que me oigas, te doy lo mejor de mí, y tú le dejas un recadito bobo, vulgar, y huyes como los ladrones o las prostitutas. Es como si. . . ¿cómo va ese dicho? que le hubiera arrojado margaritas a los puercos, ¿no va así?

—¡Y yo soy el puerco, por supuesto! —gritó Delfina enderezándose, hinchada de indignación.

—Y su música son las margaritas. Exacto, eso es lo que yo quería decir —exclamó sonriendo Águeda—. ¡Primera vez que me sale bien un dicho!, ¿te das cuenta?

Delfina se echó a reír y a llorar al mismo tiempo.

La primera noche la pasó en blanco. A las tres de la mañana comenzó a llamar por teléfono al estudio de Agustín. Pero Agustín lo había desconectado, como siempre que preparaba algún concierto. A las siete despertó Agustín y lo conectó para hacer unas llamadas. Entre una y otra, entró la de Delfina.

—¡Agustín!

—¿Sí?

—Qué diablos haces allí.

—Buenos días, hermosa.

—¿Por qué no llegaste a dormir? ¿por qué no me avisaste?

—Hermosa, dije buenos días —insistió suavemente Agustín.

—Pues no son buenos, son horribles.

—Cómo lo lamento.

—¿Ésa es tu venganza?

—¿Venganza?

—Por la nota.

—Nota, qué nota.

—¡La nota, Agustín, carajo!

—Aquí el único que sabe de notas soy yo. Cálmate, duerme un poco y luego hablas.

Agustín colgó la bocina. Y ocupó el teléfono durante largo

rato en varias llamadas. Iba saliendo cuando su vista cayó en la nota del cesto de basura. La recogió y la leyó. Volvió a arrojarla. Hasta ese momento registró conscientemente el mensaje. Y esa noche tampoco llegó a dormir a su casa.

—Me habló por teléfono, sí me dijo que no vendría, que porque prefería quedarse a estudiar hasta muy tarde y ya no quería manejar tanto en la noche, y quién sabe qué más, pero qué crees que me dijo cuando le pregunté otra vez por lo de la nota...

—Qué te dijo —dijo Águeda sirviendo el café en jarritos de barro, en la charola sobre la cama.

—Perdóname Agustín, pero ya te lo expliqué en la nota, le dije.

—Ah... sí, la nota. ¿Qué nota? Ah, ya, ¿una que está en la basura?, sí, sí.

—No puedo ir, ¿es eso un crimen?

—No no, no vengas, por favor, no no. Quiero concentrarme. No puedo estar atendiéndote.

—Qué crees que sentí, Águeda —gimió Delfina.

—Mierda purificada en pleno hígado —dijo Águeda dando un ruidoso sorbo de café.

—¡Eso!

—Te lo dije. Rigoberto es experto en ese giro. A mí ya hasta me está gustando el saborcito. Pero esta vez, mamita, tú te la fabricaste, me perdonas, entera, maciza, de la mejor calidad.

—¿Se puede saber de qué lado estás, Águeda? —la increpó Delfina, exasperada.

—De él, por supuesto —contestó mordiendo una galleta glaceada con relleno de fresa.

—¡Amiga del alma! —exclamó Delfina.

—Gracias por reconocerlo.

—Lo que pasa es que no me entiendes —suspiró Delfina.

—Pero Leonor sí, ¿verdad? —dijo Águeda clavándole los redondos ojos. Delfina se estremeció levemente. Se recuperó para contestar:

—Tú estás aquí, ¿no? A ti te pedí que vinieras, ¿o no?

—Ajá.

—¿Entonces?

—Nada. Si no te cayó el veinte, ya te caerá.

—Cuál veinte.

—Sígueme contando.

—Nada. Nada más. No lo veo desde entonces. Su avión sale mañana. Ni siquiera sé si va a venir por su maleta, ya sabes que tiene ropa y todo allá en su estudio. Se ha portado como novia ofendida.

—Yo creo que no. . . —murmuró Águeda.

—¿Por qué no me dice las cosas de frente? Simplemente se larga, cierra la puerta y se hace el desentendido, el genio loco que vive en otro mundo, y te hace sentir que todo lo tuyo son burradas que a él ni lo tocan.

—Qué hubieras querido que hiciera.

—Pues. . . carajo, si quiere que vaya con él, pues. . .

—Que te pegue y te lleve arrastrándote de los cabellos a lo cavernícola.

—¿Por qué no? Pero que no se haga el poeta lírico: "Buenos días, hermosa", ¡hijo de la chingada! ¡Prefiero mil veces que me pegue!

—Ay Dios Dios Dios ¿por qué seremos tan pendejas las mujeres? —suspiró Águeda zampándose la décima galleta de moka con relleno de crema—. A veces cómo nos hacen falta unos buenos golpes. . .

Delfina sonrió, por primera vez.

—Te estás acabando las galletas que me trajiste, Águeda, déjame las lenguas de chocolate.

—¡Mamita!, si tú eres la enferma, pobrecita, te abandonó el marido y yo comiéndome las lenguas de chocolate mientras tú agonizas en la cama —exclamó Águeda echándose tres lenguas juntas a la boca.

—Oye. . . ¡dame una, babosa! —y le arrebató las últimas— ¿por qué las mujeres tenemos tanto apego a la cama? Digo. . . ¡están riquísimas!, cualquier problema y directo a la cama, como ritual.

—En la cama sucede lo mejor y lo peor del mundo, hija: naces, duermes, sueñas, amas, creces y te multiplicas, pares y mueres. La cama es el centro de la vida y de la muerte. Te lleva al vientre materno o a la tumba, que son las formas perfectas del ser: inmóviles, seguras, intemporales. Te dejo la última lengua.

—¡Has dicho algo que no creerás haberlo dicho cuando te lo repita! —gritó Delfina y le dio un tronado beso en la mejilla, se levantó corriendo a abrir la regadera. Y desde allí se oyó su sonriente voz:

—Es mucho para ti. Ni yo creo que tú lo hayas dicho.

—Miserable. . . —murmuró Águeda y se zampó la última lengua de chocolate.

Aug + Delfina - la falta de comprensión

—¿Te llevo al aeropuerto? —susurró Delfina desde el quicio de la puerta de la recámara. Desde allí había contemplado, quieta, todos los movimientos de Agustín, que empacaba con cuidado sus partituras, su ropa, sus afeites, y tarareaba. Como si la quietud la hiciera invisible o detuviera el tiempo. Si el tiempo se detiene, nada malo puede ocurrir. La única manera de dominarlo es convirtiéndose en estatua. Pero la realidad se le impuso a Delfina cuando vio cómo Agustín cerraba la maleta. Era el fin. Es decir, el tiempo había transcurrido a pesar de sus esfuerzos. En el instante siguiente, algo tendría que suceder. La acción de empacar había terminado. Ahora tendría lugar la despedida. Y para detener ese segundo trance, Delfina había tenido que dejar parálisis y susurrar:

¿Te llevo al aeropuerto?

la cuarta o quinta frase que había dicho desde que había llegado a la casa, una hora atrás. Durante Delfina se había transformado, a fuerza de no po- que sentía, a fuerza de someterse a cuatro o cinco frases, en un ser totalmente artificial. Calculaba cada sílaba, cada movimiento. Tenía que hacer conciencia de cada uno de sus miembros, y saber cómo, dónde y cuándo colocarlos. ¿Qué hago con las manos? Los ojos, la mirada ¿hacia dónde? No sabía por qué estaba ocurriéndole esta transformación. Agustín no había dicho ni hecho prácticamente nada fuera de lo común. Abrió la puerta, dijo "hola, voy a empacar", "¿sacaste el traje gris de la tintorería?" "Pásame por favor el diccionario ruso, está en el quinto anaquel de la biblioteca." Y se había puesto a empacar. Sin embargo, era su presencia, esa atmósfera densa, sin palabras, cargada de emociones que sólo la música puede sacar, lo que pesaba sobre Delfina. Y ahora no había música. Sólo densidad. Entrando él en la casa entró *a* la casa, como ejército que conquista, la pobló, la poseyó, la sometió. En ese instante Delfina quedó anulada. No había lugar para ella. Para sobrevivir había que detener el tiempo. Y como esto era imposible, había que adaptarse, calcular cada paso, cada gesto. Saber que cuando Agustín hubiera terminado de cerrar la maleta, había que susurrar:

—¿Te llevo al aeropuerto?

Pero para Agustín las cosas hasta este momento no habían durado sólo una hora. Cuando entró en la casa había transcurrido ya una historia. En él nada fue calculado. Simplemente entró, y dijo e hizo lo que le pareció natural. Desde que leyera la nota, dos días atrás, había echado a andar su habitual mecanismo de defensa: desligarse, alejarse para no sentir, nada, ni bueno ni malo, no sentir. Dejar que el cuerpo actúe solo, de manera automática en la vida cotidiana, y depositar de manera exclusiva toda la emoción en el violín. Por eso no se acordaba de la nota. El mecanismo actuaba espontáneamente, fuera de su voluntad. Un cable se desconectaba y punto. No volvió en dos días a la casa porque se entregó a la música. Y de ninguna manera como reproche o venganza hacia Delfina. No le avisó porque no pensó en eso, pero jamás como castigo hacia ella. No dijo más porque no tenía más que decir. En realidad "hola, voy a empacar, el traje gris y el diccionario" eran las únicas frases que necesitaba decir, porque efectivamente eran literales y no ocultaban ningún simbolismo, como suponía Delfina, que estaba calculando hasta los parpadeos. Agustín no estaba haciendo otra cosa que empacar: meter trajes y partituras en una maleta para salir de gira. Delfina, en cambio, veía en esa acción un complejo caudal de decisiones trascendentales y contradictorias. Por eso tuvo que susurrar, cuando el aire se hizo completamente negro y sintió que le faltaba la respiración:

—¿Te llevo al aeropuerto?

Entonces lo vio volverse hacia ella, sonriendo.

Quieta en el quicio creyó que se le detenía el corazón. Él cargó la maleta sin dejar de sonreír y se dirigió hacia ella. Delfina cerró los ojos en un movimiento inconsciente, sólo allí se desbordó sobre los cálculos. ¿Qué pasó? Tuvo terror, terror ¿de qué? ¿de que la golpeara? ¿de que la aplastara contra la pared? ¡Qué cosa tan absurda! Cuando los abrió, Agustín ya estaba trotando escaleras abajo. Había pasado de largo junto a ella, sin rozarla siquiera. El aire se hizo aún más negro, cuando oyó la voz de Agustín en la escalera:

—Pídeme el taxi, Delfina.

Esa frase se convirtió en un torbellino de luces en los ojos de Delfina. Salió de la parálisis calculadora y se fue al extremo opuesto.

—¡Contesta, carajo! Contesta, me lleva a mí el carajo —gritó corriendo hacia Agustín.

Agustín se detuvo y la miró, perplejo:

—¿Qué?

—¡Te dije que si querías que te llevara al aeropuerto! —lo sacudió Delfina, enloqueciendo.

Ahí despertó Agustín. Porque en realidad no había oído la pregunta. Estaba pensando en el chelista ruso, en el programa del segundo concierto, quién sabe en qué. Cuando la vio enloquecida sacudiéndolo, estuvo a punto de decirle:

"¿Qué te pasa? El taxi, se me hace tarde". Pero las manos de Delfina sobre su cuerpo, esas manos que estrujaban el cuello de la camisa, las mangas del suéter, esas manos desbocadas lo despertaron de golpe, se le crisparon sus propias manos y soltó la maleta y el abrigo. Por arte de magia el mecanismo de defensa había desaparecido. La emoción acumulada afloró brutalmente en un instante. Sintió que quería estrujarla tal como ella estaba haciéndolo, que quería matarla con sus manos, que podía matarla con sus manos. La imaginó muerta, aplastada contra el filo de los escalones. Y el escalofrío lo hizo doblarse lentamente hasta quedar sentado en el escalón, bañado en sudores.

Delfina lo soltó, sollozando quedamente:

—¿Por qué me haces esto, Agustín? —murmuró muy débil. Agustín, la cara entre las manos, escuchó esa voz lejana. Una espina de dolor lo recorrió de cuerpo entero, y se incorporó acercándose a Delfina con mucha suavidad. Apenas le tentó los cabellos, los brazos, los hombros.

—Creo que tienes que perdonarme —se oyó decir, suplicante. Esta palabra, y la delicadeza de sus manos sobre Delfina, hicieron el milagro que él necesitaba con urgencia: hacer desaparecer esa crispación, esa gana de matarla, ese mirarla tendida en la escalera, y apaciguaron el dolor que le produjo esa voz de otro mundo en boca de Delfina. Cuando ella dejó de sollozar y se abandonó al abrazo, Agustín sintió un profundo alivio. No la había matado. No había pasado nada. El cuerpo vivo de Delfina estaba entre sus brazos. No era todavía un cuerpo amado. No desde la nota en el bote de basura, aún no podía volver a amar ese cuerpo. Pero estaba vivo, temblaba ligeramente, y le provocaba una sensible compasión. Así, con el rostro oculto en el pecho de Agustín, Delfina volvió a susurrar:

—¿Te llevo al aeropuerto?

Agustín ya estaba pensando en la maldita escala de Bach.

—No no —respondió casi eléctricamente—. No así, no quiero que salgas ahora, está lloviendo, no no...

Ella descansó suspirando. No insistió. No buscó explicaciones. Descubrió que lo menos que quería en la vida era llevarlo al aeropuerto. Quería, eso sí, con urgencia, echarse en la cama con los ojos cerrados. Abrirse entera sobre la cama, sin artificios, sin cálculos, sin nada. Apenas tuvo fuerzas para caminar hacia el teléfono y pedir el taxi. A duras penas el brazo derecho la obedeció alzándose para decir adiós a Agustín desde la puerta. La sonrisa era un pálido velo sobre su rostro. Así la vio Agustín por última vez, afilada, mirándolo desde un sueño bajo la lluvia, y supo que había hecho lo debido: tenía que irse para volver a amarla en la distancia. Cuando el taxi arrancó y no quedó de Delfina más que un fantasma desapareciendo bajo el agua, Agustín tuvo el impulso de abrir la portezuela y salir corriendo a buscarla. Pero no lo hizo. Se recargó lentamente en el asiento y entonces advirtió que por primera vez, en dos días y medio, se sentía de nuevo él mismo. No sabía si bien o mal, pero era él otra vez.

Los faroles del parque se encendieron y abrieron los ojos de Delfina. Había dormido varias horas, como muerta, sin soñar en nada. Anochecía sin prisa. Las nubes habían desaparecido. Por la ventana abierta las voces de niños en bicicleta y los carritos de helados y las bandas de Huipanguillo de los viernes del parque, entraron envueltos en aromas de algodón de azúcar y palomitas de maíz hasta Delfina. Sonrió lamiéndose los labios. Iba corriendo escaleras abajo, cuando la detuvo el ring del teléfono.

—Finí, no lleves camisón, tengo uno precioso para ti. Lo vi en la tienda y dije: está mandado a hacer para Finí. Simplemente no pude resistir. Chao.

Leonor había colgado la bocina antes de que Delfina hubiera podido respirar. Y antes de que hubiera acabado de respirar, sonó el teléfono de nuevo:

—Finí, se me olvidó decirte lo principal: te quiero.

—¡Leonito! —gritó riendo Delfina. Pero Leonor ya había colgado el teléfono otra vez. Delfina rió como niña. Esperó unos minutos a que sonara de nuevo. Pero las palomitas garapiñadas explotaban de miel casi bajo su nariz, y la sacaron entre saltos y carreras de la casa. Miel, algodones, manzanas duras y rojas, barquillos de crema, elotes calientitos y dorados. Los niños gritaban a pecho herido en la víbora mecánica, los más pequeños subían al camioncito y contemplaban con caras serias el paisaje desde la ventanilla. Unos muchachos empujaban el camioncito y hacían paradas en las calzadas rodeando la fuente de los patos. Los viernes en la noche el parque se poblaba también de rehiletes. Los rehiletes parecían alharaca de pájaros a media altura. Delfina compró uno, y compró tamales de chile y de dulce, y pepitas y cocadas. Y entró con las manos llenas y corrió lanzándose hacia el teléfono que sonaba y sonaba y descolgó la bocina y dijo:

—¡Yo también, yo también, yo también! —con voz aguda y cantarina. Y entre risas colgó abruptamente y se echó sobre la alfombra a pelar las pepitas con los dientes. La puerta había quedado abierta y el cilindrero tocaba un vals muy viejo y muy desafinado bajo los faroles.

Esta vez Leonor tardó más de media hora en volver a llamar, y catorce cigarros y medio.

Le sonaban en las orejas las palabras de Delfina, no como si fueran palabras con determinada significación. Le zumbaban como zumba un trino, una cascada, una campanada o una fronda en el viento; es decir, como el llamado de la naturaleza, como la expresión perfecta, la única posible que tiene la belleza para ser manifestada: ser, existir, revelarse en plenitud. Las palabras no decían algo, *eran*. ¿Eso sería el paraíso, donde las cosas son sin tener que nombrarlas? ¿No sería que el paraíso no es un lugar, sino un momento: éste, por ejemplo?

Después del aturdimiento, estuvo a punto de llamar con urgencia a su analista. Marcó varias veces el número. Pero colgó antes de que contestaran. Luego se tumbó en el suelo, de espaldas, e hizo varias respiraciones yoga de meditación y de relajación. Se concentró en poner en blanco su pantalla mental. Y unos minutos después estaba lista para volver a llamar a Delfina.

—Finí. . . —susurró.

—Cómo eres tonta, Leonito, ya me acabé las pepitas esperando tu llamada —rió calurosamente Delfina.

—¿Pepitas?

—Tengo cocadas y tamales también. Pero no te invito.

—¿Ya no me quieres?

—Déjame pensarlo, cuando lo sepa te llamo —dijo y colgó. Leonor se había recuperado totalmente. Y siguieron jugando al teléfono hasta casi la media noche.

Delfina tarareaba empacando su ropa para el fin de semana en Cuernavaca. Mordía de un tamal y de otro e intermitentemente subía el volumen de la televisión para oír voces. Al rato lo bajaba, fastidiada por las necedades:

—Mentecatos estos. . . parece que les pagan por decir burradas. . . ¿dónde estará mi bata de toalla? —decía en voz alta·e iba y venía entre los cajones hasta que sonaba por centésima vez el teléfono:

—Ya pensé que el rojo de tirantes no te queda para el St. Anthony's.

—¡Por qué Leonote! Ya lo empaqué y está hasta abajo.

—Porque ya me decidí por el blusón naranja, y así no combinamos, Finí.

—Cómo que no combinamos.

—No puedes ir tú de rojo y yo de naranja.

—¿Y se puede saber por qué no?

314

—Pues. . . o tú te vas a ver diamantina como criada, o yo me voy a ver percudida.

—Voy a pensarlo.

Y colgaban. Y volvían a hablarse, a veces seriecísimas; otras, atragantándose de risa. Y cada detalle del fin de semana se convertía de pronto en motivo de urgentísimo telefonazo. Hasta que ambas se quedaron dormidas, esperando el siguiente.

Tal como Leonor había prometido, Delfina iba sintiendo el paraíso al alcance de la mano. La neblina entre los pinos de Tres Marías se confundía con el humo de los fogones del desayuno. Los montes azul magenta. Las indias de dientes blanquísimos palmeaban con maestría las gordas de maíz. Un polvillo de estrellas en el estómago sentía Delfina, y era lo mismo que había sentido desde niña, cuando salía a carretera, ese cosquilleo que es el anuncio de la felicidad. Siempre el anuncio. Irse. Perderse entre campos encantados. Sobre una banca de madera clavada en la tierra, y coja, Delfina y Leonor esperaban ansiosas el banquete, temblaban de frío, felices, abrazándose, y decían lo primero que les venía a la cabeza:

—¡Qué hermosísimo es todo esto! —suspiraba Delfina.

—Yo adoro la naturaleza.

—¿Sabes qué animal me gusta más?

—A mí los pájaros.

—Pues a mí los pollos. Yo tuve uno de niña, me lo regaló mi papá. Pero una vecinita lo apachurró por envidia.

—Qué bárbara, ¿y tú qué hiciste? ¡Seño! ¿ya mero?

—Lloré como loca.

—Toma Finí, cuidado que está ardiendo, ¿quieres salsa?

—De la roja.

—Pues a mí me gustaría ser un pelícano. . .

—Lloré tanto que hasta me enfermé.

—Ay Finí. . . son las cosas irrecuperables. ¿Verdad que nunca nos sobreponemos a esas pérdidas?

—Nunca. Están en el pasado, que es como un sueño.

—O una pesadilla. ¡Me voy a pedir otra de flor! ¿quieres?

—Mejor de. . . queso fresco. Y son unas nimiedades.

—Ahora, si lo racionalizamos, las vemos como nimiedades. . . pero en nuestra emoción quedan como huellas para siempre. . .

—La terrible impotencia, ¿verdad? El mal como bloque que te cae encima y tú. . . sin ninguna defensa. ¿Y qué haces con el odio que sientes? ¿con la frustración?

—Aquí viene la de queso fresco.

—¿Ay, por qué estoy diciendo estas cosas?

—Dilas, sácalas Finí.

—¿Por qué cuando me siento tan bien, tan libre, tan contenta, tengo que acordarme de toda esta basura, estas penas tan ridículas?

—Tal vez para compensar, Finí. No estamos preparados para la felicidad plena.

—Ay Leoní, tú me prometiste el paraíso puro —sonrió Delfina.

—Ya comenzó, mi linda. Esto que estamos viviendo: decir, hablar, oír, es ya un paraíso.

—Pídeme otra ¿quieres Leoni? con mucho queso. Tienes razón —suspiró Delfina y se acurrucó en el sarape de Leonor, aspirando el humo de los fogones.

En jeans y delantal de chef, zapatos tenis sin calcetines, peinada a lo muchacho con un rizo sobre la frente, la boquilla entre los dientes, los ojos semicerrados, Débora las esperaba en la reja del jardín, con un puñado de rosas blancas y amarillas en una mano; en la otra, las tijeras con las que acababa de cortarlas de los macizos de rosales.

—Las blancas a la morena, las amarillas a la trigueña —dijo solemnemente.

Leonor y Delfina se miraron, aturdidas. Los pájaros de la mañana gritaban en las copas de los árboles. La casa de ladrillos rojos, el parasol de colores girando junto a la alberca. La Lushka ladrándole a los abejorros del naranjo, las rosas blancas y amarillas en las manos... Delfina sintió que se le aguaban los ojos.

—Por favor festéjenme la frase. ¡Tuve que ir al tumba-burros para eso de la trigueña! ¿A poco no suena muy poético?

Delfina soltó la carcajada con los ojos húmedos, y se lanzó a abrazar a Débora. Leonor reía y exclamaba maravillas. La Lushka se les unió meneando la cola, lamiendo los vestidos y las maletas.

Entraron directamente al desayunador, una terraza en desnivel frente a la ondulada alberca. Sobre la mesa de cristal, la cafetera eléctrica ronroneante, la loza con filos plateados, las servilletas de lino cerradas con un brazalete de encaje. Un ramito de violetas en un florero al centro. Aes y oes de las invitadas, cuando aparece la inmensa charola en manos de Artemisa: Platón de frutas frescas. Platón de huevos a la mexicana. Platón de wafles con miel y tocino. Platón de chilaquiles con crema. Platón de frijoles refritos gratinados. Tazón de yogurt, de cereal con ralladura de coco, pasas y almendras. Jarra de leche y panes dulces y salados.

Leonor y Delfina se levantaron de un salto. Gritaron. Se lanzaron a acomodar y a desacomodar platos, soltando frases locas y risas y suspiros:

—¡Santa María!

—Madre de Dios.

—¡Qué pecadoras!

—¿Viste el mamey?

—¡Chilaquiles con queso! Dios mediante.

—Como no sabíamos qué le gusta desayunar a Delfina...

nos decidimos por todo —dijo Débora conteniendo la sonrisa de satisfacción—. ¿Verdad Espiguita?

Ya no oyeron cuando Artemisa decía: "bienvenidas", charola en mano. El caos en la terraza se hizo total. La Lushka ladraba feliz, coreando las exclamaciones. Artemisa soltaba roncas risitas y se frotaba las manos, sus ojos azules brillaban, juntísimos. Su vestido blanco y suelto a lo oaxaqueña flotaba como si un vientecillo continuo la rodeara. Miraba a Débora de reojo, que daba los últimos toques a la mesa.

En ningún momento Delfina y Leonor recordaron que hacía media hora habían tragado como huérfanas en Tres Marías. Hincaron con ganas el diente en todos los manjares, sin pronunciar palabra, y sólo hasta el café con leche recobraron la cordura.

Leonor había sido clarividente. Porque cuando Delfina se dio la vuelta en el camastro de lona, y abrió perezosamente los ojos, la copa de *bloody mary* sudaba helada en la mesita del jardín. Los palmitos se abrían sobre una red de lechuga y las nueces de la India se tostaban al sol.

No estoy pensando absolutamente en nada, se dijo de pronto Delfina. Por mi cabeza no se cruza ni el más leve asomo de una idea. Mi cerebro está puesto al servicio de saber si ya me broncé mucho la espalda, si tengo sed y el movimiento del brazo que debo hacer para alcanzar la copa, o si mejor me lanzo de panza al agua azul. ¡Ay Dios, creo que esto es verdaderamente la felicidad!

Mientras Delfina se estiraba ruidosamente, Artemisa se acercó con una cubeta llena de toallas húmedas. Qué bella es, se dijo Delfina, no la había visto bien, es como una espiga, pero flota, y esos ojos juntos como de niña triste, los cabellos sueltos de oro viejo. . . caramba, sonrió.

—A ver, querida —dijo Artemisa arrodillándose junto a ella—, te voy a hacer una envoltura.

318

—¿Un qué?

—Para que tu piel se ponga tersa tersa tersa. Vas a quedar que ni bebé. Ven.

Artemisa extendió una sábana sobre el pasto y encima extendió toallas húmedas.

—Acuéstate y yo te cubro.

—Pero. . .

—Es parte del servicio —rió Artemisa—. Envoltura con agua de romero: huele. Deja la piel que no te cuento.

Delfina obedeció. Y cuando su piel ardida tocó la toalla fresca, la boca se le llenó de gritos carcajeantes.

—No, no te muevas, espérate —reía Artemisa—, es un instante lo feo. Verás qué rico sientes.

Delfina quedó envuelta como momia. Y un vapor de hielo aromatizado comenzó a invadirla dulcemente. Vahos de hierba, cosquilleos como caricias en los muslos, los brazos, el vientre, la espalda. Artemisa fue y volvió en un parpadeo con un plato de guacamole y una palita de madera.

—Ahora la mascarilla. Ay manita, vas a quedar de caramelo —reía acomodándose para el procedimiento.

—Qué es, ¿guacamole? Huele tan rico que hasta se me antojó —dijo Delfina totalmente abandonada al bienestar.

—Claro querida. ¡Felipa! ¡el salero! —gritó Artemisa hacia la cocina. Llegó Felipa con el salero.

—¿Me vas a dar? ¡Pero era broma! —sonreía Delfina.

—A ver preciosa, una y una —dijo Artemisa y la cucharada sazonada era para la boca, y la otra para la cara de Delfina.

—Dónde aprendiste estas maravillas, Arte.

—¿Te gusta?

—¡Me embelesa!

Las expertas manos de Artemisa flotaban embadurnando el rostro de Delfina, que suspiraba. Cuando la vio dormida, Artemisa acercó el parasol y la cubrió con una tibia sombra.

Débora y Leonor habían ido a disponer las cosas en el cuarto de huéspedes. Y allí las detenía la conversación.

—Guapa, el tiempo es oro —sentenciaba Débora—. ¿Quieres que ponga la cortina gruesa?

—No linda, gracias. . . Pero cuánto tiempo más, Débora. No sé si pueda. . .

—¿Estás sufriendo, verdad? —cruzó los brazos Débora y le clavó la mirada. Leonor asintió—. Ya te tocaba —continuó con un dejo de sonrisa—. La estás pagando.

—Cómo eres, patito —dijo Leonor, las lágrimas a punto.

—Así es la vida, guapa. Como rueda de la fortuna. Un día estás arriba y etcétera. . .

Las lágrimas de Leonor rodaron hasta la camisa, solas, libres del resto de Leonor, que permanecía inmóvil y callada.

—Pero no llores porque me contagias —balbuceó Débora. Se le acercó y le limpió el rostro, suavemente, la sujetó del mentón—. Yo te quiero, ¿lo sabes? ¿lo sabes patito? —le susurró con énfasis.

Se miraron cara a cara. Leonor asintió tratanto de sonreír. Y Débora bajó aún más la voz:

—Contigo me desmorono, eres la única, lo sabes ¿verdad? Contigo no puedo patito bellaco. No chilles, ella te quiere, te lo aseguro. Mira: una cabecera de ratán, lámpara de pantalla opaca, alfombra blanca, no puede ser más blanca, nueva, para las dos, a solas, sólo para las dos, tú y ella. ¿No estás contenta, Leonor?

Leonor soltó un sollozo y abrazó a Débora vehementemente. Débora se desprendió con firme suavidad, sonriendo, los ojos húmedos:

—Ya pato, ponte el traje de baño y vete a echar al sol. Te espera un sol esta noche. . .

Artemisa, en sus ires y venires, se había asomado invisible a la ventana del cuarto de huéspedes. No vio nada en realidad. Pero un vago dolor le rozó el pecho. Y corrió hacia la Lushka, que corría hacia ella, juguetona y salivosa.

Delfina se oyó cantar en la regadera, sintiendo la cara, la espalda, los muslos bajo los ríos de agua. La ventana del baño abierta al jardín, a los rosales amarillos. Don Aurelio regaba meciendo la cabeza y murmurando. El cielo flotaba intensamente azul. Cantaba Delfina untándose espumas olorosas preparadas sólo para ella, y cerraba los ojos suspirando.

Salió del baño empapada y totalmente desnuda. Leonor estaba preparándole el vestido y los zapatos. Le echó de golpe los ojos. Delfina rió a carcajadas y de un salto se lanzó a la cama, sin cubrirse.

—Artemisa me dijo que no me secara con toalla. Que la piel quién sabe qué. Así que perdonarás el espectáculo.

Leonor desvió la mirada y no volvió a ponerla en el cuerpo de Delfina hasta que quedó completamente vestido. Centró la conversación en el peinado, el color de labios, las arracadas, y fue y vino por la recámara afanándose para dejar todo listo, hablando sin parar y sin mirar a Delfina. Por supuesto no era la primera vez que la veía desnuda. Pero era la primera en la que no podía verla, se le doblaban las piernas. Desnuda Delfina bajo ese cielo de Cuernavaca, los rosales amarillos regados por los murmullos de don Aurelio, las abejas zumbando y el agua dulce, tintineante. . . no podía. Sus cabellos mojados, su risa, toda ella un color. No, no podía. Anhelaba Leonor con toda su alma mirar, mirarla. No pensó en volcarse sobre ella y poseerla. Tenía miedo de que mirándola las palabras le salieran de la boca sin aviso, quién sabe qué palabras. Curiosamente, no temía sus actos, sino sus palabras. Y Delfina se estiraba feliz sobre la cama.

—Ay Leoni, ¿sabes que ya no tengo ganas de ir a la comida? —dijo cuando se vio al espejo, perfectamente arreglada. Leonor contemplaba su obra: la había vestido, peinado y maquillado de modo que Delfina era doblemente Delfina, y era de ella. Sonrió Leonor, dueña—. De veras Leo, estamos tan a gusto aquí. . .

—¿Y mi obra maestra? No Finí. Vamos a lucirte —dijo Leonor en tono de broma y la condujo con firmeza del brazo hacia la salida.

Débora, que daba instrucciones a don Aurelio, se acercó cuando la vio en la reja. Vestía *pants*, una camiseta enorme y suelta y un sombrero de paja, la boquilla entre los dientes y las lentas zancadas, descalza sobre el pasto.

—Quieres matar a alguien —le dijo a Delfina, seria, casi agresiva.

Delfina balbuceó. Leonor soltó la carcajada y le hundió el sombrero a Débora hasta la nariz.

—¡Arte! —gritó Débora saliendo del sombrero—. Ven Gacelita. . .

Artemisa, que jugaba con la Lushka bajo el naranjo, corrió flotando entre los blancos encajes del vestido.

—¡Ay! —exclamó agitada, mirando a Delfina—. ¡Pero vas a matar a todos!

Débora y Leonor se miraron sonriendo, hondamente. Y Delfina dio un giro completo y abrió los brazos, diciendo:

—¡Caigan, señoras! ¡quiero ver cadáveres!

Después de los ademanes de muerte, los aplausos y las risas, Leonor dijo a la anfitriona:

—No tardo, queridas. Guárdenme una sobrita.

—Es que estoy pensando. . . —comenzó a decir Delfina.

—Nada. Ya deben estar esperándote —interrumpió Leonor, que iba toda de azul celeste, como para una fiesta.

En el Casino de la Selva les recibieron el coche y las condujeron a la entrada. Leonor actuaba con naturalidad, como si fuera la invitada principal.

—¿Comida de generación? —dijo el capitán del salón Esmeralda.

—Comida de generación —repitió firme Leonor. Las hizo pasar hasta la recepción, donde otro capitán revisaba un enorme libro y dos edecanes sonreían blandiendo canastitas de dulces, regalo de bienvenida.

Delfina sonreía mirando como pájaro hacia todos lados. Unos pasos antes de llegar hasta el capitán del librote, Leonor la apartó:

—Bueno Finí, ya vi adónde te estoy depositando. Aquí me corto. Yo no estoy invitada —resbaló sombríamente la última frase.

—Quédate Leo, ¡yo te invito! —exclamó casi en voz alta Delfina. Las frases se le salieron de la boca sin que ella las hubiera creado. ¡Cómo!, se dijo de inmediato. Hace un minuto me estaba poniendo nerviosa porque no sabía qué hacer para despedir a Leonor. ¡Es que ella no está invitada! ¡es la comida de *mi* generación! No le dio tiempo de resolver este dilema. El corazón se le había oprimido cuando los negros ojos de Leonor dejaron de brillar y arrastró pesarosamente su última frase—. No no, yo te invito —se oyó decir de nuevo—, ¿qué importa que no tengas boleto? Voy a decirle al capitán.

Leonor se hizo del rogar, con mucha humildad, por supuesto.

—Me da pena Finí, todos son profesores. . . con qué cara me presento. . . No me van a dejar entrar sin boleto. . . No importa mi linda. . . yo te espero, tú diviértete. . .

Hasta que Delfina se dirigió dando taconazos hacia el capitán del librote:

—Señor, la profesora Oliver perdió su boleto.

Leonor se acercó tímidamente.

El capitán sonrió con todos los dientes y buscó afanosamente el nombre de la profesora Oliver, diciendo:

—Permítame, permítame, sí este. . . permítame —pero obviamente no lo halló— si este, es que no podemos, permítame, tenemos la orden este, o sea que sin boleto no entra —sonrió echando los dientes, y se puso gris.

—Cómo que no —ladró Leonor, que de un momento a otro transformó su timidez sonriente en ferocidad y se lanzó hacia las mesas. El capitán se interpuso:

—Este. . . o sea que tenemos la orden. . .

—Quítese —el capitán no se movió—. ¡Mentecato! ¡Dónde está el gerente! —gritó Leonor—. Hay que hablar con la cabeza, no con esta punta de chimpancés disfrazados de meseros.

Delfina se puso intensamente roja, el corazón le palpitaba en las sienes. Grupitos de profesores comenzaron a observar la escena. Saludaban a distancia a Delfina, que quería hundirse bajo la tierra.

—Ya Leonor, mejor vámonos. Ya ni quiero entrar —susurraba Delfina.

—Ningún vámonos, es nuestra comida de generación, no nos la vamos a perder por un retrasado mental.

—Leonor, querida, déjalo.

—A mí no me va a tratar así un pelagatos.

Se armó el alboroto. Capitanes iban y venían con muchos dientes en la boca asintiendo frente a Leonor, que juraba encarcelarlos y blandía billetes en la mano:

—¡La junta universitaria va a presentar una demanda contra este changarro y lo va a clausurar! Soy decana del consejo, ¡soy la profesora Oliver! Yo pago mi boleto ¡lo pago doble! —enronquecía, los ojos metralletas.

—¿Conoces a la profesora Oliver? —cuchicheaban los profesores que estaban haciendo cola en la recepción.

—¿No es del consejo?

—No, yo no la he visto, y soy vocal.

—Estará en año sabático.

—Estará. . .

—Qué lata, llevan media hora discutiendo.

—¡Ya déjela, oiga, parece la cola de la pagaduría!

—¡Ni en las fiestas se escapa uno de la burocracia!

A instancias de los profesores, es decir, porque comenzaban a alzar la voz y a exasperarse, apareció un último capitán vestido de morado oscuro y capas de brillantina en los cabellos. Hizo pasar a todos sin más averiguaciones ni boletos de por medio. Y le ofreció mil disculpas a la profesora Óliver. Leonor ni siquiera se volvió a mirarlo. Tomó del brazo a Delfina, que temblaba de los cabellos a los zapatos, y entró al salón sonriendo tímidamente a la orquesta, que abría con un melódico instrumental de *Something in the way she moves* de los inolvidables Beatles.

Redondas mesas adornadas con margaritas y manteles hasta el suelo rodeaban la pista de madera. El salón Esmeralda estaba casi lleno y el vocerío de la primera copa y los saludos —años sin verse— cubrían la escena.

—¡Dios mío! —surgió el grito de una de las meseras. Y tras él, el relámpago cuerpo de Liliana Prado, que juntando y separando las manos varias veces, corrió hacia Delfina. Delfina abrió mucho los ojos antes de lanzar una sonora sonrisa, y desprendiéndose de Leonor, se volcó abrazando a la antigua compañera.

—¡Tienes canas! ¡qué divinas! —reía Delfina alborotándole la melena.

—¡Y tú pareces Caperucita y el lobo feroz, mija, cómo le haces!

Liliana Prado ni siquiera había advertido la presencia de Leonor. Pero Leonor se guardó lo del lobo feroz bien anotado en la agenda.

—Mira, ¿te acuerdas de Leonor? Ella es Liliana Prado, ¿te acuérdas?, sí, ¿verdad Leo? —Delfina resplandecía, era ella la que no recordaba los detalles de cómo se habían conocido entre ambas. De modo que ni siquiera vio la metálica sonrisa que se repartieron y la blanda y fugaz sacudida de manos que se brindaron.

Venir de la casa de Débora y Artemisa, esa atmósfera de leche y miel bajo el sol de Cuernavaca, y encontrarse ahora con Liliana Prado, en una fiesta donde todo mundo le admiraba sus méritos académicos, eran dos hechos suficientemente intensos para abatir el terror que le había causado Leonor hacía unos momentos en la entrada. Delfina había aprendido a borrar de inmediato lo desagradable. Y lo hacía automáticamente, como el único mecanismo de defensa posible desde que era niña. Nada podía contra las cosas del mundo que la herían o la asustaban. Pero sí podía olvidarlas, hacer como que no existían. Así que unos minutos después, se sentaba a la mesa de Liliana Prado entre ruidos festivos, no sin antes presentar vagamente a Leonor y pedirle a una pareja que se corriera un lugar para dejar libre la silla de su izquierda. Allí se sentó Leonor, seria, las manos recogidas sobre la bolsa. No podía negarlo. El ambiente universitario se le imponía. La dejaba desnuda, sola: mercachifle de vejestorios, groseramente rica a fuerza de comprar y vender cosas inútiles a gente cretina llamada cortésmente *snob*. Ella no era nada ni nadie frente a los maestros, doctores e investigadores que vivían entre libros en ese *habitat* metafísico llamado carrera universitaria, y ceñidos de la aureola de un título profesional. Generalmente, para contrarrestar este sentimiento de inferioridad, Leonor inventaba desprecios atroces hacia toda esa runfla de exquisitos polvosos, más ocupados en descifrar jeroglíficos que en vivir el presente. Y se decía que a ella le habían bastado unos cuantos cursos con Delfina para especializarse en antigüedades y hacerse rica como patrona, sin mendigar de la ubre burocrática, siempre estreñida, de esta corrupta universidad tercermundista. Pero ahora se encontraba fuera de sus dominios. Había penetrado ilegalmente, como criada que se cuela al banquete, en los terrenos metafísicos de la toga y el birrete. Y no podía negar su sensación de inferioridad. Dio unos sorbos a su copa, regando la vista y oyendo la conversación de Delfina con Liliana Prado, que era frenética y entrecortada, con jirones de sus correspondientes estudios, planes y cátedras. Y de pronto sintió que odiaba la voz de Delfina. Y se sobresaltó. La voz era un zigzag de explosiones y penetraba como cuchillo en las orejas de Leonor. La odio la odio la odio. . . gimió por dentro Leonor. Y en una mueca que quiso ser sonrisa se volvió a mirarla. Pero sus ojos se cruzaron con los de Liliana Prado, que asentía escuchando a Delfina. Liliana Prado sostuvo esa mirada bajo sus lentes, hasta que Leonor, turbada, la desvió, y casi como resorte se levantó de la mesa y le puso la mano a Delfina en el hombro:

—Finí —dijo inclinándose hacia ella en secreto—, no tardo.

—¿Qué pasó, Leonito? —se irguió volviéndose Delfina, y puso su mano sobre la de Leonor.

—Voy al baño, linda —susurró—. Con permiso —dijo al aire en voz alta y caminó lentamente, cuidando cada paso, hacia la salida.

Todavía llevaba la sensación en la mano: el hombro tibio de Delfina, la mano fresca de Delfina sobre la suya, el tacto de esa piel recién bronceada y su vago olor a romero. Sintió que su mano ardía. La odiaba. La odiaba entera. No sólo la voz, también odiaba sus claros ojos castaños y su sonrisa, sus dientes, odiaba sus hombros, ese hombro delgado y su mano pequeña, cada uno de los dedos, las uñas. El odio se hizo celular, microcelular, molecular, infinito.

Cuando llegó a la cabina de teléfono, le temblaban las piernas, porque el odio se había hecho líquido, como un mar ondulante, y casi la ahogaba.

Marcó el número casi ebria, aunque apenas había tomado un trago de vodka. Contestó la voz de Débora, y entonces Leonor comenzó a gemir.

—¿Leonor? ¡quién habla! ¿Leonor? —alzó la voz Débora.

—Patito. . . —susurró entre gemidos Leonor.

—Qué pasa, qué te pasa, qué pasó.

—Es que no puedo patito, no puedo, la odio, la odio, la odio.

—Dónde estás, dime qué pasó.

—Aquí —se aclaró la voz Leonor, reponiéndose—. Aquí, en la comida.

—Y qué pasó.

—Nada. . .

—¡Cómo que nada, carajo! Oh. . . bueno tranquila pato, cuéntame —se controló Débora.

Leonor volvió a aclararse la voz, casi repuesta:

—Patito. . . dime que estoy loca —sonrió sonándose la nariz.

—Estás loca. Ahora cuenta —se impacientaba Débora.

—¿Verdad que estoy totalmente loca? Sólo quería oír tu voz, patito. No me hagas caso. No ha pasado absolutamente nada. La fiesta está linda, puro intelecto ya sabes, cursilona y con orquesta.

—Que cuentes, Leonor.

—Ya deben estar esperándome en la mesa.

—Voy por ti ahora mismo.

—¡No!, digo de veras, es que se me zafó un cable pero ya lo conecté, patito. Sólo quería. . .

—Cuántas llevas, madre.

—¿Yo?, ni una, palabra.

—Prométeme una cosa, Leonor. ¿Me lo vas a cumplir?

—Sí, sí, lo que sea.

—En este mismo momento te vas al baño y te plantas frente al espejo, te pones guapísima y sales hecha una reina, dispuesta a pasar una comida maravillosa con tu amada. ¿Me oyes bien, Leonor?

—Sí —balbuceó quedamente Leonor.

—Vas a ser feliz con tu a-ma-da, traga, bebe, baila, canta con ella. ¿Clarísimo?

—Te adoro, patito —exclamó Leonor sonriendo.

—Ahora cuelga ya.

—¿Eh?

—Que cuelgues y te largues. ¡Te está esperando!

Leonor despegó la bocina de la oreja y se quedó mirándola:

—Sí —dijo colgando un segundo después. Y corrió hacia el baño.

Cuando se alargaba una por una las pestañas con el rímel, frente al espejo, entró Delfina:

—¿Qué pasó, Leonor? Creí que te habías sentido mal.

—Estoy poniéndome más guapa Finí, no quiero hacerte quedar mal. ¿Crees que pueda? —dijo Leonor en tono serio.

Delfina se echó a reír:

—Apúrate con la guapura porque ya van a servir, ¡y tengo un hambre! Estás irresistible —ronroneó parándose detrás de ella, asomando la cabeza al espejo y enlazando las manos alrededor del cuello de Leonor.

—¿Verdad que sí? —sonrió Leonor, y un baño de amor la cubrió de pies a cabeza.

Leonor llegó transformada a la mesa. Sonreía y chocaba copas con todo mundo. Con discreción y mucho interés, le preguntó a Liliana Prado sobre sus quehaceres en la universidad de Santa Bárbara. Ella contestó con vaga sequedad. Pero Leonor insistió, hasta que logró entusiasmarla. A Delfina se la arrebataban de mesa en mesa ex compañeros y ex compañeras. Y la orquesta anunciaba una tanda especial de cumbias clásicas.

Una manada de jóvenes profesores, ellos y ellas, se lanzó a la pista. Se hizo la rueda. Todos bailaban con todos y luego cada uno pasaba al centro y hacía dengues cumbieros mientras los demás coreaban y aplaudían. Volaban brazos y piernas, cabezas epilépticas, ondeos de falda, sudores dulzones y muchas risas. Delfina pasaba al centro. Bailó poseída a lo flamenco, zafándose la cinta de los cabellos, y con ellos hizo coreografías, jeroglíficos, abanicos fugaces, crineríos, encajerías. Y en el estruendoso aplauso se abrió paso hacia Leonor, que la miraba quieta desde la mesa, el cigarro quietísimo en los labios, y sólo por el vuelo lento del humo no parecía una imagen fija, congelada. Desmelenada se abrió paso, y braceando llegó hasta ella, y la jaló de la mano obligándola a levantarse. No oyó Delfina lo que decía Leonor, que le decía no, no no, porque la música y el vocerío en gran primer plano nublaban todo diálogo. Leonor la vio llegar como si Delfina viniera en cámara lenta hacia ella, como una escena cuya esencia es submarina, y que sorprendentemente se estuviera dando en otra dimensión, a toda velocidad y con estridencia. Apenas pudo reaccionar para soltar el cigarro y decir sonriendo: no no no. Porque en el momento en que sintió la mano de Delfina sobre la suya, desapareció la cámara lenta tasss... como pompa de jabón o magia. Y antes de saber dónde, Leonor ya estaba palmeando *El negro José* frente a los caderazos de Delfina en el centro de la rueda.

Sintió que comenzaba a sudar. Y ese caliente sudor sobre la cara, en las ingles, en las axilas que sombreaba su *palazzo* azul celeste, la llenó de gozosa desesperación. Ciegos los ojos profundamente negros, detuvo a Delfina de los hombros, y sin decir una palabra, la sujetó a lo varón para marcarle el paso. Todos festejaron la cosa. Leonor no sonreía, sudaba y respiraba hondo y hacía zarandear a Delfina con un leve impulso del brazo. De modo que Leonor parecía quieta, pero era ella la que marcaba el ritmo, mientras Delfina devoraba la pista a giros y carcajadas, obedeciendo.

"Pero miá nomás", murmuraba Liliana Prado, los diminutos ojos como platos detrás de los aros dorados, en un acento más norteño que nunca. Y no cesó de murmurar hasta que la tanda especial de cumbias clásicas, entre silbidos, calambres, infartos y bravos desgañitados, llegó a su fin.

—¿Te digo qué? —resoplaba Delfina dirigiéndose a la mesa, recargándose sudorosa sobre los hombros de Leonor.

—Dime qué —contestó limpiándole con la mano a Delfina el sudor de la cara.

—Te admiro, Leoni.

—¿Apenas te das cuenta? —sonrió Leonor, le alisaba los cabellos revueltos.

—No seas boba, Leona horrorosa. ¡Es que siempre logras lo que te propones!

—Claro Finita.

—En serio, primero me escandalizaste hoy en la entrada. Te juro que casi te mato. Pero ve nada más. . . y qué bueno que estamos aquí.

—Te voy a servir vodka helado, Finí, y te voy a peinar estas greñas —contestó Leonor, sonriendo, el paso firme.

Se apagaba la fiesta. Grupitos medio borrachos en algunas mesas. Las margaritas desfallecientes de humo en los floreros. Los manteles pintados de sobras y copas volteadas. Delfina discutía la nueva política del Departamento del Distrito hacia el Centro Histórico de la ciudad.

—¿Van a sacar a la gente que ha vivido allí por generaciones para darle gusto a los turistas, despachadores de gasolina en las rancherías de Texas? —alzaba la voz, los ojos ya giraban levemente.

—Si no sacan a los pobres, ¿a quiénes quieres que saquen? —insistía un compañero, que se empeñaba en llevar a las burlas veras la conversación, demasiado sazonada de vodka tonic. En efecto, las risas invadieron los éticos argumentos de Delfina.

—¡Pero la antropología y la historia no pueden estar separadas! —exclamaba ella, que no podía, ni aun cayéndose de ebriedad, no discutir en serio; al contrario, duplicaba el énfasis con visceral pasión—. Es una aberración —decía

331

casi gimiendo—, no podemos matar el presente para que la Historia, esa señora gorda con mayúsculas, siga viva como momia embalsamada.

—Por eso, el presente de México son los gringos gasolineros de Texas, Delfina, déjalo ser.

—¡Ya cállate Benítez! —exclamó Liliana Prado sobre el coro de risas.

—Sí Benítez, no mames, la gorda esa es una pinche momia —dijo otro.

—Ya están todos pedos —dijo una de más allá.

—¡Estamos, coronela!

—¡No me digas coronela!

Delfina meneaba la cabeza lastimosamente. Liliana Prado se levantó decidida y la condujo hacia una mesa vacía.

—Vente. Ya están a punto. Tenemos mejores cosas que hablar.

Leonor estaba en otra, donde narraba a dos profesoras, que apenas podían mantener los ojos abiertos, el proceso de creación de su cadena de tiendas de antigüedades, haciéndoles el inventario de las más recientes adquisiciones y cómo había aprendido a reconocer lo hechizo de lo auténtico. Intermitentemente, sus ojos buscaban a Delfina.

—Ay mija, están muy anacados aquí en Chilangolandia, tú eres la única que te salvas. Cuéntame, ardo con ardor del bueno, cómo ves, qué hay, qué dices —ametralló Liliana Prado.

—Tú primero —sonrió Delfina.

—No mija, todo idéntico, soy una aburrición.

—¿Prospectos?

—Ay mi alma, envejecer sabia, no pido más.

Delfina rió cariñosamente:

—De veras Lilián ¿nada de nada? No te creo.

—Pues así como quien dice, algo, que tú digas es algo, sólo la noche...

Delfina arqueó las cejas y abrió la boca.

—... de pura noche mija, no sé si les llames sueños o

332

pesadillas —continuó Liliana Prado suspirando—, son estupendos, buenisísimos, a la hora de estarlos soñando, pero abres el ojo y se te hizo pesadilla, corazón: almohada, es tu realidad aquí en la tierra. Amén.

Delfina rió con más cariño aún.

—Con estas canas Lilián, estás más atractiva que nunca —dijo sobándole la corta melena.

—Ay mija, si no estuvieras casada con un señor maravilloso, me cambiaría de bando —y esto lo dijo con una inocencia tan deliberada que no pasó inadvertida en Delfina, que se irguió apenas en levísimo movimiento sobre la silla—. Pero cuéntame de tu señor maravilloso —continuó inmediatamente Liliana Prado sin dar pie a nada más.

—Pues de maravillas —respondió Delfina con aire excesivamente festivo—. Ahora debe estar. . . debe estar. . . déjame ver. . . yo creo que con la Filarmónica de Jalapa. ¿Qué día es hoy? Sí, va a tener un *tête-a-tête* con un chelista ruso que es un señorón. Andaba un poco nervioso, ya sabes, se pone de malas, pero va a tocar como nunca. Yo sé. Tú vas a ver la crítica. Como nunca.

Como nunca acostumbraba, Agustín estaba esta noche, después del concierto, cenando y bebiendo con la subdirectora del Instituto Veracruzano de Cultura, una de las instituciones que organizaran la gira. Nunca hacía nada parecido. Se emborrachaba con los políticos o con los directores de orquesta o con ambos, o se encerraba en su cuarto a ver televisión y a dormir. Pero desde el aeropuerto le vio el cuerpo onduloso, el vestido verde untado a los muslos, a los pechos, la sonrisa blanca. Del rostro vio sólo eso: la sonrisa blanca. Ahora en la penumbra del restorán, un barco encallado iluminado con velas y rodeado de suaves estruendos, las olas lejanas entreveradas a la marimba, no veía tampoco su rostro. Si le hubieran preguntado cómo es Marta

333

Montaño, hubiera tenido que decir: vestido verde entallado, brazos morenos, sonrisa blanca.

Los dos habían hecho, como si se hubieran puesto de acuerdo, imperceptibles arreglos con las comitivas para librarse de compromisos y estar precisamente haciendo lo que estaban haciendo.

En el *chartreuse*, mirando el ventanal, Agustín le dijo calmadamente a Marta Montaño:

—Vámonos.

Ella bebió de un trago el resto de la copa. Y asintió. Él no estaba mirándola. Seguía con el oscuro mar en los ojos. Alzó el brazo lentamente pidiendo la cuenta.

El cuerpo de Marta Montaño latía al ritmo de la respiración acompasada, profunda. Un leve esmalte de sudor lo había cubierto momentos antes. Ahora, tendido y solo sobre la cama, parecía que no pertenecía a nadie, que no era el cuerpo de ninguna persona. Esto había sentido Agustín cuando se retiró en silencio de ese cuerpo, después de un breve intento, y se sentó al borde de la cama, buscando en el buró la cajetilla de cigarros.

—No te preocupes Agustín. A veces pasa —oyó la voz que salía de ese cuerpo. Una voz artificialmente dulce. Y sintió náuseas. Había bebido un poco más de la cuenta, y peor aún, revolviendo licores y cocteles azucarados, lo que nunca hacía. Era buen bebedor. ¿Qué le había ocurrido? Encendió despacio el cigarro con un cerillo que arrojó con impaciencia al aire. ¿Le había dicho "Agustín"? ¿Pronunció su nombre? Sí: "No te preocupes Agustín. A veces pasa", ésa había sido la frase. Se sintió totalmente extraño. Viviendo la vida de otro. Sin saber quién era el otro ni qué estaba haciendo allí.

Mientras el brazo de Marta Montaño se extendía a ciegas, buscándolo, perdonándolo, como ser autónomo ese brazo con manos y dedos que le tentaban la espalda, los hombros, Agustín trataba de saber qué le estaba pasando, qué había ocurrido desde que vio ese cuerpo en el aeropuerto, o antes, desde que se había despedido de Delfina, viéndola afantasmarse bajo la lluvia. Por algo estaba aquí y ahora, en este estado. Y quería caminar el camino de nuevo, el camino que lo había conducido hasta el aquí y el ahora. No sabía si estaba realmente tratando de comprender, o más bien era un impulso desesperado por volver a sentirse él mismo, por recuperar su ser, por salirse de ese otro que le estaba dictando los pasos.

Se sumergió en el humo del cigarro. Ni siquiera oyó qué le dijo a Marta Montaño. Marta Montaño se quedó suavemente dormida. Agustín lo supo porque oyó resbalar ese brazo hasta quedar inerme sobre la sábana.

Tenía que confesárselo. A través del humo, vio claras las cosas. En el humo del cigarro apareció el fantasma lluvioso de Delfina. Agustín la miraba por la ventanilla del coche. Sintió el impulso de salir, de correr hacia ella. No lo hizo. Se recargó sobre el asiento, cerrando los ojos. En ese momento decidió, algo en él decidió, que se acostaría con otra mujer. La decisión estaba tan hecha cuando aterrizó el avión en Veracruz, que ya sólo bastaba la aparición del cuerpo de Marta Montaño en escena. Parecía que él mismo había creado a este nuevo personaje. El destino le fue fiel. La primera mujer que vio, bajando del avión, fue a la subdirectora del Instituto Veracruzano de Cultura. Y era hermosa. Marta Montaño se acopló perfectamente al papel que le adjudicara Agustín. Lo demás vino solo, sin mayores esfuerzos. Demasiado conocido para Agustín. Concierto. Cena. Cama. Sabía que fascinaba, sabía cómo hacerlo: la música por delante, la maestría inapelable. Después de Reiza se le había convertido en hábito, hasta que el vacío lo hizo retroceder, horrorizarse. Y llegó Delfina. Desde Delfina no volvió a tocar a ninguna otra mujer.

¿Qué estaba haciendo, pues, sentado aquí sobre la ca-

335

ma, fumando, al lado de una mujer que se había quedado dormida más por compasión que por gratitud?

Era ridículo suponer, se dijo Agustín, que la venganza lo hubiera conducido. ¿Cuál venganza? ¿Porque no quiso venir a la gira? No no, es un argumento tontísimo. ¿Celos? De quién ¿de Leonor? Es aún más infantil suponer que así la voy a reconquistar o que así voy a zafarme de ella. . . Iba en el quinto cigarro. La garganta lija, la angustia en el centro del pecho. De pronto oyó el cuerpo de Marta Montaño que se revolvía pesadamente. Se volvió a mirarla. Dormía, sólo había cambiado de postura. Y sin saber por qué, los ojos de Agustín se detuvieron en ese cuerpo, lo miraron largamente, y subieron al rostro, las tupidas cejas negras de Marta Montaño, la boca grande y roja, sus pómulos mestizos, la cabellera espesa como la noche. Y allí, justo allí, en ese cuerpo tan distinto, casi opuesto, en ese ser de otro nombre, estaba latiendo Delfina, Delfina y su claridad, Delfina tan breve, sus tristes ojos bañados de lluvia, su color de un solo color ella entera. Delfina, era ella, ahí estaba, amada como nunca. Recuperada en un parpadeo la eterna Delfina en el cuerpo de Marta Montaño. Aplastó el cigarro sobre la madera del buró. Fue al baño a lavarse la cara. Regresó. Se puso una camisa y los pantalones. Se detuvo un momento en medio de la habitación, sin saber qué hacer. Y sus pasos lo llevaron hasta el sillón. Abrió un libro, y en la primera página se quedó dormido.

Cuando Marta Montaño abrió los ojos, lo vio de espaldas, peinándose ante el espejo. Vestido y rasurado, sonriente, sin asomo de culpa, ni por una ni por otra. Se irguió sobre la almohada. Desde el espejo Agustín le dijo:

—Buenos días.

—¿Qué horas son? —bostezó Marta Montaño.

—Las nueve. Llévame a desayunar al mercado, ¿quieres?

Que haya quesadillas y barbacoa, tortillas calientes, café de olla y todo lo veracruzano, todo todo todo —sonreía Agustín, como niño ansioso.

Marta Montaño supo que la conversación tendría que posponerse. Y que no habría un nuevo intento. Agustín le había cambiado el papel, y ella tendría que acoplarse al nuevo. Comenzó a levantarse perezosamente.

—No no —dijo Agustín acercándose, y tomándola de los hombros suavemente la acomodó sobre la almohada y la cubrió con la cobija—. Hay tiempo. Voy a pasar al teatro. Quiero hablar con los técnicos, no me gusta la acústica. Tranquila. Te espero dentro de una hora en el loby.

Marta Montaño sonrió con esfuerzo. Quería llorar, no se había sentido nunca tan arropada, y tan poco deseada al mismo tiempo. Agustín le dio un beso fugaz en la mejilla. Y salió tarareando.

Habían recorrido los mercados y ya estaban en el muelle con el último plato de camarones y sendas cervezas sudorosas de hielo, cuando Marta Montaño, después de haber hablado horas sobre los platillos típicos y descrito los sazones del chilpachole de jaiba y el salpicón en aceite de oliva y el relleno de ostiones a la crema, y haber reído muy estruendosamente con la gracia de Agustín en cada comentario, se volvió de pronto y lo miró de frente. El sol le pegó en los ojos y así los mantuvo abiertos, negrísimos:

—¿Es muy bonita?

—No. No mucho.

—Ah. . . ¿Cómo es? —insistió Marta Montaño, ya sin mirarlo.

—Delgada, pequeña, ojos serios, como tristes. No es muy divertida.

—¿Es música también?

—Es desafinadísima. Sólo canta cuando está borracha.

Marta Montaño rió con ganas por primera vez. El sol le ardía en los pómulos. Bebían despacio.

—Bueno y qué más —dijo Marta Montaño.

—Qué más de qué.

—Es tonta, es inteligente, es joven, vieja. . .

Agustín rió sobre la espuma de su cerveza:

—Un poco de cada cosa —dijo. Y sintió mucha ternura por esta joven veracruzana.

—No merezco que te burles de mí —dijo Marta Montaño, súbitamente seria.

—¿Me burlo? —le clavó sus ojos hondos. Ella bajó la vista. Quedaron un rato en silencio.

—Ya no vamos a vernos —dijo de pronto Marta Montaño mirando el horizonte—. Sólo quiero decirte una cosa: fue muy hermoso haberte oído. Y lo mejor de todo: dormí contigo y no hicimos el amor.

Agustín no respondió de inmediato. No se esperaba estas frases. No cabían en la Marta Montaño que él se había forjado. Y tuvo que hacerles sitio en su comprensión. Eran un sí es no es reproche, un sí es no es orgullo ofendido, amor propio que hace de una frase tabla de salvación. Lo fastidiaron estas posibilidades: cargar culpas, reproches, inconfesables explicaciones. . . Qué lata, suspiró. Alzó la vista y vio el perfil de Marta Montaño. Ese limpio dibujo cortando el horizonte. Marta Montaño sonreía como en sueños, entrecerrando los ojos, mirando hacia ninguna parte. La vio. La vio a ella. Vio que ella existía. Por primera vez se dio cuenta de que era una persona diferente de él, que reaccionaba de modo individual, que las emociones de esa persona también existían en esta tierra y eran tan legítimas como las suyas. Que no era un personaje creado por él para realizar un impulso incontrolable, que era un ser autónomo, capaz de decisión, susceptible de alegrías y de penas. Y entendió la frase de Marta Montaño porque se puso en su piel. Se vio mirado por ella, descubierto, se vio con los ojos de Marta Montaño, que había visto desde mucho antes lo que él no había advertido: que no quiso, y no que no pudo hacerle el amor. En aquel momento ni siquiera se había puesto a pensar a qué se había debido su fallido intento, simplemente se había retirado y automáticamente su mano estaba ya buscando los cigarros sobre el buró. No quería hacerle el amor a Marta Montaño. Nunca había querido, ni cuando la vio de verde en el aeropuerto, ni siquiera antes, cuando en el coche se recostó sobre el asiento y decidió lo que decidió. Lo único que en verdad quería era encontrar a Delfina. Y la había hallado, a quinientos kilómetros de distancia, tumbado junto al cuerpo de Marta Montaño. Sonrió para sí, una sonrisa de loco. Porque sólo un loco buscaba a la mujer amada a través de estos caminos. Marta Montaño tenía razón. Lo mejor de todo fue que no habían hecho el amor. Hubiera sido humillante, falso, estéril. Las mujeres siempre tenían razón en estas cosas. Marta Montaño no dijo: "No importa si no pudiste hacer el amor", sino "te agradezco que no lo hayas hecho". Sintió que no tenía remedio. Él no tenía remedio. ¿Qué clase de enfermedad era la suya? Reiza ganaba la batalla. Desde que saliera volando del tren entre la nieve, aunque ya no pensara nunca en ella, él braceaba a ciegas y no podía tocar lo que tenía delante.

Se abismó en la lata vacía de cerveza. Su pecho brillaba al sol por la camisa abierta. Marta Montaño, en un parpadeo, miró ese pecho moreno y poderoso y sintió una espina dolorosa en el suyo. Agustín lo advirtió. Se había vuelto muy sensible para ver en la mirada de una mujer el dolor del deseo, y sabía cómo provocarlo. Con indiferencia o con tristeza, y la mezcla era infalible. Pero ahora no estaba tratando de provocar nada. Y se abismó aún más cuando se vio a sí mismo tal como estaba siendo: sin Reiza, a la que ya ni siquiera recordaba; sin Delfina, que estaba lejos y quién sabe cómo ni dónde; sin Marta Montaño, que estaba a veinte centímetros de su brazo y lo miraba dolorida. Muerta o viva, cercana o ajena, la mujer era para Agustín un fantasma

339

inasible. Y sólo ahí encontraba el amor.

—No voy a ir al concierto de hoy —dijo Marta Montaño.

Agustín se volvió, de nuevo en la tierra. Asintió levemente. Marta Montaño iba alzándose, su sonrisa se abría, se colgaba la bolsa del hombro. Agustín se levantó.

—¿Quieres besarme? —oyó a Marta Montaño, la sonrisa abierta, los pómulos oscuramente enrojecidos.

Agustín titubeó. ¡Dios mío, qué me pasa! Le enmarcó el rostro con las manos, con extrema lentitud.

—En la boca, Agustín —dijo ella. Y agustín ya no pensó. Se lanzó sobre esa boca, violentamente agradecido.

El arco sobre las cuerdas como pez en la crin de las olas. Brillaba agudamente al sol en la penumbra del teatro; en las butacas, ecos de caracoles que entrecerraban los ojos. Estaba tocando como nunca. En los labios tenía la sal de Marta Montaño, y había sido real, todo había sido real, tangible: la sonrisa blanca, el hundirse en ella, la saliva. Ningún fantasma. Esos labios, esos. Y ahora estaba con el mar delante haciendo un mar de su violín.

Marta Montaño se desprendió:

—Ya, ya... —susurraba.

Agustín iba a acercarse de nuevo. Pero ella dio la media vuelta y se alejó despacio, haciendo un vago adiós con la mano. Él no la siguió. Se echó a caminar por la playa, sintiendo la arena en los pies descalzos. Y de un momento a otro, sin pensar en nada, se quitó la camisa y se echó a las olas verdes que reventaban sin tregua, feroces y diminutas. Planeaban dos gaviotas trazando geometrías. No supo cómo, de dónde le estaba llegando esa sensación, esa especie de certeza, pero sintiendo todo su cuerpo vivo, gozosamente sofocado de agua y de sal, de sol y de arena, de olor y calor, de cielo y horizontes, supo que algo había cambiado, que estaba cambiando, que su enfermedad tenía remedio, que era feliz.

En la noche ese golpe de felicidad se deslizaba en las cuerdas como el mar de Veracruz. No otro mar. Éste, el único, y aquí, y ahora. Antes de salir para Guadalajara, escribió en una tarjeta: "Marta Montaño. Marta Montaño. Marta Montaño". Y firmó. La metió en un sobre y ordenó que se la enviaran.

—Y qué más —dijo Liliana Prado, que ladeaba la cabeza, como interrogación.

Pues. . . nada más —sonrió explosivamente Delfina, como si, sin darse cuenta, comenzara a defenderse de alguna amenaza.

—Cómo te ama, mija —deslizó Liliana Prado con mucho acento norteño, cantadito, lento.

—Sí, ¿verdad? —suspiró Delfina, relajándose.

—Con decirte que se echó todo mi pedigrí, completito, empezó a preguntarme y siguió y siguió, mija, tuve que arrancar desde el kínder chico en mi Parral adorada. ¡Y no se aburría la pobre! ¡Cómo ha de amarte, digo yo!

Delfina dio un brinco sobre la silla. Se puso roja y se le bajó de golpe el vaho del alcohol. Y lanzó de pronto una sarabanda de carcajadas tan estridentes que los borrachos de las otras mesas dejaron de gritar para mirarla. Leonor alzó la cara, encendió un cigarro. Las discusiones se reanudaron rápidamente y ella tuvo que sumarse.

—Sh. . . —murmuró Liliana Prado—. Nos está viendo feo. No me vaya a hacer algo.

Delfina arreció las carcajadas.

—Palabra mija, la traes mareada —insistió Liliana Prado.

—Mareada y más, querida, pero qué envidiosa estás ahora Lilián —bromeó Delfina queriendo ser cínica, porque empezó a marearse de veras y se levantó con un leve temblor en las piernas, buscando la salida.

—No juegues a la loca, Delfina —la detuvo Liliana Prado, obligándola a sentarse.

—¡No estoy jugando! ¡me voy a vomitar! —alzó la voz Delfina.

—No me gusta esa tipa, es una boa, y tú eres boba o más bien pendeja.

—¡Liliana! —exclamó Delfina, venciéndose. En realidad no se le ocurría nada más que decir.

—Ora a ver qué haces —murmuró Liliana Prado casi para sí, más norteña que nunca. Y se quitó los lentes y se frotó los ojos con rudo cansancio, corriéndose todo el maquillaje.

Leonor se levantó, despidiéndose entre erráticas sonrisas, y se dirigió a la mesa de Delfina, que acababa de acostar la cabeza sobre el mantel.

—Cúbrete las piernas —ordenó Leonor.

—¿Eh? —balbuceó Delfina, que abría una enorme cáscara de nuez con los dientes.

—¿No ves que son como hombres? ¡No te quitan los ojos de encima! —ametralló en voz baja Leonor, sus ojos fulminantes sobre los de Delfina.

Hacía una hora que las cuatro se habían instalado en la cantina. La cantina era una cabañita de madera dentro de la estancia, pegada al ventanal, con alfombra peluda y cojines gordos, mesitas chaparras de cristal, un aparato de sonido impresionante y la vista al jardín iluminado. Bebían *blanc cassis* y mordían estruendosas nueces. Delfina y Leonor hacían la crónica de la fiesta arrebatándose la palabra. Repitieron con pormenores la hazaña de Leonor para entrar como la profesora Oliver. Reían en todos los tonos. Estaban ya en camisón, echadas sobre la alfombra, después de la larga siesta y el baño de tina que Delfina necesitó para recuperarse del banquete. Artemisa recostaba la cabeza

sobre el pecho de Débora. Y Débora la acariciaba suavemente, acompañándose de Percy Faith. Delfina se despata-
rraba, las greñas sueltas, o se ponía en flor de loto o estiraba
las piernas cambiando sinuosamente de postura. Leonor había dejado de arrebatarle la palabra. Parecía mirar el vacío
y se movía bruscamente cada vez que se acercaba la copa
o que cambiaba de lugar. Delfina contaba y Débora la miraba lamiendo su boquilla, y Artemisa se repegaba más, ronroneante.

—¿No tendrán algo de fruta, muchachas? —dijo por fin
Leonor, en tono agudo, casi tembloroso, sonriendo mucho—. Muérome de sed, algo así como un gran plato de
sandía.

—Voy Dedé —ronroneó Artemisa, incorporándose—.
Sandía sandía sandía. . . creo que sí —se alejó cantando a
la cocina.

—Y yo voy a ver si Felipa cerró las ventanas del cuarto
de ustedes, preciosas. Es tan burra que siempre se le olvida
—dijo Débora mordiendo la boquilla y se levantó de un salto. Pasó junto a Leonor, como sin proponérselo, y le sacudió fugazmente la cabeza, sin mirarla:

—¿Todo bien, guapa? —dijo yéndose ya, sin esperar respuesta.

Entonces Leonor se volvió clavándole los ojos a Delfina:

—Cúbrete las piernas —ordenó.

Delfina había sentido esa orden, esa inapelable voz, veni-
da de otra dimensión. Un dios iracundo la dictaba. Balbuceó, porque nunca había oído antes un tono tan imperial. La
explicación de Leonor: "¿No ves que son como hombres?"
y etcétera, ya no la registró enteramente en ese momento.
Cumplió la orden al pie de la letra. No importaban los
argumentos, las razones. Sólo la orden, y su inmediata obe-
diencia. Se bajó el camisón hasta los tobillos y se quedó
inmóvil mientras Artemisa llegaba cantando con una fuente de sandía coronada de racimos de uvas negras y ciruelas
pasa.

—¿Todo bien, guapa? —volvió a decir Débora, que llegaba chancleando, los ojos entrecerrados sobre el humo de la boquilla. Y no esperó respuesta. Todas, menos Delfina, se abalanzaron sobre la fuente. ¿Cómo me estiro sin que se me suba el camisón?, se quedó pensativa.

Son como hombres, iba pensando, registrando por fin estas palabras, cuando se dirigía al cuarto de huéspedes, seguida de Leonor. Las había visto abrazadas dando las buenas noches desde la puerta de su recámara. Artemisa doblándose para recargar la cabeza en la cabeza de Débora, Débora tomándola de la cintura; Artemisa en camisón de encaje hasta los tobillos, Débora en *pants* y larga camiseta.

—¿Ya rindió mi varita de nardo? —dijo cariñosamente Débora, sobándole la oreja a Artemisa.

—Ajá —bostezaba Artemisa, murmurando—. Quiero irme al cielito, ¿sí cielito?

Y así, recargándose una en otra, se dirigieron a la recámara. Desde la puerta, suavemente abrazadas, dieron las buenas noches.

No como hombres, pensó Delfina. Son como un hombre y una mujer. Una pareja bien avenida. Ya es tarde. Se despiden de sus huéspedes. Se van a la cama con toda tranquilidad. Enteramente igual que cualquier pareja. No creo que vayan a hacer el amor ahora. Viven juntas. Duermen juntas todas las noches. No se veía urgencia ni obscenidad. Los cariños públicos de cualquier pareja común y corriente. ¿Cómo harán el amor? Como relámpago le pasaron por la cabeza las escenas de San Diego, la negra borracha, y cómo frente a Agustín, ella le había recorrido el cuerpo con los labios. Pero le pareció que no era suficiente. Tendría que haber algo más, algo diferente en la manera de hacer el amor entre mujeres como éstas, que se aman como cualquier pareja normal.

—Son todo un matrimonio —comentó Delfina llegando al cuarto de huéspedes. Leonor corría las cortinas.

—Ajá —dijo. Su voz ligeramente seca.

—¿Estás cansada? —preguntó Delfina.

—Me duele la cabeza.

—¿Quieres una aspirina?

—No no. Me voy a poner una toalla de agua fría en la frente.

—¿Quieres que te ayude?

—No no Finí. Tú duérmete. Anda, no te preocupes —dijo y entró en el baño.

Delfina hubiera querido preguntarle por fin de frente cómo hacen el amor, cómo lo ha hecho ella. Cómo cómo cómo. Un paso adelante, así lo vio Delfina. Ya no ocultar, ya no la ambigüedad exasperante. Los pies en la tierra. Confianza plena en la amistad. Sobre todo ahora, que la ha abierto la intimidad de estas dos mujeres. Pero la leve sequedad en la voz de Leonor la había paralizado. Y ese dolor de cabeza y ese encerrarse en el baño sin acercarse a besarla en la mejilla y hacerle un cariño, y ese "duérmete", sin enlazarse juntas en la cama como siempre que se quedaban a dormir en casa de una o de la otra, cuando Agustín estaba fuera. Nada. Delfina se acostó y esperó un rato con los ojos abiertos. Ya no se oían movimientos en el baño.

—¿Estás bien, Leoni? —dijo en voz alta.

—Que te duermas, Finita linda —oyó la voz de Leonor, que cargaba un dejo de lamento en su firmeza.

—¡Oh! —exclamó Delfina, se dio media vuelta y apagó la luz de su buró.

Y es que desde que habían llegado a la casa en la mañana, y viendo Leonor la armonía entre Débora y Artemisa, bañada aquí esa armonía con flamboyanes y cielo azul, con ventanas de cristal y alcobas perfumadas, con almohadas de lino y sábanas recamadas de encaje, sintió que no podía estar cerca de Delfina. No podía estar lejos, pero tampoco podía tenerla tan cerca que pudiera tocarla. No había podido mirarla desnuda cuando Delfina se disponía a vestirse para la comida. Después había tenido que ordenarle que se cubriera las piernas. Simplemente era imposible en este momento acostarse al lado de ella en la misma cama. Sentada al borde de la tina, hundía la cara en una toalla húmeda, y aspiraba medio cigarro en cada fumada, esperando que Delfina se quedara dormida.

Y no era que tuviera miedo de desbocar algún impulso sensual, si la tenía a la mano. Leonor se había domado lo suficiente durante años. Y tenía tiempo ya de un riguroso ascetismo. No sabía qué era lo que la tenía así, meciéndose en el borde de la tina, los cabellos empapados, las ojeras moradas. Cuando el filo anaranjado del amanecer apareció en la ventana oscura, se escurrió furtivamente del baño, y furtivamente se deslizó sobre el extremo libre de la cama, tensas las piernas estiradas. Los brazos tensos a los lados del cuerpo. Los ojos vacíos en los filos anaranjados de las cortinas.

Cuando Delfina despertó, Leonor seguía rígida en su sitio, los ojos clavados en el techo.

—¡Hey hey hey! —sonrió Delfina incorporándose—. Qué tanto tramas, qué ves, cuál es tu onda —e hizo el ademán de cortarle con tijeras la mirada. Leonor ladeó la cabeza, y suspirando, respondió:

—Ay, es que estaba pensando que si me hubiera quedado con Débora yo viviría ahora en esta casa, tendría esta casa, estos jardines. ¿Ya ves?

Delfina sintió un brusco malestar. Frío y ardor en el cuero cabelludo. Botó la cobija y se levantó hacia la regadera:

—Mira en lo que te ocupas, Leonor.

Leonor estuvo a punto de seguirla, a punto de abrir la puerta del baño, a punto de decirle mil cosas, de írsele encima a golpes. Pero su cuerpo lo hizo todo: sus manos sacaron del ropero los *pants*, sus pies entraron en los zapatos tenis, y su torso en la camiseta. Sus pasos corrían ya por el jardín, su rostro sudaba, sus cabellos volaron empapándose en el rocío, sólo sus ojos negros se mantenían inmóviles en un punto invisible.

Llegó hasta el borde de la carretera, exhalando bocanadas calientes, reventándole el pecho. Pero no se detuvo. Cruzó como huracán arroyos y matorrales y brechas y casuchas con tendederos, espantó a los perros que la seguían y desembocó en un espejo de agua rodeado de aguacates.

—¡Qué belleza! —exclamó hincando las rodillas en la tierra y se dobló hacia el agua, dejando en ella el sudor y las lágrimas.

Se arrastró bajo la fronda de un aguacate y con los ojos cerrados meditó unos minutos. La pantalla de la mente en blanco, cada músculo relajado hasta no sentir el cuerpo. Concentrada en el columpio de su respiración profunda, oía el aire en sus pulmones, la boca entreabierta. La meditación según los pasos yoga obraba milagros. Cuando se levantó en una ligera calistecnia, se sentía flotar en el paisaje. Y así llegó a la casa, sobrevolando la reja y los jardines; los ojos brillantes, el hambre saludable, la sonrisa fresca.

Exclamaciones de las mujeres en el antecomedor de la terraza:

—¡Pero adónde te metiste! —gritó Artemisa.

—Déjala, si no corre se ataca —dijo Delfina devorando un mamey maduro.

—¡Que si lo sabré! Si no corre, araña, ¿verdad, guapa? —dijo Débora.

—Ay que riquisísísimo, tengo un hambre africana, pero estoy hecha un asco —sonrió agudamente Leonor.

—¡Estás hecha un asco! —corearon las otras.

—Mecas —gritó Leonor cantarina y trotó hacia la recámara. Cinco minutos después, regresó limpísima, descalza, los cabellos mojados sobre la nuca, envuelta en un caftán blanco, y se abrió paso hacia los platones de fruta y las soletas horneadas con mantequilla.

Comía y hablaba y contaba su excursión hasta el espejo del agua, y reía y todo con encanto, y con el mismo encanto evitaba mirar a Delfina, porque cuando Delfina le decía "¿me pasas la azucarera?", Leonor respondía "claro linda", y la pasaba, y todo esto en un segundo, sin volverse a mirarle ni siquiera la mano extendida que esperaba la azucarera, y continuaba el hilo de su discurso sobre los perros gigantes que la habían perseguido en medio de las arboledas.

Débora y Artemisa, aún en piyama y camisón, despeinadas y adormecidas, parecían gatitos tibios, o cojines mullidos, olían a cama blanda, y empeñadas en servir a las visitas, provocaron en Delfina una viva ternura. "Son como hombres", recordó que Leonor le había dicho. Pero ahora, recién salidas del sueño, parecían ositos de peluche en las manos de niñas que bostezan lagrimeando, y en algún vaivén del cuerpo donde los pechos redondos y sueltos se mecían, aparecían las mamás de esas niñas, acurrucándolas como si fueran ositos. No aparecían "los hombres" por ninguna parte. Incluso cuando Artemisa comenzó:

—A ver Delfina, explícanos cómo le queda tanta energía a esta mujer para todavía salir a correr como loca. ¿O será que la castigaste?

—Soletita, en asuntos de alcoba ajenos no hay que meterse —sentenció Débora.

—Ah. . . —sonrió Delfina—. Yo tengo mi secreto.

Leonor sólo brincó levemente en su silla. Pero no se volvió a mirarla.

—Cuál, cuál, dímelo querida, porque este cielo necesita horas para reponerse.

—Será la intensidad, Soletita —suspiró Débora.

—Ajá —suspiró Artemisa.

—No les digo, es mi secreto —continuó con picardía Delfina.

—Bueno tú, Leonor ¿nos cuentas el secreto?

Leonor volvió a brincar en su silla. Se limpió la boca con la servilleta y sonrió:

—Me perdonan. Es el secreto de Delfina.

—Mugrosa horrorosa, por qué me dices así, ¿ya no me quieres? —exclamó Delfina, dándole un tirón de cabellos; aprovechaba tanto desviar esa incómoda conversación, como darle un vengativo tirón de cabellos a Leonor y decirle ¿qué te pasa? ¿qué te hice? Ya, volvamos a la normalidad.

—Finí, me jalaste los pelos —alzó la voz Leonor, una voz temblorosa y cantarina. Pero no se volvió a mirarla.

—Te voy a jalar otra cosa —murmuró Delfina, presa de pronto en aquel mismo malestar que le hizo sentir frío y ardor en el cuero cabelludo.

—Soletita —continuó Débora echándole el brazo en el hombro a Artemisa—, vamos a echarnos un sueñito ¿no? —y entrecerró los ojos.

—Pero nuestras invitadas. . . —brincó Artemisa con cara de susto.

—Tienen mucho en que pensar, vida. No nos necesitan. ¿Un sueñecito?

—Sí cielo azul, pero chico y profundo.

—Ustedes perdonarán, mademoiselles, las vamos a dejar un rato. La casa es suya, un grito a Felipa para lo que necesiten. O revuar.

Y se dieron la media vuelta, diciendo adiós con la mano, columpiándose, dejando un olor a peluche y a caramelo recién mordido.

Entonces, Delfina se volvió ostensiblemente hacia Leonor. Leonor alzó la vista al sol y respiró hondo el perfume de los rosales amarillos.

—¡Tengo un sueño temendo! —bostezó aparatosamente, estirando ambos brazos—. Yo también me voy a echar un sueñecito —y diciendo esta frase ya se había levantado y trotaba hacia el camastro del jardín. Se echó boca abajo, entera, de un cuajo. Y no se movió.

Delfina se había quedado en su silla con la boca abierta, los ojos le temblaban, se le movían eléctricamente, y comenzó a ver puntos plateados, un velo de luciérnagas a las diez de la mañana donde quiera que ponía los ojos. ¿Qué me pasa? En el azul de la alberca, en el techo de flamboyanes, en la ventanita del tapanco, en el lomo blanco de la Lushka, en el plato de pan dulce, en el poso del café, en sus manos, sus propias manos abiertas. ¡Dios! Se levantó tambaleante y así llegó al estudio que Débora le había prestado para que trabajara. Se sentó al escritorio. En la ventana abierta se asomaba el naranjo. Abrió sus papeles. Abrió el libro en la seña del separador, página 149, tercer párrafo. El tercer párrafo era el último que había marcado con plumón amarillo, de ahí tenía que seguir leyendo para encontrar otros párrafos subrayables. Puso los ojos en el tercer párrafo. Pero no pudo leer. Porque no veía palabras, sino diminutos insectos devorándose unos a otros en un infierno amarillo. Cerró el libro, asustada. Y alzó la vista hacia el naranjo. Aire. Un poco de aire. Demasiado alcohol el día de ayer. Se levantó hacia la ventana y entrecerrando los ojos aspiró, aspiró. Cuando los abrió, llena de oxígeno, Leonor se daba la vuelta en el camastro, estirándose, y volvía a quedar quieta, como muerta. Entonces Delfina vio la alberca al revés, colgada del cielo, y vio los arbustos prendidos al revés, de las nubes. Y las nubes pegadas al patio, hinchándose, y ella misma sintió que se hinchaba y cerró de golpe la ventana y volvió al escritorio siguiendo una telaraña de puntos plateados. Tomó el libro y leyó el título en la portada. Sabía que allí decía *Les derniers jours de l'empire mexicain*, pero sólo su memoria lo sabía, porque las letras bailaban en la portada al son del *Mefisto vals*, y se carcajeaban en su cara. La *l* le sacaba la lengua, la *e* abría las patas hasta ponerse al revés, la *o* gorgoreaba dando vueltas y se salía del libro rebotando sobre los libreros, las paredes, las mesas; la *j* se estrangulaba a sí misma en un ritual obsceno y todas bailaban en gran estruendo, reproduciéndose hasta ser cientos de bolas y patas brincando y entrechocándose en el cuarto.

Ya iba Delfina escaleras abajo con el corazón latiendo en la garganta, cuando vio a lo lejos que Leonor se incorporaba:

—¡Felipa! —gritó Leonor—, tráigame unas revistas, de las que tiene la señora por allí en el revistero.

Felipa llegó con las revistas. Leonor escogió una y se puso a hojearla. Delfina vio la escena escondida en el muro de la escalera. ¿Qué me pasa? Salió dando largos pasos tratando de mantener un duro equilibrio. Cuando el plomo del sol le cayó en la cabeza, creyó que no tenía pelo, que lo había perdido o que se lo habían arrancado, porque sintió alfileres helados que le quemaban el cuero cabelludo. Y así, con el vaivén de puntos luminosos en los ojos, llegó hasta el camastro de Leonor. Leonor leía con avidez. No mostró asomo de advertir la presencia de Delfina.

—¿Descansaste? —sonó la voz de Delfina mientras se sentaba sobre el pasto, sin mirarla.

—¿Eh? ¡Ay Dios, qué carajas estas! —dijo la voz aguda de Leonor y se aplastó una hormiga en el brazo con una de las revistas.

—Que si te dormiste —volvió a sonar la voz de Delfina un momento después. Sus ojos en el pasto, sus dedos arrancando las hojitas una a una.

—Ajá —canturreó Leonor en un nuevo bostezo, absorta en la revista.

—Qué estás leyendo —insistió Delfina, volviéndose a mirarla.

—"Carolina en Marruecos, más princesa que nunca, madre feliz: Andrea da sus primeros pasos." "Segundo capítulo de las memorias exclusivas de Claudia Cardinale." "Pepe Sancho operador en Madrid." "Estefanía de Mónaco al sol del océano Índico. . ."

—Quiero que hablemos, Leonor —cortó Delfina el recitado.

—¿De qué, Finí? —dijo sin moverse.

—Pues. . . de —titubeó un momento y de pronto se abrió paso—. . . ¿qué te pasa, Leonor?

—¿A mí? ¿de qué?

—Te portas como si yo no existiera.

—Qué malcriada estás, hijita.

—Qué te hice, carajo, ya di, habla.

—¿No quieres echarte un chapuzón en la alberca? Ay ha de estar deliciosa.

—Por favor, Leonor.

—Qué Finí —dijo Leonor con hastío y se puso boca arriba, los brazos cruzados sobre los ojos.

—A qué viene todo este teatro.

—Yo no veo escenario ni actores, ¿tú sí?

—Por qué no me hablas.

—¿No estoy hablándote?

—¡Con una chingada! —gritó Delfina y se arrojó sobre Leonor, le quitó los brazos de la cara y sujetándolos le dijo ahogándose—: Primero mírame, mírame, mírame.

Leonor le echó los discos candentes de sus ojos, el pecho agitado, la voz oscura:

—No, no me pidas que te vea porque me das asco, yo no sé por qué no te pudres de una vez.

Delfina ya no vio. Ya no oyó. Un sonido ronco le salió de la garganta. Débora y Artemisa, en traje de baño, llegaron jugueteando con la Lushka y gritando "¡al agua patos, señoras!"

—¡Sí! —se levantó zafándose Leonor, y corrió a cambiarse de ropa a la recámara.

Delfina se quedó sentada en el pasto. Las frases de Leonor comenzaron a bailarle en las orejas y se hicieron graves y agudas, lentas y rápidas, tipludas y roncas, al derecho y al revés, en una sinfonía que la Lushka coreaba y las risas y los zapotazos en la alberca y las mangueras que regaban el jardín, y todo sonó: el pasto crepitando bajo los pies, las hileras de hormigas en el camino de ladrillos, y hasta el agua de las tuberías, las ondas eléctricas de los cables, el rechinar del hierro y el metal, los poros de la piedra, el esmalte de la pintura, la casa entera como ser sonoro coreando las frases de Leonor, que de tanto repetirse habían perdido ya significado. Pero sonaban, como *Urraca ladrona* a 45 revoluciones, sonaban en la brisa y en los rayos del sol, sonaban alborotando a los planetas, cambiándoles el curso, provocando choques majestuosos en la Vía Láctea, estrellando cometas, reventando meteoros, alternando constelaciones y aun zumbando en el fantasma de las estrellas muertas hace más de cien millones de años.

Supo que sonrió en un ambiguo ademán, ante Débora y Artemisa que la apuraban a ponerse el traje de baño. Y supo también que subió las escaleras y entró en el estudio y cerró con llave la puerta y se echó en el sofá y cerró los ojos. Y supo todo esto porque ahora su cuerpo se hundía en los cojines del sofá. Y la cabeza flotaba sola, en espirales sin fin.

—Agárrala, agárrala ¡que no se escape! —gritaba Artemisa. Y Leonor gritaba un mar de carcajadas y la Lushka ladraba persiguiendo la pelota y con ella en la boca se echaba de panzazo al agua y Delfina se decía le voy a decir que con qué derecho, que se acabó, que nunca más. Y Débora decía:

—Vete por esa floja.

Y Leonor gritaba:

—Déjala, está trabajando.

Y Delfina se decía ¿cómo puede ser tan. . . .? Yo no puedo permitir nunca más, y le voy a decir. . .

Y se oyeron de pronto grandes exclamaciones y el nombre de Chabelita entre las carreras y las risas.

—Saluda a la señora, dile hola Leonor, soy Chabelita.
Y más ladridos y correteos.

—. . . ¡sí, en calzoncitos!, quítale el vestido. . .
Y más chapuzones. Y Delfina se decía: no, lo primero que le voy a decir es tú me debes todo, malagradecida, me debes la vida, desgraciada, y mira cómo me lo agradeces. . .

—Señora Débora, ya está la comida.

—Señora Artemisa, que dice Evarista que cuál es la ropa de planchar.

No, le voy a decir para que me oiga bien, le voy a decir estás loca Leonor, estás enferma del cerebro y yo no tengo por qué pagar tu enfermedad, enciérrate querida, en un sanatorio, sí, allí no haces daño, te lo digo por tu bien, Leonor. . .

—¡Delfina! —sonó sonriente y agitada la voz de Artemisa, y varios toquidos en la puerta—. Se te va a secar el cerebro.

—Sí, sí, voy —contestó Delfina incorporándose, le voy a decir mira estúpida, tú no me conoces pero yo sí puedo pudrirte la vida. . .

—¡Los camarones a la marinera te esperan! ¡y el tequilita! ¡y tu señora que ya te extraña!

Detrás de un vidrio veía Delfina la película. Y el vidrio no era enteramente transparente. Tenía porciones empañadas, excesos de luz, zonas sombrías, partes gruesas o demasiado coloreadas. Y parecía girar lentamente en círculos, transformando la escena, intercambiando papeles, momentos, ademanes.

El plato sobre las rodillas, Delfina miraba con ojos

vagos. En la película había una alberca y sillas de playa alrededor, tres mujeres que comían y reían gesticulando mucho, una niñita que jugaba con la perra, un jardín de rosales, un cielo rasgado de blancas estrías. Pero nada se oía. Aislaba el vidrio a Delfina, que se llevaba lentamente el tenedor a la boca. De pronto sintió una náusea urgente, no supo cómo traspasó el cristal braceando hacia la casa. Oyó que la llamaban, pero gusanos amargos le llenaban la boca y apenas tuvo tiempo de llegar al baño. Vomitó a ciegas, con sudor y con lágrimas. Quién sabe cuánto tiempo. Se echó sobre la taza del excusado, la cabeza colgante, seca la lengua.

—¿Te sientes mal, querida? —dijo suavemente la voz de Débora del otro lado de la puerta.

—¿Eh?

—¿Qué tienes Delfina?

—Ah... no, sí, nada. Gracias.

—Nos preocupaste.

—No gracias, Débora. Estoy bien.

—Te voy a dejar bicarbonato en tu buró, ¿o un tecito?

—Sí, un tecito, gracias. Me voy a recostar un rato ¿sí?

—Si necesitas algo dime, por favor.

—Gracias, Débora, gracias.

Y corrió Débora escaleras abajo y algo le dijo a Artemisa en un aparte, y Artemisa se llevó a la niña y quedaron solas ella y Leonor, en la blanca terraza.

—Vamos a jugar un rato, guapa —y sacó de la vitrina un juego de cartas. Y acomodó la mesa y barajó con gran velocidad y repartió las cartas. Pero Leonor dormitaba con los ojos abiertos, recargada en su silla.

—Ándale guapa, cambias o te quedas.

—Me da flojera, pato.

—Cambias o te quedas.

—Oh...

—Te quedas, pues —y cambió para ella tres cartas, y gritó mirándolas:

—Pago por ver, guapa.

355

Leonor se acercó a sus cartas y perezosamente fue volteándolas una a una. Tercia de reinas. Abrió los ojos mucho, y Débora lanzó una carcajada.

—¡Tramposa! —gritó Leonor— ¡y sólo para engatusarme!

—Idiota, mensa, burra —contestó Débora—, tienes el triunfo en la mano y ni siquiera lo ves. ¿Qué tienes en la cabeza, guapa? ¿aceite de ricino?

—¡Págame mi tercia!

—No apostaste.

—Págamela, fullera.

—No apostaste, no ganaste, guapa.

—Ay ¿qué tendré, patito? —se llevó Leonor las manos a la cabeza.

—Se fue a vomitar como loca —dijo Débora recogiendo la apuesta, y repartiendo nuevas cartas, la vista atenta a la maniobra.

—Cambio todas —dijo Leonor.

—Se ve mal ¿eh? Le mandé un té. No puedes. Tienes que quedarte con una.

—Pues no las quiero.

—Te jodes, guapa. Ten tus cuatro. ¿Qué le hiciste?

—Me lleva a mí. . . —dijo viendo las cuatro cartas—. Nada.

—¿Nada? Qué fácil es ganarte, preciosa.

—Sí, tú ganas.

—¿Quieres seguir perdiendo? —alzó la vista Débora.

—No —botó las cartas Leonor sobre la mesa.

—¿Prefieres una *viuda*? —sonrió Débora barajando las cartas.

—Quiero verla muerta —murmuró Leonor, los ojos en el vidrio de la mesa.

—Así sí ganas.

—Miéntame la madre, patito.

—¡Encantada! Chinga tu madre.

Leonor asintió y se arrojó sobre el grueso cuerpo de Débora, sollozando ahogadamente. Volaron las cartas.

356

—Acompáñame a comprar unos quesos —dijo Delfina, parecía estatua de sal, asomada a la sala, donde las tres mujeres veían una película en la videocasetera. Chabelita y la Lushka dormían sobre el tapete.

—¡Delfina! —corearon Débora y Artemisa—. ¿Ya te sientes mejor?

—Sí. Gracias. Te espero en los quesos, Leonor —y dio la media vuelta.

A unas cuadras se ponía el tianguis de Cuernavaca los domingos. Y hacia allá se dirigió Delfina dando largas zancadas. Llegó al puesto de los quesos. Se paró de golpe. Absolutamente inmóvil esperó más de media hora. La gente comenzaba a mirarla con curiosidad y con recelo. Le ofrecían queso las marchantas. Ella ni siquiera parpadeaba, fijos los ojos en la avenida, esperando ver un punto allá a lo lejos, que sí, por fin aparecía, un punto que se hizo grueso y largo y de pantalones verdes y camisa blanca, de pelos negros y cortos, de lentes oscuros, y que se le acercaba desganadamente. Algo empujó a Delfina por la espalda, porque se lanzó encarándose antes de que Leonor llegara al puesto de los quesos.

—Hay que hablar —sonó áspera como nunca su voz y recia su mano jaló del brazo a Leonor hacia la acera de enfrente. Leonor sintió algo frío en la nuca, y su corazón comenzó a temblar.

—... nunca ¿oíste? nunca en tu puta vida me vuelves a hablar así...

—Cálmate Finí —vibraba súbitamente Leonor mirando los enloquecidos ojos de Delfina.

—... tu puta vida, perra enferma...

—Cállate carajo.

—¡Me vas a pedir perdón!

—¡Tú a mí, tú a mí!

—¿Yo? —se paró en seco Delfina, que iba de un lado a otro manoteando—. ¿Yo, pendeja?

—Que te calles. Tú, tú me dijiste que en qué cosas me

ocupaba cuando te dije que si me hubiera quedado con Débora yo viviría en esa casa, tú me hiciste sentir como una barragana de quinta, tú Finí —comenzó a sollozar Leonor quitándose los lentes. El frío en la nuca la asustaba, sentía por primera vez miedo de Delfina.

—Maldita loca. . . yo no te dije nada malo, tú eres una víbora envenenada, podrida, ¡me dijiste que me pudriera!

—¡Sí, púdrete, púdrete! ¡qué bueno que te pudras, quiero verte podrida! —saltó Leonor temblando.

Delfina la oyó con los ojos aullantes hasta que algo le estalló en la cabeza y ya no vio nada. Nada. Porque la calle se hizo negra. El cielo negro. Y en esa negrura entró Delfina dando zancadas ciegas y gritando:

—¡Muérete! ¡Muérete, arrástrate y muérete!

Leonor la detuvo porque la gente del mercado ya se acercaba.

—Nos están viendo, Finí.

—¡Muérete! —bramó Delfina, sumida en la boca negra.

—Ya viene la gente —y la jaló con todas sus fuerzas hacia el escalón de la acera. La sentó en el borde y se sentó a su lado, las manos heladas, la respiración de fuelle.

Delfina se cubrió con las manos. No supo, no supo. Comenzó a oír el llanto quedo de Leonor a su lado. Alzó la cara y vio gente alrededor, cuchicheando. Volvía a ver, a oír. La calle, el cielo. Cuernavaca. Me voy a morir, pensó de pronto. Me va a matar si no hago algo, algo terrible me va a pasar. . . ¡Por Dios, hay que volver, hay que regresar! Y se volvió a Leonor, que sollozaba. Le puso la mano en la cabeza.

—Ya Leoni, ya. . .

Arreció el llanto Leonor.

—Todo es porque te quiero —susurró Delfina—, ¿sabes?

—Me dijiste tantas cosas. . . —balbuceó Leonor.

—Te quiero.

Leonor la miró, anegada, y abrió los brazos y siempre recordaría que éste había sido el momento más feliz de su vida. Delfina se dejó caer ahí. Y suspiró con fatigado alivio. Las cosas volvían a ser las cosas.

—El azul se te ve precioso. Y el amarillo también. Y también el jorongo, no, ése no, el neutro. Mira, este tapete te va a quedar divino en el comedor —parloteaba Leonor mientras Delfina suspiraba emergiendo aún del estallido: mansa, pálida, los vestidos en la mano, contemplando el torcidísimo espejo de uno de los puestos de artesanías.

Apenas habían pasado unos minutos. Leonor había sacado peine y espejo para acomodarle a Delfina los cabellos revueltos, y le decía palabras llenas de miel que Delfina no recordaría nunca, porque en su cabeza sólo cabía sentirse a salvo, a cualquier precio, y viendo a Leonor sonreír peinándola y limpiándole las lágrimas, comenzó a suspirar con alivio. En diez segundos Leonor se arregló la cara y el pelo y se levantó tomando a Delfina del brazo. Se echaron a caminar.

—Ya sé qué vamos a hacer, Finita linda —dijo y se le pegó pasándole el brazo por la cintura—, vamos a comprarte algo pri-mo-ro-so.

Delfina no había abierto la boca. Ahora, frente al espejo con los vestidos en la mano, volvió a suspirar.

—¿Verdad que están preciosos? —se asomó Leonor sobre su hombro—. El rojo es muy sensual, pero el azul es tan delicado. . . —susurró con las mejillas ardientes, y Delfina sintió el aliento en su cuello y un estremecimiento la recorrió. Se volvió a mirarla, esperando que Leonor decidiera. Delfina se sentía incapaz de hacerlo. Se había puesto en sus manos desde que le dijo "te quiero" y se había dejado caer, literalmente, en brazos de Leonor. Lo había hecho para salvarse, pero había ocurrido que su salvación estaba en eso: ponerse en sus manos.

Leonor le devolvió una chispeante sonrisa y sacó la

cartera blandiendo varios billetes sobre la cara de la marchanta.

—Nos llevamos todo, y escójanos por favor dos cinturones bordados para cada vestido.

—¡Leoni! —se oyó decir Delfina—. Es muy. . .

—Te voy a disfrazar de La Flor más Bella del Ejido, sencillamente vas a fulgurar en el St. Anthony's.

Delfina sonrió, entrando en el remanso, dejándose llevar. Las cosas volvían, ciertamente. El último suspiro se fundió en un bostezo de angora ante las luces del crepúsculo.

Se oían sus carcajadas bajando la cuesta hacia la casa.

Débora, que esperaba en la reja, fumando y mirando el reloj, corrió por su sombrero y corrió por Artemisa, que corrió por su chal y sus zapatos, y ambas se plantaron muy serias en la entrada con un ramito de violetas en las manos.

—Dios mío —exclamó Delfina cubriéndose la boca. Débora de pantalones satinados, anchos como falda color violeta, saco blanco de lino y un sombrero de paja muy abierta y muy ladeado, la boquilla humeante: una especie de moro gangster inocente retador y lleno de gracia. Artemisa en tules blancos y una gargantilla violeta en forma de moño, sueltos los cabellos y un aire de hadas, de perfumes y misterios.

—¡Adoradas hermosas preciosas divinas horrorosas! —saltó Leonor abrazándolas y besándolas. Pero ellas no pestañearon.

Débora ladeó la cabeza y miró a las recién llegadas de arriba a abajo. Lanzó una flecha de humo al cielo y dijo deletreando la frase:

—Estamos vestidas y alborotadas, señoras.

Delfina lanzó una carcajada:

—Se ven primorosas.

Artemisa suspiró bajando la vista a sus zapatillas, que juntaban las puntas:

—Soy la novia del pueblo —murmuró.

—De pueblo, mensa —le dio un codazo Débora.

Leonor jaló a Delfina, que volvía a las carcajadas y gritó corriendo hacia la casa:

—Diez minutos, ¡lo prometemos!

—¡Descaradas! —respondió Débora, terminando la comedia y sonriendo anchamente—. Nosotras vamos a empezar, ¡estaremos en la cantina!

—Golfas traidoras —exclamó Artemisa dando pasitos veloces detrás de Débora, que cruzaba el jardín a zancadas, sonriendo y murmurando:

—Apúrate Espiguita, "del pueblo". . . babosa.

Como verdadera leona, Leonor se lanzó del armario al espejo a los paquetes, en una danza epiléptica.

—A ver Finí, pruébate el rojo, con el cinturón. . . el de mariposas moradas, ándale, y yo te voy a hacer un turbante con el kexkemel de rayas.

—¿Eh? ¿turbante?

—Sí, como las indias del Bajío, ¿no que eres La Historia Parlante?

—Ah. . . pero no es turbante, se llama peto.

—Anda Finita, no hay tiempo para discutir. Ponte las sandalias blancas.

—Pero no las traje.

—¡Cómo que no las trajiste! Voy a ver si Débora tiene unas que nos preste —y salió huracán entre portazos.

Delfina se quedó a media recámara con el cinturón de mariposas en la mano. Nunca le había pasado. Ni cuando murió su padre se había puesto así. Se había arrojado sobre la tumba. Se había desmayado. Los parientes se la llevaron cargando y la sedaron durante varios días. Pero ese

361

bloque negro donde había entrado. . . Nunca. Su madre la
había hecho sufrir, y Delfina la odiaba llamándola, buscán-
dola; pero este trance donde había perdido totalmente la
razón. . . no, no podía recordar algo semejante. Cuando se
había separado de Agustín, en el principio, había sentido
que lloraba cada parte de su cuerpo, que se asfixiaba como si cada célula tuviera muerte propia. Pero esto no. Cuando supo lo de Reiza, y aun en el viaje a Polonia, había
querido gritar, volverse loca, matar o matarse. Pero no lo
había conseguido. Una luz, un hilo de cordura, un eje sobre la tierra siempre la habían sacado a flote. No recordaba
haber perdido el sentido de las cosas, el aire, la vista. . . tener los ojos abiertos y no poder ver, hundirse en un espacio negro sin pies ni cabeza, un remolino de chispas, un grito
enloquecido. Cómo, cómo fue posible, pensaba sobando las
mariposas bordadas. ¿Qué poder tiene ella sobre mí? Y un
dolor en el pecho, porque durante todo el día no había pensado en Agustín, él de gira y cómo estaría yéndole y cómo
se habían despedido con rijosidad y fatiga. Es que esta locura me ha ocupado, me ha invadido. El día entero en esta
fiebre hasta el bloque negro, y luego, para que las cosas
volvieran a la normalidad. . . ¿Qué poder tiene, Dios
mío?

—¡No te has puesto el vestido, Finí! —entró el huracán
tras el portazo, los ojos palpitantes sobre Delfina.

—Voy voy voy —murmuró dando traspiés, el corazón
galopante.

—No se puede dejarte sola ni un minuto, malcriada. Aquí
están las sandalias, pruébatelas. Ya es tardísimo.

Delfina obedecía como hija adolescente cada una de las mil
instrucciones de Leonor. Leonor ordenaba, revisaba, salía
gritándole a Felipa por el costurero, ya otra vez gritos a Felipa por el hilo rojo que no estaba en el costurero, regresa-

ba chancleando y se ponía a coser la cisa y a armar el peto con los vuelos del kexkemel.

Delfina iba contemplando su transformación y no podía ocultar la sonrisa. Leonor tenía manos maestras.

—¡De veras parezco La Flor más Bella del Ejido! —exclamó enteramente arreglada, girando en el espejo.

—Pareces una rosa de fuego, ¿no has oído ese tango? —rugió Leonor, orgullosa de su obra.

—Pero. . . ¿y tú? —se volvió sobresaltada Delfina.

—Vete. Alcánzalas en la cantina porque se van a poner ebrias. Salgo en un minuto.

Iba Delfina a la puerta. Leonor la detuvo con la voz:

—Dame un beso, malcriada.

Entonces giró Delfina y una cristalina sonrisa le bañó el rostro. Se acercó a Leonor y la besó en la mejilla, suavemente, murmurando:

—Gracias Leonito.

—Ahora ya vete —respondió Leonor y prácticamente la echó de la recámara.

Cuando Delfina apareció en el umbral de la cantina, Artemisa se desvaneció sobre la mecedora, en una sonora exhalación. Rodó su copa y se estrelló contra el tronco de la mesa.

—¿Ya ves lo que provocas, Delfina? —dijo Débora levantándose, la boquilla tensa en los labios, la mano en la cintura, retadora.

Ya en el St. Anthony's no la dejarían en paz las tres, porque en el primer momento Delfina no había entendido la broma y había retrocedido francamente unos pasos, la mano en el pecho, la boca abierta. Contaban y volvían a contar la anécdota y Débora se quejaba de la copa rota:

—En eso no habíamos quedado Espiguita, era del juego de Bacarat.

—Es que me metí en el papel, cielo.

Y las risas llovían y Delfina se ponía roja y pedía otro ron y Leonor le pellizcaba la nariz y le decía:

—Vanidosa, te vas a poner fea como rana.

Pocas veces Delfina había visto tan bella a Leonor. Efectivamente había tardado unos minutos en arreglarse y encontrarlas tiradas de risa en la cantina. En unos minutos se había quitado diez años, poniéndose unos ceñidos pantalones de cintura hasta el pecho y bolero corto, a lo torero, negros y brillantes, y un moño rojo al cuello como charro, y los cabellos oscuros recogidos en la nuca como española y unos rizos flotando despreocupados en la frente como sueño femenino. Altísima en sus tacones de charol, de largos muslos y brazos largos y guinda boca, se plantó frente a Delfina.

Aes y oes de las otras dos. Hizo una seña con la cabeza y Delfina la siguió, deslumbrada.

—Es tardísimo, señoras —salió dando taconazos.

—Qué lujos de éstas, tú y yo parecemos gatas, Espiguita —se levantó Débora empujando a Artemisa.

—Tú eres el hombre más bello de este mundo —gimió Artemisa en un susurro.

De pronto Delfina abrió mucho los ojos, fijando la mirada en una mesa de al lado. Dos mujeres estaban besándose en la boca, con una dulzura electrizante detrás del resplandor del candelabro. Eran jóvenes y lindas y entrelazaban las manos sobre el mantel. Parecían sumergidas dentro de una campana de cristal, porque ni el estruendo de la música que acababa de anunciarse en las bocinas las hizo dejar sus submarinos movimientos.

—¿Bailamos cielo? —suspiró Artemisa sobre Débora, y ya se levantaban de la mesa cuando los ojos de Delfina, lentos y enormes, se deslizaron hacia la pista. Parejas y más parejas iban juntándose, abrazándose al ritmo de los primeros compases. El St. Anthony's se hizo más penumbroso y las llamitas de las mesas titilaron. Todo era cálido y

Una hora más tarde Delfina y Artemisa se miraban radiantes de risa frente a frente, meneándose en una salsa disco a todo volumen. Las demás les hacían rueda y coreaban aplaudiendo. Acabaron sudorosas, entre vahos de carcajadas.

—¡Otra, otra! —gritaban todos y todas.

—¡Rock latino! —exclamó Delfina oyendo los primeros compases de la siguiente pieza.

—No mamita, ya no, ya no —jadeaba Artemisa.

—La última, Espiguita.

—No me digas así, se va a enojar mi señor —dijo Artemisa doblándose de risa y de estremecimiento, y lanzó una veloz mirada a la mesa, donde Débora y Leonor hablaban y bebían.

—Ándale Espárrago, vamos a encelar a tu señor —decía Delfina.

—¡Finita! —exclamó Artemisa ya siguiendo los pasos agresivos de la otra, que se alzaba la falda hasta media pierna, contorsionándose a lo anguila.

—Se va a enojar mi señora si me dices así —respondió Delfina al techo, y las carcajadas de ambas se ahogaron en los tamborazos del rock latino.

De pronto, Delfina sintió una mano en la nuca, y un susurro en la oreja que le decía:

—No te me aloques tanto, muchachita.

Y todo fue tan veloz, que cuando se detuvo y se volvió a buscar, Leonor ya había desaparecido de la pista. Artemisa tosió y con grandes ademanes dijo:

—Ya, no puedo más, Delfina.

—Bueno.

Se fueron a la mesa, en silencio, entre el estruendo. Débora apretaba la boquilla entre los dientes. Leonor pagaba la cuenta.

—Estoy tan cansada Finí, que voy a dormir como ballena —suspiró Leonor y se hizo un ovillo en el extremo de la cama. No volvió a moverse.

Casi no habían hablado desde que salieron del St. Anthony's, más que lo indispensable. Débora pateó a la perra y Artemisa se fue a su recámara sin decir buenas noches.

Delfina, aturdida, con el pulso acelerado, se irguió en la cama y vio el bulto de Leonor bajo la cobija. Y sintió que un panal de odio puro le reventaba en la cabeza, se echó de espaldas sobre el cojín, anegada, y peleó entre sueños con las mil abejas que zumbaron sin tregua a su alrededor, lanzando sus venenos.

Cuando despertó, ya Leonor había desaparecido, corriendo entre las jacarandas, corriendo como loca hacia el espejo de agua por la brecha arenosa. En *pants* y tenis, sudando, la garganta de lija, los ojos empapados:

—¡Dios mío! —gritó abriendo los brazos.

—Eso fue lo que me salió, como un grito del alma: ¡Dios mío! —exclamó Leonor.

—Por qué Leonor.

—No sé, no sé.

—Qué es lo que ya no puede soportar.

—Si le digo. . . no sé si me lo crea —encendió el quinto cigarro de la sesión.

—Si lo dice, lo creo.

—Ya no soporto el odio que le tengo —lanzó Leonor la frase, gruesamente.

La doctora asintió casi imperceptiblemente:

—Siga.

—Creo que vuelvo a amarla cuando. . . bueno, por momentos.

—Como cuáles.

—Pues cuando. . . ya le conté, cuando después de su locura me dijo "te quiero". Pero después, viéndola en el St. Anthony's, bailando como... como...

—Como qué.

—Como puta, carajo.

—Ajá, entonces la odia.

—Pero no sólo eso, doctora. Porque no son celos de verla con otra. Es algo más, no puedo ni describirlo, es como si no soportara estar a cien metros de ella, toda ella, su olor, su pelo, su risa, toda ella me es repulsiva, quisiera estrangularla, cortarle los brazos con mis manos, darle de martillazos en la cara ¡ay Dios qué estoy diciendo, Dios, Dios, Dios! —gimió Leonor sollozando sobre el pañuelo.

La doctora esperó unos momentos.

—Son celos —dijo por fin—. Ésos son exactamente los celos.

Delfina se irguió, sudorosa, emergiendo de los abejorros de la noche, y vio la cama vacía. Zumbaron otros, nuevos, más agudos, invisibles. Se echó a llorar, francamente a gritos. ¡Yo nunca he odiado así!, gemía entre sus dedos, que le cubrían la cara. ¡Nunca! ¡Nunca!

Como hechizo las cosas se repetirían idénticas a las de la mañana anterior. Leonor apareciendo a medio desayuno, hablándole apenas y de perfil. Bromas de las otras dos, en piyama; Delfina miraba su plato y un cansancio de plomo le cayó encima.

Empacó aprisa y se metió en el coche, hizo un nudo con su cuerpo y cerró los ojos. Sólo quería dormir. O fingir que dormía. Y así fue el camino. Leonor fumaba, manejando, y ella podía desaparecer en el silencio.

De pronto, sintió un frenón y las llantas chillaron hacia la cuneta.

—¡Finí! —gritó Leonor sacudiéndola—. Mira nada más este paisaje.

Delfina se atragantó tratando de erguirse.

—Qué, qué pasa, qué pasa.

—Ven —dijo Leonor bajando del coche y abriendo la portezuela de Delfina, la obligó a salir y la puso frente al paisaje. Leonor detrás de ella la tomó de los hombros, y le acercó su aliento:

—Mira Finita hermosa, mira.

Y era una línea casi perfecta en el cielo, una vertical que dividía el aire en el horizonte; de este lado la azulidad, las nubes borregas, el negro verdor de los pinos, las montañas moradas a lo lejos; del otro, sobre el valle de México, una masa movediza color ladrillo, la apretazón de humos y aceites.

—¿No es divino? ¿No es horripilante? —exclamaba Leonor hincándole las manos en los hombros.

—Es increíble —murmuró Delfina, aún perpleja.

—Quería que lo vieras Finí, es que de pronto dije qué barbaridad, lo que estamos dejando, mira nada más lo que estamos dejando, y ve hacia dónde vamos, ¡cómo es posible!

Delfina dio media vuelta repasando estas frases. Le sonaron cargadas de sentido. ¡Lo que estaban dejando. . .! Si aquello fue lo cristalino, ¿qué no le esperaría?

—¿Viste, Finí? —dijo Leonor mirándola con ansiedad, sus ojos brillaban muy abiertos. Delfina asintió sosteniéndole la mirada. Entonces Leonor trató de hablar y sólo le salió un balbuceo, bajó la vista y dio unos pasos entre las matas secas.

—Tengo tantas ganas de que la hayas pasado bien, Finita, que ahora mismo me echaría de cabeza al barranco para que la hubieras pasado bien —dijo en voz baja y plana.

Delfina sintió que en ese momento desaparecían los abejorros y una dulce punzada le cubrió el corazón.

—¡Leonito! —exclamó.

—No me pidas que me eche, Finí, porque ya no podría cuidarte, ya no podría estar a tu lado, queriéndote. . .

370

Un leve velo de agua nació en los ojos de Delfina.

—Ya sé que me porté un poco horrible, Finí —continuó Leonor, que daba vueltas, la vista en las matas que iba pisando—. Pero es que traigo un par de tuercas sueltas, ya ves, a veces pasa, pero te prometo que llegando voy a que me las aprieten. Tengo cita a las cinco. Tú has sido bellísima, son mis zafaduras Finí, pero. . . no siempre estuve horrible, ¿verdad? Ojalá. . .

—Leonora Leonora Leonora —corrió Delfina hacia ella, abrazándola—, ¡estás maravillosamente loca!

Se trenzaron girando entre risas y se besaron las mejillas, los cabellos, las manos. Cuando por fin se separaron, agotadas, Leonor la asió del brazo, firmemente:

—Y no te creas todo lo que dije, tú también estuviste horrible, espantosa Finí, pero con unas nalgadas te voy a quitar lo malcriada —dijo y la amenazó con la mano extendida. Pero Delfina ya corría entre carcajadas hacia el coche. No les paró la boca el resto del camino.

—Y qué siente en este momento, Leonor: odio o amor.

—No sé —murmuró exhalando un hilo de humo.

—Pero quedaron bien, amigas, contentas.

—Sí, eso sí. Pero ahora viene lo peor. Siento que ahora sí ya no hay remedio, que ya no podemos seguir así, ¿me entiende?

—¿Piensa decirle que la ama, no como amiga, sino como mujer?

—¿Usted cree que no lo sabe ya, doctora?

—Usted qué cree, Leonor.

—Yo creo que. . . que sí, lo sabe, pero no se da cuenta o no quiere darse cuenta que lo sabe.

—Por qué.

—Porque tiene miedo.

—¿De corresponderle, dice usted?

—Sí.

—¿Y el marido? Es hombre importante.

—A mí qué me importa el marido.

—A *usted* no.

—¿Qué tiene que ver el marido en todo esto, doctora? Yo no la entiendo, ¿me está dando lecciones de moral, o de jurisprudencia? Yo no pretendo que se divorcie para casarse conmigo, ¡por Dios! —botó la colilla a la maceta y encendió ásperamente otro cigarro.

La doctora sonrió de buen humor:

—¿Le pido un favor? ¿Quiere vaciar el cenicero en la maceta? Dicen que la ceniza es un abono excelente para las plantas.

Leonor se relajó y le devolvió la sonrisa. Hizo lo que le pidió, diciendo:

—Si no fuera porque sé que es cierto, lo he leído en revistas científicas de agricultura, creería que usted me está agrediendo o se está burlando, doctora.

—Ya ve que no, Leonor. ¿Para qué tendría que hacerlo?

—No me haga esas preguntas que ya sabe que no puedo contestar.

Rieron ambas.

—Bueno, estábamos en lo del marido, Leonor, que a usted no le importa. Supongo que no le dan celos de él, porque pues es un hecho que él existe, aunque a usted no le importe. ¿Esto sí puede contestarlo?

—Es usted odiosa, doctora, le encanta clavar la espada donde más duele. Pero esta vez se equivocó, estoy contentísima, mire ¡salto de gusto! —y en efecto, saltó en su silla—. No, no me dan celos de Agustín —dijo echándole la mirada.

—Magnífico, ese asunto está arreglado. Entonces, ¿cuál es su problema?

Leonor bajó los ojos y buscó a tientas el cenicero, aplastó el cigarro con violenta lentitud.

372

—No, no puedo cenar contigo el jueves —dijo Delfina en el teléfono de su cubículo.

—¿Los jueves quieres descansar de mí? Así ni hablar, Finí. Lo dejamos establecido —bromeaba llorosa Leonor.

—Es que llega Agustín, Leoni.

—Ah. . . —pesada pausa—. Así ni hablar.

—Estoy nerviosa, Leo.

—Por qué.

—Ya ves cómo se fue.

—Ajá.

—A ver cómo llega.

—A ver.

—¿Es todo lo que tienes que decir?

—No. Paso por ti a las siete.

—¡Leona! Quedamos que hoy no nos veríamos, tengo veinte exámenes por revisar.

—Ajá.

—Nos vimos todo el fin de semana, y luego el lunes y el martes. ¿Quieres que me corran del trabajo?

—No. Paso a las ocho y media.

—No me da tiempo, Leonor, ten piedad.

—A las nueve en punto. Te beso Finí —y colgó.

Por supuesto, no hablaron una sola palabra de Agustín, salvo en el último momento, cuando Leonor le tomó la mano en el coche, ya frente a la puerta de la casa, para despedirse:

—¿Te pido un favor, linda?

—Claro.

—Mañana no pienses en mí, ¿quieres?

—¿Qué?

—Sólo mañana.

—¿Por qué me dices eso, Leonor? —preguntó seriamente Delfina.

—No me preguntes. Es una zafadura, un pequeño capricho.

—¿Porque viene Agustín?

—Tal vez.

—Dime.

—Sí. Cada quien su sitio, linda.

—Pero. . . por Dios, me haces sentir que. . .

—Qué.

—Nada, no sé, ¡como si uno pudiera pensar o no pensar a voluntad!

—Es un favor muy especial.

—¡Es ridículo, Leonor! —se agitó Delfina en el asiento.

—Olvídalo —murmuró Leonor soltándole la mano.

—Pero Leonor, estás loca, me haces sentir como si te fuera a traicionar o yo no sé qué, no tiene nada que ver una cosa con otra, es el hombre que amo —alzó la voz, aguda.

—Linda, linda adorada —se arrojó Leonor a sus brazos—, ya me porté horrible otra vez, ¿ya ves? Vete ya mi reina.

—Leonor, querida —la arropó Delfina.

—Ya. Pórtate bien. Te llamo llegando a la casa —dijo irguiéndose.

Delfina asintió, y después del beso de despedida bajó del coche. Y antes de cerrar la portezuela le dijo sonriendo:

—Ni creas que voy a pensar en ti mañana, mugrosa. Me chocas. Te portas horrible.

Ya bajaba Leonor con la mano extendida, amenazante, pero Delfina entró velozmente a la casa y cerró de un portazo. Detrás del vidrio Leonor la miró con ojos fijos subir corriendo la escalera.

VI

Eran las seis de la mañana, la madrugada del viernes. Delfina estaba echada en el sofá de la sala. Los ojos muy abiertos hacia ninguna parte. El rostro levemente azul. Los brazos
rígidos cruzados sobre el vientre. No quería moverse. Ni
un milímetro. Estaba conjurando cualquier otro sonido que
no fuera el de la llave tintineando en la puerta, o el teléfono que estaba a medio metro, sobre la alfombra. Como en
los aviones, pensó con triste sonrisa, si me muevo para ras-
carme el pie o para recoger algo del suelo, el aparato per-
derá equilibrio, se volteará en el aire, estallará en pedazos
o caerá en picada hacia el fondo del mar. No. No hay que
moverse. No hay que romper el hilo de las cosas. Cualquier movimiento en falso puede desatar la catástrofe, puede
impedir, por ese infinito encadenamiento de hechos que for-
man el destino, que el sonido esperado se produzca... Tan
concentrada estaba en esto que había olvidado a Agustín,
o más bien, había olvidado que detrás del sonido de la llave en la puerta o del teléfono, estaría Agustín, que era
el verdaderamente esperado. La puerta y el teléfono no eran
más que su preludio. Pero Delfina ya ni siquiera pensaba
en el teléfono o en la puerta. Todo su cuerpo iba en pos
de un sonido, y alzaba antenas desesperadas, como si el solo
afán pudiera provocar, y aun producir ese sonido.

Despertó a las tres de la tarde, las mejillas empapadas.
Se había dormido sin darse cuenta. Y al abrir los ojos creyó que estaba soñando todavía, y volvió a llorar, y hubo
un momento en que ya no sabía por qué lloraba, porque
comenzó a sobarse el entumecido cuerpo que le dolía a gritos, y la cabeza que le reventaba a golpes de martillo. Vio

el reloj y eran ya las siete, ya en la ventana del parque comenzaba la luz color de hielo.

Águeda llegó de inmediato. La voz de Delfina en el teléfono la había alarmado y no había dicho más que:

—¿Quieres venir? Te necesito.

Pero en la voz estaba dicho lo demás.

—En este momento voy para allá —dijo Águeda. Y colgando cerró la carpeta del fideicomiso. Y le dijo a Trini la secretaria:

—Me voy a una junta con el señor De la Sierra.

—Pero. . . este.

—Le dices a mi jefe. Adiós.

—Es que el señor De la Sierra está ahorita con su jefe en una junta con los de la constructora. . .

—Pues me voy a una junta con el señor Antúnez. Ah, y no regreso —ya volaba Águeda hacia el elevador.

—¡El señor Antúnez está en Chicago! —gritó Trini. Pero Águeda ya no la oyó.

El primer impulso había sido marcar el número de Leonor. Pero los dedos decidieron solos. Delfina había balbucido incoherencias los primeros minutos. Águeda la sentó ante la barra de la cocina. Preparó café y sacó unas galletas de la despensa.

—Qué pasa —dijo mirándola a los ojos, con el tarro de café entre las manos.

—No ha venido a la casa.

—Y cómo sabes que no se alargó la gira, o que perdió el avión, o qué sé yo. . .

—Son las ocho de la noche Águeda, tenía que estar aquí desde ayer en la mañana. ¡Pudo haberme hablado!

—¿Tienes miedo de que le haya pasado algo?

—No le pasó nada.

—Cómo estás tan segura.

Delfina no contestó. Sorbió varias veces del tarro de café. Se sonó la nariz.

—¿Te digo qué hice desde que te llamé hace una hora? —susurró por fin.

—Hablaste a la Cruz Roja, a Locatel, al aeropuerto, a qué sé yo, al hotel de Veracruz. . .

Delfina negó bajando la cabeza y comenzando a sollozar.

A Águeda se le llenaron los ojos de lágrimas y soltó el tarro para tomarle las manos a Delfina.

—¿Sabes qué sentí cuando oí su voz? —exclamó Delfina entre sollozos.

—¡Que era un hijo de puta!

—¡Águeda, Águeda, tuve que colgar la bocina para no gritar. . .!

—Grita mamita, grita conmigo —decía dulcemente Águeda enjugándose los ojos.

Un par de horas después, y varias latas vacías de atún, anchoas, paté, jamón del diablo y un reguero de moronas de pan, Águeda no se atrevía a pronunciar el nombre que le latía en la lengua, y seguía preguntando lo mismo, para ver si en las repeticiones se abría alguna rendija para colarlo.

—Pero entonces no se despidieron peleados.

—No, ya te dije. Él estaba. . . bueno sí estaba molesto porque no lo acompañé a la gira. Primero le dije que sí, luego que no, luego que sí, y por último otra vez que no.

—¡Qué horrible!

—Sí, pero caramba, no es para que me haga esto.

—¿Ya había pasado antes algo así, digo, que él llegara a su estudio y desde allí te avisara?

—¿Me avisara? ¡qué maravilla! ¡Fui yo la que marcó el teléfono! Estaba desesperada, oí su voz y colgué. ¡Me hace sentir que no existo!

—Mira, a lo mejor es una chifladura de artista, ya sabes cómo son los genios.

—Ojalá supiera cómo es él.

—¿Me perdonas que te diga? —preguntó Águeda rebuscando alguna sobra en las latas—. Creo que le diste al clavo. Tal vez el problema es que no sabes cómo es él. Tal vez te está queriendo decir algo con esa actitud.

—¡No soy telegrafista, e ignoro la clave morse! Que hable, para eso está la boca.

—Bueno, no a todos les sirve la boca para hablar.

—Es que no se deja, Águeda. No da la oportunidad, simplemente desaparece.

—¿No dices que es la primera vez?

—No, bueno sí, de esto sí, pero otras veces es igual, no habla aunque esté pudriéndose en frente de ti, o se reviste de ese halo melancólico o de genio a punto de descubrir alguna sonata arcaica. . .

—Calma mamita.

Delfina, que ya gritaba poniéndose roja, se abatió al instante, asintiendo.

—Quiero pedirte un favor. . . que me lleves al estudio. Yo no tengo fuerzas para manejar.

—¿Quieres. . .? o sea que. . . —abrió Águeda mucho los ojos.

—No. Sólo quiero ver de lejos el estudio, desde el callejón de piedra. La luz del farol. La ventanita. Nada más. ¿Te puedo pedir el favor, Águeda? Vamos y regresamos en media hora.

—Por supuesto, querida, estoy para lo que mandes, aunque no sé si es masoquismo, morbosidad, neurosis suicida, celos o. . . ¿no querrás cacharlo en alguna arena movediza?

Delfina sonrió con ternura a la amiga. Y se levantó por su bolsa y su suéter.

Delfina respiraba la noche fresca por la ventanilla. Águeda manejaba sin decir palabra. Llegando al Desierto de los Leones la noche se hizo fría y neblinosa. Los largos troncos parecían fantasmas y sus ralas melenas zumbaban levemente iluminadas. Llegaron al callejón de piedra. Delfina tocó a Águeda en el hombro. Águeda frenó.

—¿Quieres que nos bajemos? —dijo.

Delfina negó con la cabeza, firme.

—Desde aquí no se alcanza a ver nada, voy a acercarme unos metros.

—No.

—Tienes razón.

—No es por eso, Águeda. Sólo quería... así, sentirme cerca de él —y clavó la vista en el callejón oscuro, y no alcanzó a ver la ventanita, ni el farol, que estaban detrás del recodo. Respiró hondamente, se volvió, casi jovial, y le dijo a Águeda:

—Gracias querida. Vámonos.

Águeda arrancó en silencio. Pero a medio camino no pudo más:

—Oye... ¿y no tendrá algo que ver Leonor en todo esto?

Delfina despertó de su marasmo. Sintió una irritación tan aguda que la espantó. Pero se contuvo fingiendo desdén a la pregunta, repitiéndola por toda respuesta:

—No sé qué puede tener que ver Leonor en todo esto.

—¿No? —insistió Águeda, y se conocía, cuando comenzaba, ya nadie la frenaba. Ni modo mamita, pensó, te voy a echar a perder tu martirio.

—Ay Águeda... por favor —contestó visiblemente molesta.

—Ay Delfina, ¡por favor!

—Qué es lo que quieres decir, dilo ya de una vez —enrojeció Delfina.

—Bueno —exclamó Águeda, frenó y se estacionó en avenida Revolución, apagó el motor y se volvió a mirar a Delfina. Delfina temblaba, roja.

—Leonor ha metido una cuña entre ustedes. Va detrás de ti como fiera. Y tú como niña caguengue te dejas apresar, y Agustín ya se hartó, no de Leonor, sino de tu ingenuidad o de tu estupidez o de tu mala fe. Llámalo como quieras. Te deja la vía libre. Ora sí mamacita, se acabó el juego, ya estás grande y a ver qué haces, si es que sabes qué quieres hacer, si es que abres los ojos algún día. Y ahora sí ya acabé. Ay, hasta me duele la lengua. Ah, y conste que Leonor es mi amiga y también hablo por ella, que no es tu mamá, sino una mujer de carne y sexo. Ahora sí ya acabé. Bendita boca mía —se besó las puntas de los dedos como si los dedos le besaran la boca, y metió primera, el pie en el acelerador.

Delfina había escuchado con el corazón zumbándole en las sienes. Sintió tal odio por Águeda que creyó que se iba a desmayar. ¿Desmayarme de odio? Y recordó que en las últimas semanas se había descubierto odiando como nunca, y se sintió perdida. Algo dentro de ella sabía que Leonor le estaba provocando estos ánimos, que la asustaban y de los que no podía desprenderse, y sabía también que cada frase de Águeda le había caído como púa envenenada, y que esas frases eran inatachables, irrevocables, inapelables. Y sintió que se quebraba, y se dobló sobre sus rodillas:

—Qué voy a hacer —lo dijo para sí, como a mitad de un desierto. Por eso la sorprendió la dulce y firme voz de Águeda, que le decía tocándole los cabellos:

—Tú sabrás muy bien qué vas a hacer, Delfina. Tal vez te va a costar un poco. Pero vas a saber.

A la mañana siguiente, Delfina estaba en sus papeles desde primera hora. El pequeño cubículo, alfombrado de diccionarios y enciclopedias. Trabajaba con pesado rigor, cuando un mensajero apareció en la puerta con un gigantesco arreglo de aves del paraíso y orquídeas moradas.

Sintió su corazón. Pero abriendo el sobrecito ella sola iba diciéndose: él no hace esto, él jamás haría esto, él se burla de estos estereotipos, él es incapaz de. . . "Finí: con mi corazón entero por todo lo que tú vales, por todo lo que eres, simplemente porque eres. L.", leyó, y antes de que pudiera reaccionar, el teléfono del cubículo la hizo dar un salto.

—No es tu cumpleaños. No es tu santo. No es Navidad. Simplemente es un día en que tú estás, que tú eres, y eso basta para festejarlo —oyó la voz de Leonor y el clic de la bocina colgada.

Y es que Leonor había hablado a casa de Águeda y el marido de Águeda le había dicho que estaba con Delfina; y Leonor intuyó que algo extraño estaba pasando, y no necesitó mucho para adivinar. Tomó el coche y manejó hasta el Desierto de los Leones. Y estuvo allí, escondida, hasta que vio salir a Agustín. Y esperó hasta que lo vio regresar con bolsas del supermercado. El corazón le latió con fuerza. Y supo lo que tenía que hacer.

En el primer momento, Delfina se sintió doblemente decepcionada. Y las frases de Águeda le zumbaban dolorosamente en la cabeza. Botó la tarjeta sobre el escritorio y volvió a sus papeles.

Al mediodía apareció Leonor sonriendo en los vidrios del cubículo.

—¿Se puede? —preguntó abriendo la puerta. Iba vestida con una larga camiseta blanca y jeans muy ajustados. Los cabellos sueltos y pintados con leves rayos cobrizos. Parecía un relámpago de juventud.

Delfina alzó la vista y sintió frío y miedo.

—¿Cómo está mi Finita linda? —se acercó Leonor y la levantó en un abrazo. Le enmarcó el rostro y la miró a los ojos—. ¿Cómo estás? —repitió en voz baja.

Delfina asintió, desviando la mirada.

—Mira —dijo Leonor y sacó un paquetito de su bolsa.

—Qué es eso.

—Ábrelo.

Delfina lo abrió, era una pulsera de oro italiano en tres tonos trenzados. Alzó los ojos, interrogantes.

—Póntela, ¿te gusta?

—Qué es esto. . .

—Un regalo para ti. Desde cuándo la tenía en la mira, y hoy dije, es un día perfecto.

—¿Pero por qué? —sonó ronca la voz de Delfina. Leonor se paralizó.

—Perdóname —murmuró unos segundos después.

Delfina dejó la pulsera sobre el escritorio y se asomó a la ventana. El campo universitario bajo el homiguero sol.

—Agustín llegó —dijo desde allí.

—Ya sé Finí.

—Y no me ha buscado.

—Ya sé.

—Está en su estudio desde hace tres días.

—Ya sé.

—Por qué sabes.

—¿Qué importa?

—¿No estás contenta?

Leonor esperó unos segundos para responder:

—No.

—¿No? —se volvió violentamente Delfina, dándole la cara.

—No.

—Qué raro.

—Me duele verte triste, ¿no lo sabías?

—No estoy triste. Estoy llena de ira.

—Te entiendo.

—No. Es ira contra mí, Leonor.

—Por eso te entiendo.

En este punto Delfina ya no supo cómo seguir. Pocas veces había pasado por ese trance donde emoción y cerebro van tan separados. Sentía las redes de Leonor, cómo iban envolviéndola, cómo no le dejaban salida porque no le dejaban secretos. Leonor todo lo sabía y lo comprendía. ¿De

382

qué defenderse, pues? Pero la cabeza pedía auxilio. No quería entrar en esas redes. Y sin embargo, era tal la soledad y las ganas de echarse ciegamente, que la única salida era lanzarse exactamente ahí.

—Vine a acompañarte —dijo seriamente Leonor— porque sé que te sientes mal. Quise darte algo, una sonrisa, unas flores, un. . . pequeño regalo. Eso es todo. Pero si quieres me voy.

¡Sí!, gritó por dentro Delfina, y de sus labios salió un tembloroso y apenas audible:

—Nnno. . .

Leonor la escuchó con atención absorta. Delfina habló de Agustín durante toda la comida: su música, su ternura, su apasionamiento, su perfil, su grave voz, y volvió a contar cómo se habían conocido y las cien anécdotas que Leonor ya sabía de memoria. Y al tercer tequila se sintió mejor. Leonor estuvo solidaria como nunca y la despidió con un:

—No te preocupes Finí. Todo va a estar bien —y quedaron de encontrarse al día siguiente, domingo, para salir a algún lado.

Leonor pasó en blanco la noche, sintiendo cómo la sangre bullía de los pies al cerebro, como si todo su cuerpo fuera una enorme sartén vacía sobre las brasas.

Pero Delfina durmió por primera vez en tres días, hasta que la despertó el teléfono. Contestó en el sueño aún, esperando oír la voz de Leonor. Pero el brinco que dio en la cama hizo voltear el aparato.

—Salmón noruego, queso cabrales y Viña Tondonia a las ocho.

—¡Cómo puedes. . .! —gimió Delfina.

—Buen día, bellísima.

Delfina no contestó, se le arrasaban los ojos.

—Cenaremos en el estudio —continuó Agustín.

—¡Llevo cien horas, cien horas!

—Yo las llevo pensando en ti.

—¡Hace cuatro días!

—Tenemos una eternidad.

—Nunca me habías hecho esto, Agustín.

—Delfina, bellísima, nunca te había insistido tanto. Traje la grabación de Koropov al chelo con la orquesta.

—Sí. . . —titubeó Delfina.

—Bien. Cuelgo —dijo y colgó.

Y antes de que pudiera respirar, sonó el teléfono:

—¿Sí? —dijo agitada casi en un susurro.

—Descolgaste o qué, reinita. Tengo horas llamando, y ocupado.

—Ah. . . es que me acaba de hablar Agustín.

—. . . qué bueno —dijo Leonor después de una imperceptible pausa.

—Voy a cenar con él.

—Ah. . .

—No puedo verte hoy Leonor.

—Claro. . . no te preocupes. Luego te llamo —y colgó.

Delfina se echó sobre la cama, aún agitada, el pecho subiendo y bajando aceleradamente.

Colgando, Leonor se levantó y caminó despacio hacia la ventana de su recámara. Vio el cielo vagamente azul. Y se dijo, como quien reza: "Hoy me toca un vaso de veneno."

Fueron tantos los discursos que fabricó Delfina durante ese día, que dando las siete en punto, lista ante el espejo, había olvidado todos y sólo un nudo le devoraba la cabeza. Se miró muy delgada en su vestido blanco. Los cabellos castaños sueltos a los lados del rostro. Ay no me gusto. . . y salió de la recámara escaleras abajo. Fueron tantas las actitudes que fraguó, que cuando tocó la puerta del estudio, sólo Agustín tenía llave, no se dio cuenta de que faltaban veinte minutos para las ocho, y que ella había planeado presentarse con media hora de retraso.

Agustín abrió, y su brillante sonrisa fue como un relámpago en los ojos de Delfina.

—Así te imaginaba —dijo Agustín.

Delfina se sintió rígida. Como si acabaran de conocerse. La cosa era arrojarse uno en brazos de otro, o arrojarse la cafetera a la cara. Pero esta cortesía de "pasa, siéntate" la deprimió instantáneamente. Entró hurtándose, ni rozarlo siquiera con el vestido. Y vio la mesa del rincón espléndida de platos y las botellas abiertas, exhalando el humo riojano de sus uvas. Un candelero encendido. Y en el ambiente *La barcarola* de Offenbach, como un sueño. No quiero salir de aquí nunca. Quiero ser esto: las paredes de corcho, el salmón color de rosa y la copa ahumada, la llama de la vela, la barcarola, esas aguas inasibles, tú Agustín, quiero ser tú. . . ¡Dios mío! Se sentó en el sofá, para no temblar. Agustín escanció un dedo de vino y se lo dio a probar. Ella lo miró detrás del vidrio ahumado de la copa. El vino, como una marea en miniatura, le llenó la garganta.

—Es Koropov —dijo Agustín subiéndole el volumen al tocacintas—. Creo que arrastra demasiado las notas. Compite con la orquesta. Óyelo. Tú me dices.

Delfina se sentía arrastrada por las notas. *La barcarola* la habían oído mil veces haciendo el amor. Y cuando terminó, no supo qué decir.

—¿Qué te pareció?

—Pues. . .

—Mira, te voy a poner la otra versión, la del Hollywood bowl con Carmen Dragón.

Y oyeron y oyeron acá y allá, fragmentos, repeticiones alternadas, solos, y Agustín comenzó a comparar y a explicar y Delfina se sintió tan natural otra vez que se encendió de vino y pasaron a la mesa comentando pasajes, *diminuendos* y calidades de cuerdas.

—Creo que el segundo tema me gusta más lento. . . .

—Es posible. Pero pierde color.

—¿Por qué no llegaste a la casa? —dijo Delfina, casi jovial.

Agustín alzó la vista del plato, y sonriendo, le extendió a Delfina la campana de los quesos.

—Prueba este cabrales, lo traje para ti.

—Por qué, Agustín —Delfina dulcificó aún más el tono y tomó un trozo de queso.

—No sé. ¿Te gusta?

Delfina asintió con el queso en la boca y sin dejar de mirar a Agustín.

—Por qué ni por teléfono —dijo suavemente, limpiándose la boca con la servilleta.

—Estás aquí —Agustín le echó sus hondos ojos oscuros.

Delfina ladeó la cabeza, y asintió apenas, y alzando la copa dijo en un suspiro:

—¿Me sirves más?

Y luego de beber la copa, Delfina le pidió que le contara más sobre la gira que acababa de hacer, como si el diálogo anterior no hubiera ocurrido. Agustín contó más. Y Delfina insistió en los detalles hasta que él dijo, abriendo los brazos:

—No tengo ni una palabra más que decir.

—¿Sigues molesto porque no fui contigo? —dijo seriamente.

—Fuiste conmigo —dijo y le sirvió una fuente de profiteroles que había mandado hacer en el Paradise.

—¡Qué delicia! —exclamó Delfina, y se llevó un cucharón repleto a su plato.

—Bueno —dijo después de los breves minutos que duró el procedimiento del postre—, ahora sí cuéntame de la mujer que conociste —lo dijo con tal naturalidad, zampándose un gran bocado de profiterol, que Agustín tardó segundos en asimilar la frase. Y por sus ojos cruzó la morena Marta Montaño entrecerrando los párpados al sol. Aún pudo oler el mar de Veracruz. Y Delfina, como él tardara en responder, le clavó la vista en los ojos. Agustín estuvo cierto que ella estaba mirando la misma imagen. Vio en un juego de espejos la imagen de Marta Montaño repetida como eco en los ojos de Delfina, que reflejaban los suyos. Y era el primer momento, desde que le enviara aquella tarjeta de despedida: "Marta Montaño. Marta Montaño. Marta Montaño", en que la recordaba.

—Marta Montaño —dijo, fija la mirada.

—Lindo nombre —respondió Delfina sirviéndose de cuajo la copa llena. Se sintió presa en una escena de telenovela y se puso roja. Mil historias de mujeres celosas se le vinieron encima, y se odió por decir esa frase que no era su frase, simplemente había repetido la que atrapó al vuelo la memoria para estas emergencias. Apenas escuchó las frases sueltas de Agustín donde explicaba que aquélla era la directora de quién sabe qué instituto y lo había llevado a quién sabe dónde a comer.

—¿Me amas? —dijo en medio del parlamento de Agustín.

Y se hizo el silencio. La llamita agonizante en el candelero se elevó azulísima y por fin desapareció como un minúsculo chicotazo en el aire. Se quedaron en la penumbra oscura. Agustín buscó la mano de Delfina sobre el mantel. Era el primer momento de esta noche que se tocaban. Le tomó la mano helada y la puso sobre sus labios, y sin soltarse, Delfina se levantó lentamente, rodeando la mesita y se arrodilló en el suelo abrazando a Agustín por la cintura y sumiendo el rostro en su pecho. Agustín permaneció sentado, y con los brazos levantó a Delfina hasta su altura y abriéndole el rostro cubierto de cabellos la besó en la boca. Delfina sintio que perdía peso en esa oscuridad. Y se desprendió agitada, ciega:

—¿Me amas? ¡dime! ¡dime! —gimió buscando los ojos negros de Agustín.

—Te amo. Te amo. Te amo. Te amo. Te amo —murmuró y volvió a hundirse en los labios de Delfina.

Pero antes de que ella comenzara a elevarse blandamente, él se separó con suavidad y le dijo al oído:

—No quiero que se haga demasiado tarde. Me preocupa que manejes sola.

Delfina no entendió. Se quedó junto a la silla, mientras él se levantaba y encendía la luz para ver el reloj.

—Son las doce, pasadas. Llegando a la casa me hablas ¿quieres? —dijo alzándola por los hombros.

Delfina no salía del estupor.

—Tu bolsa, las llaves, ¿llevas todo? —decía él echándole el suéter en la espalda.

Cuando sintió el suéter, esa lana picándole el cuello, Delfina despertó, y arrancándoselo con furia, exclamó agudamente:

—¡Me estás corriendo!

—Delfina, no quiero que manejes tan tarde.

—¡Quién carajos crees que eres! —el Viña Tondonia le explotó en la cabeza, y botó la bolsa contra la pared.

—Cálmate.

—¿Que me calme? ¡Maldita sea!

Agustín se echó en el sofá y se cubrió la cara con las manos, en un ademán de inaudita fatiga.

—¡Qué crees que soy! ¿tu cosa, tu perra, tu Marta Montaño?

—Por favor... —dijo cansadamente él.

Delfina se echó a llorar. La luz impúdica del techo la hizo sentirse desnuda y la escena completa era grotesca, con papeles malos acabados de improvisar; ella tenía el peor, el más ridículo. Pero no pudo evitarlo, había que llevarlo hasta sus últimas consecuencias. Se acercó a Agustín, y volvió a arrodillarse frente a él:

—Por qué no quieres hacer el amor conmigo —le dijo bajo las lágrimas.

Agustín no respondió.

—¿Hiciste el amor con Marta Montaño?

Agustín negó con la cabeza.

388

—¿Entonces? —gimió con estridencia Delfina, levantándose—, ¿lo hiciste con una puta y no quieres contagiarme? —gritó.

Agustín se levantó y la detuvo del brazo con firmeza.

—Ya cállate.

Delfina conocía ese tono de voz. Era definitivo. Lo miró unos segundos a los ojos y se soltó lentamente. Limpiándose la cara con el dorso de la mano, buscó tropezando la bolsa y las llaves y se puso el suéter. Agustín estaba parado en medio de la habitación. Lista para salir, Delfina se le acercó y tratando de sonreír, sin conseguirlo, dijo:

—Cuándo te veo.

—Llámame llegando, por favor —y se inclinó para besarle la frente, pero Delfina lo detuvo, y dando media vuelta, se dirigió a la puerta con pasos titubeantes, y una vez fuera, se lanzó a trotar por el callejón hasta su coche. Agustín la contempló desde el umbral, y cuando oyó el motor acelerando hasta perderse en un lejano zumbido, cerró la puerta y se volvió a mirar los platos sucios, las copas, las botellas vacías, ese velo amarillo tan tenue que dejaba Delfina.

¿Qué es eso?, pensó escuchando la hojarasca bajo sus pies. Había salido al frío de la noche. Y no pensaba en nada. Se dejaba herir con los sonidos del Desierto a esas densas horas. Quería sentir, oler, mirar, como si estuviera descubriendo el mundo, descubriéndose en él. ¡Dios, el teléfono! Y se echó a correr hacia el estudio. Simplemente había olvidado que Delfina lo llamaría llegando a la casa. Y sin embargo, la sentía en todo momento. Ahí quería estar, inmerso en esa sensación.

—Delfina —jadeó descolgando la bocina.

—Ya llegué.

—Qué bien.

—Quiero decirte que... me gustó muchísimo la cena —la

serena voz de Delfina lo hizo sonreír y agitarse aún más.

—¿Sí? —casi susurró.

—¿Qué tienes?

—Salí a caminar unos minutos.

—Quiero decirte. . . quiero decirte. . . quiero decirte mi amor —y él no pudo ver cómo Delfina asía con vehemencia la almohada de Agustín, y se recargaba en la cabecera con los ojos cerrados.

—Duerme mi amor —dijo Agustín. Y colgó suavemente.

Y mientras ella trataba de descifrar a solas, en la cama, a Agustín, no sabía que él no había calculado nada. Que llegando al aeropuerto de México había pedido un taxi y sin pensarlo dio la dirección de su estudio, y ni sabía cuánto tiempo había pasado cuando se dijo salmón y queso, y Viña Tondonia para Delfina. No sabía, al fin, que Agustín había estado feliz esa noche con ella. Y que ahora, solo en la luz de su estudio, se sentía feliz sin ella, respirando el halo amarillo que ella le había dejado.

Y pasaron dos días más sin que Agustín le hablara. Dos días donde Delfina se sentía prisionera en la parálisis. Porque a pesar de que cada media hora decidía marcar ella el número del estudio, o enfilarse con el coche hacia el Desierto, no podía hacerlo. Y no entendía cómo se quedaba tan quieta, asumiendo lo que Agustín le imponía. Cómo no había aprovechado la cena del domingo para hablar claro con él. ¿Por qué no había podido decirle: mira, vamos a hablar, siéntate y escúchame. . .? Pero. . . ¿decirle qué? Es él quien debía explicarse: ¿Qué pasa Agustín? ¿esto es una separación? ¿pasajera? ¿definitiva? ¿a qué vienen esos misterios? ¿no quieres tocarme? ¿te asfixió el matrimonio? ¿hay otra mujer? ¿por qué no pones las cartas de una vez sobre la mesa?

Le revoloteaban todas estas preguntas, la ahogaban y se maldecía por no haberlas hecho, y por no estar haciéndolas en ese momento. Pero sabía que era inútil. Sin palabras, con su sola suave sonrisa y sus ojos profundos la enmudecía, la hacía salir de sí misma, olvidar los cálculos, las preguntas. Una invisible fuerza la sometía, y así habían pasado ya dos días y ella cumplía con su trabajo, y esperaba.

Leonor la había llamado varias veces y ella le había contestado corteses monosílabos, con el pretexto de que estaba en la regadera, o entrevistándose con el director de la Facultad, o que el timbre sonaba o que acababan de llamarla a una junta de asesores.

Al tercer día Leonor se presentó a las seis de la mañana, dando feroces puñetazos en la puerta. Delfina despertó asustada y bajó la escalera descalza y frotándose los ojos. Abrió la puerta y Leonor entró como huracán, cerrándola de golpe.

—¡Mira! —gritó mostrando los brazos, la cara, el cuello—. ¡Mira mira mira!

Delfina retrocedió aún sumida en el sueño como si éste se hubiera vuelto pesadilla. Abrió casi dolorosamente los ojos y vio las manchas oscuras que cubrían la piel de Leonor. Ronchas abultadas que iban del escarlata al violeta, y luego vio los ojos de aguja de Leonor. Y se llenó de miedo.

—¿Ya viste? —insistió Leonor un milímetro más calmada, porque leyó en los ojos de Delfina el espanto, que la bañó de una satisfacción momentánea.

—Qué te pasó —murmuró en un hilo de voz.

—¡Qué me pasó! —repitió Leonor alzando los brazos al techo. Caminó hacia el sofá y se echó cansadamente—. Consígueme un cigarro, ya me devoré mis últimas colillas.

Delfina aprovechó la petición para desaparecer. Se lavó la cara, se puso la bata y las chanclas. Buscó en el buró de Agustín alguna cajetilla vieja. Y regresó con más aplomo.

Leonor yacía con los ojos cerrados. La oyó acercarse, y sin moverse dijo:

—Préndemelo. No tengo fuerzas.

Delfina lo hizo. Tosió. Se lo acercó a los labios.

—Qué te pasó —dijo sentándose en el sillón, al otro extremo de la sala.

—No vales la pena —murmuró Leonor, el cigarro entre los dientes, los ojos cerrados.

Delfina sintió cómo el fuego comenzaba a encenderse en sus mejillas.

—¡Idiota de veras! —continuó Leonor en el mismo tono plano, impersonal, como si estuviera hablando para sí—. Esta idiota preocupándose tanto, esta idiota llenándose de manchas, sin dormir, pensando ¿cómo estará? ¿cómo le habrá ido? ¿por qué no me llama? Si seré idiota de veras. . .

Delfina sintió, junto con el fuego, un súbito frío en las manos. Y vio, como en caricatura, el cuello estrangulado de Leonor.

—Si vienes a hacer una escena —dijo con total sequedad—, escogiste mal momento. Estoy cansadísima, me faltan como dos o tres horas de sueño.

—Anda. Que te aprovechen —dijo arrojando el cigarro a la chimenea y se echó a roncar ostensiblemente, dando media vuelta en el sofá. Delfina no se movió. No podía creer lo que estaba ocurriendo.

A los tres minutos Leonor abrió los ojos:

—¿No te has ido a dormir? Te faltan tres horas de sueño.

—¿Cómo llegas golpeando la puerta, Leonor? Agustín podía estar aquí —dijo Delfina, casi sonriendo.

—No.

—¿No?

—Agustín no ha venido. Tú fuiste el domingo a su estudio y saliste corriendo a las doce y diez. Eso es todo.

Delfina recibió un mazazo. Y se levantó electrizada.

—¡Cómo te atreves! —gritó, dando unos ciegos pasos hacia ella—. ¡Cómo te atreves a espiarme, desgraciada!

Leonor se puso boca abajo, con la cara hacia el respaldo del sofá, en un ademán de fastidio.

392

Delfina no resistió y la jaloneó hasta voltearla:

—¡Qué quieres de mí! —exclamó sujetándola por los hombros.

Se miraron respirando con ansiedad.

—Tengo muy sensible la piel, suéltame —dijo Leonor desprendiéndose, y comenzó a sobarse el cuello, entre interjecciones dolorosas.

Delfina se alejó y mientras iba hacia la cortina para descorrerla, le vino a los ojos la imagen del domingo, ella misma gritándole a Agustín, suplicándole, exigiéndole, haciendo el grotesco papel. Y sintió piedad por Leonor.

Leonor se levantó limpiándose las lágrimas:

—Perdóname —murmuró sin verla—. Cuándo te veo.

La misma frase. La misma actitud que tuvo ella frente a Agustín después del estallido. Cuándo te veo, cuándo te veo, había dicho Delfina casi en la puerta. Y allí estaba Leonor, a punto de despedirse. Delfina no respondía, paralizada en el estupor.

—No, no me digas —exclamó Leonor dándose media vuelta, y salió trotando al fresco de la mañana hacia su coche.

Como fantasma Delfina subió la escalera y entrando en la recámara, vio la cama revuelta y se sintió perdida como nunca.

—Quería oír tu voz.

—Dónde estás —exclamó Delfina brincando en la silla de su cubículo.

—En Bellas Artes. Voy a tocar la próxima semana. ¿Estás bien, Delfina?

—Sí, sí. ¿Y tú?

—Te amo, hermosa. Cuídate.

Y a Delfina se le quedaron trabadas otra vez las mil preguntas: ¿por qué no me has hablado? ¿puedo verte? ¿por qué no has venido? Cuándo, cuándo te veo. Pero su corazón saltaba como pájaro y un aire dulce le rozaba las sienes.

Todavía no entraba de nuevo en el capítulo XIV de la *Nueva antropología social,* cuando el teléfono volvió a llenar los tres metros cuadrados del cubículo.

—Quería oír tu voz, Finí.

—¿Eh? —cayó Delfina sentada como bloque sobre el escritorio.

—¿Estás bien?

—Sí.

—No estás enojada, ¿verdad?

—No.

—¿Otra vez con monosílabos? Me vas a sacar ronchas en el cráneo, reinita.

—¿Eh? No, es que. . .

—¿Te pido un favor grandísimo?

—Qué.

—Dime que sí.

—Sí.

—¿Me ayudas a sacarme la espina de hoy en la mañana?

—¿Qué?

—Dijiste que sí, linda.

—Bueno sí.

—Gracias. Cuídate mi linda.

Y es que de nuevo las mismas frases le sonaron como gritos en las orejas. Clavó la vista en el capítulo XIV de la *Nueva antropología social.* Y cuando se dio cuenta, estaba mirando por la ventana el espejo de agua de la explanada de Rectoría, esa rizada piel de agua sucia, y se sintió a expensas de los dos, ahora sí abiertamente.

Y así, un mediodía que arrastraba el morral de libros a su coche, se sobresaltó al ver un recado en letras de imprenta en el parabrisas: "La cita es en el tercer hongo, a las 2 pm".

394

Y la invadió un temblor incontrolable. Miró alrededor, el estacionamiento de la Facultad atiborrado de metales cegadores, sol y más sol. Miró hacia los hongos, que así eran llamadas tres colinas de pasto en el jardín de la Rectoría, pero las hileras de coches y la explanada hirviente de estudiantes la bloquearon. Eran las dos y diez en su reloj. Abrió el coche, arrojó el morral en el asiento de atrás y se echó de espaldas en los delanteros. ¿Leonor? ¿Agustín? ¿Leonor? ¿Agustín? Tal vez ninguno de los dos. Acaso un profesor amigo, o una broma, o una equivocación. ¡Malditas letras impersonales! Se sintió inerme y sacudida de expectaciones ante el miedo y el entusiasmo. Lo leyó y lo leyó. Lo guardó. Volvió a sacarlo, a guardarlo.

Era tan escueta la nota que no podría descifrar si venía de Leonor o de Agustín. ¡Hasta dónde había llegado! No poder diferenciar a la mujer que me ama del hombre que amo. ¿O será, de veras, que el amor no tiene sexo? ¡Qué estúpida me estoy volviendo! Esto es típico de Leonor. La sorpresa. Dejar las cosas a medias, en el enigma, nunca dar de frente la cara. Pero. . . también podría ser. . . es decir, hay un ánimo imperial típico de Agustín: dar una orden sin preguntar, sin pedir permiso, y suponer que será asumida de inmediato; no tiene que firmar, ¿quién firma un llamado amoroso a la amada? ¡sería ridículo!, sería no sentirse seguro, quedar en entredicho: mira, por si no sabes quién soy, allí te va mi nombre y apellidos. Dios, Dios. . . Se cubrió la cara Delfina con las manos. Agustín no tendría que poner su nombre, claro. Pero Leonor sí. Ella acostumbra escribir, al menos, su inicial, y además, siempre incluye alguna súplica, aunque sea en broma, un: ¿sí Finí? Claro, ella tiene que poner mi nombre, y el suyo, y mandar y a la vez suplicar. Es lo típico en su recovecosa estrategia, decir y no decir, suplicar en broma y obligar con caricias, como serpiente, sí, nunca en línea recta, y debe asegurarse con los nombres bien escritos, eso sí, la inseguridad es tal que no permite el más leve asomo de duda, de ambigüe-

dad. Y. . . el recado es tan directo, tan desnudo. . . pero. . .
¿Agustín tomándose el trabajo de dejar un papel en el
parabrisas? Como que no, pero ¿y por qué no?

Saltó Delfina y azotando la portezuela corrió desbocada
hacia los hongos. En el tercero, la colina más baja y ale-
jada, Agustín abría una gran bolsa de papel y sacaba una
humeante pizza de anchoas y aceitunas negras. Cuando lo
vio, se detuvo abruptamente.

—Se enfría, se enfría —gritó él, llamándola. Y ella se acercó poco a poco y se sentó en el pasto.

—Qué rico —susurró mirando la pizza. Y de nuevo se
paralizó porque le dolían las manos abandonadas sobre las
rodillas. Le dolía la boca. Hubiera querido echarse sobre
Agustín y tentarlo y besarlo. Pero él ya sacaba de otra bolsa las tecates heladas y las colocaba equilibrándolas en
el pasto.

—Come, se enfría —sonrió Agustín y mordió una gran
rebanada.

Delfina hizo lo mismo.

—¿Te digo algo? —susurró Delfina a medio comer.

—Dime algo —la miró Agustín.

—Me encantan las pizzas de anchoas.

Él sonrió mucho y le tocó los cabellos. Y abrió su cerveza y dijo:

—¡Salud!

Y ella sintió ese toque en los cabellos. ¿Quién dijo que
los cabellos no sienten? Y los hongos dieron una vuelta en
redondo y se sintió feliz bajo el sol.

—¿Te dije que estoy nominada para el premio "Testimonio Universitario"? —dijo de repente.

—Claro. No me dijiste —respondió Agustín sonriendo
con naturalidad.

—Por mi ensayo sobre la enseñanza a nivel licenciatura.
¿Te acuerdas?

—Claro. No, no me acuerdo.

—¿Y por qué no te asombras, majadero?

—Bueno, mira. . .

—Nada. No vayas a felicitarme.

Agustín rió sacudiendo la cabeza:

—No, no, es que. . . me doy cuenta que pienso tanto en ti que ya no pienso en ti. Te veo y te veo, pero ahora que me dices del premio estoy descubriéndote como maestra universitaria. . .

Delfina se quedó callada un momento.

—Qué —dijo él tomándole una mano. Ella asió esa mano con las dos y se la llevó a los labios.

—Yo siempre pienso en lo que tú eres —dijo después, soltándolo con suavidad—. En lo que tú haces, en donde estás, en lo que quieres. Yo no sé pensar en abstracto.

Él se recostó de espaldas al pasto y entrecerró los ojos mirando un jirón de nubes muy brillantes. Sintió que esa frase había tocado un punto clave. Pero dónde, cómo. ¿Quién es ésta, esta que está aquí sentada a mi lado, como desvaída, con su limpia cara y sus cabellos sueltos, mirando con gravedad el vuelo de una libélula?

—Me voy a Bellas Artes. El ensayo es a las cuatro —dijo irguiéndose.

Recogieron rápidamente la basura, y quedaron cara a cara. Agustín le enmarcó el rostro y le besó la frente. Ella cerró los ojos, y los puños.

—No se lo pedí —reía con el rostro inundado de lágrimas rumbo a su coche, hablando en voz alta—, ¡qué valiente! No le pedí que me besara, no me abalancé hasta su boca. ¡Qué estúpida, Dios mío!

Abrió la portezuela, ciega, y se arrojó al volante, con el acelerador hasta el fondo. A la salida del estacionamiento, en el entronque con el circuito escolar, tuvo que esperar el paso, y así, sus ojos se toparon con una nota prensada en los limpiadores del parabrisas. Salió enloquecida, la arrancó y leyó: "Finita encantadora, ¿te escapaste o te perdiste? Te busqué para que me sacaras la espina. Lo prometiste. La nueva cita es a las 8:30. Tú no te muevas. No me plantas, ¿verdad linda? Sorpresa. Tu Leona feroz". Leyó otra vez, porque las letras le bailaban entre puntos de fósforo, la hizo bola y la arrojó con furia. Y otra vez en el coche, gimió sin pudor:

—No se lo pedí, no se lo pedí. . .

A las ocho y media sonó el timbre. Y llegó la sorpresa. Una sorpresa que Delfina no esperó jamás. Por eso, con la boca abierta y los ojos abrumados, dejó pasar a Leonor hasta la cocina. Cargaba una enorme pizza y un cartón de cervezas. Llegaba en *pants* y suéter cómodos, hablando suavemente:

—Váyase a dar un bañito de tina, se pone la piyama y las chanclas felpudas. Mientras, yo enciendo la chimenea, el horno, y preparo las cosas en la sala. Hazlo por mí. Hoy quiero ser como un edredón de plumas, sin una sola espina.

En los vapores de la tina Delfina sintió, precisamente, la espina. ¡Me espía! Por eso todo lo repite. Se había dejado cubrir por el cuidado y el descanso que le ofrecía Leonor. Y un baño de tina era exactamente lo que necesitaba en ese momento. Leonor siempre sabía qué se necesitaba, cuándo y cómo. Pero la espina entró de pronto, letal en sus ensoñaciones. Como si hubiera adivinado y acechara tras la puerta, Leonor apareció, entreabriéndola. La vio erguida, los ojos muy abiertos.

—Relájate —dijo recostándola de nuevo—. A ver cómo me quedaron las pizzas. Estuve toda la semana pensando: la llevo a un cabaret de champaña o me meto a la cocina y le preparo la receta que desde hace años saqué de una revista italiana. Desde ayer preparé la masa. Ah, y el queso lo mandé pedir al *Piccolo*. Eran las dos y no llegaba. Llevo todo el santo día metida en esto. Pero vas a ver, relájate, voy a echarle un ojo al horno.

—¿De qué es la pizza, Leonor? —dijo irguiéndose de nuevo.

—Sorpresa, sorpresa —canturreó ya en la escalera.

—¡Dime de qué es! —exclamó metálicamente.

—Oh pues. . . de peperoni una y de salchicha italiana con mozarela la otra. ¡Malcriada!

Delfina recostó la cabeza en el borde de la tina, y respiró hondo, adormeciéndose en el vaho que nubló los espejos.

La escena era realmente inevitable: el fuego azul en la chimenea. La penumbra dorada. Mantel de encaje y servilletas de lino. Platos, vasos largos de cristal. La alfombra peluda y los montoncitos de cojines esperando. Vangelis en la casetera. Delfina no pudo reprimir el suspiro. Recién bañada, se arropó en la bata y bajó los últimos escalones.

Se sentó junto al fuego. Leonor le dio una rebanada de pizza. Ella la tomó con la mano y se quedó mirando la rebanada, entonces una delgadísima lágrima le escurrió de pronto hasta el mentón. Dijo:

—Qué vas a hacer, Leonor.

Leonor sonrió, en una invisible sacudida. Delfina seguía mirando la rebanada. La lágrima cayó sobre el peperoni.

—Con qué, linda.

—Con el amor que me tienes.

Hubo una pausa, densa.

—Vanidosa. . . ¡come, se enfría! —respondió Leonor dándole una palmada en la nuca.

Delfina mordió la pizza y masticó despacio:

—Qué vas a hacer, Leonor.

—Lo que estoy haciendo, linda.

—Qué, ¿bañarme y darme de comer?

—¿No te gusta?

—No me gusta que me persigas, ni que patees la puerta de mi casa a las seis de la mañana.

—Te pedí perdón.

—No es suficiente.

—¿Me arrodillo?

—No seas ridícula.

—¿Por qué no? He descubierto que soy ridícula, que me gusta serlo. Y que además estoy loca. ¡Qué maravilla!

—Y me estás volviendo loca, Leonor.

—No te haría mal.

Delfina se levantó a cambiar la música. Se sirvió un jaibol helado. Leonor sonreía, luminosa.

Dijo Delfina:

—Ya estoy bastante loca, no te apures —y volvió a su lugar—. El hombre que amo. . . no está. Y tú. . . aquí estás. Y yo no sé dónde estoy.

—Calma Finí.

—¿Calma?

—No está pasando nada.

—Sí está pasando. Tú estás muy feliz, Leonor, porque me ves perdida, ¿o me ves ganada? ya no tengo fuerzas, tú lo has provocado —iba subiendo la voz Delfina al ritmo del segundo jaibol—, ¡mira lo que has hecho!

Leonor, imperturbable, la miró de frente, obligándola a devolverle la mirada, porque Delfina venía evitándola en todo momento, y dijo en voz baja y grave:

—¿Y tú, Delfina?

—¡Yo qué! —la miró un segundo y volvió a desviar la vista.

—Tú qué has provocado.

—¿Yo?

—¿Tú no has hecho absolutamente nada? ¿Tú no tienes nada en este entierro? ¿Tú no tienes treinta y tantos años de edad y eres una mujer perfectamente inteligente?

—No. No. No. —Negaba Delfina con voz alcoholizada.

—Entiendo —dijo Leonor después de un intenso silencio—. No te preocupes.

—Yo amo a Agustín. . . —comenzó a gemir Delfina, dejándose caer de espaldas en la alfombra.

400

—Se te subió el whisky demasiado aprisa.

—Qué vas a hacer, Leonor. ¡Yo amo a Agustín!

Leonor fumaba en su sitio, disparando el humo en cámara lenta.

—Qué vas a hacer tú. . . —murmuró, pero Delfina ya no oía, lloraba entrecortadamente.

—¿Por qué le dijo que estaba loca?

—Porque usted me lo ha dicho, doctora, mil veces. ¿No estoy loca?

La doctora sonrió. Y rió francamente:

—Perdóneme, pero ha sido lo mejor del día.

—Gracias, doctora. Usted se la pasa siempre oyendo puras pendejadas, ¿verdad?

—Mmm sí, llamémosles así a las cosas que dicen los pacientes. Usted incluida, Leonor.

—Pobrecita.

—¿De usted?

—De usted. A usted le toca soportar nuestra peor parte.

—Que es la verdadera, no lo olvide.

—Pero las ficticias son las mejores, créame doctora, ¿viera que yo soy realmente encantadora fuera de este consultorio?

—¿Viera que me cuesta un verdadero esfuerzo imaginarlo?

—Bueno ya, qué se trae —Leonor apagó el cigarro con violencia.

—¿Ya vio lo que se trae, Leonor?

—Me está agrediendo desde que llegué.

—Usted me está agrediendo desde que llegó.

—Yo sólo estoy devolviéndole sus pullas.

—No, usted no puede hacer eso, Leonor, sólo puede verse en el espejo que yo le pongo delante.

—Ya sé, ya sé —dijo irritada—. Dígame por qué estoy así.

—Así cómo.

—Así de odiosa.

—Está muy enojada.

—Contra quién.

—Contra todo y contra todos. Contra la vida entera.

—Bájele.

La doctora sonrió muy amigablemente:

—Sí, tiene razón. Me vi muy mamona.

Leonor rió mucho, y se relajó, agradecida.

—Dígame queridísima doctora, usted había tenido o tiene casos como el mío, o parecidos, ¿cómo han resuelto su problema otras pacientes?

—Ah caray. Usted es única, Leonor, créame.

—¿Es un elogio o una injuria?

—Es un reto.

—¡Me encantan los retos! Pero diga algo, por favor, sea generosa, deme algo como persona una vez en la vida. ¿Ha tenido pacientes con el mismo problema que yo?

—¿Homosexualidad?

—Sí, pues. ¡Detesto esa palabra!

—Sí, he tenido.

—Y qué ha pasado, qué han hecho.

—Sufren.

—Sufren... sí, ¿ninguna ha sido feliz?

—A ratos sí, claro.

—Cuando son correspondidas...

—No exactamente, porque empiezan los problemas de celos, o los problemas con la familia, en fin.

—Entonces cuándo.

—Cuando descubren que lo son y lo aceptan.

Leonor abrió mucho los ojos. Recargó el mentón sobre sus manos cruzadas, los codos en las rodillas, y se le quedó mirando fijamente:

—¿Sabe que por eso la quiero mucho, doctora? Usted ha sido la única que no ha querido cambiarme. Todos los demás analistas, hombres o mujeres, y vaya que he recorrido consultorios, han querido dizque enderezarme, porque han dicho que es una desviación, que es una enfermedad.

402

—Bueno, lo primero es imposible. Pero lo segundo es cierto, Leonor.

Dos temblores de agua aparecieron en Leonor, que se mantuvo inmóvil.

—No eche a perder las cosas, doctora. La quiero mucho.

—Gracias querida. Pero las cosas son así.

—Pero cualquier neurosis, de cualquier persona que no sea. . . pues homosexual, también es una enfermedad.

—Lo es.

—Entonces todos estamos enfermos. Usted también.

—Lo estamos, unos más, otros menos. Algunos curables. Otros incurables.

—Y yo soy de las incurables, ¿no es lo que quiere decirme?

—Sí. Pero puede aprender a ser feliz, o por lo menos, a no sufrir inútilmente.

—¡Cómo! ¡Cuáles son los sufrimientos inútiles!

—Por las cosas que no tienen remedio.

—¿Yo no tengo remedio?

—Usted no es cosa, Leonor.

—Sí, a veces lo olvido.

—No lo olvide jamás. Ya váyase. Su tiempo ha terminado.

—No no, le echo otro veinte, doctora. No me deje así.

—No sufra inútilmente —sonrió la doctora levantándose—. Me espera el próximo paciente y eso no tiene remedio. Mejor piense que ha sido una buena sesión, y muy importante. Ahora váyase ya.

Por primera vez, Leonor salió del consultorio sin taconazos ni azotones de puerta.

A las doce en punto Delfina entró en el palco número 3 de Bellas Artes. Había andado y andado y andado La Alameda. Se había arreglado con esplendor. Tacones altos, cabellos recogidos con un broche plateado, y un vestido blanco de seda sin mangas y muy escotado. La miraban. ¿Qué hacía un domingo en la mañana una mujer elegantísima caminando sin rumbo La Alameda, la vista fija quién sabe en qué? Ella respiraba hondo, las mejillas coloradas, los adoloridos pies, los absurdos tacones.

Cuando entró en el palco número 3 del primer piso, por ley apartado cuando tocaba Agustín, una película de agua la abrillantaba. El microscópico sudor parecía un puñado de diamantina sobre la piel castaña. Se sentó, la espalda erguida, las manos cruzadas sobre las rodillas, y no se movió.

Desde el día de las pizzas en los hongos del campo universitario, no había sabido nada de Agustín. Sabía que estaba ensayando para un concierto en Bellas Artes, pero la fecha la vio en los periódicos, y aquí estaba ya. Y no quería oír el concierto. Sólo quería ver a Agustín. Se había prometido taparse las orejas, abstraerse de la música, mirar nada más ese cuerpo y los movimientos de las manos sobre el violín, mirar su aguileña nariz vibrante y tensa, sus labios apretados, esos cabellos negros y despeinados volando sobre la frente, los ojos ávidos, febriles, abrumados en las cuerdas. Se había jurado salir inmediatamente, en el umbral de los aplausos. Que él no tuviera oportunidad de alzar la vista y descubrirla. Sólo quería mirarlo. Y que él no lo supiera. Para ella sola ese placer: mirarlo hasta bebérselo, hacerle el amor con los ojos, sin ningún pudor.

Pero cuando salió a escena Agustín y los aplausos tronaron, Delfina desvió la vista sin saber por qué. Y así, sin saber cómo, ya estaba atrapada en las primeras notas. Y el concierto entero para violín y orquesta en Re mayor de Brahms se le echó encima ciegamente. No pudo mirar a Agustín ni un segundo. Su música la invadía, se le metía por los poros. Y era él esa música. Lentamente recostó la cabeza en el barandal del palco y en sus sienes palpitaba el violín.

Abrió los ojos y apenas vio la sombra de Agustín saliendo del escenario, oyó a distancia los bravos de la gente de pie. Corrió hacia el camerino entre codazos y empujones de la gente que salía a los pasillos en el intermedio. Abrió la puerta y lo vio, por fin. Estaba sin saco, tomando un tehuacán, de pie frente al espejo. Él la miró desde el espejo, ella tenía los ojos muy brillantes y estaba a punto de decir algo. Él dio media vuelta para quedar frente a ella y sonrió. Ella avanzó un paso, como en cámara lenta. Pero no lo miraba a los ojos. Su vista se perdía en las manos de Agustín, el cuello de Agustín, la boca de Agustín. Él caminó hacia ella, y titubeando le tocó un brazo. Entonces ella por fin lo miró. Y Agustín pudo ver esa mirada nebulosa.

Sonó la primera llamada. Delfina sonrió:

—¿Te gusta mi pelo recogido?

—Que nadie más te mire así, Delfina —y le rozó el cuello desnudo con el dorso de los dedos.

Delfina bajó la vista y en un movimiento relámpago se desprendió el broche, y la cascada de cabellos le inundó sienes y cuello.

Sonó la segunda llamada.

—Estoy triste, Agustín.

—No —y añadió en voz muy baja y ronca, casi como súplica—. No, no. . .

—Por qué, sólo dime por qué. . .

Agustín no contestó. Y ella giró y sus cabellos giraron con ella. Y cuando cruzó el umbral del camerino, sonaba la tercera llamada. Y Agustín pareció despertar.

Cuando llegó a su estudio a media tarde, después de una comida que le tenían preparada en el restorán Del Lago, esas comidas donde se habla mal de todo mundo y se cuentan sólo mentiras entre músicos y funcionarios, Agustín vio una nota pegada en la puerta: "Tocaste maravillosamente".

La desprendió y abriendo apenas la puerta se arrojó sobre

el sofá. Había bebido varios martinis. Miró el teléfono. Y cerró los ojos. Ondularon, así, sus cabellos la siguieron. Sintió un violento deseo y una ácida rabia le llenó la boca. La pregunta había sido clara, directa, precisa: "Por qué, sólo dime por qué". Y él no podía responder.

Cerca de las nueve de la noche despertó sudoroso y agitado. Vio la nota. Marcó el número:

—Toqué maravillosamente.

—Querido, querido —sonrió Delfina. Había esperado horas el telefonazo, oyendo un disco de Agustín: Vivaldi.

—Dime que no voy porque estoy cansadísimo.

—No vienes porque estás cansadísimo.

Se dio un veloz regaderazo y se sintió feliz, entero.

Ella lo esperaba en la puerta. Él se asomó desde el coche. Ella se acercó a la ventanilla. Se miraron. Delfina entró en el coche. Seguían mirándose. Y él sonreía. Arrancó. Ella dijo:

—¿Y mis velas? ¿y tu Vivaldi? ¿y mi mantel rojo?

Llegaron Al Rojo Vivo, rompe y rasga en el centro viejo de la ciudad: galerón oscuro y estridente y repletísimo de putas y chavos de la alta y borrachos lumpen y señores de traje completo. Cateo obligatorio para entrar. Botellas de brandy por mesa, a precio cínico. Danzones mojados. Pista hormiguero. Se miraron. Nada dijeron. Al unísono se levantaron de la mesa tomados de la mano y se internaron entre los olores, se juntaron, meciéndose, tocándose, velados los ojos. Bailaron con violencia y suavidad, hundidos en los ritmos aceitosos. Bailaron sin hablar entre el ruido y el humo, hasta las tres de la mañana que cerraron el antro.

Delfina se veía pálida, como después de una larga sesión amorosa. Agustín, afilado, los ojos más hondos, como despertando de un denso insomnio.

—Maravilloso —susurró ella, pegada a la portezuela, el coche frente a la casa.

Él asintió, exhausto, las manos en el volante.

—. . . maravilloso —repitió ella—, maravilloso. . . —en su rostro la luna caía en diagonal. Agustín se estremeció mirándola.

Ella con mucho cuidado salió del coche y desapareció tras el vidrio de la puerta.

Y en esa mecida duermevela Delfina anduvo los días siguientes. Ni siquiera advirtió los ojos húmedos de Leonor, asintió porque su cabeza lo hizo, y cuando alzó la vista en un giro de ciento ochenta grados, descubrió la penumbra azul del Paris Ciel, y sus meseros deslizándose entre las mesas.

—¿Otro frangélico, Finí?

—Nno. . . —balbuceó Delfina.

—Gracias, gracias querida.

¿Por qué?, pensó Delfina. ¿De qué? Pero sonrió entrecerrando los ojos. Aún bailaba, *al rojo vivo*. No había sentido su ausencia. Dos días con sus noches, porque seguía pegada a él. Y Leonor había aparecido y le había dicho:

—Por favor, quiero que hablemos, por favor.

Y mientras ella giraba en la pista sudorosa, había asentido sin darse cuenta, y ahora en el cielo de París, ¿al rojo vivo? el frangélico se evaporaba en su garganta dejándole un vaho dulce y amargo. ¿En dónde apareció? ¿En el cubículo de la Facultad? ¿En la casa? ¿A media noche? Sí, tenía los ojos húmedos, y Delfina recostó la cabeza en el pecho de Agustín.

—Tengo tantas cosas que decirte —oyó la voz de Leonor—, pero. . . no sé por dónde empezar.

¡Claro!, apareció a medio día en la puerta de la casa, muy arreglada, enfiló el coche hacia Las Lomas. Bajaron en el Paris Ciel.

—. . . primero que nada Finí, quiero que sepas que soy tu amiga. Por encima de cualquier cosa, ¿entiendes?

Delfina flotaba bajo la bola de espejos que giraba lanzando estrías en la oscuridad. Sonrió apenas, como si respirara hondo.

—Qué bueno, Finí, porque es lo primero y lo más importante. ¿De veras no quieres otro frangélico?

—No —susurró Delfina, mirándola desde la bruma.

—Quiero que me comprendas: necesito desprenderme de ti. ¡Necesito desprenderme de ti!

Delfina despertó: la frase repetida como eco fue penetrándola hasta traerla al restorán, la mesa, la silla, el plato, la copa, los ojos mojados de Leonor, redondos y negros en primer plano.

—... desprenderme... quiero que me comprendas...

Delfina ladeó ligeramente la cabeza y por fin vio a Leonor, y vio una curva en su boca que no había visto nunca: el lado derecho contraído hacia abajo como si allí estuviera contenido el dolor de todo el cuerpo. Y vio el velo triste del rostro delante de su esforzada sonrisa.

—... voy a hablarte sin eufemismos Delfina, y quiero decirte así ahora: Delfina, y no sin cariño. Yo he vivido para ti...

Delfina se volvió un segundo a su alrededor. Estaba totalmente despierta en el Paris Ciel. Agustín había desaparecido. La sangre le subía a la cara, el pulso se aceleró, casi pensó qué habría de responder, pero no llegó a formularse enteramente la frase. Leonor seguía hablando:

—... desde que te conocí hasta ahora, Delfina. Y eso no puede continuar. Si me he esforzado encontrando un quehacer, un oficio, y lo he logrado con éxito, y ya ves qué, cuánto, modestias fuera, ha sido para ti, para que tú me admires y estés contenta porque es lo que has esperado de mí.

—Tú también estás contenta, Leonor.

—Claro, pero no por mí. O sea, espérate. No me interrumpas. Lo que quiero decir... —y Leonor se interrumpió hipnotizándose en el salero.

—Sin eufemismos —dijo Delfina.

—Yo te he amado...

Delfina desvió la vista hacia el mismo salero. Y así siguieron hablando.

—Lo sé.

—No vuelvo a molestarte. Voy a desprenderme de ti. No digo que lo haya logrado, pero estoy en el proceso.

Delfina no sabía qué decir. Y no dijo nada. Se acercó el mesero a cambiar los ceniceros y Leonor sacó un cigarro que él le encendió ceremoniosamente. Entonces Delfina sacó fuerzas para responder:

—Qué bueno que me dices todo esto.

—Ya era tiempo, linda. ¿Otro frangélico?

—Bueno.

—Yo quiero. . . no, te acompaño.

—Tantos años ya Leonor —suspiró Delfina, relajándose—, y seguimos siendo amigas, a pesar de todo.

—Y seguiremos siéndolo. Vas a prometérmelo. Yo no quiero perderte. ¿Sabes?, me gusta mucho estar contigo. Eres. . . contigo hablo como con nadie, eres inteligente, brillante, y lo principal, eres hermosa.

—¿Eso es lo principal? —sonrió Delfina, un poco perpleja por el tono naturalísimo de Leonor.

—Claro Finí, ¿tú crees que podría enamorarme de una fea?

—Bueno. . . te he conocido a. . .

—A quién.

—A Débora, por ejemplo.

—¿Mi pato? ¡alabado Dios!, era ella la que me amaba. Además es linda, sí, tiene su atractivo.

—Ya que estamos hablando así, dime cómo fue que te enamoraste de mí.

—Ah. . . —suspiró Leonor exhalando una inmensa rueda de humo—, primero ni te vi siquiera. Me pareciste una escuincla medio jipiosa. Luego te oí hablar; caramba, qué talento, me dije. Pero lo importante fue que un día vi tu rostro, no me preguntes, no sé, tu cara despejada de pelos, tus dulces ojos mirándome, y pensé que ya no tenía remedio, que no podría jamás salir de ahí.

—¿Desde el principio?

—Sí, uno o dos meses acaso, como máximo.

—¿Y cómo has podido todo este tiempo. . .?

—¿Ya ves? He podido. Pero ya me cansé. Debo empezar a pensar un poco en mí.

—Sí —dijo Delfina y se llevó la copa a los labios. Y luego la puso en la mesa y comenzó a decir lo primero que se le ocurrió—. ¿Te has imaginado cómo sería si yo te hubiera correspondido? Digo, ¿cómo viviríamos?

—Igual que hasta ahora, Finí.

—¿Cómo que igual que hasta ahora?

—Durmiendo juntas, juntas yendo de acá para allá, viajando juntas, trabajando cada quien en lo suyo, saliendo a restoranes, emborrachándonos rico hasta las tantas de la madrugada.

—¡Pero Leonor!

—Pero yo te haría el amor. ¡Y cómo te haría el amor! *C'est la différence.*

—No sabes cómo soy en la cama.

—Eres una niña salvaje.

—Cómo sabes.

Leonor ladeó la cabeza en una profunda fumada. Y Delfina se sintió mareada y roja.

—¿Con quién has hecho el amor todo este tiempo? —preguntó mirando el salero.

—Con nadie.

Delfina asintió:

—Y ahora. . . qué vas a hacer.

—Aprender a vivir sin ti.

—Ésa es una gran frase, Leonor.

—Es una gran realidad.

—Qué debo entender concretamente.

—Concretamente —sonrió—, no voy a patear la puerta de tu casa a las seis de la mañana.

Delfina rió, pidió otro frangélico. Comenzaba la noche en el Paris Ciel.

410

—Renuncié doctora, por fin.

—¿Está usted segura?

—Por qué lo duda.

—Quiero saber si usted lo duda.

—Yo no.

—Ése es un gran paso, Leonor, pero no sé si su emoción quiere lo mismo que su razón.

—Ya me cansé de seguir los dictados de la emoción.

—Sí, es usted sincera. Pero no sólo de sinceridad está hecha la salud. Usted puede querer sinceramente cruzar el Canal de la Mancha a nado y no por eso va a lograrlo.

—Entonces qué se necesita.

—Qué se necesita para cruzar el Canal de la Mancha a nado.

—Qué me importa el Canal de la Mancha.

—Es lo mismo que renunciar a su amiga.

—Oh pues. . . una gran disciplina, técnica, condición física, qué se yo.

—¿Verdad? Un gran esfuerzo y un largo proceso.

—Ya sé doctora, ya sé. Pero yo ya no tengo fuerzas. Estoy completamente exhausta.

—Es buena su sinceridad, pero dígame, ya no tiene fuerzas para qué.

—Para luchar.

—Por su amiga, o contra usted.

—Para nada.

—¿Y para luchar por usted?

Leonor se quedó pensando, la vista en sus manos largas y morenas, y sus uñas como garras rojas:

—No sé.

—Está siendo realmente sincera, Leonor. Le voy a decir algo: me siento orgullosa de usted.

—No me importa.

—Qué bueno, Leonor.

—No tengo fuerzas para llorar, ¿usted cree? —dijo Leonor colgando la cabeza, se veía con diez años más encima, el cuello flaco y flojo, los ojos pardos.

—Ya tendrá tiempo suficiente para eso, querida mía, y permíteme este desfase: sí, querida mía.

Esa noche Delfina soñó angustiosamente un revuelo de imágenes donde Agustín y Leonor se confundían, y despertó con un impulso fijo en el cerebro: hacer el amor con Agustín. Le habló al estudio y no lo encontró. Fue a buscarlo a la Ollin Yoliztli, a Bellas Artes. No lo encontró. No lo encontró en varios días. Y fueron días acaso como nunca solitarios. Una espina crecía invadiéndola hasta convertirla en una cuerda tensa y dolorosa.

No la buscó Leonor, que se había metido a supervisar personalmente las tiendas, y fumaba como endemoniada, dando órdenes secas y sólo se llevaba al estómago pastillas para dormir.

Delfina oyó el coche acercándose al recodo empedrado. Supo que era él. Se levantó con el corazón cabalgándole en el pecho. Tenía diez horas sentada en el escalón de la puerta. Diez horas donde no había sentido nada: ni frío ni calor ni hambre, no había pensado en nada, de modo que el galope del corazón le recordaba de pronto que tenía cuerpo y que estaba viva y que lo único que quería en el mundo era hacer el amor con Agustín. Lo vio bajar del coche y acercarse lentamente hacia ella, mirándola con gravedad. Delfina no se movió, parecía de cera, clavada en el piso; surcos morados bajo los ojos muy abiertos. Agustín sintió un calosfrío.

—Qué pasa —dijo.

—Abre —dijo ella en un susurro.

Agustín abrió la puerta del estudio y entró detrás de Delfina. Ella se sentó en el sofá, se alisó los cabellos y respiró con agitación.

—Qué pasa, Delfina.

412

—Nada, nada —dijo sin verlo.

Nunca la había visto desencajada, fuera de ella misma. Era una cuerda a punto de reventar, y sintió un latido de angustia, que se manifestó en una especie de irritación, y se puso a dar vueltas haciendo sonar los zapatos en la acústica del cuarto.

—Llévame a la cama —dijo por fin Delfina, con voz metálica.

Agustín la tomó por los hombros y ella se dejó caer sobre él. Entonces él la levantó, cargándola, sintió sus muslos fríos, el cuerpo sin peso, la dejó suavemente sobre el sofacama extendido, detrás del biombo. Y se sentó a su lado.

—Dime qué tienes —dijo mirándola a los ojos. Los ojos de Delfina bizquearon en una mueca al devolverle la mirada que apenas podía sostener.

—Hazme el amor —exhaló Delfina echándole el aliento. Y no esperó respuesta, volvió a decir—: Hazme el amor —la voz metálica, y lo tomó con ambas manos del cuello de la camisa.

Agustín se dejó llevar por la fuerza inusitada de esas manos y escondió la cara en el cuello de Delfina. Ella comenzó a gemir roncamente, a moverse arrancándole la camisa. Le atrapó los labios con su boca, y al sentir Agustín esa marea se irguió con violencia y vio como pesadilla que yacía bajo él otra mujer. Delfina volvió al combate, sus brazos pulpos lo aprisionaron. Entonces una viva angustia lo hizo zafarse y decir:

—Así no.

Delfina no oía, sus ojos parecían muertos en un punto indefinido del techo. Seguía gimiendo y sujetándolo sobre ella.

—Así no —se incorporó de golpe Agustín, arreglándose la camisa, recogiendo la almohada del suelo.

—¿Así no? —murmuró Delfina irguiéndose—. ¡Entonces cómo! —gritó dejándose caer de espaldas y volvió a erguirse con furia— ¡Cómo crees que se coge!

Agustín miró a Delfina, un río ácido le llenó la boca, y antes de soltarle un bofetón, desapareció con un portazo en el baño.

Delfina se levantó tras él, desesperada:

—Mi amor, mi amor mío, maldita sea, no te vayas. Abre, ábreme mi vida, ¡ábreme con un carajo!

Sollozaba dando golpes en la puerta. Agustín se echaba cataratas de agua en la cara, y hacía respiraciones profundas porque la cabeza le estallaba y pedía oxígeno desaforadamente. ¿Por qué no me deja amarla?

—Ven mi vida adorado, déjame tocarte, hijo de perra...

Agustín vomitaba una cosa verde en el lavabo.

—¡Dios santo y Cristo santificado! Pero cómo acabó todo eso —y suspiró Águeda echándose en la boca un puño de palomitas, y como tantas veces, a punto de llorar.

—Le dije cosas peores, no te imaginas.

—No quiero ni imaginarlo, dímelas todas, anda.

—Le dije... le dije... es que no te imaginas cómo me sentía, me volví loca Águeda. ¿Puede una mujer volverse loca por eso?

Águeda pensó un momento. Se llevó otro puño de palomitas a la boca:

—Mejor termina de contarme. No puedo pensar ahora.

Delfina meneó la cabeza tristemente:

—No sé qué me pasó. Le dije que era un cobarde...

—Santa María.

—... un bastardo...

—Madre de Dios.

—... un puto de mierda.

—No no no, Delfina, ay ruega por nosotros, pero ¿qué te pasó?

Delfina sollozaba quedo en el suelo, acurrucada en la puerta del baño. Agustín la abrió y dijo gravemente:

414

—Levántate.

Delfina lo miró, enorme, oscuro. Y sintió frío y miedo. Se levantó tambaleante.

—Quiero pedirte perdón —balbuceó.

—Son las diez de la noche. Vete ya.

Delfina se alisó el vestido y se puso un zapato que había perdido en su desesperación. Y ya con la bolsa en la mano, dijo en voz muy queda:

—No me eches, Agustín.

—Ya vete, Delfina. No quiero verte ahora.

—Pero ¿por qué? —alzó la voz, la nebulosa volvía a inundarla como condenación.

—No soy tu cosa, ¿oíste? —alzó también Agustín la voz—. No estoy a la disposición de tu cuerpo, ¿entiendes?

—Te acuestas con otra ¿verdad? —sonrió ciega Delfina.

—Por qué te empeñas en repugnarme.

—A qué viene ese puritanismo de a centavo, ¡como si no te conociera!

—Soy yo el que no te conocía.

—Te portas como macho de quinta, Agustín. Yo no existo ¿verdad? Yo sólo estoy para complacer tus estados de ánimo y esperar hasta que tú decidas cuándo y cómo. Y ni siquiera hablas. ¿No merezco una explicación? No sé por qué te fuiste, no sé por qué haces todo esto, me lleva el carajo.

—Si quieres oír palabrotas te voy a paralizar, Delfina.

—No —y sus ojos se cuajaron y en su pecho un vivo dolor la hizo bajar la cabeza—. No, no lo hagas.

Y este desplome irritó aún más a Agustín, que crispó los puños recorrido por un choque eléctrico. Estoy mal, ¿por qué lastimo así a esta mujer? ¿Por qué no se va con sus llantos a otra parte?

—No debemos tratarnos nunca más así —dijo y se sorprendió de la frase. En ningún momento la había formulado en la cabeza. Lo único que quería era amainar la ansiedad que lo estaba invadiendo.

—No —dijo Delfina alzando la vista.

—Qué quieres saber, Delfina.

Delfina lo miró: en esos oscuros ojos una cansada tristeza se asomaba.

—Por qué no vuelves a la casa.

—No sé.

—Por qué te fuiste.

—Quería quedarme aquí.

—Así nada más.

—Sí.

—¿Me amas?

—Sí.

—¿No tienes nada más que decir?

—No.

Delfina dio media vuelta y abrió la puerta del estudio.

—Estuve a punto de preguntarle mil cosas. . . pero ¿ya para qué?

—Como qué hubieras querido preguntarle, ay déjame pedir más botana. ¡Pepe!, otra de pistaches, porfa, con limón y piquín.

Delfina había ido directamente a casa de Águeda. Águeda abrió la puerta en piyama y con los ojos inmensos.

—¡Madrecita!

—¿Ya llegó pá? —se oyó la voz de Rigo chico desde el cuarto de la televisión.

—¿No te has dormido, endemoniado? Mamita chula, ¿qué pasó?

—Invítame una copa.

—Hasta diez.

—¿Puedes salir? Quisiera que estuviéramos solas.

—Eh. . . sí, sí, vamos aquí enfrente al bar de Pepe, déjame ponerme un saco encima y zapatos. Ay, para qué me visto, ¿verdad? Ya estoy muy calientita en la piyama. Pásale.

Delfina asintió. Pero no se movió de la puerta.

416

—Voy a salir papacito, con Delfina, aquí enfrente —se
oía la voz de Águeda y un removedero de cajones y armarios desde la recámara.

—¿Y mi pá?

—Cállate y duérmete ya.

—No tengo sueño.

—Pues no te duermas pero cállate. No tardo papito.

—¿Y mi pá?

—Su pá, eso quisiera saber yo —apareció Águeda trotando, rímel en las pestañas paradas, bolsa en mano, y
los pantalones de la piyama arriscados bajo el abrigo de
astracán—. Me di una manita de gato, ¿sigo horrorosa?

Delfina sonrió con impaciencia. Águeda la tomó del
brazo:

—Vamos, ándale, oye qué flaca estás, tienes brazo de hilo,
¡ay lo que es la envidia! El Pepe nos cuida, no te preocupes.

Y Delfina le contó. Y se veía serena, porque hablaba en
voz baja y seriamente.

—Pero cuáles eran las mil preguntas —retomó Águeda.

—Pues. . . sólo una, quería decirle ¿qué nos está pasando, Agustín?

—Y qué les está pasando, Delfina.

—No sé si hice bien o mal —dijo como si no hubiera oído
la pregunta.

—Hiciste espantosamente.

—Estás de su lado.

—Así no vas a conseguir nada.

—Ya no sé ni lo que quiero conseguir. Me estoy hartando.

—Te entiendo. Hace mucho que yo me harté. Pero no
es mejor lo que vivo ahora. Preferiría mil veces enloquecer
como tú, y sacarte de la cama en piyama a un bar de segunda para contarte mis desesperos.

Delfina sonrió y por primera vez le dio un sorbo a su cu-
ba tibia.

—Agustín es diferente, tiene otra sensibilidad —continuó
Águeda—, hay que tratar de entenderlo.

417

—Es un macho melancólico. No tienes idea lo que me tardé en descubrir qué es eso.

—Y qué es eso.

—No sé, pero es horrible. Siento que puedo hacer algo muy loco, Águeda —dijo mirando cómo giraba el ron dentro de su copa.

—Como qué —se irguió Águeda.

—No sé. Pero lo siento. Aquí en la base del cráneo —y se tentó la base del cráneo—, aquí lo siento.

—Por qué allí —dijo Águeda y le tocó la base del cráneo.

—No sé. Es como un nudo de nervios.

—¿Quieres quedarte a dormir en la casa? Rigo chico tiene dos camas en su cuarto.

—No —sonrió Delfina sacudiendo la cabeza—. Sólo estoy desahogándome contigo.

—Sí, desahógate completamente. Cuéntame de Leonor.

—¿De Leonor? —repitió Delfina con un leve baño de rubor en el rostro.

—Ya sé que hablaron.

—Cómo sabes.

—Ella me dijo.

—Ah. . . entonces qué quieres que te cuente.

—Cuídate Delfina, por favor.

—Dijo que no me molestaría más.

—Cuídate Delfina, por favor.

Hubo un breve silencio. Águeda pasó el dedo en la sal del plato vacío de palomitas.

—Sí quiero quedarme contigo, Águeda —dijo Delfina en un suspiro.

—Claro, claro querida. ¡Pepe, la cuenta!

Delfina bebe un vaso de leche tibia, en la oscuridad del antecomedor. Oye a distancia, como si la escena ocurriera lejos, la discusión de Águeda y Rigo chico para que éste

418

le deje a Delfina la recámara y se vaya a dormir al cuarto de sus padres.

—¿No tiene casa?

—¡Te voy a dar!

—Mi papá ronca mucho.

—No ha llegado.

—Pero cuando llegue va a roncar.

—¿No tienes compasión, ya que no aprecio?

—¿Qué?

—Te me acuestas y te me duermes en este mismo instante.

—Pero yo quiero del lado de la tele.

—¡Ándele!

—¿Y qué, también se va a quedar mañana?

—¿Quieres que te dé, verdad? ¿Verdad que eso quieres?

En la oscuridad de la recámara de Rigo chico, Delfina quieta en la cama. No sabe que está amaneciendo, porque las cortinas están echadas. El cojín tiene forma de rana, muy despanzurrado. En la pared cuelgan raquetas de badminton y posters de autos de carreras. No sabe por qué esto la hace sentirse cada segundo más desdichada.

Apenas ha esperado la salida del sol. Una inquietud desusada lo levanta de la cama, donde casi no ha dormido. Se viste con lo primero que encuentra y sale al fresco del Desierto de los Leones. Brillan hielos diminutos en las bugambilias y las hortensias. Del pasto suben delgados vapores. Agustín siente en el pecho el golpe de ese aire. Y sin pensarlo se dirige al coche. Enciende. Arranca. Cuando el periférico se acaba, aparece ante sus ojos la caseta hacia Querétaro. ¿Y por qué no? Paga y sigue. Los cerros subeibaja. Llanos verdes y amarillos. Chimeneas por allá. Frescura, aire. Necesita aire Agustín. Asoma la cabeza por la ventanilla, y respira entrecerrando los ojos, volando sobre la daga gris que se hunde en el horizonte.

—¿Siempre te ves así cuando despiertas? —dice Águeda con un plato de cereal con leche en la mano.

—Así cómo —dice Delfina recibiendo el plato en la cama.

—Pareces mi angelito de la guarda, mamita. ¿Dormiste bien? Porque Rigo chico hizo su escándalo antes de irse a la escuela.

—Qué escándalo.

—¿Ya estás mejor?

Delfina asintió:

—Gracias.

—Quieres jot caques o pancaques o. . .

—. . . hay menudo, panza, birria o huevos al gusto.

Agustín alzó la vista. La india se limpió la nariz con la mano. En la fonda de mesas de lámina, dos niños jugaban con una perra embarazada. En la radio a todo volumen Rigo Tovar y su tropicalísima.

—Lo que sea.

—Cómo que lo que sea: hay menudo, panz. . .

—Huevos al gusto.

—Ah.

Había visto el letrero: Tequisquiapan. ¿Por qué no? Dio un cerrado giro a la derecha y llegó al pueblo empedrado. Dejó el coche en la plaza. Caminó sin rumbo. En un callejón ondeaban las artesanías. Se detuvo frente a un puesto de sombreros charros.

—Pásele qué le damos, bonito obsequio para sus seres queridos, sus visitas, sus dilectas amistades. Best práis por mécsican handcraf, pásele mi buén.

Salió con un inmenso sombrero plateado en la mano. Caminó hasta la fonda. De pronto vio el sombrero que él había puesto sobre la mesa. Estoy mal, dijo casi en voz alta. Se levantó y salió.

—¡Ya sale su orden, oiga! —gritó la india.

Los niños lo alcanzaron con el sombrero. A señas se los regaló, subiendo al coche.

A ciento veinte kilómetros por hora en la carretera. No estoy bien. No, no. No estoy nada bien. Y pisa el acelerador rumbo a la ciudad de México.

—Tengo que irme, Águeda.

—No seas aburrida. Eres mi mejor pretexto para faltar al banco —exclama Águeda mientras caza con el cuchillo los últimos filamentos de mermelada.

—De veras gracias, querida.

—Cómo estás de tu cráneo.

—¿Eh? ¡Ah! —y suelta la carcajada.

—¿No se te irá a reventar algún nudo de por allí?

—No no.

—¿Por qué hablas como telegrama?

—Creo que no tengo ganas de hablar.

—Entonces qué.

—Ay no sé. Nada.

—Déjame hablar al banco.

—No, espérate. Yo tengo que ir a la universidad. Prefiero distraerme con el trabajo.

—De veras que estás rarísima.

Como si cayera hacia arriba, con esa angustiosa sensación caminaba Agustín las calles de la colonia Roma. Había dejado el coche en un estacionamiento porque no podía ya más estar sentado. Caminaba el aire enrarecido de la tarde, dando vueltas por las mismas calles de la vieja Roma. ¿Cómo acercarse a Delfina, la verdadera, la que se presentaba delante de él? Porque parecía una extraña. ¿Por qué no había llegado a su casa? Quería buscarla, encontrándola

421

poco a poco, descubriéndola paso a paso. Pero Delfina llegaba cada vez más enloquecida. Como si cada uno fuera por otro camino y a ritmos diferentes, queriendo hallar lo mismo. En el mar de Veracruz sintió que tenía remedio... que sí, podía emerger. Pero ¿cómo? No supo Agustín cuándo se detuvo delante de una casona amarilla y tocó lentamente con los puños, varias veces, con golpes secos y duros.

—Quién —sonó la voz impaciente detrás de la puerta.

—Abra.

—Quién es.

—Qué le importa.

—Qué quiere.

—Ver a Ruth.

—La señora no recibe a estas horas.

—Abra, con un demonio.

—Váyase al carajo.

Volvió a tocar, exasperado. Se abrió estentóreamente la puerta. Un hombre gordo y feroz se le plantó de frente.

—Soy amigo de la señora. Dígale que aquí está Agustín, el violinista.

—¿Quién está jorobando, Joel? —se oyó una voz de mujer en la penumbra.

—Un violinista que dice que no sé qué.

—¡Ruth! Ruth, soy Agustín.

Se oyeron chancleteos hacia la puerta. La señora Ruth se asomó al lado del gordo Joel, y vio a Agustín, y luego de mirarlo unos momentos, abrió la boca en una estruendosa exclamación.

—Delfina, te han llamado por lo menos tres veces. La misma persona, dice que es urgente.

Delfina dejó sus libros sobre el escritorio:

—Quién.

—Déjame ver. Aquí lo anoté: una señora Débora. No

422

dejó el apellido. Éste es el número de teléfono.

Delfina le agradeció a la secretaria y se echó el papel en la bolsa del suéter. Cerró su cubículo. Se sentó con desgana ante el escritorio. Con desgana abrió el atlas lingüístico. Con desgana lo cerró. Miró por la ventana sucia el monótono paisaje del campo universitario. Sacó el papel de su bolsa del suéter y marcó el número.

—Qué bueno que me llamas, preciosa —sonó la voz de Débora, cantarina y excitada—. A que no se te ha olvidado, ¿verdad?

—Qué.

—El santo de nuestro pato horroroso.

—¿Cómo?

—La pobre está en la depre total, ya sabes, rollos de sicoanálisis y trabajo hasta decir basta. Pues hoy es su santo, vamos a festejárselo padre ¿sí? Ella no quería y no quería. Pero dijimos sí. Oye, ¿dónde te metes que llevo dos días llamándote por teléfono a tu casa?

—Ah. . . sí, no estuve.

—Bueno, no es mi bronca. Artemí va a hacer un espagueti al pesto, yo llevo lo principal, ya sabes: alcohol del 96. A las ocho en punto en su casa.

—¿Hoy?

—Claro, hoy es el santo ¿no tienes calendario? Vamos a darle una linda noche, se lo merece ¿no crees?

—Sí. . . bueno sí —titubeó Delfina.

—Creo que le debes siquiera eso —sonó ronca la voz de Débora.

—Está bien —suspiró Delfina—. Qué quieren que lleve.

—Traes el coñac de la alacena, no el del comedor. Y las copas.

—Sí señora.

—Y no estoy para nadie. Dile a Berta que prepare algo sabroso. A ver qué se le ocurre.

—Sí señora.

—Y dices que no estoy.

—Sí señora.

La señora Ruth daba las órdenes en voz casi baja, gutural, y se movía cadenciosamente bajo la bata de seda japonesa. Sus cabellos teñidos de rubio cenizo, cortos y esponjados, la hacían verse pálida y frágil. Pero era alta y maciza, con brazos de atleta. Agustín estaba al pie de la escalera, mirando la casa: los sillones de terciopelo azul, el quinqué de bronce, una marina espeluznante, muchísimos ceniceros de cristal, tapetitos tipo persa y carpetitas de brocado bajo cada adorno en las pesadas mesas de madera. La estancia en penumbra, a pesar del sol de la tarde. Los techos altos, con frisos. Una enredadera seca trepando por el barandal de la escalera. Luego de los abrazos y los besos sonoros que le plantó la señora Ruth, y de los gritos y las sonrisas de esa boca pintada de rosa, Agustín esperaba en silencio a que ella diera las últimas órdenes.

—Vente, mi artista —dijo la señora Ruth subiendo ágilmente la escalera. Él la siguió. Entraron en el salón de té.

—Es mi salón de té —dijo la señora Ruth—. ¿No es divino? Siempre quise tener un salón de té. ¡Di que te mueres, papá!

—Me muero, Ruth —dijo Agustín tratando de sonreír.

—No, espérate. Primero me voy a lucir contigo, siéntate —y lo sentó en una silla rococó con tapiz de crisantemos amarillos—. Es mi casa. Ya es mi casa, corazón. Mía mía de mí. Aquí ya no recibimos. Tenemos otro lugarcito por aquí cerca. Pero ésta es de tu reina. Se me hizo. Claro, por el terremoto. Quedó hecha una mierda, me la dieron en una bicoca, pero le di su mano de gato ¿y ya ves? ¡Bendito sea Dios! Pobres muertitos, digo yo. Pero la vida es un camotote, si no te lo comes. . . ¡Desde cuándo no te dejas ver, cabrón! Ya tengo mi salón de té.

Agustín vio el cuarto pintado de verde. Una mesita y los dos sillones rococó. Un diván de raso color champaña lle-

424

no de cojines rojos, al fondo. Un armario con tazas y teteras. Y una luna redonda en su base de madera.

—Te felicito Ruth —sonrió Agustín—, por tu casa. Y tu salón de té es sencillamente. . . portentoso.

—¡Mentiroso de mierda! Por eso te amo.

Llegó Joel con el coñac y las copas.

—Éste es un gran artista, Joel —dijo la señora Ruth, poniendo la mano en el hombro de Agustín.

—Sí señora —contestó Joel, que frente a la señora Ruth se veía pequeño y humilde.

—Y tiene unas manos. . . —y le tomó las manos a Agustín y se las besó— de paraíso, Joel. ¡Un artista nato como ya no existen!

—Sí señora. Dice Berta que ya tiene los huitlacoches que porque son de temporada.

—Que haga lo que quiera. Y que no molesten, hijo.

—Sí señora.

Cuando se fue Joel, Agustín se tapó la cara con las manos, y puso los codos sobre la mesa. La señora Ruth se sentó frente a él, y dijo encendiendo un cigarro:

—Te quemas, mi muchachito.

Agustín asintió, sin verla.

—Prueba este coñac, es chiche, rey, chiche —dijo la señora Ruth y le llenó la copa—. ¿Sabes qué es lo peor, papá?

—Qué —dijo Agustín en un murmullo, alzando la vista.

—Que no sabes ni cómo te llamas.

—No, no sé —murmuró y se echó de golpe la copa entera.

Delfina se miró al espejo: se había puesto un vestido guinda ceñido en la cintura y de vuelo abierto en la falda. Se había maquillado en el mismo tono y el rímel le abría negras las pestañas. En el cuello desnudo la gota de un rubí que le había regalado Agustín. Ya salía de la recámara, con prisa, eran más de las ocho. Pero casi automáticamente se detuvo delante del espejo. Y no le gustó lo que vio: no era ella. Estuvo a punto de correr al baño y lavarse la cara y cambiarse de ropa. Pero al instante dio media vuelta lanzando una gruesa exclamación y bajó trotando las escaleras. En la base del cráneo apareció un leve cosquilleo. ¿Por qué el rubí?, se preguntaba rumbo a casa de Leonor; metió el freno y se tentó la piedra sobre el pecho desnudo. ¿Por qué precisamente hoy?

—Anda, emborráchate papá —y le sirvió de nuevo. Agustín bebió con lentitud. Le brillaba la frente, vibraban las aletas de la nariz.

La señora Ruth se levantó por la cajita dorada del armario. La abrió con cuidado y se la ofreció a Agustín:

—Refréscate un poco.

Agustín, que parecía preso en la lentitud, alzó apenas la vista y la detuvo varios segundos en el polvo blanco de la cajita. Por fin, como si hubiera tardado en entender de qué se trataba, negó bajando la cabeza.

—¡Es de primera, mi rey!

Agustín no contestó. No estaba escuchando. La señora Ruth tomó con los dedos un poco de polvo y lo aspiró con fuerza y brevedad. Cerró la caja y la dejó sobre la mesa. Se sentó de nuevo frente a él.

—¿Y tu violín? Tengo un piano, quiero que lo calibres.

Agustín asintió lentamente.

—En este cuarto tocaste especialmente para mí una vez. Yo te dije "no tengo más que mi culo, corazón, te lo regalo". Eran otros tiempos. . . y tú estabas bien jodido.

Llegaba hosco y sombrío en las noches. Pedía coñac, peleaba a puñetazos y se iba perdido hacia el alba. La señora Ruth le había mandado a "la mejor carne". Pero él bebía con ellas hasta caer en el suelo y no soportaba el roce de

426

ninguna mano. La Culebra y La Alemana se pasaban horas con él, y la clientela manoteaba delante de la señora Ruth.

—Cuidado y me lo tocan —decía tronando la voz—, el muchachito, chingao, tiene un mal incurable —y se limpiaba los ojos con el chal, como si en verdad estuviera a punto de llorar, mientras se ponía a hacer las cuentas en la cantina:

—Inch Ruth, te trae culeca el mugroso violinista. . .

—Pero tú no me traes, pendejo, qué pedo te gorgorea.

—Ay cómo me dabas lástima, rey —suspiró la señora Ruth, recargándose en el respaldo y cruzando los brazos.

Luego de una larga pausa, Agustín alzó la vista, y sonriendo vagamente como si acabara de llegar, dijo sin dirigirse a nadie:

—Por qué me aguantas, Ruth, no sé qué estoy haciendo aquí.

—¡No me digas eso que me das más lástima! —exclamó gruesamente la señora Ruth y se levantó a encender un cigarro con el encendedor de mesa, que refulgía sobre una repisa del armario. Hizo la operación ruidosamente—. No sé, pero no sé estarme quieta ¿tú crees, papacito? Ahora con la casa me la paso yendo y viniendo de un cuarto a otro. Pero éste es mi favorito. Mira mi diván ¿no es como para mamar en el cielo? Lo vi en una revista y dije: ése es para mi salón de té. . .

Agustín se servía las últimas gotas.

—. . . ¡ay Dios y La Guadalupana! ¡Joel! ¡Joel! —gritó la señora Ruth ya en la puerta— ¡otra botella, ya sabes! —y luego quitó la vacía de la mesa y le acarició los cabellos a Agustín—. Haces bien, mi vida. Acábatelas todas. Tengo suficiente.

Llegó Joel con la botella:

—Que dice Berta que si ya le subo las quesadillas.

—Que no chingue, hijo.

—Sí señora.

Agustín se sirvió lentamente, y antes de beber, dándole vueltas a la copa, hilvanó unas frases que la señora Ruth apenas pudo oír. Entonces se sentó frente a él, los codos en la mesa, y puso mucha atención.

—... Delfina es muy... la tipa esa la tiene atrapada, Ruth.

—Cuéntame —dijo seria, los ojos grises brillaron en un parpadeo imperceptible. No se movió ni un milímetro.

—Pero ése no es el problema.

—¿Sino?

—Yo. No la toco. No sé por qué.

—Ay papá, no sé de qué hablas, pero entiendo todo.

—Estuve en el mar, sentí algo nuevo. Como que las cosas cambiaban dentro de mí... pero no sé... de pronto Delfina no es Delfina... y yo...

—Háblame de la otra.

—Podría destrozarla con una mano.

—Que me hables de ella.

Agustín se levantó y dio unos pasos por el cuarto, con la copa en la mano. Y murmuró para sí.

—... ése no es el problema —y se acercó a contemplar las tazas de té, y sobándolas dijo de espaldas a ella—: te hubiera traído de Japón, Ruth, tiré todas las que me regalaron. ¡Pendejo!

—Si ya empezaste, ya empezaste, papá. No te hagas lo que te dices.

Agustín dio dos pasos más y se echó sobre el diván.

La señora Ruth se levantó a quitarle los zapatos. Le acomodó un cojín bajo la nuca. Se sentó a su lado, fumando en silencio.

—Uy uy uy uy —gime Artemisa en la puerta— ¡Llegó la aurora boreal hecha mujer!

Entra Delfina y los silbidos de admiración de Débora se oyen hasta la recámara. Delfina se agita, y sonriendo, deja la bolsa de pasteles sobre la mesa. Leonor ha escuchado desde su cuarto, sentada ante el tocador. Fuma. Hace una hora que está perfectamente arreglada.

Débora le hace señas a Delfina. Delfina va hacia la recámara de Leonor. Toca suavemente.

—¿Sí? —oye la voz de Leonor. Titubea unos segundos. Abre la puerta.

Abre los ojos. Ve un techo verde que gira y luego la presión en el brazo. La mano dura de la señora Ruth, su mirada gris, su cara amarilla, sus labios delgados pintados de rosa.

—Calma, mi rey, calma papacito. Mucha mucha calma. Si no comes se te trepa. Es lo primero que enseño. Ya trajo Joel las quesadillas. Ve a lavarte la cara.

Agustín se sacudió y se levantó con agilidad. Regresó a devorar el platón.

—No comí en todo el día.

—Hay más.

—A ver. dime, Ruth. . . —y se quedó callado, reflexionando en la siguiente frase. Ella fumaba. La vio. Hasta ese momento se dio cuenta de que el cuerpo se le había enjutado y la cara se le había llenado de arrugas y bolsas moradas le colgaban de los ojos—. ¿Cuántos años tienes? —dijo sin pensar, porque no era lo que quería preguntarle.

—Del culo o de la cara, mi rey —sonrió en una larga fumada.

—Soy un pendejo, Ruth.

—Cómo es —dijo ella después de un largo silencio, la vista fija en Agustín.

—Como todas: va a lo suyo —exhaló Agustín.

—Ajá. . . y cuánto tiempo hace.

—No sé, unos años. Mucho, realmente.

—¿Y tu mujer?

—Es su mejor amiga —sonrió con ironía. La señora Ruth aguzó los ojos:

—La traes hambreada, no te hagas pendejo.

Delfina tembló un segundo y asiendo la gota de rubí se acercó a Leonor, que la miraba con los ojos vibrantes. Se abrazaron meciéndose. Y Delfina le dijo:

—Felicidades Leo, felicidades, felicidades —y de pronto le dio vueltas el cuarto y se separó sofocada entre risas metálicas—. Traje unos pasteles que son poemas barrocos, los compré en La crème d'Or.

Y mientras Delfina cruzaba la puerta hacia el comedor, exclamando, Leonor sintió una punzada en el centro del pecho, densa saliva le llenó la boca. Se dio la última ojeada en el espejo, y grave el rostro, salió de la recámara.

—No hay que jugar al tancredo. Si no hay pan, las tortillas son un paraíso. Y con tortillas estoy diciendo *tortillas* —continuó la señora Ruth.

Agustín esperó mucho para retomar el diálogo. Mirando el coñac pensaba: si no lo digo me ahogo. . . no sé que estoy haciendo aquí.

—Desde Reiza y el tren. . . no he vuelto a abandonarme —soltó por fin.

—La finadita por la que llorabas ¿verdad? —suspiró la señora Ruth—. ¡Qué bonito la querías!

—A veces, en algunos momentos, con Delfina. . . Y yo la quiero, de verdad.

—¡Pues abandónate! —chilló pestañeando—. A lo mejor de eso es de lo que la traes hambreada. ¡Abandónate, papá!

Agustín sonrió. Empujó los platos. Puso en medio de la mesa la botella:

—Que se lleven esta porquería. Y trae algo, alguna cosa

donde se oiga música. Detesto mi voz —dijo con impaciencia.

—¡Joel! —gritó la señora Ruth, que se había levantado como resorte hacia la puerta—. ¡Pero ya estás aquí, Joel! Mi vida, tú sabes que eres mi debilidad, contigo yo no sé qué —dijo acercándose, y le alborotó con vehemencia los cabellos— ¡Joel!, cabrón este —volvió a gritar, y salió taconeando como huracán.

Sobre la mesa de centro nidos de cangrejo moro y un platón de mayonesa con rodajas de limón. Ginebras heladas, burbujeantes. La ventana abierta al fresco de la noche. La luz baja detrás de las palmas que dibujan abanicos gigantes en el techo. Hay un leve sopor que mece los cerebros excitados: el comienzo de la fiesta.

—Por la del santo —alza su copa Artemisa.

—Por el pato más feroz de la comarca —dice Débora.

—Por Leo, ¡por Leo por Leo por Leo! —dice Delfina.

Leonor alza su copa y choca con todas y le brillan los ojos.

Las cuatro están rodeando la mesita, sentadas en el suelo, en flor de loto. Beben mojándose la punta de la lengua en los hielos, despacio, con ceremonia.

—Qué noche divina —susurra Leonor girando levemente la cabeza hacia la oscuridad de la ventana. Todas la siguen. Sombras lentas los árboles de la calle. Algún farol lejano se mueve en las hojas sonoras. Respiran hondo.

En el piano la copa de coñac. El humo denso y las notas de Agustín hacen decir a la señora Ruth:

—Qué divino, qué divino.

Se miran de repente, unas a las otras. Y sueltan la risa. Y la carcajada.

—¡Que diga cada quien en qué estaba pensando! —exclama Artemisa.

—Ay no, si de lo que se trata es de no pensar —dice Leonor encendiendo un cigarro.

—Yo no sé en qué estaba pensando —dice Delfina lamiendo los hielos de su copa—, me dejé ir. . .

—Sí Finí, dejémonos ir, que sea mi regalo —dice Leonor, y con un mohín se vuelve de nuevo a la ventana y suelta el humo largo y silbante hacia las sombras.

—¿Les decimos, corazón? —pregunta Artemisa a Débora.

—Sí, antes de que se nos vayan, porque ya están yéndose, quién sabe dónde acaben esta noche, ¡míralas!

Delfina sonrió. Mordía gozosamente la rodaja de limón cristalizada.

—¡Decirnos qué! —exclamó Leonor, llenando las copas.

—Sorpresa —murmuró Débora.

—¡Nos vamos a casar! Pero ahora sí en serio, con ceremonia y todo —dijo Artemisa juntando las manos, irguiéndose sobre las rodillas.

—Y ustedes van a ser madrinas y testigos —dijo Débora, preparando en su boquilla negra un cigarro oscuro y delgadísimo.

Delfina miró a Leonor. Leonor quedó quieta unos segundos, bajó la cabeza meneándola y se tapó la sonrisa con la mano. Por fin alzó la cara y así se lanzó con vehemencia sobre Débora, abrazándola, meciéndose con ella:

—Adoradas, adoradas.

Y la soltó y se lanzó sobre Artemisa y lo mismo:

—Adoradas, horrorosas, odiosas, mugrosas, desgraciadas. . .

Hubo lágrimas y besos muy sonoros. A Delfina le brincaba el corazón en las sienes. Bebió a grandes tragos la copa.

El espagueti al pesto voló de los platones. La segunda botella de Paternina, esta vez etiqueta azul, con los diez años justos de añejamiento, se descorchaba ya para que respirara en el trinchador. Se arrebataban la palabra organizando los preparativos. Leonor llevaba la voz cantante. Delfina se conmovía con el entusiasmo de las futuras ¿novias? ¿desposadas?, no importa, la feliz pareja, pues.

—Es un rancho divino, van a ver —decía Débora con agua en los ojos.

—¡Tiene árboles frutales!, en una como colinita, haz de cuenta un chalet suizo con esa vista, idéntica, empotrado en la sierra poblana. Es de no creerse —decía Artemisa.

—¿Chalet suizo en la sierra poblana? De no creerse —murmuró Delfina. Leonor le alborotó los cabellos:

—Grosera.

Rieron todas y se encendieron aún más.

—Pero tu primo Paco ¿sabe. . .? —dijo Delfina.

—¿Beto? Sí, todo. Es un tipazo. Me lo presta, *nos* lo presta, hasta para luna de miel.

—¿Ay podemos quedarnos? —dijo Leonor.

—Cada quien con su cada cual, patito, y hasta nos amanecemos —dijo Débora.

Rieron otra vez. Se sirvió el Paternina etiqueta azul.

—Te dije que éste era superior, Espiguita —dice Débora.

—Ay cielo, ¿ya vas a empezar a regañarme? —gime Artemisa.

—Yo les regalo una caja de Paternina azul para la boda —dice Delfina deleitándose en los rubíes pesados de la copa.

—¿Y sabes qué? Tú nos lazas —exclama Artemisa.

—Ay sí Finí, tú las lazas.

Delfina alzó la copa y todas lo mismo.

—Yo las lazo.

—*Mi rival es mi propio corazón*. . . —hunde la voz la señora Ruth en la oreja de Agustín.

—. . . *por traicionero*. . . —continúa él, barítono, y en el piano sus manos vienen y van. Vuelve a sentirse vivo, vivos sus músculos. Joel llega con copas nuevas y ceniceros limpios.

El postre es helado de mango rociado de nueces, y las tartaletas de crema que trajo Delfina. El mantel es un caos de moronas y servilletas empapadas. Ha corrido el vino. Leonor viene y va de la cocina al comedor cada vez más vehemente en sus movimientos, los ojos cada vez más iridiscentes y los tendones del cuello más visibles.

—¿Te acuerdas cómo te conquisté, Espiguita? —moquea Débora.

Artemisa llora francamente.

—Cómo, cómo —grita Delfina despatarrándose en la silla.

—Le llevé mariachi y le canté a pecho herido todas las que me supe.

—Ay, me llenó la casa de flores —lanzó un gritito Artemisa—, rosas y rosas y más rosas. Me mareaba. Olía yo ese aroma y algo se me clavaba en el corazón.

—¡Eso es el amor! —gritaba Leonor desde la cocina, azotando las cacerolas en su carrera.

—Y va a dar su fruto, ¿verdad cielo? —dijo Artemisa.

—¿Qué? —preguntó Delfina.

—Vamos a tener un bebé. Bueno, una nena, como Chabelita, ¿te acuerdas en Cuernavaca? —dijo Débora, excitadísima—. Ya la encargamos con las indias de Morelos que paren como conejas. Le vamos a poner Cintia, ¿no es divino? ¡Va a tener dos mamás! ¿Qué más puede querer en la vida?

—¡Eso es el amor! —volvió a gritar Leonor.

434

—Ya ven, Leonito —la llamó Delfina.

—Voy, voy mi reina, voy —corrió Leonor cayéndose, se oyeron platos rotos en la cocina. Nadie hizo caso. Llegó Leonor, ruidosamente.

—Siéntate, quiero preguntarte algo —dijo Delfina.

Leonor se sentó, los ojos como joyas negras. Artemisa y Débora, que se sonaban la nariz, se tomaron de la mano.

—Con todo este amor que hay por aquí, quiero que me digas qué te regalo, Leoni.

—¿Qué me regalas? —repitió Leonor.

—Sí, qué te regalo de santo.

—¡Cómo que qué me regalas de santo! —golpeó la mesa con el puño, irguiéndose, lanzándole un vidrierío con la mirada. Delfina enmudeció. Las otras se quedaron inmóviles, como si hubieran desaparecido mágicamente de la escena—. Pero cómo que qué me rega. . . ¡mira! —se levantó y atrapó del trinchador un marco de plata con moño y se lo plantó a Delfina en la cara—. ¡Para tu foto! Ésas son mis amigas —y señaló a las otras, que la hacían de esfinge.

—Leoni qué te pasa.

—¡Toda la noche esperando la sorpresa!, les dije mi Finí es tan detallista, van a ver, y me sales con que qué me rega. . . ¡Qué poca madre tienes! —estalló Leonor y azotó el marco sobre la mesa, el vidrio del marco se hizo añicos.

Delfina brincó hacia atrás, porque las astillas volaron sobre el mantel.

—Sólo te pregunté —vibraba la voz de Delfina y giraba y giraba el vino y un incendio en la base del cráneo comenzaba a crecer.

—¡Y me preguntas! ¡Eso! ¡Todavía tienes cara! Yo me paso semanas y meses pensando, escogiendo, preparando lo que a ti te gustaría. . . —y se lanzó a llorar entre sollozos convulsivos, tumbándose en la silla, la cara entre las manos, los codos en la mesa.

—Leonor —murmuró Delfina tocándole un brazo.

—¡No me toques! —saltó Leonor.

—Quería que tú escogieras. . .

Débora le hizo unas señas a Delfina que Delfina no entendió. Artemisa miraba las moronas del mantel, perfectamente inmóvil.

Delfina bebió de un trago su copa. Y haciendo voz natural, dijo:

—Estábamos muy bien, Leonor.

—¡No tienes madre, maldita! —gritó Leonor alzando la cara.

Un río de aceite negro le recorrió la espalda a Delfina, que se levantó de un golpe y azotando la copa dijo:

—¡Eres una cabrona!

Leonor se volvió hacia Débora:

—¿Oyes lo que me dice? —y se levantó corriendo a la cocina, a golpear cacerolas en el fregadero.

Ya iba Delfina tras ella, pero Artemisa la detuvo.

—Tienes que ser paciente —dijo Débora—, ya ves cómo se pone.

—¿Paciente? —alzó la voz Delfina.

—Sh. . .

—¡No me callo!

—Espérate mi amor, siéntate. A mí me hacía las mismas escenas. Pero es puro corazón. Está sentida, nada más, es su forma de reaccionar.

—Todo es cosa de tolerancia, ¿ya ves? Mi cielo y yo ya vamos para ¿cuántos años, cielo? —decía Artemisa en voz muy baja.

Delfina temblaba de ira.

—Entiéndela —insistía Débora—. Dale por su lado, ya verás cómo se le pasa. Es un turrón, le haces un cariñito y se te deshace en las manos.

—¿No son ésos los polvorones?

—Cállate Espiguita.

—Dame más vino —rugió Delfina. Artemisa corrió por copas y las llevó.

Débora hizo señas de silencio y fue por Leonor a la coci-

436

na. Delfina oyó que algo hablaban velozmente, en agudas voces que el agua del fregadero hacía ininteligibles.

Leonor volvió al comedor conducida por Débora, y se sentó como palo, sin mirar a Delfina. Dio unos sorbos de vino. La mano le tembló.

—Entonces muchachas, ya están avisadas y comprometidas —dijo Débora.

—Yo te regalo el ramo, Arte —dijo Leonor con voz de ultratumba.

—¡Sí, sí, de azucenas y nardos! —festejó mucho Artemisa.

—Claro, frescos, voy a conseguirlos especiales, ya verás.

Hubo un silencio. Delfina miró a Leonor y acercó su copa:

—¿En paz?

Leonor le devolvió la mirada, y como si le hubieran dado un latigazo, dijo a punto de sollozar:

—Tú no me veas, no me hables, no me toques.

Un cosquilleo de hormigas le recorrió la nuca a Delfina:

—¡Idiota! —gritó— y le echó el vino a la cara a Leonor. Leonor alzó las manos y comenzó a gritar.

—Ya ya Leonor, pato, patito —se levantó como resorte Débora y sujetó a Leonor.

Delfina le dijo a Artemisa en voz muy alta:

—Por favor, llévenme a mi casa. No quiero manejar así —y se levantó por su bolsa.

—¡No! —gritó Leonor tras ella, jaloneándola—. No te vayas, no te vayas.

Delfina se zafó bruscamente:

—¿Me llevan?

Débora asintió. Delfina se tambaleaba en el pasillo. Leonor se arrojó a sus pies, asiéndola de la falda.

—Te lo suplico, no te vayas, no te vayas.

—Quítate —se soltó Delfina.

—Entonces yo me voy —gritó Leonor y se lanzó escaleras abajo, abrió la puerta y salió corriendo a la oscuridad.

Jadeaba, ciega, con los brazos extendidos, zigzagueando. Abrazó el poste de luz y se dejó caer así, lentamente, en espirales hasta el suelo.

Delfina se había quedado sentada ante la mesa del comedor, mirando con indiferencia el caos de platos y copas derramadas. Bebía a sorbos el resto del vino.

Las otras habían salido en estampida detrás de Leonor, entre alharacas agudas. La encontraron.

A los pocos minutos, como airón entraba Artemisa, suplicándole a Delfina:

—Dice que si no vas tú por ella, que no entra.

—Que se vaya al carajo —dijo roncamente Delfina, la vista perdida, la mano errática en pos de la copa.

—Por favor Delfina, ¿qué te cuesta? ¿Por qué le haces esto?

Algo gruñó Delfina, y Artemisa, desesperada, volvió a correr hacia la noche.

Cuando entró Débora, Delfina yacía sobre dos sillas, las piernas colgando, los cabellos como cortina tocando el suelo.

—Si no es una es la otra ¡carambas! —dijo Débora y la levantó, la jaloneó al baño. Le echó agua en la cara, la sacudió hasta que en los ojos de Delfina atisbó un hilo de lucidez.

—Vamos por Leonor —le dijo con firmeza—. Ya están rondando unas patrullas. ¿Quieres que terminemos todas en la cárcel?

Delfina asintió sin entender gran cosa. La siguió. Llegaron donde Leonor, que estaba sentada sobre el cemento, y abrazaba el poste y se mecía con los ojos entrecerrados.

—Ya está aquí, patito —le dijo Débora.

Leonor no respondía. Débora le sacudió el hombro. Y Artemisa empujó a Delfina hacia Leonor. Delfina apenas dio un paso, y se detuvo del poste, y mirando a Leonor con odio, dijo:

—Ya métete.

Leonor abrió enormes los ojos negros y tragándose un

sollozo se levantó como fiera y echó a correr. Todo sucedió en cámara rápida, o detrás de esa lenta cortina que pone el alcohol o las pesadillas bajo el agua. Leonor entró en la casa por cojines y una cobija. Cerró la puerta de un golpazo y arrojó las llaves lo más lejos que pudo, hacia la nada. Se metió en su coche que estaba frente a la casa, y se acomodó para dormir, tapándose hasta la cabeza con la cobija.

Han pasado cuarenta y cinco minutos. Débora y Artemisa buscan casi a gatas las llaves quién sabe cuántos metros a la redonda. Le han tocado a Leonor en la ventanilla, con suavidad, diciéndole cariños; han golpeado el vidrio hasta lastimarse la mano. Leonor no responde. Delfina dormita en la entrada de la casa, sentada en el escalón, tiritando.

La señora Ruth mandó llamar a Wily en el acordeón y a las hermanas Eva y Salomé, un lujo, para agasajar a Agustín. Corre el coñac y la música y los buenos recuerdos, y Agustín baila un tango con Salomé, y la señora Ruth lanza gritos y se despatarra en el sillón dorado.

—Aquí están estas desgraciadas —grita Artemisa con las llaves en alto. Delfina la sigue hasta la puerta, mientras Débora intenta convencer a Leonor detrás del vidrio de la ventanilla. Artemisa no se da cuenta, tratando de organizar el caos en la casa, de que Delfina sale de nuevo cargando un cojín y una cobija. Se planta delante del coche de Leonor, extiende la cobija en el cofre y pone el cojín sobre el parabrisas. Se acuesta y se tapa. Débora ha visto la escena, con inaudita paciencia. Leonor gime y sale del coche por fin, y se abalanza sobre Delfina:

—No no, mi Finí, mi Finita, mi Finita. . .

Se acurrucan las dos sobre el cofre. Todas con escotes y sin mangas, y el frío de la madrugada. Débora da unos golpes en la lámina del coche, como si tocara la puerta, carraspea y dice:

—¿Quieren entrar, muñecas? Me estoy congelando por si no lo saben.

Ríe Leonor y ríe Delfina.

—¿Me perdonas Finí? Si no dices que sí aquí nos quedamos toda la noche.

—¡Dile que sí! —exclama Débora dando brinquitos de frío.

Delfina asiente. Van entrando risueñas en la casa, arrastrando cobijas y cojines.

Las cuatro en la sala, tumbadas acá y allá. Han reído recordando pleitos. Entre Leonor y Débora, entre Débora y Artemisa, entre Delfina y Leonor. Cuentan con detalles, hasta dos y tres veces los repiten. Vuelven a reclamarse, entre bromas y veras, como si estuvieran sucediendo. Quedan excitadas, con demasiado vino en la cabeza.

Débora se levanta y con una seña se levanta tras ella Artemisa. Comienzan a despedirse con mucha alharaca. Casi las tres de la mañana. Cuando Delfina hace un débil movimiento para levantarse, Leonor acomete:

—Ya sé qué quiero que me regales, Finí: te quedas esta noche. ¡Ése es el mejor regalo que puedes darme! ¿No querías que te dijera?

—Ay qué linda —suspira Artemisa.

—A cumplir lo prometido —le dice Débora a Delfina.

Delfina asiente, y se deja caer de nuevo sobre el sofá. Luego de acompañarlas a la puerta, Leonor aparece con una charola de canapés, una botella de Grand Marnier y copas menudas de cristal. Pone a Satie en el tocadiscos. Baja la luz.

—A mí que me den Satie y que se acabe el mundo —dice ofreciéndole la copa a Delfina y un canapé de *brit* con cereza.

—Las *gimnopedias* —murmura Delfina sintiendo en el paladar esos sabores aromáticos y la noche, de intenso oreo.

—Para mí son como el sonido del alma, lo que está oculto y un día sale en estas notas, como el agua que brota de un manantial —dice Leonor cerrando los ojos, meciéndose, abrazando sus rodillas.

—Sí —dice Delfina envuelta en el Grand Marnier, tan lento—. Fue horrible lo que hiciste.

—Yo te quiero Finí —susurra acercándose a Delfina hasta que se acurruca sobre el sofá, poniendo la cabeza en el hombro de ella. Delfina le pasa el brazo por el cuello y le tienta los cabellos. Está recargada sobre el sofá, la cabeza suelta en el respaldo. Leonor parece un gatito hecho bola a su lado.

—Oye, Finí, ésa es mi alma, esas notas de agua, ¿estás oyendo? ¿Oyes lo que te dicen?

Delfina bebe lamiéndose los labios, asiente:

—Un día vas a hacer algo terrible Leo, terrible.

—No, no me digas eso.

—No estás bien.

—¿Por qué me lastimas, Finí? —hunde la cara en el cuello de Delfina.

—Son la belleza, la belleza. . . Agustín las puso, las toca en una cuerda y es como si yo fuera un arco a punto de lanzar una flecha que no existe. . .

—Finí —gime suavemente.

—Leo.

—No merezco nada, pero sólo una cosa, Finí, sólo una cosa —y le pasa el brazo por la cintura.

—Qué —cierra los ojos Delfina hundiéndose en las notas.

—No me dejes nunca, nunca, nunca —es ronco y hondo

el susurro de Leonor, que vuelve la cabeza y le da un beso en la mejilla.

—Leo, Leo —Delfina le acaricia los cabellos, aquietándola.

—Te necesito, no me dejes —gime Leonor y en un invisible movimiento su boca está ya sobre los labios de Delfina. Delfina abre los ojos. El corazón le da un vuelco. Leonor le está rozando los labios con los suyos en milimétricos besos, susurrantes.

¿Esto es? ¿Esto era? Delfina siente la lengua de Leonor abriéndole suavemente la boca, y ese dulce vaho la envuelve, como el oro del Grand Marnier, como las ávidas gimnopedias en una sola nota. Las cosas comienzan a girar. Sus labios van respondiendo sin que ella haga o piense nada. Leonor ya está sobre ella, como anguila delicada, los ojos se le cierran a Delfina. ¡No! ¡No! ¡No! Y se aparta y ve la mirada oscura de Leonor bañada por un brillo de aceite.

—Finí, Finita, Infinita —dice mientras le besa las pestañas, la punta de la nariz, el arco de las cejas—, Infinita, Infinita...

Delfina respira con atónita ansiedad. El horizonte es el rostro de Leonor, el cuerpo de Leonor sobre ella. Su nombre al infinito y ese aire húmedo que lo acompaña en los labios de Leonor. ¿Qué estoy haciendo? Pero antes de responderse ya su boca busca a Leonor. Y Leonor la atrapa, ruedan sobre el sofá. Ahora Leonor es la que se separa para mirar a Delfina. La ve tensa y urgente, erráticos los ojos, y se acerca con suavidad, pero Delfina embiste casi con furia, ya no sabe qué está haciendo, y no le importa.

Agustín da el último giro, una mano en Eva, la otra en Salomé, y cae trastabillando en el sofá. Wily en el acordeón remata estentóreamente.

—Joel —grita la señora Ruth—, llévate al señor a la recámara azul.

—Te amo —dice Leonor cada vez que la boca de Delfina lo permite, y va llevando la mano hasta el muslo de Delfina. Cuando Delfina siente esos dedos apretándole el muslo, un golpe de luz la sacude y se separa. Se da cuenta que nadie, desde hacía años, ¿cuántos? nadie que no sea Agustín la ha tocado.

—No Leonor.

—Te amo, te amo Finísima —sigue Leonor ya sin tocarla, pero besándola de nuevo, con tal exquisitez que Delfina vuelve a cerrar los ojos, abandonándose en esa fiera ternura. Qué estoy haciendo, pero qué estoy haciendo. El rayo de luz la sigue, la persigue. Pero la boca de Leonor no tiene límites. Leonor está sobre ella, y le busca los pechos. Una rauda mano la tienta bajo el vestido. Delfina siente la tenue presión sobre su pecho, y un ácido filo la recorre. Y no sabe qué es: ¿lealtad? ¿repugnancia? ¿miedo? Quieta, respira dolorosamente. Entonces esto era. Por fin me tiene como quería. ¿Por qué no? Ay este remolino... Leonor no espera. Delfina está gimiendo, siente una mano vibrante entre sus muslos. Dedos arañas deslizándose hacia arriba en enredaderas de calosfríos, y le abren la falda, la desnudan, ya el resplandor oscuro del pubis y el vientre que respira como una marea de miel. Leonor lo mira, y suelta una ardiente exhalación. ¡No!, grita Delfina para sí al sentir ese vaho en el centro de su cuerpo. Y en el último momento, en ese último momento cuando Leonor está a punto de hundir allí sus labios, Delfina da un salto enloquecido:

—No puedo ser tu amante.

—Por qué, por qué —balbuce Leonor, el rímel corrido, perdida la mirada.

—No, no quiero —se levanta, toda ella temblorosa, ti-
ronéandose el vestido.

—Por qué —murmura Leonor echada sobre el sofá, como animal herido.

—Yo amo a Agustín.

—Sí, sí Finí.

—¿No lo entiendes?

—Sí. No me dejes, no me dejes. . .

Leonor está llorando, Delfina se acerca con cautela, se
arrodilla junto a ella. Leonor le enmarca el rostro con dulzura, con fuerza:

—Bésame —dice casi sin voz.

Y Delfina vuelve a sentirse atrapada. Si ya lo hizo, ¿por
qué no otra vez? Se siente perfectamente ebria. La besa. Leonor la sujeta y se prolonga y se prolonga.

—No me dejes, tengo miedo —balbuce mientras la tiro-
nea. Un torrente de ira va penetrando a Delfina, no sabe
de dónde ni por qué. El rostro de Leonor es una máscara de
lágrimas y maquillaje, las ojeras moradas. Delfina hace esfuerzos por separarse. Se levanta tambaleante. Se limpia la
cara con las manos.

—Ya me voy a dormir —dice sin mirarla. Leonor, de rodillas, la sujeta de las piernas abrazándola:

—No me dejes —grita. Delfina cae. Tropieza forcejean-
do. Vuelve a levantarse y se va a la recámara. Leonor se
incorpora de inmediato, la sigue y saca del cajón una piyama limpia.

—Aquí tienes Finí, Finita linda. . .

Delfina toma la piyama y entra en el baño. Cierra con
llave. Y se echa sobre la tapa del excusado y comienza a
sollozar en silencio, cubriéndose la cara.

—Qué onda tan a toda agarró este don —dice Joel cargando en la espalda a Agustín.

444

—Y a ti qué te importa, mozo pendejo, ¿no sabes a quién estás llevando? —contesta la señora Ruth.

—No pus sí. . .

—Entonces cállate. Déjale en el buró los remedios.

—Sí señora.

—Dile a Salomé que suba al salón de té. Tengo antojo. Puro pedo y puro baile y nada de nada.

—Sí señora.

—¿Quieres algo? ¿estás bien? —susurra Leonor detrás de la puerta, después que ha esperado mucho tiempo, fumando en la recámara.

—No —dice Delfina y se levanta. Se desviste y se pone la piyama. Antes de cerrar la blusa se mira los pechos y se los tienta como protegiéndolos. Y un sollozo se le escapa. Se lava la cara con furor. Y se ve al espejo: desencajado el rostro, de cera, los pelos alborotados en gajos de sudor reseco. Todavía espera varios minutos para salir. Llega a la cama y ve a Leonor acostada con los ojos cerrados. Se tiende ocupando el extremo opuesto, casi medio cuerpo fuera, y dándole la espalda.

—¿Estás bien? —dice Leonor sin moverse.

Delfina no contesta. Y mirando la ventana negra, cierra los ojos.

Ante los ojos de Agustín, un gran vaso de alkaselzers, café caliente, jugo de naranja, una larga copa con líquido color ámbar muy extraño, y una cajita de polvos blancos. Se incorpora. Apenas distingue dónde está, porque todo es azul, salvo los muebles de madera como animales prehistóricos. Las cortinas están echadas y el aire es denso. Se levanta y se asoma a la ventana, abre el pesado terciopelo. La tintineante luz lo ciega unos segundos. Sonríe sin darse cuenta. Luego se vuelve el buró. Y ataca el vaso de alkaselzers y el jugo de naranja. Se bebe el extraño brebaje y deja el café y los polvos, porque dice de los polvos: el cielo, pero no, no vamos a comenzar. Y piensa con qué preparará esta puta vieja esto... Carambas. Un momento después está muy bien, y entra cantando en la regadera.

No tuvo que abrir los ojos: la punzada en las sienes, el golpe caliente en el corazón... Supo que había despertado.

Los ojos nublados de Leonor. El grotesco rímel.

—Tengo miedo, tengo miedo, por favor no me dejes —la boca de Leonor, ¡qué extraño!, la tuvo encima y nunca pudo verla, empapándose en su boca. Esa lengua estilete abriéndole los labios.

La escena transcurría en acercamiento total. Dio una pesada vuelta en la cama. Imaginó la toma panorámica: anguila Leonor desbocándose sobre su vestido, y ella pasivamente rígida. Anguilas los brazos de Leonor sobre sus brazos, sus muslos, sus pechos. La sala revuelta, los cojines en el suelo, los ceniceros rebosados, las copas de vino en el tapete. Basta. Corte.

Delfina abrió los ojos. Era la una de la tarde y era domingo, y la ventana era el paisaje más inocente del mundo: un cristal azul, purísimo, con jirones de nubes muy delgadas, y se oían los globeros y los niños, y nada, absolutamente nada había pasado.

Sintió un movimiento en la cama. La cabeza le estalló. El cristal se hizo añicos. Las nubes se le enredaron en la garganta.

Leonor estaba despertando.

—Ay pero qué tanta estupidez hice anoche —murmuró enronquecida de tabaco, sobándose la cara.

Delfina brincó automáticamente en su sitio. Todo espe-

446

raba menos esa frase que pone borrón y cuenta nueva al asunto. Y volvió a quedarse quieta porque una espada de angustia la paralizó.

—Voy a preparar algo de fruta y un cafecito, Finí. Ay mi cabeza. . . —se levantó Leonor de un salto, y atléticamente dio unas zancadas hacia la cocina.

Sólo entonces Delfina giró hasta ponerse boca arriba. Las escenas de la noche se incrustaban en el techo, lanzadas con ametralladora. Y una lava amarga le subía por la garganta. Voy a estallar, gimió. Nunca me había sentido así, Dios mío. Leonor apareció con la cara lavada y una charola primorosa de peras mantequilla rebanadas y bañadas en miel, y un tazón de café espumoso. La puso sobre la cama:

—Mira qué belleza de peras.

Delfina se sirvió una taza de café. Leonor evitaba mirarla. Pero ella no le quitaba los ojos de encima. La vio revolotear por la recámara, haciendo nada, soltando frases y risas.

—Tenemos que hablar —dijo por fin Delfina, que se ahogaba.

—Ay no tengo cabeza ahora, Finí —exclamó sonriendo Leonor, mientras vaciaba a golpes el cajón de su buró—. Se me acabaron los malditos cigarros.

—Vamos a hablar, Leonor.

—Sí Finí. Pero déjame ir por cigarros. Aquí en el puesto de periódicos —dijo con voz vibrante Leonor y se echó un abrigo encima. Salió tropezando con muebles y puertas.

Delfina se levantó al baño, hizo esfuerzos por vomitar, pero no pudo. Se arrastró pesadamente a la cama, un sudor helado le recorría la nuca.

Volvió Leonor haciendo ruido, se quitó el abrigo y encendió un cigarro con la colilla que todavía humeaba entre sus dedos.

—¿Un sandwich de paté? —dijo cantando su tembloro-sa voz—. ¿O unos chilaquiles de sueño?

—Siéntate —dijo Delfina seriamente.

447

Ante un platón de chilaquiles encendidos, Agustín le tomaba la mano a la señora Ruth. El desayunador era el único lugar luminoso de la casa. Ella se había puesto una bata blanca de mucho encaje y se había perfumado con hierbas silvestres. Sin demasiado maquillaje, Agustín pudo atisbar en ese rostro la lejana belleza.

—Qué desmadre, Ruth —sonrió Agustín.

—Estuviste muy contento, no mames. Y come porque se enfría.

—Pero mira nada más. . . Yo venía no sé ni a qué, y acabamos torcidos de borrachos.

—Acabaste, mi rey.

Agustín rió y le besó la mano.

—Dame más café —dijo, y cogió el chile y lo mordió.

—Suda papá, te hace bien. ¿Ya vino Berta con el pan? —alzó la voz la señora Ruth—. ¡Las cervezas, güevón! —gritó hacia la puerta.

—Me siento muy mal, Leonor, mucho muy mal.

Leonor recogía inexistentes moronas de la sábana, la mano temblorosa.

—Por qué, no pasó nada —murmuró.

—No es contigo.

Alzó la vista Leonor. Por primera vez la veía de frente.

—No es contigo —continuó Delfina—. No creas que te acuso de nada. Sería muy fácil —y se le quebró la voz.

—Ya Finí. . . —dijo con dulzura Leonor, recuperándose instantáneamente, y le rozó la mano—. No pasó absolutamente nada —Delfina se apartó con vehemencia:

—Sí pasó. Pasó que hice lo que no quería. Pasó que me di cuenta que contigo he hecho siempre lo que no quiero.

—Estábamos borrachas. No exageres.

—Vas a oírme Leonor. Porque por primera vez vas a oírme de veras. Lo que yo tengo que decir.

448

Una sombra revoloteó en los ojos de Leonor. Y se abrazó las rodillas.

Agustín sacó un fajo de billetes y los puso sobre la mesa. La señora Ruth hizo un puchero y lo acompañó de una trompetilla.

—Cóbrame, vieja —sonrió Agustín.

—¡Chinga tu madre!

—¡Cóbrame, vieja!

—Te voy a quitar un poco para Joel, ya sabes, para las muchachas, para el Wily pobrecito, carbonato no, ni lo tocaste, pendejo. ¡Diste una guerra anoche! —decía contando los billetes—. No para mí, papá.

—Ya lo sé Ruth —dijo Agustín, levantándose sin recoger los pocos billetes que la señora Ruth le devolvía.

—Dios mediante, la amistad es un diamante. Ahora ya lárgate mi rey.

Agustín le tocó los cabellos. Ella giró sobre su silla y lo miró con repentina perplejidad.

—Qué hiciste, Ruth, me siento bien. . .

—Soy pura magia.

Él sintió una súbita ternura, y luego un estremecimiento, cuando oyó que ella murmuraba sin quitarle la vista:

—Que Dios te bendiga, grandísimo cabrón.

Delfina tomó aire. No supo de dónde, pero las palabras le salieron en torrente, como si las hubiera tenido mucho tiempo preparadas, esperando la señal:

—Estás muy enferma Leonor. Pero yo también. Durante todos estos años hemos vivido como amantes, lo único que nos faltaba era lo que hubiera pasado anoche, si no me doy cuenta a tiempo.

—No es tan trágico —contestó Leonor con fatigado desdén.

—No es trágico hacer el amor. Lo trágico es que lo hubiera hecho sin querer, y como consecuencia de que me has cercado, dominado, poseído ¡y yo he estado permitiéndolo!

—Por algo fue, ¿no crees?

—¡Sí, por loca!, por andar buscando quién sabe qué, por confundir tu seducción con. . . con otro tipo de cariño. Y tú sabías qué me pasaba, lo supiste siempre, pero no te importó, ibas a lo tuyo.

—Tú sabías qué era lo mío.

—¡No! Sí, pero no quería darme cuenta. Mi madre, ya sabes, inexistente. Agustín ha ido y venido entre fantasmas, con él habito en una nebulosa, y tú apareciste de carne y hueso, toda fuerza, sonrisas y adoración. Tú sabes amar a una mujer. ¡Si lo sabré yo! Siéntete bien por eso. Pero a cambio, le vas devorando la médula, los huesos, el cerebro, hasta hacerla una cosa, una cosa tuya, a tu servicio.

Leonor sonrió torciendo amargamente la boca:

—¿Ya acabaste?

—No.

Leonor encendió un nuevo cigarro. Delfina se levantó hacia la ventana. Desde allí, mirando el aire azul del domingo, sonó su voz:

—Lo peor de todo es que no puedo culparte. ¿Sabes? Al contrario. Ahora sé perfectamente qué hacer.

Leonor sintió un dolor agudo en el pecho. Tosió cubriéndose la cara. Delfina se volvió:

—Ahora sé qué quiero y qué no. Anoche. . . cuando estuvimos a punto. . . fue como si me hubiera caído una luz. Sentí, por primera vez, que yo era dueña de mí, que podía decidir delante de ti. ¡Es maravilloso! Si no hubieras enloquecido injuriándome, si no hubieras sobrepasado nuestras enfermas reglas del juego "todo menos sexo", yo estaría ahora asustada pidiéndote perdón por algo que no hice, para tenerte contenta. ¡Dios santo!

450

Leonor se dejó caer boca arriba sobre la cama. Respiró profundamente, los ojos cerrados.

Salió al ciego sol del mediodía. Se sintió vigoroso y su pecho se expandió al trote de su paso. Ningún resquicio de la noche feroz, sólo frescura, frescura en la frente. Un despertar sereno, como si hubiera estado dormido durante años. ¿Qué hizo esta vieja? Es pura magia. Sabía perfectamente hacia dónde dirigir el coche. Antes de entrar en la casa, compró globos morados y rojos y amarillos en el parque. Los soltó en la sala, flotaron lentos y chocaron maromeando contra el techo. Subió la escalera hacia la recámara. Vio las cosas de Delfina: el cepillo en el tocador, la bata hecha bola sobre la cama, el aire de Delfina envolviendo la cobija, los cuadros, las lámparas del buró. La cortina estaba echada y era como si hubiera entrado en una penumbra amarilla donde Delfina vagaba invisible, rotunda. Casi sintió miedo por tanta plenitud. Beberse a Delfina en cada rincón de la recámara, en ese lampo arcoiris del tragaluz en el pasillo. Delfina, esta mujer, tal como es aquí y ahora. Mirarla por fin. Se le inundaba el pecho. Así se dejó caer sobre la cama y cerró lentamente los ojos.

Oyó que Delfina estaba vistiéndose. Y los abrió de golpe.

—Qué vas a hacer —dijo incorporándose.

—Ya me voy.

—¡No, espera! —la atajó Leonor.

—No. Me voy —dijo serenamente, poniéndose los zapatos.

—No puedes irte así.

—Sí puedo.

—Es que. . . no hemos hablado.

—Yo ya dije lo que quería.

—Pero ¿y yo?

—Tú ya has dicho mucho Leonor. Te sé de memoria.

—Finí. . .

—No me llames así.

—Finita linda. . . —susurró casi en un grito Leonor, los ojos desorbitados.

—Consíguete un buen analista, Leonor.

—¿Me vas a dejar así?

—Quiero irme ¿no oyes? Tengo algo muy importante que hacer.

—¿Y yo? —tropezaba Leonor tratando de detenerle el paso.

—Eso es lo que voy a responderme: "¿y yo?"

—Pero. . . por todo lo que hemos vivido Finí, espérate.

—Por eso me voy, precisamente.

—¡Le vas a contar a Agustín! —exclamó Leonor sujetándole el brazo—. No le cuentes, es el último favor que te pido en la vida.

Delfina miró la mano de Leonor sobre su brazo. Y Leonor no necesitó más. La fue aflojando hasta soltarla.

—Dime que no le vas a contar, por favor.

—¿Con qué derecho te metes en mi vida? —exclamó Delfina alzando la voz.

—Somos. . . hemos sido amigas —dijo Leonor bajando la vista.

—No. Ninguna de las dos buscaba la amistad. Yo quería. . . creo que ya voy sabiendo qué quería: cobijo, cobijo inmenso. Y tú, una amante. Yo no tengo remedio: no lo voy a encontrar, y ya creo que no me hace falta. Se pagan muy caro las madres postizas y siempre resultan frustrantes. Sólo me queda crecer para ya no necesitarlas. Pero tú, querida Leonor, ¿cómo has podido tolerar que yo te haya negado tanto tiempo lo que anhelas? Vas a odiarme, pero vas a agradecérmelo. Créeme, yo te agradezco muchas cosas.

Leonor bajó la vista. Delfina esperó unos momentos en silencio.

—Ya me voy —dijo al fin.

—¿Puedo. . . besarte? —murmuró Leonor. Delfina negó con la cabeza.

—¿Te llamo en la noche? —preguntó Leonor, estrangulada la voz.

Se miraron un segundo de frente, se cruzaron sus ojos. Negaba Delfina, y respiró profundamente hacia la puerta.

Caminaba lentamente, oyendo el ruido acompasado de sus tacones. Llegó a su coche. Cuando entró, sintió que había olvidado algo, así de ligera se sentía, como si su cuerpo hubiera perdido peso. Sonrió metiendo el acelerador. Antes de entrar en la casa vio el parque bullicioso y su halo de globos. No pudo contenerse. Compró un racimo bien nutrido, y abrió la puerta. Los soltó de golpe cuando vio la sala tapizada de los morados y rojos y amarillos, y sus verdes y malvas y violetas se elevaron buscándolos, y el techo se hizo un colorín de columpios entre los pacíficos globos.

Corrió escaleras arriba, el corazón desesperado. Allí estaba, durmiendo sobre la colcha. Vestido y sin zapatos.

Se acercó de puntas. Lo miró. Lo miró hipnotizada. Y se dejó caer a su lado, suavemente. Apenas podía contener los golpes en su pecho, en sus sienes. Respiró hondo y fue cerrando los ojos.

Ya estaba en *pants* y con zapatos tenis, asomada a la ventana, el cigarro en la boca. Se había bañado largamente. Tenía los cabellos mojados pegados a la nuca. Y las ojeras enormes y moradas. Había tomado la decisión de salir a correr, correr hasta que gritaran los pulmones, correr hasta desvanecerse. Pero la casa apestaba a humo y a noche podrida. Abrió la ventana. Y se quedó mirando un punto en el infinito. Infinita. . . Pensó que podría hacer muchas cosas: armar un escándalo feroz entre Delfina y Agustín.

O subir a la azotea y echarse de bruces al pavimento. O cerrar las tiendas e irse a un monasterio de Katmandú. O meterse a estudiar pintura en una escuela de Florencia. O acabarse el frasco de Valium y descolgar el teléfono. O rogarle de rodillas a Delfina después de una sesión con la analista. O ir a ver a su madre y bendecirla. O pintarse el pelo de rojo y comprarse un coche nuevo. O contarle todo a Débora en este mismo instante. O invitar a sus gemelas a un crucero por el Caribe. O abrir las llaves del gas y punto.

Arrojó el cigarro por la ventana. Y salió súbitamente de la casa. Sintió sus piernas poderosas a zancadas sobre la acera. Sus brazos largos y fuertes siguiendo el mismo ritmo. Se llenaba de energía a cada paso. Se detuvo frente al puesto de periódicos. Compró varios. En la esquina vio la terraza de una cafetería. Entró, pidió un trozo de carne y una cerveza. Se sentó a leer la primera plana. Comió vorazmente, mientras leía las noticias de la sección financiera. Un *fox terrier* cachorro le lamió las piernas. Ella lo acarició con rudo cariño. Los vecinos de mesa lo llamaron, regañándolo. Leonor se volvió a mirarlos, sonrió murmurando algo gentil, y clavó los ojos en las alzas y bajas de la bolsa japonesa. Buscó a tientas una servilleta: una dura lágrima había caído en el número de paridad con el dólar y lo había convertido en una mancha de tinta.

Dio la vuelta y rodeó la cintura de Delfina. Ella entreabría los ojos. Estaban despertando. Él no se había sorprendido de sentirla así, con el vestido guinda envolviéndole medio cuerpo. Era como si todo el sueño hubiera estado abrazándola. Se miraron cara a cara, por fin. En el tragaluz, el plomo de la tarde cayendo. Ese color de perla oscura que parece una línea entre el alba y el crepúsculo.

—Está amaneciendo —dijo Agustín.

Y Delfina dijo:

—Sí.

Y como si flotaran, fueron acercándose en silencio.

Zumba en la ventana el estruendo de los pájaros rumbo a los árboles de la noche.

INFINITA
SE IMPRIMIÓ EN LOS TALLERES DE
MULTIDISEÑO GRÁFICO, S.A. DE C.V.
OAXACA No. 1, SAN JERÓNIMO
MÉXICO, D. F.
SE TIRARON 4 000 EJEMPLARES
Y SOBRANTES PARA REPOSICIÓN

IMPRESO Y HECHO EN MÉXICO
PRINTED AND MADE IN MÉXICO